ミレニアム・ピープル

J・G・バラード

首謀者不明のうえ犯行声明もなかったヒースロー空港の爆破テロは、精神科医デーヴィッドの前妻ローラの命をやすやすと奪った。その無意味な死に何らかの意味を見出そうと、デーヴィッドは様々な社会運動に潜入してテロの首謀者たちを突き止めようと試みる。やがてテロ組織の一員である謎の女ケイに辿り着くが、その出会いは彼らの指導者である医師グールドが計画した、中産階級の聖地チェルシー・マリーナでの実験の始まりを意味していた。一般市民が無差別的テロ行為を娯楽として消費する近未来を描く、20世紀SF最後の巨人バラードによる黙示録的傑作。**『千年紀の民』改題文庫化**

登場人物

デーヴィッド・マーカム……精神分析医
サリー……デーヴィッドの妻
ローラ……デーヴィッドの前妻
ヘンリー・ケンドール……デーヴィッドの同僚。ローラの同棲相手
アーノルド教授……アドラー心理学協会理事長
リチャード・グールド……小児科医。革命家
ケイ・チャーチル……映画学講師
ヴェラ・ブラックバーン……ケイの友人
スティーヴン・デクスター……チェルシー・マリーナの牧師
ジョーン・チャン……デクスターのガールフレンド
タラク少佐……内務省のテロ対策チーム所属

ミレニアム・ピープル

J・G・バラード
増田まもる訳

創元SF文庫

MILLENNIUM PEOPLE

by

J. G. Ballard

目次

ミレニアム・ピープル

第一章　チェルシー・マリーナの反乱

ささやかな革命が起こっていた。あまりに慎ましくて行儀がよいので、ほとんどだれも気がつかないような革命だった。閉鎖された映画のセットの訪問者のように、私はロンドンでも指折りの高級住宅街であるチェルシー・マリーナの入り口にたたずみ、午前にキングズ・ロードを往来する自動車の騒音や、カーステレオののどかなメドレーや、救急車のサイレンに耳を傾けていた。守衛詰所の向こうには、サウンドトラックを奪われた黙示的映像のように、ひと気のない通りがつづいていた。抗議の横断幕があちこちのバルコニーから垂れ下がり、横転している自動車は十台を数えて、少なくとも二軒の家が全焼していた。

　だが私のそばを通り過ぎていく買物客たちは、だれひとりなんの関心も示さなかった。例によってチェルシーのパーティが暴走し、招待客は酔いすぎてそれに気づかないのだとでも思っているのだろう。だがある意味で、これは正鵠（せいこく）を射（い）ていた。反乱の参加者のほとんどが、そして首謀者たちの何人かでさえもが、この快適な高級住宅地でなにが起きているのかまったく理解していなかったからだ。じつをいうと、感じのいいこれら超高学歴の革命家たちは、自分自身に反抗していたのである。

警察のスパイとして――それがまやかしであることに最後まで気づかなかったが――チェルシー・マリーナに潜入した経験豊かな精神分析医であるこの私、デーヴィッド・マーカムでさえ、なにが起きているかわかっていなかった。仕事熱心な小児科医リチャード・グールドとの風変わりな友情に気をとられていたからである。じつは彼こそが、この革命の真の指導者であり、私たちの共通の恋人であるケイ・チャーチルがいみじくも名づけたように、チェルシーのモロー博士だったのである。私たちの最初の出会いからまもなく、リチャードはチェルシー・マリーナに興味を失い、はるかに過激な革命へと移っていったが、それが私の真意に近いことを彼は知っていた。

私はキングズ・ロード側の入り口を封鎖した立入禁止テープに近づき、内務大臣の到着を待っているふたりの警官に通行許可証を見せた。花屋の配達ワゴンの運転手が、助手席に置かれた大きなカラーの生花を指さしながら警官と押し問答していた。この高級住宅街の住民で幸福な結婚生活を送っている事務弁護士か業務部長が、革命に忙殺されて妻の誕生日のブーケをキャンセルするのを忘れたのだろう。

警官は頑（がん）として応じず、運転手が住宅街に足を踏み入れるのを許さなかった。かつては遵法的だったこの共同体で、なにかひどくいかがわしいことが、閣僚とその随行員の来臨を必要とするような出来事が起きているのを感じているのだろう。訪問者とは、内務省の顧問と、不安げなおももちの聖職者と、上級ソーシャルワーカーと心理学者、それにこの私であるが、一時間ほどして、正午に視察を開始することになっていた。反乱を起こした中産階級はきわめて礼儀正しいから、身体的脅威をもたらす恐れはないだろうということで、武装警官は護衛しないことになっていた。だが、それが脅威であることを、私は知りすぎるほどよく知っていた。

外見はなにも証明しないが、同時にすべてを証明した。警官は通行許可証にはろくに目も向けず、手を振って私を通した。みすぼらしいジーンズを着た歯切れのよい母親たちに何週間も説教されてきたので、警官たちはファッショナブルなヘアスタイルや、BBC提供の無料メイクアップや、ダヴグレイのスーツや、サンデッキで日焼けした肌などから、私がチェルシー・マリーナの住民ではありえないと判断したのだ。ここの住民たちは、ビデオ会議や空港セミナーといったうさんくさい世界のいかれたインテリや、ワイドショーのコメンテーターなどに似るぐらいなら、いっそ死を選ぶだろう。

しかしそのスーツはじつは変装で、裂けたレザージャケットとデニムをごみ箱に押し込んでから、この六か月ではじめて身につけたものだった。警官たちの推測よりはるかに似つかわしく、私は立入禁止テープを軽やかに跳びこえた。内務大臣が命名したところの「テロリスト行為」は、長年にわたる搭乗ラウンジやホテルのロビー生活でたるんだからだをみるみる鍛え上げてくれた。どこまでも忍耐強くてめったに驚かない私の妻のサリーでさえ、警官や警備員との小競り合いで負傷した傷跡を数えながら、筋肉のついた腕に感心してくれたものだった。

しかし変装も行きすぎるとろくなことはない。守衛詰所の割れた窓ガラスに映った自分の姿に気づいて、私はネクタイをゆるめた。いまだに自分が演じている役割がよくわかっていなかった。リチャード・グールドと私はいっしょにいるところをしばしば目撃されており、あの警官たちは指名手配中のテロリストの右腕的共犯者として、この私に気づくべきだったのだ。警官に手を振ってみせると、彼らは顔をそむけ、内務大臣のリムジンはまだかとキングズ・ロードをうかがった。私は激しい失望感に襲われた。ほんの数秒間だが、彼らに身柄を拘束されたいと思ったほどだった。

チェルシー・マリーナは目の前に広がっていたが、その通りにはこの二十年間ではじめて、まったくひと気がなかった。全住民が姿を消し、あとには都会の自然保護区のような沈黙地帯が残されていた。八百世帯の家族が、快適なキッチンやハーブ庭園や本の並んだリビングを捨てて逃亡してしまったのだ。なんの後悔もなく、自分自身と、かつて信じていたものすべてに背を向けて。

　屋根の向こうから、西ロンドンを行きかう車の音が聞こえてきたが、それはチェルシー・マリーナの中央通りであるボーフォート・アヴェニューを歩いていくにつれて遠ざかった。チェルシー・マリーナの周囲に広がるメトロポリスはいまだ固唾（かたず）を呑んでいた。ここで中産階級による革命がはじまったのだ。絶望したプロレタリアによる蜂起（ほうき）ではなく、社会の竜骨にして錨（いかり）ともいうべき、高等教育を受けた専門職階級による反乱である。この静かな通りで、無数のディナーパーティの現場で、外科医や保険ブローカーが、建築家や医療施設管理者が、それぞれバリケードを築（きず）き、彼らを救おうとする消防車や救助隊を阻止するために、自分たちの車を横転させたのだ。彼らはあらゆる援助の申し出をはねつけ、本当の不満をぶちまけることも、そもそもなんらかの不満が存在するのか話すことさえも拒絶したのである。

ケンジントンとチェルシーの評議会から送り込まれた交渉人たちは、最初は沈黙、それから嘲笑（ちょうしょう）、そして最後は火炎瓶で迎えられた。だれにも理解できない理由で、チェルシー・マリーナの住民たちは中流階級世界の解体にとりかかったのである。彼らは書籍や絵画、教育玩具やビデオを燃やして焚き火をおこした。テレビのニュースでは、横転した車に囲まれてスクラムを組んでいる住民たちの姿が放映されたが、炎に照らされたその顔は誇らしげに輝いていた。

車輪を上に向けて縁石（えんせき）のそばに横たわる燃え尽きたＢＭＷの残骸の前にさしかかると、私は破裂した燃料タンクをみつめた。旅客機がロンドン中心部の上空を越えていくと、その重低音に共鳴して、何百枚もの割れた窓が、最後の怒りを解放しているかのようにビリビリと震えた。奇妙なことに、チェルシー・マリーナを破壊した住民たちは、まったく怒りを示さなかった。まるで収集のためにごみを出すかのように、自分たちの世界を黙って捨てていったのである。

この異様な静けさと、さらに理解しがたいことに、いずれ支払うことになる莫大な罰金に対する住民の無関心が、内務大臣の訪問を促（うなが）した。内務省と密接な関係にある研究所の同僚であるヘンリー・ケンドールによると、ギルフォード、リーズ、マンチェスター郊外における裕福な中産階級の騒乱がもうすぐ公表されるということだった。英国中で、全専門家階級が、それを確保するために一生懸命に働いてきたあらゆるものを拒絶しようとしていたのである。

私はフラム地区の空を横切っていく旅客機をみつめた。それはやがてボーフォート・アヴェニューのはずれにある全焼した家のむきだしの屋根の梁の背後に消えていったが、それは地元の学校で校長をつとめる妻と医師である夫の家で、ふたりは機動隊に制圧される最後の瞬間まで抵抗してから、三人の子どもを連れてチェルシー・マリーナを去っていった。彼らは反乱の最前線に立って、彼らの人生を支配しているはなはだしい不公平を暴露してやろうと決意していたのである。深いトランス状態におちいったまま、泥まみれのランドローバーでM25環状高速道路を果てしなく走っている彼らの姿が脳裏に浮かんだ。

彼らはどこへ行ってしまったのだろう? 住民の多くは田舎の別荘に避難するか、食料の宅配便や楽しい電子メールで奮闘を支援してくれた友人たちのもとに身を寄せていた。湖水地方やスコットランドのハイランド地方に無期限の旅に出たものたちもいた。彼らはトレーラーで放浪する中産階級の先駆けであり、掟を知り地元の評議会と大騒ぎを演じる大学教育を受けた新たなジプシーの部族であった。

サウスバンク大学の映画学講師にして私の家主でもあったケイ・チャーチルは、警察に逮捕されて保釈中の身だった。いまだ革命を叫びながら、彼女は午後のケーブルチャンネルで熱弁をふるっていた。みすぼらしいソファがあって映画のスチール写真が飾られた、狭苦しいけれど住み心地のいい彼女の家は、チェルシー消防署の強力なホースによって水浸しになっていた。

私はケイに会いたかった。灰白色の髪の揺れる頭頂部が、風変わりな意見が、そして絶えず注がれるワインがなつかしかった。だが、遺棄された彼女の家こそ、私が内務大臣の到着より一時間早くここを訪れた理由だった。私のラップトップがいまでもケイのリビングのコーヒーテーブルに残っていればいいのだが。われわれはそのテーブルで地図を広げ、ナショナル・フィルム・シアターやアルバート・ホールの放火計画を練ったのである。反乱の最終段階で、警察のヘリコプターが頭上でホバリングしているとき、ケイはハンサムな消防署長をなにがなんでも革命運動に転向させてやろうと決心していたので、彼の部下たちは彼女の家の窓をジェット放水で残らず粉砕する時間がたっぷりあった。隣人のひとりがケイを家から引きずり出したのだが、ラップトップはそのままだったので、警察の科学捜査班にみつかってしまったかもしれない。

　ボーフォート・アヴェニューのつきあたりはチェルシー・マリーナの静かな中心部だった。カドガン・サークルの横に四階建てのマンションがあって、各階のバルコニーから横断幕がだらりと垂れ下がり、聞く耳をもたない空気にスローガンを提示していた。私はグロヴナー・プレイスと、ケイの奔放な袋小路と、もうひとつの、古いチェルシーの遺跡に通じる道路を横切った。その短い道路は、有罪判決を受けた古美術商と、二組のレズビアン夫婦と、アル中のコンコルドのパイロットの住まいであり、悪徳企業とほろ酔い機嫌の安息所でもあった。

　ひどいありさまのケイの家に向かって歩きながら、背後に響く自分の足音に耳を傾けた。それはその眺めから逃げようとして、かえってそれに近づいてしまう罪悪感のこだまだった。あまりにも多くの無人の家の眺めに気をとられて縁石につまずき、家財道具を山と積んだ廃棄物コンテナにもたれかかった。革命家たちは、いつものように隣人を思いやって、武装蜂起の一週間前に十二台の巨大なコンテナを注文したのである。

燃え尽きたボルボが道路ぎわに横たわっていたが、まだ礼節が機能していたのか、非常駐車帯に押し込まれていた。反乱の参加者たちは、革命後にきちんとあと片付けしたのだ。ひっくりかえされた自動車はほとんどすべて正しい位置にもどされ、回収業者のためにイグニッションにキーが差し込まれていた。

廃棄物コンテナには、本やテニスラケットや子どもの玩具や黒焦げのスキーが詰め込まれていた。縁取り（ふち）の焦げた学校の制服の横に、中堅重役の昼の制服とでもいうべき新品同様のウーステッドのスーツがあって、ライフルを投げ出して逃亡した兵士が脱ぎ捨てていった軍服のように、ごみの中に横たわっていた。そのスーツはなぜかいかにも脆弱そうで、全文明の遺棄された旗のようでもあり、内務大臣の補佐役のひとりがそのことを大臣に指摘してくれたらいいのにと思った。もし私がコメントを求められたら、なんと答えるか考えてみた。労使関係と職場の心理を専門とするアドラー心理学協会の一員として、私は名目上、職場の感情面と中間管理職の精神的問題の専門家ということになっていた。だが、そのスーツについて納得できるように説明するのは難しかった。

ケイ・チャーチルだったらなんと答えるべきかわかっていただろう。家のまわりにできた水たまりをよけながら歩いていくと、頭の中に彼女の声が聞こえてきた。脅迫するような、懇願するような、分別がありながら完全に狂った声が、中産階級は新たなプロレタリアで、何世紀にもわたる陰謀の犠牲者だったけれど、ついに義務と市民の責任という鎖をかなぐり捨てたのよと叫んでいた。

今回に限って、ばかげた答えがおそらく正しい答えなのだ。

ケイが二度と火をつけることができないように、消防士たちは彼女の家を水びたしにしてしまった。軒（のき）からはいまだに水滴が垂れて、煉瓦（れんが）の壁からはかすかな水蒸気がたちのぼっていた。オープンプランのリビングはまるで海底の洞窟のようで、ひび割れた天井からしみだした水分のせいで、壁面は湿ったタペストリーになっていた。オヅとブレッソンのポスターの前に立つと、いまにもケイがふたつのグラスと崇拝者から贈られたワインの瓶を手にしてキッチンから現れて、私たちは戦いに勝ったのよといいそうな気がした。

ケイは去ったが、陽気で騒々しい世界はそのままだった——暖炉の上の鏡に貼られたポストイットのメッセージ、アナキストグループからの講演の招待状、そしてマントルピースに積み上げた白い小石のケルン。それぞれの石はギリシアの海岸でのひと夏の情事の記念だと彼女はいっていた。額縁（がくぶち）におさめた娘の写真には水滴が散らばっていた。いまはオーストラリアにいる十代の娘で、夫に親権の裁定が下る前の最後の休暇中に撮ったものだった。思い出なんて餌をつけた罠よ、口紅のついたグラスに残る昨夜の残滓みたいなものよと、ケイは悟ったようなことをいっていたが、写真に落ちた涙をぬぐったり、額縁を乳房に押しあてたりしているところを、ときどき見かけたものだった。

ケイと私がいっしょにうたた寝したソファはずぶ濡れの残骸になっていた。しかし私のラップトップは映画の脚本や雑誌の中からみつかった。そのハードディスクには、私をリチャード・グールドの共謀者として有罪宣告してもお釣りがくるだけの証拠がつまっていた。放火するビデオショップのリスト、襲撃する旅行代理店のリスト、破壊するギャラリーと美術館のリスト、そしてそれぞれの活動に割り当てられた住民のチームのリストである。ケイに好印象をあたえようとして、生じた損傷とチームのメンバーの負傷と予想される保険請求に関するメモを添えた。ケイの腕を肩に温かくまとわりつかせながら、これら不必要なデータを打ち出していると、ときに監獄の独房に直行するカーペットを敷いているような気がしたものだった。

ケイのことをなつかしく思い出しながら、娘のポートレートをまっすぐにしようと手をさしのべた。ガラスの破片が額縁からすべり落ちて手のひらをかすめ、生命線を浅く切断した。鮮やかな血をみつめてハンカチを探しているときに、これがこんどの反乱のあいだにチェルシー・マリーナで流された唯一の血であることに気がついた。

ラップトップを小脇に抱え、正面ドアをきちんと閉めた。見納めに木の羽目板を眺めていると、なめらかなエナメル塗装にどこかの窓が動いて陽光をとらえるのが見えた。カドガン・サークルのそばのマンションの最上階の開き窓の向きが変わったのだ。さらに驚くべきことに、手が出てきてガラスを磨き、雑巾（ぞうきん）をはたいてから引っ込んだのである。

私は通りに出るとそのマンションに向かい、長期契約の車庫におさまっている燃え尽きたサーブの前を通り過ぎた。不法居住者たちがソフトドラッグと硬いマットレスに見切りをつけてチェルシー・マリーナに引っ越してきたのだろうか？　新しいライフスタイルを試すつもりなのだろうか？　学費やブラジル人の家政婦やバレエ教室や医療保険会社ＢＵＰＡの保険料の支払いといった問題に直面するつもりなのだろうか？　われわれのささやかな革命は民間行事の一部となって、ＢＢＣプロムス（毎年夏に開かれるクラシックコンサート）の最終夜やウィンブルドンの開催期間とともに祝われるようになるのかもしれない。

　ハンカチを手のひらに押しあてて、マンションの玄関ホールのエレベーターのボタンを押した。腹立たしいことに、チェルシー・マリーナへの電力供給は完全に遮断されていた。こうなったら階段をのぼるしかない。無人の部屋の開かれたドアに囲まれて、正しい舞台を探し求めている役者のように、各階の踊り場で休息しながら、私は階段をのぼっていった。最上階に着いたときには眩暈（めまい）がしていた。なにも考えないで、鍵のかかっていないドアを押し開けて無人のリビングをのぞきこみ、陽光の中で向きを変えた窓をみつめた。

　そのマンションの四階の住人、ヴェラ・ブラックバーンは、元政府系科学者でケイ・チャーチルの親友だった。私は最上階の所有者が彼女の夫でもある若い眼鏡技師だったことを思い出した。そのリビングの窓はチェルシー・マリーナでももっとも見晴らしがよく、内務大臣が視察する際にとると思われるルート沿いのボーフォート・アヴェニューを見下ろす位置にあった。

　私は捨てられたスーツケースをまたいで部屋に入った。青いキャンバスバッグが机の上に置かれていて、その側面にはスコットランドヤードの標章が箔（はく）押しされていた。暴動鎮圧チームが携えていた装備の一部である。バッグの中にはスタンガンと催涙ガスの容器と警棒が入っているのだろう。それを使って警察は絶えず存在する敵から身を守るのである。

ラップトップがずしりと重くなった。なかば無意識の警戒信号である。すぐ近くの寝室からふたりの人間の会話が聞こえてきた。男性のぶっきらぼうな低い声と、それに答える女性のもっと高い声である。おそらく巡査と婦人警官が内務大臣の接近を監視しているのだろう。くそがつくほどまじめに、内務大臣やもったいぶってうなずく内務顧問の姿をできるだけはっきり眺めるために、わざわざ窓をぬぐったのだろう。こんな監視所にいる私をみつけたら、彼らは最悪な事態を想定し、すぐに心理学者のラップトップが潜在的な攻撃用兵器であると判断するだろう。

スーツケースにつまずかないように気をつけながら、ドアににじり寄ったが、そのときはじめて、机の上の壁に検眼表がピン留めされていることに気づいた。標的のような円と意味のない文字の列は、どこか暗号化されたメッセージに似ていた。

寝室のドアが開いて、よれよれのスーツを着たどこかうつろな表情の男がリビングに入ってきた。太陽を背にしていたが、栄養失調の顔が見えて、陽光が張り出したこめかみで散乱していた。男は私に気づいたが、まるで予約なしで診療所を訪れた患者であるかのように、自分の問題で頭がいっぱいのようだった。戦争で荒廃した中東の近郊で医療行為を行おうとしている過労ぎみの医師のような疲れた目で、彼は窓の外のひと気のない通りや炎に焼かれた住宅をみつめた。

ようやく彼は私に顔を向けると、ふいに表情を和らげて微笑を浮かべた。

「デーヴィッド？　お入り。みんなきみを待っていたんだよ」

認めたくないが、じつは私も彼に会いたくてたまらなかったのだ。

第二章　ヒースロー空港の爆弾

リチャード・グールド医師による私に対する誘惑も、彼がチェルシー・マリーナで立ち上げた革命も、わずか四か月前にはじまったことなのだが、この免許を剝奪された小児科医を、学生時代から知っているような気がすることがよくあった。どの講義にも出席せず、どの試験にも顔を出さない異端児で、よれよれのスーツを着て自分だけの講義摘要（シラバス）をもつ一匹狼だったが、どうにかして大学院を出ると成功した医師になったのである。まるで未来の夢からやってきた人物か、私たちがもっとも献身的な信奉者になるにちがいないと確信しているよそ者のように、彼は私たちの人生に現れたのだった。

一本の電話がグールド出現の最初の警告だった。フロリダで三日間にわたって開催される産業心理学者の会議に出席するため、ヒースロー空港に向かおうとしているときに、携帯電話が鳴った。そのとき私はサリーが階段を降りるのを助けているところで、たぶんその電話は、大西洋を越える空の旅を不安にさせようとして、アドラー心理学協会のだれかがかけてよこした、有能な秘書が辞表を提出したとか、みんなから好かれている同僚がリハビリ状態になったとか、ある会社の会長がユングの元型理論を発見し、それが台所用品のデザインの未来について述べているという緊急電子メールがとびこんできたとかといった、離陸寸前のいたずらメッセージのたぐいだろうと思った。

電話の相手をサリーにまかせて、私はスーツケースを玄関ホールに運び込んだ。天性の治癒者である彼女には、だれでもいい気分にさせる才能があるのだ。数分以内に、ヒースロー空港のチェックインカウンターに並ぶ行列は消えてなくなり、大西洋はダンスフロアのように滑らかになるだろう。私は玄関のドアの前にたたずみ、依頼したハイヤーの姿を求めて、ゆるやかに湾曲したクレッセントをうかがった。数台のタクシーがアビー・ロードのはずれにあるこの静かなクレッセントに入ってきたが、それはたちまちレコーディングスタジオに巡礼の旅をしているビートルズファンか、パッドとクリースで守られたローズクリケット場から、楽しい昼食を終えて不安に満ちた世界へ舞い戻ろうとしているメリルボン・クリケット・クラブのメンバーに拉致されてしまった。今日も第三ターミナル発のマイアミ便の二時間前に到着するようにタクシーを手配していたが、いつもなら時間に正確なミスター・プラッシャーが、すでに二十分も遅れていた。

リビングにもどってみると、サリーはまだ電話中だった。マントルピースにもたれて肩に切りそろえた髪を気まぐれになでつけている。三〇年代のハリウッド映画の女優のように凜々しい姿だ。サリーの周囲では鏡が息をひそめていた。

「というわけで……」彼女は電話を切った。「祈りながら待ちましょう」

「サリー？　だれだった？　まさか、アーノルド教授じゃ……」

左右の手でそれぞれステッキを握りしめて、サリーはマントルピースから離れた。私はいつものようにあとずさって、自分は身体障害者であると思い込んでいる彼女のささやかな空想に調子を合わせた。昨日の午後には、彼女は同僚の妻と卓球に興じ、ステッキはテーブルに置き去りにして、ピンポン球を左右に強打していたというのに。彼女はもう何か月も前からステッキは必要なくなっていたが、緊張したときにはいまだにステッキに手が伸びるのだった。

「あなたのお友だちのプラッシャーさんよ」彼女は私にもたれかかり、香りのよい頭皮を私の頬にこすりつけた。「ヒースロー空港で問題が発生して、キューまで渋滞しているから、それが解消するまでは家を出てもむだなんですって」

「それじゃフライトは?」

「遅れているわ。一機も離陸していないの。空港そのものがダウンしているんですって」

「それじゃあどうしよう?」

「大きなグラスで一杯やりましょう」サリーは私をリカーキャビネットに押しやった。「プラッシャーさんは十五分後に電話をくれるそうよ。少なくとも彼が気にかけてくれるわ」

「ちがいない」二つのグラスにスコッチとソーダを注ぎながら、私は窓越しにサリーの車にちらっと目を走らせた。フロントガラスには色褪せた身障者ステッカーが貼られ、後部座席には車椅子が折り畳まれていた。「サリー、ぼくが運転していこうか。きみの車で行けばいいんだ」

「私の?　身障者用だから、あなたには扱えないわ」

「いいかい、あれを設計したのはぼくなんだよ。路肩を走って、ヘッドライトを点灯して、ホーンを鳴らしていくんだ。車は短期駐車場に入れればいい。ここにすわっているよりずっといいと思わないかい？」

「ここにいれば酔っ払っていられるじゃない」

ソファに寝そべり、サリーはグラスをかかげて、私に元気を出してといった。アドラー心理学協会の後継者戦争、すなわちアーノルド教授の後任をめぐる争いで、私は疲れて心がささくれていたので、サリーは私を大西洋の向こうに行かせたがっていた。フロリダにあるディズニーのモデルコミュニティ《セレブレーション》で開催される会議は、疲れ果てた夫をホテルのプールのそばで休息させる絶好の機会だった。海外旅行は彼女にとって忍耐の連続だった——タクシーやバスルームの形状はひざに悪く、ステッキにもたれてからだをくねらせている魅力的な女性をとびきりのエロチックな目標とみなすアメリカ人心理学者も悩みの種だった。けれどもサリーはいつでも元気いっぱいだった。たとえほとんどの時間、唯一の話し相手がミニバーだったとしても。

私は彼女のわきに寝そべり、グラスを合わせて、車の往来に耳をすました。いつもよりやかましいようだ。ヒースロー空港の渋滞のいらいらがインナーロンドンまで飛び火したのかもしれない。

「十分たった」私はスコッチを飲み干したが、もうすでに二杯目ではなく三杯目のことを考えていた。「なんとなくうまくいかないような気がする」

「落ち着いて……」サリーは自分のウイスキーを私のグラスに移してくれた。「そもそもあなたは行きたくなかったのよ」

「どちらともいえないね。なによりも頭にくるのは、ミッキーマウスと握手しなければならないことなんだ。アメリカ人はあの手のディズニーホテルというやつが大好きだからね」

「そんないい方はしないで。彼らはディズニーランドで幼年時代を思い出すのよ」

「実際には体験したこともない幼年時代をね。われわれはどうすればいい――どうしてアメリカ人の幼年時代を思い出させてもらわなければならないんだ？」

「ひとことでいえば、それが現代の世界なのよ」サリーは空になったグラスのにおいを嗅いだ。鼻腔（びこう）が優美で魅惑的な魚の鰓（えら）のように広がった。「少なくとも、旅行はあなたを逃避させてくれるわ」

「すべての旅行が？　現実を直視しようじゃないか。あんなものは妄想にすぎない。空の旅も、ヒースロー空港での搭乗手続きも、すべて現実からの集団的逃避だ。人々はチェックインカウンターに歩み寄り、一生にたったいちどだけ、自分がどこに行こうとしているのか知らされるんだ。あわれなやつらだ。それは搭乗券に印刷されている。ぼくを見てごらん、サリー。ぼくだっておなじようなものさ。フロリダに飛んでいくなんてほんとうにやりたいことじゃない。アドラー心理学協会を辞職できない代償行動さ。辞職するだけの勇気がないんだ」

「あるわ」

「まだないね。安全な避難所であり、野心的な神経症患者でいっぱいのみてくれだけ立派な大学の学部だからさ。考えてごらん――三十人ものご立派な心理学者がぎゅうぎゅう押し込められていて、その全員が自分の父親を憎んでいるんだよ」

「あなたは憎んでいなかったの?」

「会ったことがないからね。母がしてくれた、たったひとつのよいことさ。さて、プラッシャーはどこにいるかな?」

私は立ち上がって電話に歩み寄った。サリーはカーペットからテレビのリモコンをとりあげてスイッチを入れた。ぱっとランチタイムニュースの映像が現れて、見覚えのある空港のコンコースが映し出された。

「デーヴィッド……見て」サリーが身を乗り出し、両脚のわきに置いたステッキを握りしめた。

「なにかひどいことが……」

私はプラッシャーの声に耳を傾けていたが、目はニュース映像に釘付けになっていた。レポーターのことばは警察のけたたましいサイレンにかき消された。救急隊がごった返す乗客や飛行機乗務員をかきわけるようにして搬送台車を押していくと、レポーターはうしろに下がった。搬送台車の上にはほとんど意識のない女性が横たわっていたが、衣服の胸のあたりはぼろぼろで、両腕には血が点々と散らばっていた。あたりには煤塵(ばいじん)が渦巻き、ブティックや外貨両替所の上方にもうもうとたちこめていたが、それはまるで通気孔から脱出しようとしている半狂乱の微気候のようだった。

搬送台車の背後は第二ターミナルのメイン到着ゲートで、サブマシンガンで武装した警官が監視していた。ハイヤーの運転手たちの慌てた一団が柵で待ち受けていたが、彼らがかかげる客の名前の厚紙はすでに弔意を表す半旗になっていた。スーツケースを手にしたいかにも重役らしい男が到着ゲートから歩み出てきたが、ダブルのスーツの袖がとれて血まみれの腕がむきだしになっていた。まるで自分の名前を思い出そうとしているかのように、男は目の前にかかげられた厚紙をじっとみつめた。ふたりの救急医療隊員とエア・リンガスのエアホステスが床にひざをついて、蓋がとれて中身のなくなったスーツケースを握りしめている消耗しきった乗客を治療していた。

「マーカムさん?」耳の中で声がかすかに響いた。「プラッシャーです……」

なにも考えずに、私は電話を切った。ソファのわきに立って、両手でサリーの肩をしっかりと支えた。彼女は子どものように震えていた。テレビ画面のすさまじい映像のせいで、危うく命を落としかけた自分の事故のことを思い出したかのように、指先で鼻をぬぐっていた。

「サリー、ここにいれば安全だ。ぼくがついている」

「私なら平気よ」彼女は落ち着きをとりもどし、テレビを指さした。「手荷物のターンテーブルで爆弾が爆発したの。デーヴィッド、私たちもあそこにいたかもしれないのよ。だれか死んだ人はいるの?」

「死者三名、負傷者二十六名……」私はテレビ画面の字幕を読んだ。「子どもが巻き込まれていなければいいんだが」

サリーはリモコンを押して音量を上げた。「犯人は予告しなかったの? 警察が気づくような暗号とか? どうして到着ロビーに仕掛けたの?」

「世の中には頭のおかしい人間がいるからね。サリー、ぼくらは大丈夫だよ」

「大丈夫な人間なんていやしないわ」

彼女は私の腕をつかんで横にすわらせた。私たちは並んでコンコースからの映像をみつめた。警察や救急隊員や免税店のスタッフが、負傷した乗客を助けて待機している救急車まで運んでいた。それから映像が切り替わって、爆発の直後に手荷物受取所（バッゲージクレイム）に入った乗客が撮影したビデオ映像になった。撮影者は税関の検問所にもたれるようにして立っていた。混雑したホールを大破させた犯行にひどいショックを受けて、カメラを置いて犠牲者を助けようとは思いつかなかったようだ。

煤塵が天井のあたりで激しくうねり、屋根から吊るされた細長い照明のずたずたになった残骸のまわりで渦巻いていた。爆発でゆがんだ台車が床にひっくり返っていた。乗客はスーツケースのそばに呆然としゃがみこんでいたが、衣服が背中からはぎとられ、鮮血と革やガラスの破片に覆われていた。

ビデオカメラは停止したターンテーブルをしばらく映し出した。テーブルのパネルがゴムでできた扇風機の羽根のように広がっていた。バッゲージシュートからはまだ手荷物が吐き出されていて、ゴルフクラブのセットや乳母車が山積みになった手荷物に折り重なっていた。

十フィートほど先で、ふたりの負傷者が床にすわりこみ、シュートから吐き出されるスーツケースをみつめていた。ひとりは二十代の男で、ジーンズとぼろぼろになったナイロンのウインドブレーカーを身につけていた。最初の救助隊の警官と空港の保安要員が駆けつけると、若者はそばに横たわる中年のアフリカ人を慰めはじめた。

シュートを凝視しているもうひとりの乗客は、聡明そうなひたいと骨ばっているが魅力的な顔立ちの三十代後半の女性で、黒い髪を後頭部で束ねていた。彼女は仕立てのよい黒のスーツを着ていたが、ナイトクラブのホステスのスパンコールをちりばめたタキシードのように、無数のガラス片が刺さっていた。飛来してきた破片にやられたのか、下唇から血が流れていたが、それ以外は爆発のダメージをほとんど受けていないようだった。彼女は袖から粉塵を払い落とし、まるでつぎの約束に遅れた忙しい専門職のように、周囲の大混乱を憂鬱そうにみつめた。

「デーヴィッド……?」サリーがステッキに手を伸ばした。「どうしたの?」

「まだはっきりしないが」私はソファから立ち上がり、テレビ画面の正面にひざまずいた。その女性がだれなのかほぼ確信していた。しかしアマチュアカメラマンは天井を撮影するためにカメラを上に向けてしまった。精神病院の花火のように、蛍光管が滝のような火花を散らしていた。「どうも知り合いのようだ」

「黒いスーツの女の人?」

「はっきりとはいえないが。顔に見覚えが……」私は腕時計に目をやり、荷物が玄関ホールにあることに気づいた。「マイアミ便に乗りそこねてしまったな」

「気にしないで。あなたが見かけた女性は——ローラだったのね?」

「そうだと思う」私はサリーの両手をとったが、それがどんなにしっかりと感じられるかに気づいた。「たしかによく似ていたよ」

「まちがえるはずがないわ」サリーは私から離れてソファにすわり、ウイスキーを手探りした。

ニュース映像はコンコースに切り替わっていた。ハイヤーの運転手たちはプラカードをおろして立ち去ろうとしていた。「肉親が連絡するための電話番号が表示されているわ。かけてあげる」

「サリー、ぼくは肉親じゃないよ」

「あなたは彼女と八年間も結婚していたのよ」まるで解散した昼食クラブのメンバーシップのことでも話しているかのように、サリーは感情を交えずにいった。「きっと容態を教えてくれるわ」

「大丈夫そうだったよ。たしかにあれはローラだったかもしれない。あの独特の表情、いつでももどかしそうで……」

「心理学協会のヘンリー・ケンドールに電話したら？　彼なら知っているはずよ」

「ヘンリーに？　どうして？」

「ローラと同居しているもの」

「それはそうだ。でも、あいつをびっくりさせたくないな。人違いだったらどうする？」

「それはありえないと思うの」怒った親に話しかけようとしている賢明な十代の若者のように、サリーはごく穏やかな声でいった。「はっきりさせる必要があるわ。ローラはあなたにとって深い意味をもつ人なんだから」

「遠いむかしのことさ」かすかな脅迫じみた口調に気づいて、私はいった。「サリー、ぼくはきみに出会ったんだよ」

「電話して」

私は部屋を横切り、テレビの画面に背中を向けた。携帯電話を手にとり、指先でマントルピースをとんとんと叩いて、両親にはさまれるようにして車椅子にすわっているサリーの写真に微笑みかけようとした。それは私たちが婚約した日にセントメアリー病院で撮ったものだった。白衣を着て彼女のうしろに立っている私は、まるで生まれてはじめて幸福になるだろうとわかっているかのように、途方もなく自信に満ちているようだった。

アドラー心理学協会の番号にかけないうちに携帯電話が鳴った。救急車のけたたましいサイレンや救急隊員の叫び声といった騒音にまじって、ヘンリー・ケンドールの興奮した声が聞こえてきた。

彼はヒースロー空港の近くのアシュフォード病院からかけていた。ローラはやはり第二ターミナルで爆弾の破裂に巻き込まれたのだった。現場から運び出された最初の人々の中で、彼女は救急治療室で倒れ、いまは集中治療室で横たわっていた。ヘンリーはどうにか平静を保っていたが、その声がふいに乱れて混乱した怒りの爆発になり、協会での予定終了時間に合わせて空港まで迎えに行けるように、チューリッヒからの飛行機を一便遅らせるようにローラに頼んだことを認めた。

「出版物審査委員会……アーノルドに頼まれて議長に……。くそったれ、やつのくそくだらない論文のための委員会だったんだ！　断ってさえいれば、ローラはいまでも……」

「ヘンリー、起きてしまったことはしかたがない。自分を責めるんじゃない……」ローラが下唇から流していた血のことを考えながら、私は彼を慰めようとした。どういうわけか、自分が犯罪に深く関与していたような、まるで自分がターンテーブルに爆弾を仕掛けたような気分だった。

もうひとつの世界からしだいに遠ざかる信号のように、発信音が耳に残った。数分間、現実につながるすべての線が切断された。私は鏡に映った自分の姿をみつめ、着ている旅行服に当惑した。軽い生地のジャケットとスポーツシャツ、葬式に迷い込んでしまった浜辺の観光客のように場違いな衣装。まるでヒースロー空港の爆弾のショックで髭が伸びはじめたかのように、すでに頬のあたりに薄(うっす)らと影ができていた。私の顔はいかにもイギリス人らしく疲れきってずるそうに見えた。まるで二流私立学校の変わり者男性教師の用心深い目つきのようだった。

「デーヴィッド……」ステッキをつかむのも忘れて、サリーが立ち上がった。子どもっぽいあごをして唇をすぼめているので、その顔はいつもより小さくてとがっているように見えた。彼女は私の手から携帯電話を奪いとって、私の両手を握りしめた。「あなたは大丈夫。不運だったのはローラよ」

「わかっている」私は爆弾のことを考えながら彼女を抱擁した。もしテロリストが一、二時間遅く、第三ターミナルを選んでいたら、サリーと私は並んで集中治療室に横たわっていたかもしれないのだ。「なぜだかわからないが、責任を感じるんだ」

「もちろん、感じるでしょう。彼女はあなたにとって深い意味のある人だったもの」些細だが明白なしくじりを犯した私をつかまえたと確信しているように、彼女は私をみつめて穏やかに頭をうなずかせた。「デーヴィッド、行かなければいけないわ」

「どこに？　協会に？」

「アシュフォード病院よ。私の車を使って。そのほうが早いでしょう」

「なぜ？　ヘンリーが付き添っているだろう。ローラはぼくの人生の一部じゃないんだよ、サリー……？」

「彼女のためじゃない。あなたのためよ」サリーは私に背中を向けた。「あなたは彼女を愛していない。それはわかっているわ。でもあなたはまだ彼女を憎んでいる。だからあなたは行かなければならないの」

第三章　「どうして私なの？」

私たちは一時間後にアシュフォード病院に着いた。とても遠い過去への短い旅だった。サリーの運転はきびきびと華麗だった。ハンドルの横に取り付けられたアクセルを右手で握って戦闘機のパイロットのようにスロットルを絞り、自動変速装置の横のブレーキレバーを左手で解除した。アドラー心理学協会の人間工学の専門家の協力を仰いで、私がその操縦装置を自分で設計したのである。彼はサリーのサイズをサヴィルロウの仕立屋のようにきわめて注意深く採寸したものだ。いまでは彼女の両脚の力はすっかり回復していたので、そろそろサーブの修理工場で元にもどしてもらおうかと提案してみた。しかしサリーは改造された操縦装置や自分にしかできない特別な技術が気に入っていた。私が折れると、あなたは身体障害の妻をもっているという倒錯したスリルをひそかに楽しんでいるじゃないのといって私をからかうのだった。

動機がなんであれ、私は夫として誇らしい思いでサリーを見守った。彼女はサーブを操って密集した真昼の渋滞をたくみにすりぬけた。高速道路では仕事熱心な警察にヘッドライトを点滅させ、フロントガラスに貼られた身障者ステッカーを叩きつけるように指さした。後部座席の車椅子を見ると、彼らは手を振って私たちを路肩に誘導してくれた。魅力的な女性だけが利用できる高速レーンである。

緊急灯を点滅させて疾走していくうちに、サリーが集中治療室に横たわっているかつてのライバルに本気で会いたがっていると、私は心から信じはじめていた。ある意味で、ある種の正義がなされたのである。サリーはつねづね自分の事故を、偶発的な出来事とみなしていた。存在の道徳的秩序の無慈悲な欠損であり、存在はそれを彼女の負債として押しつけたのである。

リスボンのバイロ・アルト地区という、迷路のように入り組んだ急勾配の通りを母親と観光していたとき、サリーは停車中の路面電車のうしろで道を渡ろうとした。その電車は鋳鉄のフレームに羽目板という旧式の車両で、英国のエンジニアによってほぼ一世紀前につくられたものだった。しかしその魅力と産業考古学の両方が高い代償を支払わせることになった。電車のブレーキが数秒間効かなくなり、安全クラッチが車輪をロックするひまもなくサリーを押し倒したので、両脚が重い車体の下敷になったのである。

私はセントメアリー病院の整形外科病棟でサリーに会った。最初の印象は、きっとよくなってみせると決心しているのに、どういうわけか治療に反応しない勇敢な若い女性だった。数か月にわたる理学療法のせいで彼女はすっかり不機嫌になり、癇癪を破裂させて口汚く罵ったこともあった。私もその痛烈な悪態を耳にしたことがあるが、それは特別病室の醜い嵐のようなもので、面会するために会社のヘリコプターで飛んできて、どんな気まぐれでも許してしまうバーミンガムの実業家の娘らしく、わがままいっぱいな娘だなと思ったものだ。

私は週にいちどセントメアリー病院を訪れて、アドラー心理学協会と協力して開発した新しい診断システムを監督していた。このシステムで患者は、大きなグラス一杯のジンを飲んで熱い風呂に入ることしか考えていないような、くたびれたコンサルタントと顔を合わせる代わりに、スクリーンの前にすわって、思いやりのある俳優によって演じられる、さわやかな微笑を浮かべた医師を相手に、前もって録音された質問に応じてボタンを押すのである。コンサルタントが驚き、そしてほっとしたことに、患者は本物の医師よりコンピュータグラフィックの医者のほうを好んだ。サリーをなんとかして立ち直らせてやりたくて、また彼女の身体障害が、専門用語でいうところの「選択的障害」であることにはっきり気づいていたので、彼女の主治医である外科医は、サリーを試作機の前にすわらせてみたらどうかと提案した。

患者をゲームセンターの子ども扱いしているので、私はそのプロジェクトを信頼していなかったが、そのおかげで私たちは交際するようになったのである。私は消化器潰瘍(かいよう)プログラムの会話に手を加え、サリーの症例に合わせて質問を修正してから、白衣を着てカメラの前にすわり、思いやりのある医師を演じた。

サリーは楽しそうに応答ボタンを押して、事故の不公正さに対する怒りをぶちまけた。しかし数日後、廊下で私の横をさっと通り過ぎようとして、あやうくぶつかりそうになった。謝ろうとしたときに、彼女は私が実在することを知ってびっくりした。それからというもの、彼女は陽気さをとりもどし、私のぎごちない演技のまねをして遊ぶようになった。私が彼女のベッドのそばにすわっているときは、私がまったく実在していないふりをしてからかった。私たちは録音された声で会話した。それは患者の求愛だったが、私はまともに受けとらないように気をつけていた。

けれども、もっと深い暗黙の対話が私たちを近づけた。私は毎日立ち寄り、私が遅いときには、サリーは車椅子には目もくれず、ベッドから降りて私を探していると、看護スタッフが教えてくれた。まもなく知ったことだが、彼女は私よりも鋭敏な心理学者だった。フリーダ・カーロの画集をぎゅっとつかんで、メキシコシティでカーロを負傷させた路面電車の製造元をつきとめられないかと彼女はたずねた。ひょっとして、製造業者はイギリスの会社じゃないの？

ふたりの女性を結びつけた怒りを理解することはできたが、カーロは子宮を貫いた鋼鉄のレールによって瀕死の重傷を負い、終生痛みに苦しんだのである。サリーは左右を確認せずに外国の通りを横断したのであって、美しさをなにひとつ失っていなかった。彼女が歩けないのは、事故の無作為性に対する異様な執着のせいだった。その謎を解くことができないので、車椅子の身体障害者であると主張して、自分の苦境をほかの無意味な事故の犠牲者たちと共有しているのだった。

「だからきみはストライキ中なんだよ。宇宙に抗議するために座り込みをしているんだ」

「私ね、答えを待っているの、マーカム」彼女は三個の大きな枕にねそべるようにして髪をいじった。「それこそもっとも重要な問いかけなの」

「つづけて」

「『どうして私なの？』ねえ答えて。答えられないでしょう」

「サリー……そんなに大きな問題なのかい？　ぼくたちが生きていることこそがめったにない幸運なんだよ。ぼくたちの両親が出会う確率は何百万分の一だ。ぼくたちは宝くじなんだよ」

「でも宝くじは無意味じゃないわ。きっとだれかが当選するんだもの」彼女は私の注意を惹くためにことばを切った。「ここで私たちが出会ったみたいに。それは無意味じゃなかったわ……」

ヒースロー空港が近づいてきた。なかば宇宙ステーションでなかば貧民街であり、海岸に打ち上げられた空中都市のようだ。車は高速道路を降りてグレートウエスト・ロードをしばらく走り、二階建ての工場とレンタカー事務所と巨大な貯水池の地帯に入った。私たちは神秘と退屈をどうにかして結合させた目に見えない海洋世界の一部だった。ある意味で、私の前妻がこの病院に横たわって、覚醒と夢のあいだに浮かぶ領域で生死をさまよっていることはふさわしいような気がした。

サリーはいつも以上に熱意をこめて運転した。走行車線から追い越しをかけ、赤信号を無視し、しまいにはクラクションを鳴らして前を行く警察の車までどかせてしまった。ヒースロー空港の爆弾事件が彼女に新たなエネルギーを注入したのだ。この悪質で狂気じみた攻撃は、運命の専制政治に対する彼女の疑惑を裏付けた。妻としての心配にもかかわらず、彼女はアシュフォード病院にひどく行きたがった。私を不幸な結婚の記憶から解放するためだけでなく、テロリストの爆弾にはなんの意味も目的もなかったと確信するためでもあった。すでに私はローラがふいに回復してヘンリー・ケンドールとロンドンにもどる途中ならいいのにと思いはじめていた。

私はラジオのスイッチを入れて、第二ターミナルの救助活動の報告に耳を傾けた。空港は無期限に閉鎖され、警察がほかの三つのターミナルで爆発物を捜索していた。新聞でもほとんど注目されていなかったが、この春にもロンドンでは数個の小型爆弾が爆発していた。ほとんどが発煙装置と発火装置で、いかなるテロリストグループも犯行声明を出していなかった。もはや奇妙な都市気候の一部みたいなものだ。爆弾はシェパーズブッシュ・ショッピングセンターとチェルシーのシネマコンプレックスに仕掛けられていた。予告はなく、幸運なことに犠牲者もいなかった。どこかの陰鬱な孤独者の心の中で燃える静かな熱。本体よりはるかに長い影を投げかける不満の蠟燭。けれども私が知っていたのは、わが家から一マイルと離れていないフィンチリー・ロードのマクドナルドを全焼させた発火装置だけで、それもサリーのネイリストが置いていった地元の無料新聞でちらっと見かけただけだった。ロンドンは内気な目に見えない敵に包囲されていたのである。

「着いたわ」サリーがいった。「さあ、落ち着いて」

そこはアシュフォード病院だった。事故緊急事態入り口の外では、空から飛び込んでくる苦痛と負傷の知らせを吸いとりたがっている飢えたレーダーのように、救急車の回転灯が休みなく回っていた。救急医療隊員たちは紅茶のマグカップを口に運びながら、ヒースロー空港にいつ呼び戻されてもいいように待機していた。

「サリー、きみは疲れているはずだ」私は駐車場の順番を待っている彼女の髪をなでつけた。

「外で待っていたら?」

「ついていくわ」

「ひどいありさまかもしれないよ」

「ここだってひどいありさまよ。これはね、私のためでもあるの、デーヴィッド」

　彼女はブレーキレバーを解除し、急ハンドルを切って歩道に乗り上げると、初老の尼僧が運転するジャガーを追い越した。警備員が身をかがめて車の窓に顔を近づけ、改造された運転装置に気づくと、近くのスーパーマーケットの駐車場に手招きしてくれたが、そこには警察の指揮所が設置されていた。

　ジャガーがわれわれの車の横に入ってくると、さっきの尼僧が降りてきて、白髪の司祭のためにドアを開けた。臨終の秘蹟の身支度をしたカトリックの高位聖職者（モンセニョール）だった。サリーが車から降りるのを手伝っているとき、事故緊急事態入り口の外にたたずむ白いレインコート姿の髭を生やした男に気づいた。彼は警察や救急車の運転手の頭上をみつめており、待ち望んでいた飛行機が病院の上空を飛んで呪いを解いてくれるのを期待しているかのように、その目は静かな空にじっと向けられていた。絶体絶命の奇跡をもたらしてくれるかもしれない救命具のように、彼は女物のハンドバッグを胸に押しあてていた。

　いかにも取り乱したようすなので、心配して話しかけてくれた救急医療隊員に、彼はそのハンドバッグを差し出した。その目は救急車の回転灯に隠されていたが、口が開いたり閉じたりしているのが見えた。それは周囲のだれにも向けられていない声にならないことばだった。退屈なクライアントやどうしようもない秘書が出入りするアドラー心理学協会で、彼とはずいぶん長い付き合いだったが、ヘンリー・ケンドールが完全に途方にくれているのを見るのはこれがはじめてだった。

「デーヴィッド?」サリーが運転席から抱え上げてもらうのを待っていた。私がためらうと、彼女は車から両脚をつきだし、両手でドアピラーをつかんで立ち上がった。死を崇拝する静かな会衆のように、周囲には駐車した車の果てしない列がつづいていた。「なにかあったの?」

「どうもそうらしい。ヘンリーがあそこにいるんだ」

「まあいやだ……」サリーは私の指さした方向に目を向けた。「あなたを待っていたのよ」

「かわいそうに、なにかを待っているわけじゃなさそうだ」

「ローラ? まさか彼女の身に……」

「ここにいて。話しかけてこよう。ぼくのことばが聞こえるかどうかわからないけれど……」


五分後、ヘンリーを慰めようとしたあとで、私はサリーのもとにもどっていった。彼女は車のそばに立っていた。両手にステッキを握りしめ、ブロンドの髪が肩にかかっていた。ローラのハンドバッグを手にして、私たちの荒っぽい運転のせいで到着がほんの数分でも遅れてしまったことをすまなく思いながら、私は高位聖職者(モンセニョール)のジャガーのわきを通り抜けた。

私はサリーをぎゅっと抱きしめた。自分のからだが震えているのがわかった。ハンドバッグをわきの下にはさんだとき、ローラの死が私たちのあいだに小さなすきまをこじ開けたことに気づいた。

第四章　最後のライバル

礼拝堂を出て陽光の中の会葬者といっしょになったとき、ジェット旅客機がヒースロー空港に降下しようとしていた。私はそれが、かつて王立天文台長が壮麗なる天界を観察したが、いまでは使われていない王立天文台のある、リッチモンドのディア・パークの上空をゆるやかに通過していくのをみつめた。ひょっとしたらその旅客機は、フロリダの空気で肌を焼き、表彰台のスピーチのざわめきで心を麻痺させた、祝賀会の最後の代表を運んでくるところかもしれない。

その朝、私は秘書のオフィスで、電子メールで送られてきた論文の要約を精査した。新しい企業心理学への自信たっぷりの主張は、西ロンドンの火葬場の会葬者たちが弔意を表すために集まった最近の死という現実から切り離されて、熱気球のレガッタのように世界の空に舞い上がりそうだった。アドラー心理学協会の心理学者たちは職場の軋轢を取り除こうとしていたが、カーテンウォールの外側からの脅威はずっと現実的で切迫していた。われわれの日常生活の駐車場や空港のターンテーブルを徘徊する動機のないサイコパスからは、だれひとり安全ではなかった。人類史上はじめて、悪しき退屈が世界を支配したが、それは無意味な暴力行為によってときおり中断されるのだった。

旅客機は着陸装置を下ろし、堅固な大地がヒースロー空港で待っているものと信じて、トゥイックナム上空を滑空していった。いまだローラの死のせいで心が不安定だったので、私は旅客機の貨物倉で爆弾が破裂して、新しい世紀の心理学に関する焦げた講義録を西ロンドン上空に撒き散らすようすを想像した。偽情報時代の色褪せていく花のように、それらの断片は罪もないビデオショップやテイクアウトの中華料理店に降りそそぎ、困惑した主婦たちに読まれることだろう。

　ダークスーツが窮屈そうなアドラー心理学協会の同僚たちが小さな集団をなしてたたずんでいるところに、オルガンの即興演奏が礼拝堂のラウドスピーカーから流れてきた。ヘンリー・ケンドールは葬儀屋と話していた。モーニングを着た慇懃そうな人物で、現世のものであれ来世のものであれ、どんなに人気のあるチケットでもすぐさま提供できる老練なコンシェルジュの雰囲気を漂わせていた。

　うれしいことに、ヘンリーはアシュフォード病院の外での絶望の瞬間からすっかり立ち直っていた。ローラのいない未来を直視して過去を清算した証しのように、髭を剃り落としていた。ローラとつきあいはじめてまもなく髭をたくわえはじめたのだが、それは悪い前兆ではないかと私はいつも疑っていた。ローラとつきあううちに、彼はみるみる老け込んだが、いまはもうすでに若返りはじめており、彼がはじめてアドラー心理学協会にもたらした鋭い刃のような目つきをとりもどしていた。

　私はアドラー心理学協会理事長のアーノルド教授に会釈した。少額訴訟の弁護士の心をもつ、人当たりはよいが抜け目のない人物で、彼の仕事を奪いたがっているライバルたちに囲まれていることはとくと承知していた。ローラの死は彼ら全員を動揺させた。彼女がかつて彼らをどれだけ軽蔑していたか思い出したのだ。彼女が生きていたら、元同僚たちが出席していることに驚いていただろう――「安心毛布みたいに悩みの種にしがみついている陰気な男たち」と表現したことがあるのだ――そしてまじめくさった顔つきで読み上げられた賛辞を聞いたら、棺の蓋を飛ばして大笑いしたことだろう。長年、彼女は私に協会を辞めて開業しろとうるさくいいつづけた。協会への忠誠心で成長を拒絶していることを隠蔽（いんぺい）しているというのだ。結婚していた最後の数年間、私は協会が提供してくれる安心感を必要としており、彼女が自分でコンサルタント業を立ち上げたときに、私たちの結婚が終わったことを悟ったのであった。

とはいうものの、ローラが差し出すふりをするものの中に安心感はふくまれていなかった。私は彼女のより温かくて興味深い側面を示す辛辣なユーモアと憂鬱、そしてどんなことでも可能であると思わせてくれる突然の熱中を思い出した。悲しむべきことに、彼女にとって私はあまりに安定していて用心深すぎた。わざと私を挑発して、彼女の目の前でドアをばたんと閉めさせたことがあった。彼女がいつもひどく気にしているご立派な鼻から鮮血がふきだした。不思議なことに、はじめてローラを思い出すきっかけになったのは、ターンテーブルのそばの女性の顔についた血だったのだ。

私は会葬者から離れて、生花のディスプレイを眺めて歩いた。どれももうひとつの爆発を思い出させるような色彩の爆発だった。第二ターミナルの爆弾は、チューリッヒからの英国航空便の手荷物がターンテーブルに到着しはじめたときに爆発した。警告はなく、三名の死者と多数の負傷者が出たにもかかわらず、いかなる組織からの犯行声明もなかった。これらの乗客がなぜ標的とされたのか、まったく説明がつかなかった。銀行の配達人のグループ、休日の行楽客、ロンドン勤務の夫を訪ねてきたスイス人妻たち。ローラはネッスルによって運営される都市学セミナーで講演していた。彼女は私たちが到着する三十分前にアシュフォード病院の集中治療室で息を引きとった。爆弾を起爆させた時限装置の破片で心臓が引き裂かれていたのである。

私は午後の太陽のもとで最後のときを輝かせている生花をあとにして、ぶらぶらと礼拝堂にもどっていった。会葬者たちは車にもどりはじめていた。アーノルド教授が通夜代わりにふるまってくれる元気づけのモンラッシェを飲むためである。ヘンリー・ケンドールは礼拝堂の階段にたたずみ、スーツにシープスキンのコートを羽織った薄い赤毛のがっしりした男と話をしていた。礼拝堂に入ったときに、その男が後方の列にいたことを思い出した。まるでローラの人生にかかわった男たちに溶け込もうとしているかのように、彼は会葬者をじっくりと観察していた。私が近づいていくと、男はその場を離れ、きびきびとした足どりで自分の車にもどっていった。

「デーヴィッド……」ヘンリーは私の腕をつかんだ。彼は愛想よくて自信たっぷりそうだった。葬儀が終わったこと以上にほっとしているのだろう。「来てくれてうれしいよ」

「とどこおりなく終わったな」私は帰っていく会葬者たちを身振りで示した。「短かったが……」

「ローラが生きていたら嫌がっただろう。あのそらぞらしい別れのことば。みんなが出席しただけでも驚いているよ」

「出席しないわけにはいかなかったのさ。みんな死ぬほど彼女を恐がっていたからな。ところでずいぶん……」

「元気そうだろう……」ヘンリーは横を向いてそっと頰をなでた。ハンサムな顔とその不安定さのすべてが人目にさらされていることに気づいて、髭をさぐっているのだ。これが最初ではないが、ローラが魅力的だと思ったのは、彼の容貌とある種の受動性だけなのではないかと私は思った。彼の目から見ると、私たちはつねにライバルだったので、彼の立場を弱めるチャンスを私が徹底的に利用しようとしないとき、彼はいつも当惑した。彼のローラとの関係は、ある意味で私を完全に排除する試みだった。私は彼が好きだったが、彼が決してアドラー心理学協会の会長になることはないとわかっていたので、そうなる余裕があったのである。

大きな手をハンドルに休めて、駐車場にひとりすわっている、あのシープスキンのコートを着た男を私は指さした。「何者だ？　ローラのむかしの恋人かなにか？」

「そうでなければいいんだが。前ジブラルタル警察のタラク少佐だ。ちょっとした強面（こわもて）だな。内務省に所属しているんだ、ある種のテロ対策チームに」

「ヒースロー爆弾事件を調査しているんだな？　なにかニュースでも？」

「聞き出すのは難しいな。情報部の人間だからといってなんでも知っているわけじゃない。葬儀の前にきみと話したかったんだが、頭がいっぱいのようだったから遠慮したそうだ」

「きみはそうじゃなかったのか?」

「どちらともいえない」ヘンリーはずるそうな微笑を浮かべた。まだ私を試そうとしているのだ。「タラクによれば、第二ターミナルの手荷物受取所近くで疑わしいポスターがみつかったそうだ」

「爆弾と関連性が?」

「ありうるね。トイレの個室の背後の通気孔に旅行鞄が詰め込まれていた。爆弾から五十フィートしか離れていないところだ」

「何か月も前からそこにあったのかもしれない。あるいは何年も」

ヘンリーはじっと私をみつめ、かつてローラが私について話したなにかを確かめているかのように、頭をうなずかせた。「それはそうだが、疑い出せばきりがない。額面どおりに受けとらなければならないことだってあるだろう。第三世界へのホリデイフライトに抗議するテープがあった。ほら、買春ツアーとか、地元の自然環境の破壊とか。海洋文化とか」

「スイスで?」

「そうかもしれない」私を動揺させたことに気づいて、ヘンリーは声を落とした。「タラクと話してみないか? 内務省はわれわれの専門的知識を高く評価しているんだ」

「暴力死の? そんな知識はもっていないと思うが」

「連中は新しいテロリストグループが心配なんだ。無差別暴力が大好きな愉快犯さ。近ごろ爆弾事件が多発しているんだが、そのほとんどはもみ消された。実際、連中のために働く気はないかとタラクはいうんだ。非公式にってことだが。デモに参加し、距離を置いて観察して、新興の心理学の地図を描くんだ」

「秘密捜査を行うわけだな？」

「準秘密捜査だよ」

「引き受けるつもりなのか？」私は彼の返答を待った。「ヘンリー？」

「わからない。ある意味で、ローラに借りがあるからな」

「借りなんかないさ。そういうグループは何百もあるぞ。『シャチを守れ』とか『天然痘ウイルスを救え』とか」

「そのとおり、どこから手をつける？　危険の要素があることはタラクも認めている」

「ほんとうか？　近づくんじゃないぞ、ヘンリー」

「まっとうなアドバイスだな。まっとうすぎるかもしれない」別れの握手を交わすと、彼はたずねた。「ひとつ聞きたいんだが、デーヴィッド――どうして病院まで駆けつけてくれたんだ？　アシュフォードはセント・ジョンズ・ウッドから遠く離れているのに」

「ローラのことが心配だったんだ。それにきみのことも」

「なるほど。ところで、ローラのハンドバッグだが……？」

「ぼくの車にある。渡してあげよう」

「すまないな。開けてみたか？」

「いや」

「気持ちはわかるよ。われわれがだれも直面できないような秘密もあるからな」

私とタラクだけを残して、ヘンリーの車が遠ざかっていった。火葬場の燃焼室がもっとも熾烈な温度に達すると、煙突から薄っすらと煙がたちのぼった。ときおりもっと濃い煙がもくもくと吐き出され、まるでローラの一部が肉体という牢獄から逃げ出したかのようだった——それはかつて私を愛撫した手、あるいは眠っているときに私の足に触れていた柔らかな足だったかもしれない。私は煙が上昇していくのを見守った。この死んだ女性が私に信号を送っているかのように、たてつづけに小さな爆発が起こった。ダークスーツの下に着込んだシャツは汗まみれだった。彼女の死によって、私はあらゆる恨みから、あらゆる記憶の苦しみから解放された。ナショナル・フィルム・シアターのバーで出会い、アントニオーニの《さすらいの二人》のレイトショーに招待してくれた、あの風変わりな若い女性のことを思い出した。

タラク少佐が車から私をみつめているあいだも、煙は大空にぐんぐんのぼっていった。妻のからだが大空に散っていこうとしているときに、死刑執行人のコートを着てすわっている、このやくざっぽい警官の存在を恨めしく思った。しかし私が彼女を殺した人間をみつける必要があることを、ローラの人生の秘密の愛をつきとめて、私の最後のライバルをみつける必要があることを、彼は知っていた。

第五章　オリンピア展示場での対決

まわりはみな冷静だったが、それは危機的瞬間が訪れたことの確かなしるしだった。テレビ局の撮影班の到着に勇気づけられて、デモ参加者たちは毅然としていた。彼らの自信は、より多くの観衆が自分たちの義憤を共有しているのだという意識によっていっそう高められた。彼らは手書きのプラカードを振ったり、オリンピア展示場に入っていく訪問者たちに機嫌よくやじを飛ばしたりしていた。しかし警官は退屈そうだった。ふつうそれは暴力的行動の予兆だった。すでに彼らは、ある愛猫家の団体がべつの団体に反対してはじめた、この意味のない抗議行動にうんざりしていた。

ウィンブルドンからやってきたふたりの中年女性と腕を組んで、私はハマースミス・ロードのデモ隊の最前列に立っていた。車の流れが途切れると、私たちは見守る警官に向かって、アジプロミュージカルの前進するコーラスのように、東行き車線を駆け足で横断した。背後では、若い女性が横断幕を高々とかかげていた。

〈猫にはなんにも望みがないの？　いますぐブリーディングをやめて！〉

私は背中をそらして、ウィンブルドンから来た女性たちがいちばん手前の警官の一団に衝突するのを引きとめようとした。ローラの葬式の二か月後のいまでは、十あまりのデモのベテランになっていた。群集心理学で変動を読みとるのがたとえどんなに難しくても、それ以上に警察の気分を予測するのは不可能であることを知った。無線車両の離脱か上官の到着をきっかけに、わずか数秒で、友好的な冗談の言い合いがあからさまな敵意に変わるかもしれないのだ。それとわからぬ殴打の雨のあと、われわれは撤退を余儀なくされ、あとには壊れたプラカードを手にした血まみれの鼻の白髪の男が歩道に残されるのだ。

「猫（モギー）、猫（モギー）、猫（モギー）……アウト、アウト、アウト！」

私たちは、キャットショーに新たな客を運んできたタクシーの屋根をこぶしで叩きながら、またいっせいに道路を横切った。無愛想な警官の列のそばまで来たとき、あらためて、彼らがどれほど大きく見えるか、そしてたいてい、どんな行動であれ脅迫的に解釈するかを思い知らされた。デモ隊のスクラムに押されるようにして、同僚の男性警官にくらべるとずっと小柄な女性警官を軽くかすめた。騒がしい群衆にまったくおびえる様子もなく、彼女は私の肩の向こうをみつめていた。そして姿勢をほとんど変えることなく、私の右すねを二回蹴ったのである。

「マーカムさん？　大丈夫？　私につかまって……」

〈猫にはなんにも望みがないの？〉の横断幕をかかげていた若い女性が腰に手をまわした。警察と抗議者のスクラムの中で前かがみになって、片足を引きずったり跳ねたりしながら、私はハマースミス・ロードを横切る撤退組に加わった。

「あれは悪質だわ。まったくいわれがないもの。マーカムさん、息ができますか？」

感じがよくて情熱的なアンジェラは、キングストン在住のコンピュータプログラマーで、夫とふたりの子どもがいた。私たちはオリンピア展示場に着いてすぐに組をつくり、チケットを買って広大なキャットショーの偵察を行ったのだった。出展者は五百を数え、世界でもっともちやほやされているペットの数はそれ以上だった。

　私は彼女の手をしっかりつかんで、マンションの一区画の入り口階段に腰をおろした。ズボンの裾をまくって、すでに紫色になりかけている大きな青あざに触れてみた。

「また歩けるようになるだろう。それにしても……」私は婦人警官を指さした。いまはきびきびと交通整理にあたり、渋滞している車の列をケンジントンとハマースミス・ブロードウェイに誘導していた。「汚いやつだ。どんなセックスをしているのか想像したくもない」

「ことばにするのもはばかられるわ。そんなこと考えたりしないで」アンジェラは怒りの表情で、郊外居住者の道徳的な憤怒がぎりぎりいっぱいつまった目で道路の反対側をみつめた。二時間前に展示場を歩き回っていたとき、会場の贅沢なペットの幸福への彼女の揺るぎない肩入れに感銘を受けた。グローバル化や原子力発電や世界銀行に反対する、最近参加した抗議集会は、激烈だがよく考え抜かれていた。対照的に、オリンピアのキャットショーに反対するこのデモ隊は、現実からの乖離（かいり）という点で、微笑ましいほどドンキホーテ的だった。ケージの列に沿って歩きながら、私はそれをアンジェラに指摘しようとした。

「アンジェラ、彼らはとてもしあわせそうだ……」私はじつに優美な生き物たちを身振りで示した——ペルシャ猫、コラット、ロシアンブルー、バーミーズ、カラーポイント・ショートへアー、どれも清潔な麦わらで眠っていた。シャンプーとセットのおかげで、どれも毛並みがふわふわでつやつやしていた。「すばらしく手入れが行き届いている。ぼくたちは彼らを天国から救出しようとしているんだ」

　アンジェラは足どりをまったく変えなかった。「どうしてわかるの?」

「よく見てごらん」私たちはアビシニアンの列の前で立ちどまった。自分自身であるという贅沢にどっぷり浸っているので、感嘆のおももちで眺めている群衆にはほとんど気づいていないようだった。「彼らは必ずしも不幸というわけではないんだ。さもなければ、ケージから逃げ出そうとしてうろつき回るだろう」

「薬物をあたえられているのよ」アンジェラは眉間にしわを寄せた。「マーカムさん、いかなる生き物も檻（ケージ）に入れてはならないの。これはキャットショーなんかじゃなくて、強制収容所なのよ」

「それでも、かなり華麗なようだが」

「彼らは生のためじゃなくて、死のために交配させられるの。同腹の残った子猫たちは生まれてすぐに溺死させられるの。ドクター・メンゲレがやってたような、おぞましい優生学の実験なのよ。それを忘れないで、マーカムさん」

「わかったよ、アンジェラ……」

私たちは天井桟敷（さじき）をぐるっと一周した。アンジェラは出口と旧式エレベーターと階段、そして非常階段と監視カメラの位置を確認した。一階は企業のブースが大半を占めていた。猫の強壮剤や玩具やキャットタワー、そして化粧品や毛づくろい用品である。猫が経験できるありとあらゆる世俗的快楽が惜しげもなく提供されていた。

しかし過去二か月の経験から学んだことだが、論理は抗議行動の最強の切り札ではなかった。ローラの葬式の翌日から、私はより極端な抗議集会の詳細を求めてイベント情報誌やインターネットのサイトを調べはじめ、暴力を好む非主流派を探し求めた。これら熱狂的なセクトのひとつが、ブルジョア生活の柔らかい下腹を刺すのに失敗した腹いせに、ヒースロー空港爆弾事件を起こしたのかもしれない。

タラク少佐と内務省には接触しないことに決めた。彼らには彼らなりの行動計画があるので、ヒースロー空港の残虐行為がもはや彼らの目的に役立たなくなれば切り捨てるだろう。警察の捜査はほとんど進んでいないとヘンリー・ケンドールはいっていた。いまでは第二ターミナルのターンテーブル近くのトイレの通気孔に詰め込まれていたオーディオカセットテープ入りの旅行鞄をほとんど無視しているという。第三世界への観光旅行に関する曖昧な脅迫は、ゴアやカトマンズ帰りのマリファナとアンフェタミンで頭をやられたヒッピーの妄想のたぐいだった。

科学捜査班はガラスや金属やプラスチックの破片をすべて徹底的に調べ上げた。不思議なことに、空中で爆発するように設計された気圧式の起爆装置の痕跡をみつけることはできなかった。爆弾は酸のカプセルを引き金にした単純な装置だった。おそらく爆発の五分以内にセットされたのだろう。ローラの死は無意味だっただけでなく、彼女を殺した犯人は、ほとんどまちがいなく私たちがテレビで見た逃げる群衆の中にいたのだ。

抗議運動は、正気なものも正気でないものも、賢明なものもばかげたものも、ロンドンの生活のほとんどあらゆる側面に影響をあたえた。それはもっと意味のある世界を切実に必要とする人々の心のはけ口となるデモンストレーションの広大な網の目だった。人間の活動で、抗議活動家の標的とならないものはほとんどなかった。彼らは研究所や投資銀行や核燃料貯蔵所にピケを張ったり、アナグマの巣を守るためにぬかるんだ小道を重い足どりで歩いたり、すべてのデモ隊の憎むべき天敵である内燃機関を停止させるために高速道路に横たわったりして週末をすごすのだった。

非主流派どころか、これらのグループはいまやロンドン市長のパレードやアスコット競馬やヘンリーレガッタ（テムズ川で毎年開かれるボートレース）のように、この国の市民の伝統の一部になっていた。動物実験や第三世界の負債に反対するデモ隊に参加しているときに、原初的な宗教が生まれつつあるのを感じることもあった。それは崇拝すべき神を探し求める信仰であり、その信徒たちは、遅かれ早かれ郊外のショッピングセンターの荒野から出現するはずのカリスマ的人物を求めて通りをさまよい、情熱と敬信の期待できる気配のにおいを嗅ぎつけるのだった。

サリーは私のフィールドリサーチャーだった。ネットを細かく調べて目立たない抗議集会のより詳しいニュースを集め、この上なく熱心に手伝ってくれた。私たちはふたりともローラの死に動揺したが、サリーの動揺は私の予想以上だった。ふたたびステッキを使って、私がはじめて彼女に求愛したセントメアリー病院の精神療法室で示したのとおなじ強い決意で家の中を動き回った。彼女はフリーダ・カーロや共通の路面電車事故に執着していた負傷時の状態にもどりかけていた。せめてサリーのためにも、私はローラの死の謎を解決する必要があった。

集会所の後方から、そして抗議集会のバリケードの背後から、私は決然たる顔の列を眺めて、本物の精神障害者を、暴力の夢を実現したくてたまらない孤独な狂人を探し求めた。しかし実際のところ、デモ参加者はみな中産階級の陽気な一員——しっかりした考えの学生や医療の専門家、放送大学の卒業資格を取ろうとしている医師の未亡人や祖母たちだった。ふとした良心の呵責(かしゃく)や、長いあいだ潜伏していた主義や原則への関与が、彼らを外の寒さや雨の中へと連れ出したのだった。

私が出会ったほんとうに恐ろしい人間は、警察やテレビの取材班だった。警官は不機嫌で気まぐれで、その権威へのいかなる挑戦に対しても被害妄想的だった。テレビの放送記者は当局の手先も同然で、平和な抗議を暴力活動に駆り立ててやろうと絶えず煽動するのだった。中立こそもっとも対決的な姿勢だったが、私がもっとも近づいた政治的暴力の提唱者は、キングストンの主婦にして猫愛好家であるアンジェラだった。

マンション区画の階段にすわっていたとき、彼女は上着から消毒スプレーとリント布を取り出した。彼女は私の傷をきれいにしてから、刺激臭のする霧を青あざに吹き付けた。そのあいだずっと例の婦警に憎しみのまなざしを向けていたが、その婦警はデモを見物するために自転車をとめたふたりの人間を逮捕すると脅していた。

「いくらかましになった?」アンジェラは私のひざを屈伸させた。「私ならすぐお医者さんに行くわ」

「もう大丈夫。訴えたいところだが、動くのが見えなかったんだ」

「それはむりよ」

私は彼女の救急医療キットを指さした。「こんなこともあろうかと？」

「もちろんよ。みんな確信しているわ」

「猫のために？」

「猫は政治囚なの。動物を対象に実験しはじめたら、つぎは人間の番よ」彼女はびっくりするほど愛情のこもった微笑を浮かべると、勇敢な兵士に授ける戦場の勲章のように、私のひたいにキスをした。それから手を振って、あとは自分でねというように遠ざかっていった。

彼女の思いやりに感動しながら、私は抗議者たちが再結集して展示会場の玄関ロビーと入場券売り場を再度封鎖しようとしているのを見守った。プラカードが空中にかかげられ、ポールには小さな檻がぶら下がっていたが、その中には赤茶色の猫のぬいぐるみが入っていて、前足には鉄格子を通して手錠がかけられていた。スプレー缶から発射された黄色い糸が例の婦警に飛んでいき、制服の上着にこびりついた。粘つくプラスチックの糸をあごからぬぐいながら、婦警はデモ隊の中に分け入り、虎のマスクをかぶった若者からスプレー缶をとりあげようとした。

醜い乱闘がはじまり、ハマースミス・ロードの交通を遮断した。一連の小競り合いがおさまると、数人の中年の抗議者が立ち往生したタクシーの車輪のそばに呆然とすわりこんでいた。

しかし私は、両手を上着のポケットに深く入れて道路を横断していくアンジェラを見守っていた。彼女は警察と格闘しているデモ隊を無視して、合流するために歩道から近づいてきたポニーテールの男の腕をつかんだ。

私は立ち上がって展示会場に向かい、道路の中央をうろうろしているびっくり仰天した旅行者や興味津々の通行人をかきわけていった。アンジェラとポニーテールの男は、自分たちの世界に浸っている恋人のように互いの腰に腕をまわして、玄関ロビーを抜けていった。

私は彼らにつづいて入場券売り場の前を通り過ぎたが、そのとき展示会場から雷(かみなり)のような爆発音が聞こえてきた。耳障りな空気の破裂と、激しく閉まったドアのこだまに驚いて、周囲の訪問者たちは縮み上がり、互いを盾にするようにしゃがみこんだ。二度目の雷が頭上の桟敷で炸裂し、旧式エレベーターの内部の鏡を輝かせた。目の前の初老の夫婦が宝石をちりばめた蚤(のみ)とり首輪のピラミッドに倒れこみ、派手な首輪を床一面にばらまいた。

激しい乱闘がメインフロアのケージのあいだでくりひろげられていた。アンジェラとポニーテールの男は混乱したブリーダーをかきわけて、ディスプレイコーナーの扉をこじ開けた。侵入者たちは警察がハマースミス・ロードの騒ぎに気をとられたすきに行動を開始したのだろう。

私は足を引きずりながらアンジェラのあとを追った。激昂したブリーダーたちにはとても敵わないだろうと思ったのだ。ひとりの巡査部長とふたりの巡査が群衆の中で私を追い抜いていったが、三度目の雷がキルトの籠(かご)でいっぱいの販売パビリオンで爆発すると頭を抱えてしゃがみこんだ。

大きな猫が、つややかに毛づくろいされたメインクーンだが、私たちのほうに猛スピードで走ってくると、立ち並ぶ人間の脚のあいだで方向感覚をつかむために足どりをゆるめ、巡査部長のブーツのあいだを矢のように駆け抜けた。この解放された生き物の姿が見物人に激怒の発作を引き起こした。巡査のひとりが私にぶつかってきて、わきに押しやると、アンジェラを追って走り出した。ポニーテールの男が催涙ガスの缶をこれ見よがしに振り回して、ブリーダーの輪を食いとめているすきに、アンジェラはワイヤーカッターでケージの錠を切断していった。

巡査部長がアンジェラの仲間を投げ飛ばし、アンジェラの手からカッターを叩き落して、うしろから肩をつかんだ。まるで子どものように軽々と抱え上げ、足元のおがくずや散乱した薔薇飾りの上に投げつけた。もういちど抱え上げて、ほとんど意識を失った小柄な女性をコンクリートの床に投げつけようとしたので、私は飛び出して警官の腕をつかんだ。

一分もしないうちに、私はおがくずに顔をうずめ、後ろ手に手錠をかけられて床に転がっていた。怒ったブリーダーたちにひどく蹴りつけられながら、愛猫家で二児の母のキングストンの主婦をかばっていただけだと必死に叫んでいた。

私は転がって仰向けになった。そのときハマースミス・ロードにサイレンが響き、オリンピア展示場のラウドスピーカーが訪問者たちに落ち着くようによびかけていた。抗議は終わり、炸裂した無煙火薬の蒸気の名残が天井の照明のあたりに漂っていた。ブリーダーたちはケージをまっすぐにしたり、毛を逆立てたペットを慰めたりしていた。そして女性販売員は蚤とり首輪のピラミッドをつくりなおしていた。アンジェラとポニーテールの男はまんまと逃げおおせていたが、手錠をかけられた数人のデモ参加者が出口へと追い立てられていた。

ふたりの警官が私を立ち上がらせた。若いほうは、多種多様な猫の大群と、彼らに惜しみなく注がれた思いやりに当惑している黒人の巡査だったが、私の上着から麦わらをはたいてくれた。彼は私が傷ついた肋骨の痛みをこらえて息をととのえるのを待った。

「猫になにか恨みでも？」

「檻に反対なだけだ」

「生憎(あいにく)だな。これから入ることになるぜ」

私は深々と息を吸い込んで、頭上の照明をみつめた。無煙火薬の刺激臭にかわって、新たな臭気が漂っていることに気づいた。閃光爆弾が破裂したときに、一千匹のおびえた動物たちが集団的な恐慌行動に加わり、展示会場には猫科の尿の強烈な悪臭が充満していたのである。

第六章　救　出

ハマースミス・グローヴの治安判事裁判所には、気分を落ち込ませる臭気、罪人と不潔なからだのにおいが漂っていた。私は傍聴席の後列で順番を待ちながら、クイーンズテニスクラブの外で客引きしていた件で起訴された三児の母への判事の判決に耳を傾けていた。四十代はじめの意気消沈した女性で、ほとんど読み書きができず、なんらかの救済措置がただちに必要な状態だった。そのぼそぼそとした懇願は、弁護士や被告や警察官、門衛や証人たちといった、ルイス・キャロルの小説から抜け出してきたようなキャストが通路をひっきりなしに行き来している、この法廷の休みない活動にかき消されてしまった。いまここで行われているのは正義ではなく、避けられないものとの退屈な妥協の連続であり、混沌状態におちいったサッカーの試合の疲れきった審判の判定だった。

私は百ポンドの罰金を科せられ、今後は治安を尊重すると誓約させられた。罪のないオリンピア展示場の訪問者であり、いわれのない警察の攻撃から女性のデモ参加者をかばおうとしただけだという弁護士の主張は判事に無視された。こそ泥や飲酒運転や動物保護活動家といった、法廷に連れてこられたすべての人々の有罪は当然のことだった。改悛だけがごくわずかに酌量された。私には専門家としての資格があり、犯罪記録はなく、地域社会での立場も堅実であると弁護士は主張した。だが、いままでいちども見たことのない警官が、私は無数の監視カメラに記録されており、暴力的な街頭デモに頻繁に参加していたと証言した。

判事は険悪な表情で私をみつめた。私は治安を乱す専門職の中産階級であり、短く辛辣な打撃であってもいちばん辛辣な打撃にふさわしいと頭からきめつけている目つきだった。判決の前に、私は前妻を殺した犯人を探していたと説明したが、それを聞いて主任判事は目を閉じた。

「キャットショーで?」

あとになって、弁護士はロンドンの中心部まで車で送ろうと申し出てくれたが、彼がほっとしたことに、私は辞退した。騒々しい治安判事裁判所でもどこでもいいから、とにかく休息できるところをみつける必要があったのだ。三日前に愛猫家たちが私の胸と生殖器を狙った猛烈な蹴りと、護送車内での手荒い扱いのせいで、腕と脇腹にひどいあざができており、サリーが息をのむほど睾丸(こうがん)が腫れ上がっていた。被告席に立つのはひどくきまりの悪いことだったが、疲れ果てていたせいで恥ずかしさを実感できなかった。アドラー心理学協会で治療を受けている患者の多くが、原因不明の強い罪悪感をおぼえるものだが、判事に有罪を宣告されたものはだれひとりとして、ごくわずかな自責の念すら示さなかった。正義はなにももたらさず、警察の時間を浪費して正義そのものを矮小(わいしょう)化しただけだった。

ひどく硬い木のベンチ席で休んでいると、つぎの訴訟は陪審による裁判にかけられるべきだという抗弁が聞こえてきた。オーダーメードのスーツを身につけた自信たっぷりな女性が被告席の前に立ち、書類の束を手にして芝居がかった仕草をしていた。彼女のうしろには、被告席の役目を果たす祭壇テーブルの前に被告が立っていた。黒い前髪を切り下げた闘争的な表情の若い中国人女性と、牧師服の詰襟をつけ、ライダージャケットを羽織った不安そうな牧師で、髭の伸びた顔をうつむけていた。ふたりはシェパーズブッシュ・ショッピングセンターの治安を乱し、二十七ポンドと推定される損害をあたえた罪で告発されていた。

法廷に到着したときに、階段のところで彼らを見かけており、きちんとした身なりの女性は彼らの弁護士だろうと思っていた。彼女は三人のご立派な判事の前を大股で行ったり来たりしながら、ときおり立ちどまって彼らに追いつくひまをあたえた。ハイヒールをはいて腰をくねらせ、灰白色の髪を肩のまわりで躍らせ、熱心にみつめる法廷にヒップを見せびらかし、自分の美貌に自信たっぷりなのか、眼鏡を鼻先にずらしてかけていた。

そのみごとな舞台指揮能力に興味をそそられて、彼女に弁護を依頼すればよかったと思った。傍聴席の人々はすでに彼女のとっぴな行動を笑っており、彼女は熟練した女優のように拍手喝采に応えた。主任判事が陪審による裁判にかけてほしいという訴えを退けると、彼女は書類を放り出し、ほとんど脅迫的な身振りで判事たちに歩み寄った。警官が彼女を制止して被告席にもどらせると、彼女は中国人女性とうつむいた牧師といっしょにふてくされて直立した。

するとこの元気のよい調停者は弁護士ではなく被告のひとりだったのか。出番が終わったことを悟って、彼女は挑むように判事たちをにらみつけ、玩具をとりあげられた子どものようなふてくされた態度で眼鏡をはずした。この三人はどこかの福音主義団体のメンバーか、狂信的なニューエイジ教団の信者で、ショッピングセンターのアトリウムで石器時代の夏至の儀式を私は法廷の外に出た。行おうとしたのではないかと私は思った。

一刻も早く正気の世界に、サリーと協会での仕事にもどりたくて、私は法廷の外に出た。私にこれ以上恥ずかしい思いをさせないために、サリーは傍聴席には来ないといってくれた。ローラ殺害の犯人探しは、方向を変えるか、警察とテロ対策チームにまかせるしかないだろう。汗と罪のにおいがいりまじった、シャツからたちのぼる不愉快な臭気を意識しながら、ロビーに群がる関係者や証人たちを注意深くかきわけていった。私の正面にいるのは、雇い主に不利な証言をした制服姿のお抱え運転手だった。地元の実業家である雇い主は、売春婦をみつけるために歩道沿いに車をゆっくり走らせた罪で有罪になった。彼はふいに振り返って私にぶつかってきたので、ひじが私の胸を直撃した。彼はすまなそうに私の腕をつかみ、それから人ごみの中に消えていった。

胸骨に猛烈な痛みが走った。傷ついた肋骨が切り裂かれたかのようだった。ほとんど息ができなくて、ハマースミス・グローヴの陽光に出て行くと、通過していくタクシーに合図して停めようとしたが、腕をあげただけで息が切れてしまった。欄干のライオンの石像にもたれたが、アル中の酔っ払いであるかのように、当直の警官に法廷の階段から追い払われてしまった。

サンドイッチ屋に向かう会社員でごったがえした昼食時間だった。通りの空気が消えてなくなった。いまにも失神しそうになって、このまま歩道に倒れたら死にかけていると思ってだれかが救急車を呼んでくれるかもしれないなどとやけくそなことを考えていた。

両手をひざにあてて停車中の車に寄りかかり、どうにか肺に空気を送り込んだ。そのとき女性の腕が私の腰のあたりをしっかりつかんだ。その人の腰に寄りかかると、香水とウールの服地のいりまじったくらくらするような香りがした。そこには純然たる憤りによってもたらされた汗のにおいと不安の気配が漂っていたので、私は顔をあげて女性をみつめた。

「マーカムさん？　助けが必要みたいですね。まさか酔っ払ってはいないでしょう？」

「まだです。息ができないんです……」

それは判事たちに熱弁をふるっていた女性だった。私は彼女の意志の強そうな顔をみつめた。いかにも心配そうに私をみつめているが、片手をバッグの中の携帯電話にかけて、私が彼女の福音主義団体の下部組織の有望な新入会員であるかのように、いくらか値踏みしているようでもあった。

「さあ、まっすぐ立ってみて」彼女は私を車に寄りかからせ、じっと見ている警官に陽気に手を振ってみせた。「このあたりのどこかに駐車してあるの。盗まれていなければね。治安判事裁判所はみずから犯罪の急増を生み出しているのよ。それにしてもひどい姿ね——どうしたの？」

「脇腹に打撲傷を負ったんです。だれかに蹴られて」

「オリンピア展示場で？　さては警官のブーツね」

「愛猫家ですよ。とても暴力的でした」

「そうなの？　かわいそうな猫ちゃんたちになにをしていたの？」ほとんど私を抱えるようにして、彼女は駐車してある車の列を調べた。「どこか安全なところに行きましょう。診察してくれそうなお医者さんを知っているから。いいこと、平和なデモみたいなもので暴力なんか生まれないわ」

第七章　邪魔者は殺せ

力強い手が私の頭を抱えるようにして私を車から降ろし、抗議ステッカーに覆われた出窓のわきの正面ドアまで運んでいってくれた。私を助けに来てくれた女性、ケイ・チャーチルは、警察の手入れの先頭に立っているかのように、ドアに肩をあてて押し開けた。チェルシーのどこかの空き家に不法侵入しているのだろうと思ったが、堂々と玄関ホールに入っていき、車の鍵をコートスタンドに放り投げた。空気のにおいを嗅いで、自分の体臭が好きかどうかよくわからない様子だったが、私についてくるように手招きした。

額入りの映画ポスターがリビングに吊るされていた。クロサワの叙事詩的映画の眉間にしわを寄せたサムライや、《戦艦ポチョムキン》の絶叫している女性である。ケイはレザーの肘掛け椅子から脚本の山を持ち上げると、私をクッションのあいだにゆったりとすわらせ、私が呼吸をはじめるまで励ますような微笑を浮かべて待った。警察に暴行を受けた仲間のデモ参加者を少しでも元気づけてやりたくて、脚本のあいだからウイスキーの小瓶をみつけだし、机の引き出しからタンブラーを取り出した。私が酔っ払いそうな蒸気を吸い込むと、彼女は満足そうにうなずいた。

「かわいそうな人——あなたにはそれが必要だったのね。あのくそったれどもはひどいことをするわ」

「ご親切にどうも……」私は呼吸しないようにしながら背もたれに寄りかかった。「妻に電話をかければ、すぐに迎えに来るでしょう」

「その前にお医者さんに来てもらいましょう。そんな姿を奥さんに見せるものじゃないわ」彼女は身を乗り出した。「マーカムさん？　そうでしょう？」

「そうです。ぼくの名前をご存じなんですか？」

「職員が呼んでいるのを聞いたのよ」彼女が長椅子の腕に腰をおろすと、タイトスカートから太腿がむきだしになった。いささか自意識過剰かもしれないが、親切で人好きがして、注目の的になることに慣れているようだ。その好意にもかかわらず、なんとなく私というものに納得できないかのように、私のことを知りたがった。治安判事裁判所からここまでポロを運転してくるあいだ、片手でハンドルを操り、もう片方の手をフロントシートに伸ばして、まだ生きていることを確かめるように私の肩をつかんでいた。自己紹介したあとも、バックミラーをじっとみつめていた。

「職員？」私はひりひりするようなウイスキーを口に運んだ。「法廷は精神病院ですよ。あそこで連中が提供しているものがなんであれ、少なくとも正義ではありません」

「それほどできが悪かったわけでもないわ。刑事損害、爆発物の点火、それに警察襲撃でしょう？　たとえ初犯でも、罰金はじつに寛大だったわ」

「うまく説明できませんが、ともかく、治安当局の手先なんかじゃありません」

「そうじゃないと思うわ」彼女はひとりうなずき、容疑はあるが証拠不十分で無罪にしてくれた。「それでも、いくら注意しても注意しすぎるということはないのよ。私たちの伝統ある民主主義には至るところに目や耳があるから――ティーポットには隠しカメラ、インド更紗の陰には盗聴マイク。あなたがおしっこをするたびに、ＭＩ５の保安要員があなたの男らしさを書き留めているわ。みんなやっていること。あなたが身につけているその古着――それは変装じゃないの？」

「ある意味では」私はてらてらしたヘリンボーンスーツの襟をまっすぐにしようとした。「庭師から買ったんです。あまり、その……」

「中産階級っぽく見られたくなかったから？」

「ぼくらは分別があるとみなされていますからね。いずれにしても、いまどき中産階級はまったく流行（はや）りません。みんな中産階級を痛めつける必要があると思っているんです」

「たしかにね」彼女はまるで天気の変化を確認するかのような口ぶりであっさり認めた。「あなたの弁護士は試合を放棄したのよ。デーヴィッド・マーカム、ユニリバーやＢＰといった大企業の顧問心理学者。ところがいまやあなたは警察と戦い、世界を変えようとしている。拘留されなかっただけでもラッキーだったわ」

「それなら、あなたはどうなんです？　あの中国人娘と牧師は？」

「まるでバルトークのオペラみたいね」彼女は携帯電話に手を伸ばした。「もういちど友人のお医者さんにかけてみるわ。いまごろは劇場（シアター）にいるはずだから」

「手術室で？」

「患者たちが書いた『ダイアナ妃』を上演しているの」

「なかなか感動的な劇のようだ」

「悲しいことに、つまらないの。ダウン症の子どもたちなのよ。センチメンタルだけど、とことん退屈だわ。ハロルド・ピンターが書き直した『白雪姫』みたいに」

「おもしろい……そのほうが理にかなっているかもしれませんね」私は立ち上がろうとした。「家に帰る途中でかかりつけの医者に寄ります」

「だめよ」彼女は私のひたいを押さえた。「奥さんはあなたがタクシーの後部座席で死んでいくのを望んでないわ。それに、私たちのつぎのプロジェクトにあなたの助けを借りたいの……」

彼女はスタイリッシュなヒールで大股に離れていった。純粋な気遣いからここに連れてきてくれたのだろうが、すでにとらわれの身になったような気分だった。肘掛け椅子にあおむけになって、この家のあまり魅力的とはいえない内装を眺めた。非常によい趣味に恵まれた富豪の娘に内装された、セント・ジョンズ・ウッドにある私たちの格式高い邸宅とは大違いだ。かすかに漂うマリファナとガーリックとすばらしい香水のにおいは気に入った。子どもの絵がマントルピースにピン留めされ、暖炉に投げ込まれたワインのしみがついていたが、ケイ・チャーチルがひとり暮らしなのは明らかだった。コーヒーテーブルとライティングデスクには埃が積もっていたが、それはエクトプラズム的存在のような後光であり、それ自身が記憶と後悔を具える並行世界だった。

フェルトの帽子と紫色のブレザーを身につけた幼い少女で満員のスクールバスが窓の外を通過していった。その授業料がイーストエンドの黒人居住区全体の教育費をまかなえるほど高いことで有名な私立小学校の制服である。するとここは、私の考えでは、もうひとつの闇の奥ともいうべき、キングズ・ロードの南にある高級住宅街、チェルシー・マリーナだったのか。

ガス工場の跡地に建てられたチェルシー・マリーナは——私立教育、晩餐会文化、そして、レコード産業のプロデューサーや新聞のコラムニストのような無産知識階級（ルンペン・インテリゲンチア）や、広告業者といった「下層」階級に対する、決して是認されることのない嫌悪といった——部族のトーテムを保存したがっている有給専門職階級のために設計された。そのような連中はすべて審査委員会によって排除された。もっとも、彼らのより多岐にわたる趣味からすると、チェルシー・マリーナはあまりに慎ましくてお上品だったたが。

ケイが電話に向かってしゃべりながら玄関ホールを歩き回っているあいだに、この中産階級の礼儀正しさの飛び地ともいうべき場所に、彼女はどうやって順応しているのだろうと考えた。彼女は病院の不運な受付係を叱りつけ、がみがみ女なみに金切り声をはりあげて、私の胸の傷と、おそらくは脳の損傷を描写した。その間（かん）ずっと、コートスタンドの鏡に映る自分の姿を惚れ惚れとみつめていた。彼女がスコッチをタンブラーに注いだとき、爪に深い嚙み跡があることや、立派な鼻には幼いときから鼻くそをほじる癖があることに気づいた。

「グールド医師(せんせい)がこっちに向かっているわ」彼女は椅子の腕木に腰をおろし、私の目をのぞきこんで、からだをぐっと近づけた。「実のところ、さっきよりは具合がよさそうだけど」

「よかった。あの裁判所から逃げ出すためならなんでもね」私は出窓の外の静かな通りを指さした。「するとここはチェルシー・マリーナなんですね。なんとなく……」

「フラムのような気がした？　フラムよ。『チェルシー・マリーナ』という名称は不動産業者の売り文句なの。どうにか暮らしているすべての中間管理職や公務員のための手ごろな住宅というやつ？」

「すると港(マリーナ)は？」

「トイレぐらいの大きさでトイレみたいな悪臭がするわ」その有害な瘴気(しょうき)を嗅ぎつけたかのように、彼女は顔をあげた。「この場所全体が責任ある中産階級専用なんだけど、いまでは高級スラムになりかけている。ここには都市優遇税制も、株式オプションも、企業クレジットカードもない。私たちの多くはほんとうに無理に無理を重ねているのよ。だから目を覚ましてなんとかしようと、定期的に通りでデモを行っているのよ」

「問題は通りがすべて最寄りの治安判事裁判所につづいていることです」

「それは対処できるわ。いいこと、警察は中立なのよ――すべての人間を憎んでいるから。法に従うこととよき市民であることとはまったく無関係なの。それは警察の手を煩(わずら)わせないことを意味するの」

「堅実な忠告ですね」いつのまにか深く呼吸しすぎていることに気づいて、私はそっと空気を吐き出した。「ゲームの規則を学べ、そうすればなにをしても逃れることができる」

「それが中産階級にはいつでもショックなのよ」ペトリ皿上の新たな増殖に驚いた細菌学者のように、彼女はコーヒーテーブルに積もった埃に指を走らせた。「オリンピアではなにが起きていたの？」

「なにも……」ケイが長椅子にすわって話を聞く準備ができるまで待っているうちに、この意志の強い活動的な女性がじつは孤独であることに気づいた。ヒースロー空港の爆弾犯の探索について説明したい誘惑にかられたが、彼女は少しばかり用心深すぎた。すでに私が判事に語ったことばも聞いているのだから、私がもっと抜き差しならぬレベルで抗議運動にかかわっているものと思っているだろう。いいわけするように、私はことばをつづけた。「キャットショーなんてとるに足らないことのようですが、それがニュースになるんです。予想外だからこそ、人は考えるんです」

「そのとおりよ」彼女は力強くうなずいた。「私たちは人を不安にさせる必要があるの。誠実なだけではだめなのよ――哀れっぽくすすり泣くトロツキストか不機嫌な老婦人と思われるのがおちよ。あえて危険を冒さなければならないの。私はやってみた。そして確かな代償を支払ったわ」

私はグラスで壁のポスターを指し示した。「映画評論家なんですか？」

「サウスバンク大学で映画学を教えているわ。あるいは教えていたわ」

「クロサワ、クリモフ、ブレッソン……？」

「最後のあがきね。その後は娯楽映画ばかり」

「まさしく」そろそろ失礼すべきときだったが、椅子から立ち上がるのが難しいことがわかった。ウイスキーが痛みを封じ込めていたが、それはじっとすわっているときだけだった。私はデスクの背後の棚に詰め込まれた何百本ものビデオに印刷されたタイトルにざっと目を通した。

「アメリカ映画は一本もありませんね?」

「コミックスのたぐいは好きじゃないの」

「フィルム・ノワールは?」

「黒はとてもセンチメンタルな色だわ。どんながらくたでも隠すことができるから。ハリウッド映画は楽しいわよ。あなたの考える楽しい時間がハンバーガーとミルクシェークならね。アメリカ人は成長しなくてすむように映画を発明したの。私たちには苦悩と憂鬱と中高年の後悔がある。彼らにはハリウッドがある」

「めでたい」私はコーヒーテーブルに置かれたフォルダーを指さした。「脚本の提出物?」

「私のクラスのね。彼らには現実への日帰り旅行が必要だと思ったの。周囲には専門用語があふれかえっているから――『窃視症と男性の凝視』とか『去勢不安』とか。自分で自分の尻尾を呑みこんでいるマルキスト理論の言説が」

「でもそれを治療したんですか?」

「カメラを寝室に持ち込んでポルノ映画をつくるように命じたの。どうせひまさえあればファックしているんだから、それをレンズを通して眺めたらどうなのと。セックスについてはあまり学ぶところはないかもしれないけど、映画については大いに学ぶことがあるだろうと思ったの」

「それがうまくいったんですか？」

「生徒はとても気に入ってくれたんだけど、学部長は感動しなかったのね。私をどう扱うかはっきりするまで停職処分になったわ」

「なかなか難しいですね」

「私もそう思ったわ。だから時間がたっぷりあるうちに、革命をはじめようと決心したの」

「革命？」私は感心したふりをしようとした。彼女は神経が昂って欲求不満のようだった。観客を奪われた女優のように、擦り切れたカーペットをみつめている。革命は、到来すれば、少なくともよい脚本といくつかの重要な役を提供してくれるだろう。

「あなたは今朝すばらしいショーを上演したじゃないですか。だから有罪になったときは驚きました。聖職にあるものに罰金を科すなんて……」

「スティーヴン・デクスターのこと？　チェルシー・マリーナの住人の教区牧師よ。それに異端審問の正式な資格があるかどうかわからないけれど」

「するとシェパーズブッシュ・ショッピングセンターでの抗議行動は宗教的なもの？」

「スティーヴンにはそうじゃないでしょうね。かわいそうに、彼は自分の神を疑う義務があると感じている司祭のひとりなの。それでも、近くにいてもらうとなにかと便利だわ、とりわけデモのときにはね」

「二十七ポンド相当の被害？　いったいなにを——ごみ箱でもひっくりかえしたんですか？」

「ポスターを数枚破ったのよ」彼女は心からの嫌悪をこめて肩をすくめた。「魂を堕落させるようなやつ」

「良俗に反するような？」

「ある意味でね。ものすごく誘惑的なの」

「ショッピングセンターに？　どんなものですか？　生体解剖支持者の読書室？」

「旅行代理店よ」彼女は私に顔を向けて、つんとあごをあげた。「たまたまね、私たち旅行という概念そのものに反対なの」

「どうして？」

「観光旅行はでっかい催眠剤だから。壮大な信用詐欺みたいなもので、人生にはなにかおもしろいことがあるという危険な考えを人々に植えつけているわ。あべこべの椅子とりゲームともいえるわね。音楽がとまるたびに人々は立ち上がり、世界という椅子の輪のまわりを踊るんだけど、そのあいだに新たなマリーナやマリオットホテルといった新しい椅子が追加されるから、みんな自分たちは勝ち組だと思い込むのよ」

「だが、それもまた詐欺なんですね？」

「まったくの。今日(こんにち)の観光旅行はどこにも行きようがないわ」彼女の話し方は自信たっぷりだったが、それは観客に決して邪魔されない講義の自信であり、このさえないリビングで、いかにも彼女らしい情熱をこめて語られるのだった。「生活の向上すべてが、おなじ空港とリゾートホテルに、おなじくそったれなピニャ・コラーダに通じている。観光客は自分たちの日焼けと輝く歯に微笑みかけて幸福だと思い込む。でもその日焼けは彼らの正体を隠しているの――アメリカの屑で頭をいっぱいにした給料の奴隷だという正体をね。旅行は二十世紀が私たちに残していった最後の幻想、どこかに行きさえすれば自己改革できるという妄想なのよ」

「でもそんなことはできないと?」

「行くところなんてどこにもないもの。この惑星は満員なの。むしろ家にこもってそのお金でチョコレートファッジでも買ったほうがましよ」

「第三世界はなにかを得るんじゃ……」

「第三世界ですって!」口調がはねあがって嘲(あざけ)るような金切り声になった。「セメントをこねて滑走路を敷いている苦力(クーリー)の群れじゃない。えりぬきの少数だけがカクテルをつくったり観光客とセックスしたりするのよ」

「つらいけど、それが生活ですよ」

「彼らこそほんとうの犠牲者よ。できることなら、この国のすべての旅行代理店で爆弾を破裂させてやりたいわ」

　私は脇腹を押さえた。もうキングズ・ロードまで歩いていけるかどうか考えていなかった。ケイ・チャーチルは稽古を積んだ長広舌(ちょうこうぜつ)をふるい、祈りを唱えるように強迫観念じみた公教要理をまくしたてた。ヘンリー・ケンドールによれば、ヒースロー空港の通気孔でみつかったテープには、おなじような長広舌がおさめられていたという。私はガラスとスーツケースのあいだに横たわったローラのアマチュアビデオ映像を思い出し、ケイがほんとうの観客である退屈しきった判事たちに熱弁をふるってから、最終的にホロウェイ女子刑務所の独房に送り込まれるさまを想像した。この魅力的だが風変わりな女性に爆弾を仕掛けられるような自制力があるとは信じがたかった。だが彼女が口コミでターンテーブルの攻撃のことを聞いて、ヒースローの悲劇を炎症を起こした世界観にとりこんだのだとしたら?

「デーヴィッド?」彼女は私の横にすわり、母親のような手を私のひたいにあてた。「あなたとのおしゃべりは楽しかったわ。私たちのものの見方はきっとおなじよ。私たちには仲間が必要なの。それもアドラー心理学協会で働いているような人がね。もう少しよくなったら、それについて話し合いましょう。私たちもっと本格的な段階に移ろうとしているところなの」

「暴力はむりですよ、ケイ」

「いえいえ、私も暴力はのぞまないわ」彼女の唇からかすかな香りが漂ってきた。「いまのところは。でもね、人が思っているよりも早くそのときが来るかもしれないわ」

私は彼女の慎重だが決然とした顔を見上げ、不揃いな歯とひたむきな目をみつめた。彼女はもう何年も現実世界とは距離を置いてきたのだろう。そして心の中で幽霊列車に乗って自分のために建てた移動遊園地を走っているのだ。

「ヒースロー空港で爆弾事件がありましたね。二か月前のことです。死者も出ました」

「あれは恐ろしい出来事だったわ」彼女は同情をこめて私の手を握った。「でも、無意味だった。暴力をふるう人間は責任を負わなくてはならない。それほど特別な鍵なのよ。だれもが暴力を夢みる。そしてとても多くの人がおなじ夢を見るとき、それはなにか恐ろしいことが起ころうとしているのを意味するのよ……」

オートバイの咳払いのような爆音が道路の静寂を乱し、窓をがたがた鳴らした。強制的なスロットルワークのコーダのあと、ハーレー・ダヴィッドソンが縁石に近づき、ケイのポロの横に停まった。フル装備のライダーは、エンジンを切ったあとも排気ガスの最後のにおいを満喫しているかのように動かなかった。後部座席にはキルティングのジャケットをまとった小柄な中国人女性がすわっていた。ヘルメットが顔を隠していた。ふたりとも治安判事裁判所で見かけていたが、いまではそれほど控えめそうには見えなかった。

路上の黒い宇宙飛行士のように、ふたりは並んですわっていた。急いで降りようとはせずに、非バイカー世界への再突入に備えていた。ケイが窓からふたりに手を振ったが、コスチュームを連結している留め金具をはずすという難解な作業に没頭していて、ふたりとも彼女に気づかなかった。

「そろそろ家に帰らなければ」渾身の力をふりしぼって私は立ち上がった。アルコールという安定装置によってからだをまっすぐに起こす。「地元の牧師？　今朝ハマースミス・グローヴにいましたね。私に必要なのは、臨終の秘蹟ではなくて医者なんです」

「スティーヴンが秘蹟をとりおこなうかどうかわからないけど。自分自身を地上にとどめているから」

「地上にとどめている？　パイロットなんですか？」

「ええ、まあそうなるわね。それがいいたかったわけではないけれど。彼はフィリピンで飛行牧師をしていたの。神のことばをたずさえて島から島へと。そしてあるとき降りてはいけない島に不時着してしまったの」

「それで飛べなくなった？」

「精神的にね。あなたとおなじよ、あらゆるものに自信がないの」

「それならあの中国娘は？」

「ジョーン・チャン。彼のナビゲーターよ。この暗い森のような世界で、彼の舵をとっているの」


私は石の小道を鳴らす重いブーツの足音に耳を傾けた。ウイスキーの麻酔効果が急速に薄れるにつれて、頭がすっきりしはじめていた。胸のどこかでロットワイラー犬が眠りから覚めて、世界をじっと観察していた。

「デーヴィッド、少しでも休みなさい。お医者さんはすぐにみえるわ……」

この上ないほど優しく微笑みながら、ケイは私の手をとって長椅子へとみちびいた。リビングのドアの背後には《第三の男》のポスターがあった。戦後のヨーロッパのあらゆるメランコリーを表現した、なにかに憑かれたようなヨーロッパ美人、アリダ・ヴァリのスチール写真である。しかしそのポスターを見ていると、キャロル・リード監督の別の作品が心に浮かんだ。

それは身を寄せた見知らぬ人々に操られ裏切られる、逃走中の傷ついたテロリストの物語だった。

ケイがドアに向かうあいだ気を静めようとしながら、自分がこの質素な家の囚人であり、何年も前にローラとナショナル・フィルム・シアター（NFT）で見たメロドラマの夢の狭間（はざま）に閉じ込められていることに気がついた。玄関ホールでレザージャケットのジッパーを開く音が聞こえた。ヴェルクロ・ストラップがべりべりと剝がされ、警察の高圧的姿勢や、匿名の医者のことを話す声がして、それから、非常にはっきりと、ヒースロー空港ということばが聞こえてきた。ふたたびドアベルが鳴り、私は胸のなかのロットワイラー犬を静めようとして、埃だらけのカーペットに力なくひざまずいた。

第八章　夢遊病者たち

複数の女性が私のまわりを静かに動き回って、靴を脱がせたりベルトをゆるめたりしていた。中国娘が長椅子越しに身を乗り出してシャツのボタンをはずした。かすかだが高級そうな香りが私たちのあいだに漂った。キャセイパシフィック航空の長距離フライト便のファーストクラスの洗面所、そしてセーブルのコートと香港（ホンコン）の搭乗ラウンジの夢を連想させる、珍しい歯磨きのにおいだった。

そこにもっと不快なにおいが割り込んできた。潤滑油のつんとくる石油のにおいだった。バイク乗りの牧師、スティーヴン・デクスターが、ケイに渡された畝織（うねお）りのクッションに私の頭をのせてくれた。魂を光の中に召喚している司祭のような力強さで、太い親指が私のひたいに触れた。

部屋にはもうひとりの姿があった。顔に見覚えのない黒いスーツ姿のほっそりした男だった。これこそケイがリチャード・グールドと呼んでいた医師だろう。彼は私のうしろに腰をおろし、聴診器で私の肺の音を聞いた。彼が私に注射したとき、フィリピンの霊感治療師のように密（ひそ）やかに動いている青白い手と欠けた爪に気づいた。

鎮痛剤が効きはじめるのを待って、彼が片手を私の肩にのせると、そのやせこけた肉体が夢（イン）

魔（キュバス）のように押さえ込んでくるのが感じられた。それは三十代の医師の疲れきったからだ、午睡からケイによって起こされた疲労困憊の研修医のそれだった。そのスーツの汚れた袖には、エンジンオイルやキャセイパシフィック航空の歯磨きほど心地よくないにおい、入浴していないダウン症児のかすかなにおいがした。

　私がほぼ眠り込んだのを見て、彼は私から離れてキッチンに引き揚げた。ほかの者たちは彼が話すと黙って従ったが、私の名前ぐらいしか聞きとれなかった。冷蔵庫のドアが閉まり、玄関ホールから正面階段へ向かう足音が聞こえた。キッチンテーブルのまわりで椅子のこすれる音がして、それからテレビニュースの音も聞こえてきて、それは大英博物館のブックショップでの火災のニュースだったが、私はしだいに意識が朦朧となって眠りに落ちた。

　目覚めると、ジョーン・チャンが長椅子の横の椅子にすわっていた。切り下げ髪の顔ににこやかな微笑を浮かべている。ニュース放送はまだキッチンで流れていて、ほんの数分間眠っただけなのだろうと思った。しかし気分は驚くほどよくなっており、胸と横隔膜の痛みはかすかな名残になっていた。眠りに落ちる前にはっきりヒースロー空港ということばが口にされていたことを思い出したが、いまのところはそれをもちださないことにした。

「ミスター・マーカム？　よくぞもどっていらっしゃいましたね」ジョーンが安心したように頭をうなずかせた。まるで眠りから私でないだれかが現れるのを期待していたかのように。

「ケイがとても心配していましたよ」

「おお、また呼吸できる。あの痛みは……」

「リチャードの注射が効いたのね」彼女は私のあごからなにかをぬぐってくれた。「三十分ほど休んだらお家に帰れます。明日かかりつけのお医者さんに行ってくださいね。肋骨は一本も折れてないけれど、脾臓が傷ついているみたい。たぶん警官のブーツのせいでしょう」

「緑色のウェリントンブーツ――ずっと危険な代物だ」

「愛猫家の？　ケイがいっていたわ」起き上がって小さな手を握ると、彼女は同情するように顔をしかめた。「ほんとうにひどくやられたみたいね」

「聖なる種はただひとつ――猫だけなんだ」室内をざっと見回すと、さっきよりもこぢんまりとして家庭的に見えた。しかめ面のサムライでさえ、さっきほど恐ろしくなかった。「あなたの友だちのお医者さんはすばらしい腕をしているんだね」

「リチャード・グールド。すばらしいお医者さんよ。とくに子どもの。ケイがアパートまで送っていったわ」彼女は声を低めていたずらっぽい微笑を浮かべた。「彼はアドラー心理学協会が好きじゃないの。それどころか、あそこの人間はひとり残らず絞首刑にすべきだとまでいっていたわ。あなたは例外みたい」

「警告してくれてありがとう」

「私はいつでもほんとうのことを話すの」彼女はにっこり笑った。「それが嘘をつく新しい方法よ。もしあなたがほんとうのことを話すと、人々はあなたを信じるべきかどうかわからないでしょう。それが私の仕事に役立つの」

「どこかな？　外務省？　イングランド銀行？」

「ロイヤル・アカデミーの資金調達担当。楽な仕事よ。企業のトップＣＥＯたちは芸術が彼らの魂によいと考えているから」

「そうじゃないの？」

「芸術は彼らの脳を腐らせるわ。テート・モダン、ロイヤル・アカデミー、ヘイワード・ギャラリー……どれも中産階級のためのディズニーランドだわ」

「でもきみは疑念を抑えている？」

「もう辞めるつもりよ。ここの仕事のほうが大切だから。人々をこの文化と教育のすべてから解放しなければならないから。それらは中産階級を閉じ込めて従順にさせておく手段にすぎないとリチャードはいっているわ」

「するとそれは解放戦争なんだね？　グールド医師（せんせい）に会いたいものだ」

「会えるよ、デーヴィッド」スティーヴン・デクスターが缶ビールを手にして部屋に入ってきた。「私たちは新しいメンバーが必要なんだ。たとえ心理学者でも……」

　牧師はレザーのライダージャケットを脱ぎ捨てて、ジーンズとティンバーランドのシャツを身につけており、第一印象はラインダンスと週末の飛行と教区民の妻に情熱を抱いているファッショナブルなチェルシーの教区牧師そのものだった。彼は背が高く、三十代後半の頬のこけた男だった。職業柄のしっかりした目つきと頑丈な頭をしていて、それにふさわしい照明のもとなならハンサムといってもいいほどだった。開放コックピットですごした何百時間のせいで、顔は真っ黒に日焼けしており、ひたいには水平な傷跡があった。たぶん思いのほか短かったフィリピンの滑走路の形見だろう。

しかしその傷はいささか新しすぎたので、彼がわざと炎症を起こしたままにしているのではないかと思われた。彼が微笑を浮かべると、犬歯が一本失われているのがわかった。それは自分自身の成り立ちの生来の欠陥を広告しているかのような、隠そうともしないすきまだった。彼は信仰を失ったとケイがほのめかしたことを思い出したが、それは現代の司祭職の義務のようなものだった。お気に入りの生徒に対する校長先生のような仕草で、彼はジョーン・チャンの肩にそっと手をのせた。彼の愛情ははっきりしていたが、より大きな神経の衰弱によるものか、どことなく自信に欠けていた。

「それでは拝見しよう」ビールを口に運びながら、小道具を手にした役者のように、彼は長椅子のそばにたたずんだ。「ケイの話では、愛猫家たちに蹴られたそうだね。明日にはずっと楽になるだろうね。われわれはきみの力が必要なんだ、デーヴィッド」

「できることはすると」自分がなににかかわろうとしているのかはっきりしなかったので、私はことばをつづけた。「また歩けるようになったらね」

「歩く？　走れるようになるとも」デクスターは椅子を動かして、デスク照明が顔に当たるようにした。彼は尋問者と容疑者の両方を演じており、どちらの役割でも自分を検査していた。

「今朝、法廷でずっときみを見ていたんだよ。治安判事は彼らがもっとも嫌っているものと向き合っていた――おのれの信条のために自己を犠牲にする覚悟を決めた責任ある市民だ」

「そうならいいんだが。われわれはみなそうではないのだろうか？」

「残念ながら、そうではない。抗議と行動とはまったく別物だ。だからわれわれのプロジェクトにはぜひきみが必要なのだ」

「わかった。いったいどんなプロジェクトかな？　旅行代理店にピケを張る？　観光旅行を禁止する？」

「それよりずっと多くのことだ。われわれはケイの強迫観念に縛られていない」このことばがきつく聞こえるかもしれないことに気づいて、彼はジョーンの手をとった。彼は前かがみになると、頬をもみほぐしてやつれた顔に血色をもどそうとした。「周囲の世界に目を向けるんだ、デーヴィッド。なにが見える？　どこまでもつづくテーマパークだ、あらゆるものが娯楽に変わってしまった。科学、政治、教育――それらは多すぎるほどの移動遊園地の乗り物だ。悲しいことに、人々は切符を買って乗り込むのが楽しいんだ」

「それは快適だもの、スティーヴン」ジョーンが彼の手の甲の漢字を指でなぞった。おなじみの象形文字で、それに牧師は微笑みかけた。「なんの努力も要らないんだから、驚くことじゃないよ」

「人類は快適になるようにつくられていない。われわれには緊張とストレスと不確実さが必要なんだ」デクスターは映画ポスターを身振りで示した。「視界ゼロの中でタイガーモスを飛ばすときのような、あるいは自爆テロの犯人を説得してスクールバスから降りさせるときのような、やりがいのある挑戦だ」

ジョーンはこのことばに眉をひそめ、視線を宙に泳がせた。「スティーヴン、あなたはミンダナオ島でそうしようとしたんじゃない。危うく殺されるところだったのよ」

「わかっている。怖気づいたんだ」デクスターは頭をあげて、顔をしかめているサムライを物悲しくみつめた。「いざというときに、私は……」

「勇気がなかったというの?」ジョーンはいらついたように彼の肩をゆすった。「だからどうだというの? だれも勇気なんかないわ。殺されるようなまねをするのは愚か者だけよ」

「勇気はあったんだよ……」デクスターはなんともいえない微笑を浮かべて彼女を落ち着かせた。「なかったのは希望、あるいは信頼だ。私は自分に甘えていた。私にとって、その子どもたちはもうすでに死んでいた。自分がなにになろうとしているのか肝に銘じておくべきだったんだ。そうしたら、バスに乗り込んでいただろうし、終わりが来たとき子どもたちのそばにいただろう」

「少なくとも、きみはここにいる」私は落ち込んだデクスターがふたたび元気をとりもどし、傷のある顔とあごが嚙み合って動き出すまで待った。「きみは旅行代理店を襲ったじゃないか。ほんとはもっと大きなターゲットがあるんだろう? それはチェルシー・マリーナかな?」

「はるかに大きなターゲットだ」すっかり落ち着きをとりもどして、デクスターは両手をあげた。「この世で最大のターゲットのひとつ、二十世紀だよ」

「もう終わったものと思っていたが」

「まだぐずしているんだ。それはわれわれの行動のすべて、われわれの考え方のすべてを形づくる。取り柄なんかほとんどない。大量虐殺戦争、世界の半数が貧窮で、残る半数は脳死状態で夢遊病者のように彷徨っている。われわれはそのくだらない夢を購入してしまい、いまでは目覚めることができない。つぎつぎ生まれる大規模ショッピングセンターと門塀型自治コミュニティ。ひとたびドアが閉ざされれば、決して外に出ることができない。みんなこのことはわかっているんだ、デーヴィッド。そのおかげできみは法人顧客でいられる」

「そのとおり。だが、このくだらない社会にはひとつ問題がある。中産階級はそれが好きなんだ」

「もちろん好きよ」ジョーンが口をはさんだ。「それに隷属しているんだもの。彼らは新しいプロレタリアなの。百年前の工場労働者のように」

「それならどうやって解放するんだ？　テーマパークに爆弾でも仕掛けるのか？」

「爆弾？」デクスターはジョーンに割り込むために片手をあげた。「具体的には？」

「暴力行為。直接行動」

「だめだ」牧師はしみのできたカーペットをみつめた。「爆弾はだめだ。私が思うに……」

室内に静寂が降りて、せっせと働いているキッチンの冷蔵庫から、氷面をひっかくような金属的うなり声が聞こえてきた。デクスターはジョーンの手を放し、振り返ってデスクの照明を消した。彼のパフォーマンスは終わった。なにかが彼を抑制したのだ。彼はひたいの傷を指でなぞり、それをこすりとろうとして、同時に、自分自身への遠回しな警告として、それをもっと目立たせようとした。中国人のガールフレンドは苛立ちと懸念のいりまじった表情で彼をみつめていた。彼が体重を決して支えてくれない危険な地面に足を踏み入れてしまったことに気づいているのだ。フィリピン軍が彼を利用してゲリラ勢力に空爆するのを許してしまったのではないか、なんとなくそんな気がした。みすぼらしい部屋でわたしの横にすわっていた彼には暗い尊厳のようなものがあったが、じつは偽者だったのではないかと、私は本気で疑っていた。

私はよろめく足を踏みしめて窓辺に立ち、ハーレー・ダヴィッドソンにまたがるふたりを見送った。ポロに乗ったケイがちょうどもどってきたので、ゲートからふたりに別れの手を振っていた。ずんぐりとしたアメリカ製のマシンにまたがり、黒いヘルメットをかぶったふたりは極度に世俗的に見えた。当世風に不可知論の聖職者と観察力の超鋭いガールフレンド。その姿はまわりの静謐（せいひつ）な通りを探索している偵察者のようだった。

実際のところ、ひとつの世紀をまるごと転覆させようという青くさい議論からもわかるように、ふたりは完全に現実から乖離していた。新たな千年紀（ミレニアム）を求めて、彼らは商店街の旅行ポスターを破いて回り、社会はその代償に二十七ポンドの罰金を科したのである。

負傷にもかかわらず、ゴールに近づいた気がした。これまで出会った抗議者のほとんどは、オリンピア展示場のキャットショーのアンジェラのように、良識も自制力もあったが、科学者の自動車の下に爆弾を仕掛けて科学者を殺そうとした、もっと荒っぽい動物権利擁護活動家もいた。これらの狂人のひとりが観光産業と第三世界に目をつけて、ケイとスティーヴン・デクスターとジョーン・チャンの通り道に迷い込んだのだろうか？　私は彼らの強迫観念を荷解きして、安物のカーペットのように晴天に広げる必要があった。

ケイがキングズ・ロードのタクシー乗り場まで連れていってくれるというので、私は助手席にすわっていた。彼女はその日の活動に満足しているようだったし、私はデモ仲間への彼女の優しさに感謝していた。お気に入りのアクセサリーのように不安感を公然と身にまとってみせるそのすばらしさに、私は舌を巻いていた。

チェルシー・マリーナを出て行こうとしたとき、住人の一団が管理事務所のそばに集まっているのに気づいた。強い意志と自信をもって、彼らは誰何(すいか)しようとした若い管理人を怒鳴りつけて黙らせた。何百回にもおよぶ学校の公開日や営業会議で鍛え上げられたその声が、なんとか聞いてもらおうという管理人の努力をかき消した。

「あれは？」彼女が群衆をかきわけるようにして車を進めると、私はたずねた。「深刻そうですね」

「深刻よ」

「徘徊する小児性愛者とか？」

「駐車料金よ」ケイはガラス扉の背後に避難した不運な管理人をにらみつけた。「信じられないかもしれないけれど、つぎの革命は駐車をめぐって起こるでしょうね」

そのときは、冗談だとばかり思っていた。

第九章　布張りの黙示録

「みんなちょっといかれているんだ」サリーにそういって、私はジャグジーバスの沸き立つ泡の渦を指さした。「奇妙な過激派というか。こぢんまりとした居間の周囲に漂う巨大な強迫観念というか。見かけはまともな人間がどれほど変になりうるか観察するのはためになるよ」

「すると、無害な変人たちなの？」

「無害かどうかはわからない。とんでもない考えにとりつかれているからね。二十世紀を根絶せよ。観光旅行を禁止せよ。政治、商業、教育——みな腐っている」

「それは見方によるわ。彼らは少数派ね」

「サリー……」私は彼女に微笑みかけた。ファッション雑誌の束を手にしてジャグジーバスに心地よさそうに横たわっている姿は、安楽と安心を絵に描いたようだった。「文脈で見てごらん。これはピンクジンと床いっぱいに敷きつめたアクスミンスター絨毯という贅沢をしているクロポトキンだ。これらの人々は世界を変えたいと思っている。必要なら暴力も使うという。でもその生活でセントラルヒーティングのスイッチが切られたことはいちどもないんだ」

「でも、あなたをその気にさせたわ。あなたがこんなに熱中するなんてここ何年もないことよ」

「それはそうだ。どうしてなんだろう……？」私は浴室の鏡に映った自分の姿をみつめた。髪の毛がひたいから跳ねて、デクスター牧師の顔とおなじくらい緊張していた。二十歳は若く見える。ネクタイの結び目がずれていて、世界を正そうという燃え立つ大望を抱いている、大学出たての若い科学者のようだ。「この現象について論文を書いてもいいな。『布張りの黙示録』。中産階級は慈善活動や市民の責任から社会的激変の幻想へと移行した。ウイスキーサワーとアルマゲドン……」

「少なくとも彼らはあなたを介抱してくれたわ。このお医者さん、リチャード・グールドをネットで調べてみたら、水頭症の赤ちゃんのための新しい種類のシャント手術法を発明しているわ」

「すばらしいというべきだろうね。素直にそう思うよ。とうとう顔を見せてくれなかった——どうしてなのか、わからないけれど」

「あなたをからかっていたんでしょうね」私が浴室をぶらぶらすると、サリーは私の手をつかんだ。「率直にいうわ、あなた。あなたはちょうどショックをあたえられるのを待っていたのよ」

「ぼくもそのことは考えていたよ」私はバスタブのへりに腰をおろし、サリーのからだの酔わせるようなにおいを吸い込んだ。「ぼくは警察によって手荒く扱われた。そして連中はぼくがアマチュアだということを知っていた。常連のデモ参加者は決して殴り倒されない——危険すぎるからだ。なすべきことをなして、荒っぽい事態がはじまるとさっさと消え失せる。オリンピアにいたキングストンの主婦、アンジェラのように。ほんとうに逃げ足が速いんだ。そしてぼくがその結果を引き受けるように、あとはまかせたといわんばかりだった」

「この映画学講師が助けてくれたのね。いい人みたい」

「ケイ・チャーチル。すばらしい人だった。完全に軽薄だけど、法廷の外でぼくを救ってくれたよ。とても危険な状態だったんだ」

　てっきりサリーが同情してくれるものと思ったが、彼女は浴槽にのんびりと横たわり、乳房についた泡で遊んでいた。ロイヤルフリー病院で撮ったレントゲンで、肋骨は折れていないことがわかったが、ジョーン・チャンが予言したとおり、愛猫家のブーツのせいで脾臓が傷ついていた。私を病院まで迎えに来てから、サリーはおざなりにうなずきながら、レントゲン写真をざっと眺めた。いつまでも終わらない自分自身の回復に夢中のあまり、疑念と不快のモノポリーを、たとえ夫であろうとも、だれとも共有したくなかったのだ。彼女にとって、私の打ち身は自傷行為のようなもので、説明不能な謎のように彼女の人生を支配している、無意味な負傷とはかけ離れたものだった。

「デーヴィッド、タオルとって……いつ、またチェルシー・マリーナに行くの?」

「もう彼らに近づくつもりはないよ。爆弾を仕掛けるような連中じゃないからね」

「でもヒースロー空港ということばを口にしたのよ。あなたが眠っているものと思っているときに、それを小耳にはさんだんでしょう?　タクシーの運転手の手を借りて階段をあがってくるときに、あなたが最初にいったのもそのことだったわ」

「ぼくを感心させたかったのさ。あるいは自分で自分に感心したかったのかもしれない。彼らは陰謀を食べて生きているんだ。このバイク乗りの牧師は——暴力を恐れている。フィリピンでなにか恐ろしいことが起こったんだ。ヒースロー空港のずっと前にね」

「グールド医師(せんせい)はどうなの？　彼は十四歳のときに少年裁判所に引きずり出され、キルバーンのデパートに放火した罪で告発されたのよ」

「サリー、きみはすごい！」私は彼女がタオルを巻いてわきの下でたくしこむのを見守った。「テロ対策チームで働くべきだよ」

「みんなネット上にあるわ。ドクター・グールドは自分のウェブサイトももっているの。少年裁判所での証言をアップロードしているし——明らかに自慢なのよ」

「警察に逮捕されることはスリルの一部だからね。学校をさぼっているところを先生につかまって愛されていると感じるようなもので」

「キルバーンのデパートはグールドのお父さんが建てたのよ」サリーは鏡をのぞいて歯をチェックした。「商業建築士で建設業者だったから。その人が亡くなると、会社はマカルピン社に買収されたわ」

「サリー……考えすぎだって」

　彼女は鏡に背中を向けて立った。からだと髪の毛には白いタオルを巻いて、太古の海の神殿にたたずむ女司祭のように、漂う蒸気の向こうから私をみつめている。その瞳をのぞきこんで、私は自分の未来のすべてが見えるのを感じた。

「デーヴィッド、聞いてちょうだい」

「たのむから……」私は窓を開けて、蒸気を外に逃がした。「サリー、きみはこれにとりつかれているんだ」

「ええ、そうよ」彼女は私の肩をつかんでビデのへりにすわらせた。「私たちはヒースロー空港の爆弾事件の真相を知らなければならないの。さもないと、ローラの死はいつまでもあなたにつきまとうわ。彼女のミイラをオフィスの椅子にすわらせておくほうがましよ」

「わかった。がんばって臭跡をたどってみるよ」

「よかった。あきらめないでね。過去を引き出しに入れて鍵をかけてしまいたいの」

携帯電話が鳴ったので、サリーは話を中断した。友人に挨拶して、熱心に耳を傾けながら寝室に向かったが、途中で受話器を手でふさいだ。「デーヴィッド、ケンジントン・ニュースにあなたが載っているそうよ」彼女はベッドにすわり、枕にもたれてうれしそうにからだを丸めた。「うちの主人ね、罰金を科せられたの。百ポンド。そうなのよ、私は犯罪者と結婚しているの……」

サリーが私の新しい名声を楽しんでいるのがわかってうれしかった。協会には一週間の病気休暇をとっていたが、ヘンリー・ケンドールが電話をかけてきて、アーノルド教授が私の有罪判決を遺憾に思っているとこっそり知らせてくれた。法人顧客は犯罪記録のある心理学者に助言されるのを好まないかもしれない。明らかに、会長の椅子をよこせという主張とともに、私の地位は下落したのである。

幸運にも、型破りな行動を好む異端の心理学者の長い伝統があった。私の母は一九六〇年代の精神分析医で、Ｒ・Ｄ・レインの友人でもあり、核兵器禁止運動の行進のおなじみの参加者で、反核座り込み運動ではバートランド・ラッセルといっしょになり、警察によって華々しく引っこ抜かれた。深夜のテレビ討論番組は、母にとって診察室とおなじくらい自然な居場所だった。

子どものころ、祖母のテレビで母を見て、長袖のゆったりしたドレスと、腰まである長い黒髪と、猛烈に表現される情熱に感動したおぼえがある。自由恋愛と合法麻薬は、私にとってほとんどなんの意味もなかったが、毎週末に母を訪ねてくる愛想はいいが見知らぬ男たちと、そして母が私に巻き方を教えてくれて、我慢ができなくなった祖母の抗議にもかかわらず吸っていた自家製の煙草となにかしら関係があるだろうと思っていた。

その称賛や、雑誌のプロフィールや、ピアジェとメラニー・クラインについての表明にもかかわらず、母の母性についての知識はほとんど完全に理論上のものだった。三歳になるまで、私は週にいちど無料になる母のクリニックの待合室で雇われたオペア――フランスの地方大学からの気まぐれな逃亡者とか、幼年期という概念を認めたがらない神経症のアメリカ人大学院生とか、私を寝室に閉じ込めて私が一日二十四時間眠っているといいはった日本人の深層療法マニアなど――に育てられた。たまりかねた祖母と祖母の二人目の夫である退職した裁判官が私を救出してくれた。学校のほかの少年たちが父親として知られる社会現象を享受していることに気づいたのは何年もあとのことだった。

ロンドン大学ユニバーシティカレッジに入学するころまでには、母のヒッピー段階はとっくにすぎており、タヴィストック・クリニックの穏やかでまじめな分析医になっていた。私の幼年時代の大半には抑圧されていた母性本能が、ようやく遅い開花を迎えるのではないかと希望したこともあった。しかし私たちは決して友人以上になることはなく、母は卒業式にも出席してくれなかった。

「話を聞くかぎりあなたのお母さんってひどい人ね」ローラは同情して、卒業式のあとの家族との昼食に私を招いてくれた。私は正直に答えた。「彼女は自由な精神なんだ。ぼくのことを深く愛してくれたよ――十分間だけね。それでおしまいさ」

アドラー心理学協会で、機能不全の家族を扱っているうちに、非常に多くの親が子どもに無関心であることに気づいた。大衆神話では、親子関係は豊かで充実したものとみなされているが、家族によってはまったく欠けていることもあった。ローラは待ち受ける真空に足を踏み入れたのだ。猛烈に私に賛成するか反対する、その激しい感情からして、私の母と正反対だった。どんな些細な癇癪でもソロモンの叡智で癒してくれた穏やかな祖母のあと、ローラは浄化の情熱の台風だった。

いまや母はハイゲート・ホスピスの老人患者として、手術不能な卵巣癌で死にかけていた。ひどく大きくていまだに脹らみつづけている腹部のせいで、まるで妊娠しているように見えるその姿は、自分が妊娠していることに気づいていない七十歳の女性だった。このほとんど反応のない存在のベッドの横にすわっているとき、自分がもう彼女にほとんどなんの関心もないことに、いささか悲しみをともなって気づかされたのだった。

「デーヴィッド……」サリーが電話を切った。「あなた、有名人よ。ディナーのご招待が殺到しているわ……」

「おやおや。パーティの順番を考えなければ」

「自分をごまかさないで――あなたはしょっちゅうそうするけれど」サリーは心からの敬意をこめて私をみつめた。「あなたは警察と戦ったのよ。そんなこといえる人がどれだけいる？」

「そうしたい人がどれだけいる？ 彼らはぼくらの味方だ」

「だいたいね。ヒースロー空港はどうなの？ それこそまぎれもない本物の手がかりなのよ。デーヴィッド、考えを変えてちょうだい」

「わかった。それじゃ、チェルシー・マリーナに行ってたずね回ってくるよ。この牧師とか、ケイ・チャーチルに近い人々にね。そしてグールド医師に接触できるかどうかやってみるよ」

「よかった。私たち、ローラの身になにがあったか知る必要があるの。そこにたくさんのものがかかっているのよ、デーヴィッド……」

その声にはかすかな脅迫以上の響きがあった。まだからだにバスタオルを巻いたままで、それをベッドに投げる前に私が部屋を出て行くのを待っている。それは私たちのささやかな仲たがいのまぎれもないしるしだった。ローラの無意味な死が、私の最初の結婚についに終結をもたらしてくれるなんらかの大胆不敵なメッセージを運んでいるにちがいないと思い込んでいるのだ。

　しかし私はすでに、ローラ殺害者の探求は、ほんとうは私の二度目の結婚に関するものだと悟っていた。サリーの凝視を避けているうちに、彼女がセントメアリー病院の整形外科病棟ではじめて介添えのない歩行をしたときに、眉間にくっきりと刻まれたしわを思い出した。汗みれで、パジャマが肌にはりついていて、太腿で筋肉が活気づいているのが見えたが、それは歩くという、相反する意志のダイアグラムだった。私たちは訪問のあいだに互いに秘密を打ち明け、恋愛気分はほとんどなくて仲良くふざけあっていた。だが、彼女が苦痛と自分自身への怒りで手首を白くしながら、ステッキをぎゅっと握りしめて私のほうに足を引きずってくるのを見たその瞬間、私たちは恋人になると悟ったのだった。

　いつものように、屈折した論理が世界を元気づけて再定義してくれた。

第十章　革命との約束

あらゆる従順な専門職とおなじように、私は革命と約束した時間ぴったりに到着した。三週間後の土曜日の正午、傷も薄れて脾臓も安定してから、レンジローバーをキングズ・ロードのはずれの脇道に駐車させた。すでに朝食の直後に、なんとなくおもしろがっているようなサリーにみつめられながら、ケイ・チャーチルに電話してあった。怒った中産階級の声を背景に、ケイが金切り声で応答して、チェルシー・マリーナの入り口で会おうといってくれた。

「現地調査にでかけましょう、デーヴィッド。郊外のデーヴィッド・アッテンボローになるのよ……」

彼女が覚えていてくれたことをうれしく思いながら、キングズ・ロードを歩いて左に曲がったとたん、ささやかな暴動に足を踏み入れてしまった。一台のパトカーが守衛詰所の前に停まって、ライトを点滅させ、警察無線のくぐもった音を響かせていた。百人以上の住民が管理事務所に押し寄せていた。ほとんどが議員の面会室や行政府ビルの廊下で身につけていたオーダーメードのスーツから解放されて、週末の普段着に着替えた女性たちだった。子どもたちもいっしょで、母親が自分とはちがうだれかに腹を立てていることで顔を輝かせていた。数人の物見高い夫が周辺にたむろして、こわごわと騒動に参加していた。

ふたりの警官が群衆をかきわけながら、抗議者たちを静めようとして、隣人たちに熱弁をふるっている女性に声をかけた。しかし彼らの声はブーイングとやじにかき消され、父親に肩車された五歳の幼児が巡査の帽子を頭から払い落とそうとした。

灰白色の髪の毛を猛烈に逆立て、顔の骨格をテレビ映りのいちばんいい向きにしながら、半径一マイル以内のすべての雄の視線をひるませるのに十分なほど胸の谷間を深くして、ケイ・チャーチルは本領を発揮していた。管理事務所から奪ってきた回転椅子に立って、わざとぐらついて太腿をみせびらかし、熱烈な関与のほかはなにも顧みないのだった。感情あふれる彼女を見るのは快楽だった。ゴダールや新しい波に関する講義を受けていた学生たちは、彼女がそのプロジェクトを思いつくずっと前から、ポルノ映画の脚本を書いていたことだろう。

「どうなっているんですか?」隣の若い女性にたずねたが、その足元にはベビーカーと赤ん坊が放置されていた。「パーキングメーター? スピード防止帯?」

「管理費よ。うなぎのぼりなの」彼女は満足そうに頭をうなずかせた。「ケイが管理人を事務所に閉じ込めたの。哀れな男は警察をよぶしかなかったわ」

不安そうな男の顔がガラスのドア越しにちらっと見えた。明らかに彼は、激しくやじってい る敵意に満ちた女たちと、不動産管理のあらゆる確実性を攻撃する恐ろしい光景におびえきっていた。ケイは鍵束を取り出し、それを管理人に向かって振ってみせてから、警官たちの目の前でぶらぶらさせた。警官たちが逮捕するぞと脅しながら近づいてくると、彼女は彼らの頭越しに鍵束をほうり投げた。それが空中で受けとめられて群衆のあいだをキャッチボールされると、腰に手をあてて心から楽しそうに笑った。

私は喝采に加わり、ケイはちっぽけな革命で忙しいので私の相手をするひまはなさそうだと判断して、立ち去ろうと踵(きびす)を返した。すでに二台目のパトカーが到着して、助手席のもっと険しい顔つきの巡査部長が、無線に向かってなにやら話していた。もう数分もしないうちに、この中産階級の遊び仲間は玩具戸棚に送り返されるだろう。

「マーカムさん！　待って……！」

飾り気のない髪を広いひたいからうしろに流し、白いリネンのジャケットを着た細身の女性に、入り口に着く前に引きとめられた。どうにかして微笑と渋面を同時に浮かべることに成功しているので、東ヨーロッパの学会で出会った公務員ガイドを思わせた。私のカジュアルな服装に合点が行かないようすで、彼女は私の全身を見回した。

「マーカムさん？　ケイの友人のヴェラ・ブラックバーンです。私たちに加わってくださるそうですね」

「まだはっきり決めたわけではありません」私は警察にやじと非難を浴びせている群衆をみつめた。巡査部長がパトカーから降りて、口蹄疫(こうていえき)にかかった動物をみつめる食肉処理場の監督のように、その光景を冷静に眺めていた。「これはぼくには向かないような……」

「子どもっぽすぎると？」彼女は私のジャケットの襟をぎゅっとつかんで、歩き出そうとした私を引きとめた。細身だが力があり、マシンエクササイズで鍛えた筋肉質のからだをしていた。まるで辛辣な意見を永久に控えているかのように、唇が動いた。「それとも、あまりにブルジョア的だと？」

「まあそんなところだね」私はキングズ・ロードを指さした。「ぼくもパーキングメーターについて問題を抱えているんだ……」

「子どもっぽく見えるし、たしかに子どもっぽいわ」彼女は薄目を開けて仲間の住人たちをみつめた。「私たちはほんとうにあなたのアドバイスが必要なんです、マーカムさん。事態はしだいに複雑になっているから」

「そうなの？　役に立てるかどうかわからないけれど」

応援の警官がチェルシー・マリーナに入ってきたので、私は彼女から離れた。オリンピアで見かけた巡査と同じくらい大柄な男たちだ。以前のデモで私の顔に見覚えがあるかのように、彼らのひとりが私をみつめた。

「マーカムさん、そろそろ行きましょう。また殴られたくはないでしょう？　私のフラットでケイを待つことになっているの」

ヴェラは私の腕をとり、群衆をかきわけるように導いてくれたが、骨ばった手は舵のように硬かった。ケイ・チャーチルは回転椅子から降りて支持者たちの背後に潜んだ。管理事務所のそばのふたりの巡査が鍵束をとりもどし、ガラスのドアの背後に隠れた哀れな管理人を解放していた。分別よく、デモ参加者たちも散らばりはじめた。

私たちはボーフォート・アヴェニューに沿って歩き、チェルシー・マリーナの中心部に向かった。ハーブ庭園、実用的な玩具に満ちた楽しそうな児童室、ティーンエイジャーが練習するヴァイオリンの音色、それらは切迫した反乱という考えによって奇妙なひねりをあたえられていた。過去の世紀のほとんどの革命家は、まさにこのレベルの裕福さと余暇を切望したのであり、いま私はそれより高いレベルの退屈さというやつを目撃していることに気づいた。

　私たちはマンションが環状交差点に隣接して立っているカドガン・サークルに着いた。もうすぐ法外な値段を請求できそうな客を案内する売春婦のように、あるいは自分だけの秘密の使命を帯びている女学校の気難しい監督生のように、ヴェラはきびきびと弾むような足どりで私の前に立った。みつめている雀に入室カードを振りかざして、彼女は私を玄関の広間に案内した。

「ケイは着替えたらすぐに現れるわ。あのような義憤をもっていたら、頭から湯気も出ようというものよ……」

「三十分たったら——帰らなければ。革命であろうとなかろうと」

「問題ないわ。あなたのために革命を延期するから」彼女はちらっと微笑を浮かべてみせた。

「これがあなたのフィンリャンツキー駅なのだと思って、マーカムさん」

　私たちは小さなエレベーターで四階に行った。彼女はショルダーバッグから鍵束を取り出し、まるで霊安室の入り口の扉を開けるように、三重錠をひとつずつ外していった。彼女のフラットは家具がわずかで、腕のない黒い椅子と、解剖台に似たガラストップのライティングデスクと、かろうじて薄暗く照らせるワット数の低いランプだけだった。これではまるで真昼のナイトクラブだ。本が一冊もなかったので、この強情そうな若い娘は世界を消すためにここに来たことがわかった。クロームめっきの額に入れた写真がマントルピースの上に吊るされていた。顔からすべての感情を消し去った、まるきりヘルムート・ニュートン風の彼女自身のクローズアップだった。だがその部屋は絶望的なナルシシズムに捧げられた神殿だった。

彼女が窓辺に歩み寄ってブラインドを巻き上げると、ボーフォート・アヴェニューがはっきり見えた。抗議集会はお開きになり、住民たちはそれぞれの家にぶらぶらと帰るところだった。

「おしまいよ。少なくとも管理人に反省材料はあたえたわ」

「事務所に閉じ込めて？」

「小学六年生みたいだと？　わかっている。でも、因習からはなかなか逃れられないものなの。寄宿舎での宴会、クリケット会場の裏での喫煙、解剖ごっこ……」

「きみの口ぶりだと、まるで新しい種類の貧困が生まれているみたいだね」

「ある意味で、そのとおりよ」ヴェラはイームズチェアのレプリカにすわったが、そこからは壁のポートレートがさえぎるものなく眺めることができた。私には立たせておいて、彼女はいった。「はっきりとはわからないかもしれないけど、チェルシー・マリーナの人々はとても不安なの。ここでなにかが動き出しているのよ」

「ほんとかい？　信じられないな」私は黒いレザーのソファにすわった。「現状にすっかり満足しているように見えるけど。くる病も壊血病も天井の雨漏りの前兆もなさそうだし」

「それは表面だけよ」ヴェラはコンパクトの鏡にちらっと目を向けた。「私のご近所の人たちは新しい貧困層よ。シティの新興起業家でも、自分のクリニックをもってペルシャ湾から飛行機で通ってくるアラブ人の患者を抱えた外科医でもない。自営業者はほとんどいないわ。みんな中間管理職、ジャーナリスト、ケイのような大学講師、大きな設計事務所に勤める設計技師。専門職の軍隊の哀れな下っ端の歩兵なのよ」

「十分に裕福なのでは?」

「そんなことないわ。給料は頭打ち。早期退職の脅威はあるし。四十歳になったら、小さな卒業証書を握りしめたやる気満々の大学卒業生を雇ったほうが安上がりだもの」

「そこで激しい反撥が生じると。だが、どうしてこのチェルシー・マリーナで? ここはおしゃれなエリアじゃないか、キングズ・ロードにも近いし……」

ヴェラは振り返って私をにらみつけた。「あなた、不動産屋の回し者なの? この場所はどうしようもないわ。維持管理はほとんど皆無なのに、管理費はうなぎのぼり。この部屋なんか父が生涯かけて稼いだお金より費用がかかるのよ」

「すばらしい眺望があるじゃないか。ここでしあわせじゃないのかい?」

「そのことなら考えたわ」彼女は黒いマニキュアのにおいを嗅いだ。「しあわせ? その考えは好きだけど、努力に値するようなものじゃなさそうね。それに……」

「それでは知的に尊敬されないと?」

「そのとおり」彼女は認めるようにうなずいた。「なんらかの原理が必要なの。いずれにしても、エレベーターの一台は何か月も故障中。一日二時間は水が出ない。いつトイレが必要になるか計画をたてなければならないのよ」

「管理会社に訴えればいいだろう。賃貸契約書は迅速な修理を保証しているはずだ」

「何度もいっているわ。でも彼らは聞きたくないの。私たちを残らずここから追い出したがっている不動産開発業者とぐるだから。この場所をどんどん住みにくくして、私たちから安く買いとって、すっかり更地にしてしまいたいのよ。それからノーマン・フォスターかリチャード・ロジャーズに設計を依頼して、贅沢な超大型マンションを建てるつもりなんだわ」

「ここにとどまっているかぎり、きみたちは安全だ。決して起こらないかもしれないことを心配してもしかたがないだろう?」

「もう起こっているわ。私たちはぎゅうぎゅう締め付けられているし、そのやり口はあからさまよ。地元の評議会がいたるところに駐車禁止線を引いていったわ」

「彼らにそんなことができる?」

「なんだってできるわ。ここらは公道だから。というわけで、ご親切にもパーキングメーターを取り付けていったわ。ケイなんか自宅の前に駐車するのにお金を払っているのよ」

「引っ越したら?」

「できないわ」怒りがこみあげてきたのか、ヴェラはこぶしをかかげ、同情を求めるように天井をみつめた。「だってねえ、私たちチェルシー・マリーナに全財産を投じてしまったの。みんな莫大な住宅ローンに縛られているわ。学費はべらぼうに高いし、銀行はうるさくいって悩ませるし。だいいち、どこに引っ越すというの? 死ぬほど陰気なサリー州? 二時間も通勤電車に揺られるレディングかギルフォード?」

「いやはや。するときみたちは閉じ込められているんだね？」

「そのとおり。むかしの労働者階級が裏長屋に閉じ込められていたみたいにね。知識ベースの専門職は新たな抽出産業なの。だから鉱脈が尽きると、時代遅れのソフトウエアもろとも見捨てられる。はっきりいって、炭鉱夫がストライキをした気持ちがよくわかるわ」

「そうだったのか」まじめくさった顔で、私はいった。「チェルシー・マリーナ、古き労働者階級と協力して……」

「笑いごとじゃないわ」ヴェラはむっつりと私をみつめた。ひたいの骨が青白い肌を押し上げていた。「私たちはしだいに落ち着かなくなっている。中産階級は偉大な社会の中枢として、山ほどの義務と責任を負わされているけれど、実体は糸の切れた凧みたいなものなのよ。専門資格にはなんの価値もない――文系の学位なんてオリガミの卒業証書みたい。保証はといえば、そんなものはどこにもない。英国国家財政委員会のコンピュータが金利を一ポイント上げたりすれば、私は銀行に一年間の重労働分の借金を背負うことになるのよ」

「それは大変だねえ」彼女のことが心配になって、指でコンパクトをいらいらとひっかくのをじっとみつめた。ひどく顔をしかめている。その静かな怒りのせいで不安をおぼえたが、彼女のことが好きになりかけている自分に気づいた。「ところで、仕事は？　労働組合会議？　労働党本部？」

「私は……ある種のコンサルタントよ」彼女は軽やかに手を振ったが、その顔は無表情だった。

「以前は国防省に勤務していたの――上級技師として。コソボの丘の中腹から採取した劣化ウラン弾の残留物を分析したわ」

「興味深い仕事だ。それに重要だし」

「興味深くないし、重要でもないわ。いまはほかの仕事についているの。はるかに価値のある仕事にね」

「それはどんな？」

「リチャード・グールドの爆弾製造係なの」

彼女が私をじらしていると同時になにかを伝えようとしていることに気づいたので、私は彼女がことばをつづけるのを待った。しかし彼女は眉をひきあげてお気に入りの言い回しを味わいながら、黙ってすわっていた。私はいった。「危険だね。きみにとってもみんなにとっても。どんな種類の爆弾？」

「発煙爆弾、起爆装置、それに徐放性発火装置よ。だれも傷つかないわ」

「よかった。ヒースロー空港の爆弾みたいなものではないんだね？」

「ヒースロー空港？」びっくりして、口を閉じることを思い出してから、彼女は急いでいった。「まったくちがうわ。あれには殺傷力があるでしょう。どうしてあんなまねをするのかわからないわ。世界は無意味だと感じる人間が意味のない暴力に意味を見出すとリチャードはいっているわ」

「リチャード？　リチャード・グールド医師（せんせい）のこと？」

「彼の準備ができたら、また会えるわ。彼は私たちの中産階級による反乱のリーダーなの。彼の心は驚くほど純粋だわ。彼が世話をしている脳に損傷のある子どもたちみたいにね。ある意味で、彼は彼らのひとりなのよ」

まるで恋人のことを考えているかのように、彼女はひとり笑いを浮かべたが、私はその上唇に形づくられた汗のしずくを見逃さなかった。それは秘められた自己、第二の存在の幽霊のようにきらめいた。私がヒースロー空港の残虐行為に言及したために不安になっているのだ。

「その爆弾だけど。ターゲットは？」

「まだわからないわ。ショッピングセンター、シネマコンプレックス、ホームセンター。二十世紀のくだらない産物すべて。人々が消費社会とよぶ嘔吐物」ほとんど衒学的に、彼女はつけくわえた。「それらはほんとうは爆弾じゃないわ――名前こそ音響爆弾だけど、あなたの友人たちがオリンピアで放っている稲光のようなものね。でもいちどだけ、本物の爆弾をつくったことがあるの。何年もむかしのことだけど……」

「それで？」

「人が死んだわ。意図したターゲットがね」

「国防省のため？　特殊空挺部隊（SAS）？　スコットランドヤード公安課？」

「防衛よ、ある意味でね。父を防衛していたの。母が死んだあと、父はあのおそろしい女に出会ったわ。父は女を憎んだけど、女のなすがままだった。本物のアル中で、私が消えてなくなることを願っていた。私は十二歳だったけど、頭がよかった」

「自家製の爆弾を組み立てたんだね？」

「スーパーマーケットで買った、どこの家にでもある材料を使って。女と父は日曜日のランチタイムにパブに行って、ビールを浴びるほど飲んで、いまにも破裂しそうな膀胱を抱えて帰ってくるの。ふたりがでかけているあいだに、トイレのタンクの蓋をはずし、フロートを押さえて水をすっかり流したわ。それからタンクをトイレの洗剤でいっぱいにして、フロートを放して蓋を元にもどしたの。つぎに、便器に苛性ソーダの粒をいっぱい入れて、全部溶けるまでよくかき回したわ。それから階下に行って待ったの」

「爆弾の準備は?」

「すっかりととのったわ。ふたりはパブからもどってきて、女はまっすぐトイレに向かったわ。ドアに鍵をかけて膀胱の中身をぶちまけた。それからレバーを押して水を流した」

「それが爆弾を起爆させたんだね?」

「水酸化ナトリウムと希塩酸は混ぜるとひどく危険になるわ。とりわけ、ひどく激しく混合されるとね」ヴェラはまた冷酷な少女にもどってひとり笑いを浮かべた。「反応するとものすごく大量の塩素ガスが発生するの。心臓の弱ったアル中には致命的な代物よ。私はパーティドレスを試着しに行った。父はテレビの前で眠っていた。トイレのドアをぶち破ったのは二時間後だったわ」

「そのときは死んでいたんだね?」

「石のように冷えきっていたわ。そのときまでに、ガスは残らず散ってタンクは水で満たされていたわ。私のささやかな爆弾は流れ去っていた。鑑定結果は自然死だったわ」

「みごとなデビューだ。その後は……?」

「化学の学位。そして国防省」ヴェラは目を細めて私をみつめた。「賢明な職業選択だと、あなたも思うでしょう?」

彼女の口許に満足の笑みがこぼれた。薄らとかいた汗が消えていたので、回復する時間をかせぐためにこんな作り話をしたのだろうと思った。しかしこの殺人話が真実かもしれないことに気づいた。ケイ・チャーチルの長椅子でなかば薬漬けで横になっていたときにはじまった、しつこいからかいの一部のように、爆弾づくりの話が目の前にぶら下げられていた。もうひとつのドアが開かれて、ヒースロー空港の第二ターミナルにつづいているかもしれない通路が見えるのだった。

インターフォンが二回鳴り、少し間をおいてもういちど鳴った。ヴェラが立ち上がり、受話器に話しかけると、ジャケットのボタンを留めた。

「デーヴィッド、いっしょに来る? 階下でケイが待っているわ。これから社会見学に行くの」

第十一章　闇の奥

「デーヴィッド、ジョゼフ・コンラッドとミスター・クルツのことを考えて」リッチモンド・ブリッジを渡ったところで、ケイがいった。「これからほとんど完全な剝奪の地帯に入っていくのよ」

「トゥイックナムが？　闇の奥？」

「ショックを受けると思うわ」

「テニスクラブ、銀行の支店長、ラグビーのメッカが？」

「トゥィックナム。恐るべき精神貧困地帯」

「なかなか……すぐには信じられないね」ケイは両手でハンドルを握り、用心深い速度でポロを走らせていたので、私が歩道を指さした。いかにも富裕そうな住人たちが、デリカテッセンやパティスリーから出てきたり、繁盛している不動産業者のショーウインドウをのぞいたりしている。「空き缶を鳴らしている物乞いの姿はなく、栄養失調の気配もないが」

「身体的には、たぶんね」ケイは自信たっぷりにうなずいた。「それは彼らの心の中に、彼らの習慣や価値観の中にあるからよ。そう思うでしょう、ヴェラ？」

「そのとおり」ヴェラ・ブラックバーンは、大きなスポーツバッグを片手でしっかり抱えて、私のうしろにすわっていた。彼女は歯を注意深く調べていたが、それは意識のある時間の大半を費やしている絶え間ない身体検査の一部だった。彼女は元気のいいレンギョウと磨き上げられた車にちらっと目を向けた。「精神的には、広大なポチョムキン村だわ……」

私たちは本通りを離れてトゥィックナムの住宅地に入っていった。大きな一戸建てが立ち並ぶ並木道で、どの庭もテニスコートや結婚式の大テントが設置できそうなほど広大だった。私有車道にはベントレーが停まっていて、洗ったばかりの砂利にホワイトウォールタイヤがまぶしかった。

「ここでやめたらどうだろう」私はいった。「第三世界の雰囲気がぷんぷんするし」

「デーヴィッド、これは冗談なんかじゃないのよ」眉をひそめて、ケイがうんざりしたように私をみつめた。「いちどくらい、目隠しをはずして……」

午前の管理事務所の外での対決のせいで、彼女はさらなる戦いに飢えていた。熟練した女優のように気まぐれな性格を利用して、ハマースミスの治安判事裁判所をみごとに牛耳っていた様子を思い出した。私は彼女の意気と、ひとつの妄想を中心にしっかり自己完結した強い心をすばらしいと思った。私も彼女の映画科の生徒たちも、とても太刀打ちできなかった。それと同時に、ブレッソンとクロサワのポスターの横にピン留めされた子どもっぽい絵と、いまでは世界の反対側にいる彼女の娘の写真のことを思い出した。もっとも深い妄想だけが、その種の悲しみを和らげることができるのだろう。

ヴェラ・ブラックバーンは後部座席にすわり、流れていく木の葉を咎めるようにみつめていた。彼女を見ていると、自分の立場をわきまえて、いつでも同意する準備のできている、経験豊かな貴婦人のコンパニオンが頭に浮かんだ。しかし彼女には彼女なりの基本方針があって、それがケイにあてはまるうちはまかせておこうと決めているような気がした。私が振り返ってみつめるたびに、彼女はひざを閉じたが、それは長距離の警告であり、遠回しの誘惑でもあった。

「デーヴィッド……」ケイが車の窓越しに大きな、木骨造りの家を指さした。「よく見て。トゥィックナムはイギリスの階級制度のマジノ線なの。ここを突破することができれば、すべてが崩壊するわ」

「すると階級制度がターゲットというわけだ。世界中どこにでもあるじゃないか——アメリカにでも、ロシアにでも……?」

「もちろん。でも階級制度が政治的支配の手段になっているのはここだけよ。そのほんとうの仕事は、プロレタリアの抑圧ではなく、中産階級の自由の制限なの。いつまでも従順で従属的であるようにね」

「そしてトゥィックナムはその方法のひとつだと?」

「そのとおり。ここにいる人々は強力な幻想にとらわれているわ。中産階級の夢のすべてに。それこそが彼らの生きる目的のすべてなの——リベラルな教育、市民の責任、法の尊重。彼らは自由だと思っているかもしれないけど、ほんとうはがんじがらめで貧しい状態に置かれているのよ」

「グラスゴーの借家に住む貧乏人のように?」

「そうよ!」ケイは満足そうにうなずいてから、手を伸ばして私の手首をぽんぽんと叩いた。「ここに住んだら驚くほど窮屈だということがわかるわ。可能性に満ちたすてきな生活なんかじゃない。たちまち制度によって設けられた障壁に衝突することになるわ。学校の終業式に酔っ払ったり、慈善ディナーの席で控えめな人種差別的ジョークを口にしたり。芝生を伸ばしっぱなしにしたり、壁のペンキを数年間塗らずに放置したり。十代の少女と同居したり、義理の息子とセックスしたり。神と聖なる三位一体を信じていると公言したり、アフリカの難民家族のために無料の部屋を提供したり。スペインのベニドルムで休暇をすごしたり、シマウマ柄の内装のぴかぴかのキャデラックを運転したり。つまり悪趣味になればいいのよ」

「で、それにとって代わるものは? マジノ線が崩壊したらどうなるんです?」

「わからないわ」

「すべての本とクロケットの木槌と慈善寄付金を燃やす? それの代わりになるのは?」

「そのときになってから考えましょう。さあ着いたわよ。ここならきっとうまくいくわ」

ケイは大きな庭とラブラドルとランドクルーザーのある三階建ての家々の立ち並ぶ通りに入っていった。どこからかテニスボールの音と、十五歳の娘をやっつけようと決心した母親のすさまじいうめき声が聞こえてきた。縁石のそばに車を停めると、数頭の馬がのどかな足音を立てて通り過ぎていったが、またがっているのは中産階級の聖域に安全に守られた十代の若者たちだった。実際のところ、これはまさに私の祖母の世界であり、私が幼年時代をすごしたギルフォードの郊外そっくりだった。大都市の知識人の尊大さが、これらの煉瓦造りの建築物に山積みになっていたが、そのライフスタイルは世界中でコピーされていた。ケイの義憤を総動員しても、一輪のデルフィニウムすら悩ませることはできないだろう。

彼女は車から降りると、ブリーフケースからクリップボードを取り出した。車の番はヴェラにまかせて、彼女は調査会社のバッジをジャケットにつけた。もうひとつ、デクスター牧師の写真のついたバッジを、私のジャケットの襟につけた。

「これでよし。いかにもスティーヴンらしくふるまってね。あなたたちはよく似ているわ。なにかにとりつかれ、少し迷っている。それほど敬虔でもなく……」

「それなら簡単なはずだ」

私たちは最初の家に近づいた。快適そうなチューダー様式の大邸宅である。玄関のドアの通り道をふさいでいる子供用自転車をまたぐと、医師のステッカーの貼られたメルセデスのステーションワゴンがガレージの外に停まっているのが見えた。

四十代の愛想のいい女性がキッチンタオルで手をぬぐいながら出迎えてくれた。ケイはクリップボード越しににっこり笑い、私たちを自己紹介した。

「少しお時間をいただけませんでしょうか？　社会習慣について調査を行っているんです」

「よろしいですとも。ひょっとしたら私たちの習慣はとてもみっともないかもしれません。ご期待に沿えますかどうか」

「大丈夫ですよ。私たちはとりわけ高収入のご家庭に関心がございますの」

「お世辞でもうれしいですわ」女性はキッチンタオルをたたんだ。「主人に話さなければ。きっとひどく驚きますわ」

ケイは寛大に微笑んだ。「あなたは見るからにきちんと片付いたご自宅をお持ちです。なにもかもとても清潔に磨き上げられています。よろしければ、あなたが一日に家事に費やす時間を教えていただけませんか?」

「まったく費やしませんのよ」女性は唇を噛むふりをしてみせた。「住み込みのハウスキーパーと通いの家政婦がおりましてね。私は一般開業医で、診療所で大変忙しいので、はたきをかけて回るひまもございませんの。すみませんね。あまりお役に立てなくて」

「役に立ちますとも……」転向者をみつけたと確信して、ケイは身を乗り出して声をひそめた。「お医者さんの立場から、わが国の清潔志向はいきすぎていると思われますか?」

「イエスでもありノーでもあります。みなさんばい菌にこだわりすぎです。ほとんどは無害なんですよ」十代の少年がぶらぶら通り過ぎると彼女は口をつぐんだ。台所のどこかで姉にがみがみ叱られたのだ。「あらまあ、暴動が起ころうとしているわ」

「最後の質問です」ケイはクリップボードをざっと眺めて鉛筆を構えた。「トイレはどのくらいの頻度で掃除すべきだと思われますか」

「見当もつきません。毎日ならいいんですが」

「掃除されるのが三日おきになったらいかがですか?」

「三日？　ちょっと勇気がいりますね」

「では週にいちどでは？」

「いいえ」女性はケイの襟のバッジにちらっと目を走らせた。「それはよい考えではないでしょう」

「まちがいありませんか？　便器が雪のように白くないと不安におなりですか？　専門職の中産階級におけるトイレットタブーの蔓延(まんえん)についてどのようにお考えですか？」

「トイレットタブー？　あなたはトイレットペーパーの会社にお勤めなの？」

「私たちは社会の変化を調査しています」ケイはよどみなく答えた。「個人的な身づくろいは自分が何者であるかという人々の心にあります。あなたのお家でも洗う回数を減らしてみようとお考えになりませんか？」

「減らす？」女医は頭を振りながらドアノブに手を伸ばした。「想像もつきませんわ。それでは――」

「それならあなたご自身は？」ケイは食い下がった。「お風呂に入る回数を減らそうとは？自然な体臭は重要なコミュニケーションの手段です。とりわけ家族内で。くつろいだり、お子さまたちと遊んだり、自由なライフスタイルを楽しむことが……」

目の前でドアがばたんと閉まった。ケイはオーク材のドアパネルをひるむことなくみつめた。足が深い砂利に沈む私有車道を歩いていきながら、彼女はクリップボードに回答をチェックしていった。

「あれは役に立ったわ」彼女が合図すると、ヴェラはポロを発進させて通りぞいに私たちについてきた。「前途有望なスタートだわ」

「そうかもしれないが。彼女はあなたの狙いを理解しなかったようだ」

「これからは考えるようになるわ。息子にシャワーを浴びなさいとか、靴下をとりかえなさいというたびにね。ほんとうよ」

「信じるよ。ここまでやってくるのはこれがはじめて？」

「何か月間もくりかえし来ているわ」ケイは私についてくるように促して、歩道をどんどん歩いていった。「忘れないで、デーヴィッド、中産階級はつねに管理下に置かれていなければならないの。彼らはそのことを理解しているから、自分で自分を管理しているわ。銃や強制収容所ではなく、社会規範を使ってね。正しいセックスの仕方、正しい妻の扱い方、テニス・パーティでの正しい浮気の仕方や、正しい情事のはじめ方などよ」

「そしてあなたはまったく気にしなかったと？」

「私は彼らが学んできたことを忘れさせようとしているの。心配しないで、まだ毎日シャワーを浴びているわ……」


表通りに沿って百ヤードほど歩いたところで、もう一軒の家に近づいた。裏庭に水泳プールのあるジョージ王朝風の大邸宅である。プールの水面から反射した光が、私道を守る背の高いオークの葉の上で躍っていた。濡れた水泳着を着た六歳ぐらいの少女が応対に出た。少女は玄関の階段にいる私たちをみつけてうれしそうなエアデール・テリアの首輪にしっかりつかまっていた。

微笑を浮かべた三十代後半の女性が奥から出てきた。彼女は夜のお出かけの準備なのか黒いサテンのドレスに妖婦のような化粧をしていた。

「こんにちは――どうやらベビーシッターじゃなさそうね」

ケイが私たちの訪問の趣旨を説明した。「私たちはレジャー習慣について調査を行っているんです。海外旅行や映画鑑賞やパーティなどにどれだけの時間を費やしているか……」

「足りないわ」

「ほんとうですか?」ケイはクリップボードの上でせわしなく手を動かした。「一年に何回海外旅行にお出かけになりますか?」

「五、六回ね。それに夏休み。私の夫は英国航空のパイロットで、今週末はケープタウンだわ」

「すると航空運賃はお安いですね? 空の旅ってちょっとインチキだと思いませんか?」

「特典のひとつよ」女性はドアの背後からジントニックを取り出して考え込むように口に運んだ。私の襟に留めたスティーヴン・デクスターの写真をじっとみつめている。「夫ばかりがいい思いをすると、妻だってじっとしていられないわ」

ケイは重々しくうなずいた。「私は旅行一般についておたずねしたのですが。信用詐欺みたいなものでしょうか？　おなじホテル、おなじマリーナ、レンタカー会社。家にいてテレビで眺めるほうがましだとは思いませんか？」

「人は空港へ行くのが好きなのよ」女性は空をみつめた。まるで夫が早く帰ってくるかもしれないという考えが心をよぎったかのように。「彼らは長期駐車場、搭乗手続き、免税店、パスポートの呈示が好きなのよ。自分たちがほかのだれかであるふりができるから」

「それは一種の洗脳だとは思いませんか？」

「洗脳されたいわ」女性はプールのほうから犬の吠える声が聞こえると振り向いた。「行かなければ。子どもたちが犬が溺れさせようとしているわ。お隣にも声をかけてあげて。車椅子生活だから……」


「よくないわね」ケイは歩道に出ると素直に認めた。彼女は鉛筆で歯をコツコツ叩いた。「だれもあんなに無抵抗にはなれないわ」

「ひとつ聞きたいことがあるんだが」私は歩きながらいった。「人々がいまの生活を好んでいるとしたら？　だまされていることがしあわせなんだとしたら？」

「囚人は鎖を磨くというやつ？　私は認めないわ」

　ヴェラとポロをあとに従えて、すぐにでも革命を挑発してやろうという構えで、私たちは静かな通りを歩いていった。しかしチェルシー・マリーナを急進化させた触媒が不足していた。ここにはリストラも、不可能な債務負担も、マイナスの資産価値も、駐車禁止線もなかった。

裕福な郊外居住者は歴史の終局状態のひとつだった。ひとたび達成されると、疫病や洪水や核戦争でもないかぎり、それが奪われる恐れはないのだ。それでも、ケイはくじけることなく、地雷を埋めるための塹壕（ざんごう）を求めて、アルカディア・ドライブのマジノ砲台をどんどん歩いていった。

三軒目では、ほっそりした白髪の女性に出迎えられた。彼女は澄んだ目と上級公務員らしい薄い口をしていた。私は治安判事裁判所で私を見下ろしていた三人のご立派な判事を思い出した。玄関ホールから初老の男性がリビングルームにすわっているのが見えた。ウイスキーをそばに置き、目を細めてクロスワードパズルをみつめていた。

ケイは私たちを自己紹介したが、私の聖職者の肩書きは省略した。「いくつか質問してもよろしいでしょうか？　ライフスタイルの調査を行っているんです」

「私たちにライフスタイルがあるかどうかわかりませんが。それとも、近ごろはどなたでもライフスタイルをお持ちなんですか？」女性は夫の怒鳴り声に耳を傾け、それから声をかけた。

「ライフスタイルですって、あなた」

「そんなものはいらん」夫は叫んだ。「三十年間そんなものなしでやってきたんだ」

「そういうわけですから」その女性の目はケイの化粧や、欠けた爪や、ジャケットからほつれた糸を観察していた。「どうやら私たちにはライフスタイルは必要なさそうですわ」

ケイは負けん気の強い微笑を浮かべて食い下がった。私たちに加わったスプリンガー・スパニエルが、彼女のひざのにおいを嗅ぎはじめた。「近ごろはレジャーが強調されすぎだとお感じになりませんか？　海外旅行だとか、ディナーパーティだとか……？」

「ええ、感じますよ。ディナーパーティがいくらなんでも多すぎます。よくまあ話題が尽きないこと」肩越しに、彼女は夫に返答した。「ディナーパーティですってよ、あなた」

「我慢できないといったか、ジュディス？」

「いまいったわ」

「なんと？」

ケイはクリップボードをぽんぽんと叩いた。「すると、ディナーパーティを禁止する法律をお望みですか？」

「制定するのが難しいわ、それに強制するのは不可能でしょう。とっても変わった考えだから」

「テニスクラブのダンスは？」ケイは質問した。「ワイフ・スワッピングは？　それらも禁止すべきですか？　それともそれらは中産階級を支配下に置いておくための阿片でしょうか？」

「ジュディス？」

「ワイフ・スワッピングですって、あなた」女性は目にいたずらっぽい色を浮かべて私にちらっと目を向けた。「いいえ、私はワイフ・スワッピングに反対ではありませんよ」

ケイはクリップボードに走り書きした。「性に関する事柄ではリベラルでいらっしゃるんですね？」

「ええ、私はつねづねそうでした。たぶん、それと気づかないで。さて……」

ケイはスパニエルを押しやった。「合意の上でのセックスについてのあなたの見解は？」

「夫とのということ？　理論的には、それはすばらしい考えですわ。ところで、この調査のスポンサーはどこかしら？」

「それで動物は？」

「もちろん、大好きですわ」

「動物には私たちの愛情が必要だと？」

「絶対に」

「すると動物との性行為を禁じる法律を破棄する嘆願書にサインなさいますか？」

「なんですって？」

ケイはスパニエルに向かってにこやかに微笑んだ。「よかったわね、ボンゾとセックスできるわよ……」

私たちはほうほうの体で通りにたどり着き、それからポロにもどった。ケイはクリップボードを放り出して私といっしょにリアシートにすわり、極度の疲労のあまり私の手をとった。車が走り出すと、彼女は通り過ぎていく家に手を振った。スパニエルが吠えていて、いっぽう夫と妻は開け放したドアに立ちつくし、乱された砂利をじっとみつめていた。

「残念だわ」ケイがいった。「彼女はボンゾとファックしたくないのね。それでも、その考えが心を横切るかもしれないわ」

「どうでしたか?」ヴェラがたずねた。「問題なしですか?」

「うまくいったわよ、ねえ、デーヴィッド?」

「びっくりするほどうまくね。彼らに考える材料を提供したことはまちがいないな」

「それが狙いだったの。揺さぶりをかけること。自分たちが犠牲者であると気づかせること」

彼女は身を乗り出してヴェラの肩をぽんぽんと叩いた。「ここで停めて。ちょっと待ってね、すぐもどるから」

正面の私道でロールスロイスの泥をホースで洗い落としている自宅の所有者に気づいたのだ。クリップボードをひっつかんで、彼女は車が停まらないうちに飛び出していった。私はスカートをまっすぐにしてから男に近づいていく彼女を追いかけた。男はランニングシャツを身につけて、成功したボディビルダーの逞しいからだをしていた。

「こんばんは。ロールスについたその泥――奥様の仕事のようですね。わたくしどもは違いのわかるモータリストのために新製品を調査しております」

「あなたとその牧師さんが?」男は私の名札を読んだ。「ずいぶん顔つきがちがうようだが。ひざまずいて祈るというのは重労働にちがいない」

「デクスター牧師は家族ぐるみの友人でして。お聞かせください。泥つけスプレーをどう思いますか?」

「泥つけ――?」

「スプレーです。合成された液体の泥で、使いやすいようにスプレー缶になっています」ケイはデパートの実演販売の歌うような口調をまねた。「月曜日の朝に会社の駐車場で人々に感銘をあたえる効果的な方法です。車輪にさっとひと吹きするだけで、あなたの同僚は薔薇のパーゴラと藁葺きのコテージを連想するでしょう」

「同僚は私の頭がおかしくなったと思うだろう」男はホースで水をかける作業にもどった。「いかれている。まったくどうしようもない。あんたに必要なのは牧師じゃなくて……」

「ケイ、もういいかげんにしてくれ……」私は彼女の腕をとって車まで抱きかかえるようにして連れていった。車の後部座席に押し込んだとき、彼女は疲労と興奮で震えていた。車が走りはじめると、彼女は頭を私の肩にあずけてうしろに寄りかかり、げらげらと笑い出した。

「『泥つけスプレー』ごめんね、デーヴィッド。どうしても我慢できなかったの。でも、考えてみて。大金持ちになれるわよ——私たちの時代にぴったりの製品だもの……」

第十二章　レンタルビデオショップ

ラグビーチーム〈ハーレクインズ〉のホームグラウンドの近くのパブでジンをがぶ飲みしながら、私たちは今日の反省会を開いた。カウンターわきのストゥールに腰をおろし、スカートをまくりあげ、ラグビーファンの酒飲みの部屋の支配的存在であると確信して、ケイは髪をとかした。中年のラグビーファンたちは大ジョッキを口に運びながら、ちらちらと彼女を見た。中産階級の中心地への遠征にはばかげた側面もあったが、彼女はまったく気にしなかった。彼女は敵と交戦していたのである——住人ではなく、彼らが惨《みじ》めに暮らしている文化的牢獄という敵と。

　アドラー心理学協会ではまちがってもこんな人物に出会うことはないなと思いながら、私は心からの称賛をこめて彼女をみつめた。精神医学は失敗を扱うときは本領を発揮するが、成功に対処したことはいちどもないのだ。ケイは本物の狂信者の熱意に駆り立てられていた。それは自分自身という、たったひとりの改宗者に満足している信仰体系だった。多くの点で、彼女は正しかった。人を慎重で思慮深い人生に縛りつけている社会のしきたりは一掃されなければならない。

「今日はトゥイックナム、明日は世界である」ジンをもう一杯注文するように私にいってから、ケイは宣言した。「ヴェラ？」

「あなたはすばらしかったわ」ヴェラはジンのにおいを嗅ぎ、広いひたいにかかった髪をなでつけて、ラグビーファンたちと視線が合うのを拒絶した。「どうしていつも女が応対に出るの？　男たちはいったいどこにいるの？」

「男たちはますます影が薄くなっていくわ。防音室にすわって、なにが起こったんだろうと考えているの」ケイは私の頰をぽんぽんと叩いた。「あなたのような男は絶対に少なくなっているわ、デーヴィッド」

「環境派の友人に話さなければ。われわれ男には保護区が必要だと」

ヴェラはジンを飲み終えると、ケイと目配せを交わしてから、出て行って車に乗り込んだ。プロップ・フォワードらしい肩をした愛想のいいビール飲みが、からかい半分で開けてくれたドアを、彼女が無表情に大股で出て行くのを、私は黙って見守った。

「難しい人だなあ」私はいった。「国防省を辞めたことを後悔しているにちがいない。玩具にできるおぞましい兵器がいくらでもあるんだから」

「私は好きよ」ケイはクリップボードから紙を破りとった。「とてもいい子だわ。完全に排便のしつけをされた社会病質者。あの子、あなたに人殺しの話をした？」

「邪悪な義母と家庭の化学実験キットの話？　目の前にちらつかせたよ」

「それじゃ、あなたの心理学者としての腕を試させて。彼女、ほんとのことを話していると思う？」

私はためらい、ヴェラの抜け目なさそうなにやにや笑いを思い出した。「うん」

「正解……ほんの一日か二日だけど、新聞をにぎわせたわ。当局は彼女を訴追しないことにしたの。そんなに危険な子どもならかえって社会に役立つでしょう」ようやくくつろいで、ケイは私の手をとった。「来てくれてうれしいわ。自分だけのちっぽけな憎しみに心を奪われたりしていない人が必要なの」

「きわどいところだったんだよ。でもチェルシー・マリーナではなにかが起きている。ぼくはその場にいたいんだ」

「それを忘れないで。今日の午後は茶番劇みたいなものだし、あなたが認めていないのもわかっているわ。でも、あなたは自分で気づいている以上に関与しているのよ」彼女はストゥールから降りると、ビール飲みたちに微笑みかけながら、スカートを下ろした。「よし。あともう一杯、そうしたら熱いお風呂に直行よ——背中を洗わせてあげるわ、デーヴィッド……」

私たちは出発した。ヴェラがポロのハンドルを握って夕方の通りを走らせていった。トゥイックナムはすっかりテレビの郊外と化し、バンガローのラウンジではブルースクリーンが輝き、十代の娘たちの寝室はクラブにでかける準備をしていた。私たちは地元の住宅地域に役立つ小さなスーパーマーケットの前を通りかかった。そしてビデオショップから三十ヤードほど離れた迂回道路に駐車した。

スーパーマーケットはもう閉店しており、最後の客たちが車で去ろうとしていた。ケイは迂回道路にいるのが私たちだけになるまで待ってから、スポーツバッグのジッパーを開けて、三本のビデオカセットを取り出した。

「デーヴィッド、お願いがあるの。私、ほんとにへとへとだから。代わりにこれを返してきて」

「いいとも」私はドアを開け、街灯でビデオをちらっとみた。「《インデペンデンス・デイ》、《ディーバ》、《アルマゲドン》……？」あなたらしくない作品ばかりだ。それはともかく、どれも空箱のようだけど」

「先週ちょっと拝借したの――カセットアートについてサイト&サウンド誌に雑文を書いているから。棚にもどすだけでいいわ」

「もしも――店員に見られたら？」

「スーパーマーケットでみつけたとかなんとかいって」ケイは私を車から押し出した。「子どもたちがしょっちゅう盗み出しているから。防犯カメラに顔を向けないで」

レンタルビデオショップは静かだった。二十代の若者がカウンターのうしろにすわって、コンピュータスクリーンに没頭していた。防犯カメラに背中を向けたまま、私は二本のSF映画をメインの棚にすべりこませ、《ディーバ》のカセットを上着の下に隠して、貧弱な外国語の映画のコーナーにぶらぶらと近づいていった。

トリュフォーやヘルツォークやフェリーニの名作の棚をざっと眺めて、ローラと私を結びつけた熱烈な映画への興味のことを思い出した。私たちはポルトガルか韓国の名前も曖昧な監督を求めて、ナショナル・フィルム・シアターのプログラムガイドをくまなく探したものだった。悲劇的にも、ローラは最後の瞬間をアマチュアのビデオテープにおさめられたのだ。あのビデオカメラの所有者をつきとめてみようかとふと思った。

「うわ、なんだ……?」鋭い痛みが腕の下の痛めた肋骨に食い込んできた。猛烈な熱気が胸を焼き、煙がジャケットからたちのぼった。窒息しそうな炭化水素の蒸気だった。十フィート先の、さっき《アルマゲドン》のカセットを置いてきた棚から、煤だらけの煙が押し寄せてきた。マグネシウムの閃光が走った。強烈な熱気を帯びた青白い光だった。

ジャケットに隠したカセットから煙が噴き出してきた。それを床に振り落とし、ぱちぱちと火を噴きはじめるとあとずさった。出口をみつけようとしたとき、棚で二度目の爆発が起こった。猛烈な煙が店内に充満し、頭上の照明が薄暗くなって、停電のときのかすかな照明のようになった、若い店員が口を手で覆って私の横を駆け抜け、ドアをみつけて夜の中に出て行った。

オートバイのヘルメットをかぶった背の高い男が、明滅する照明から目を覆いながら、煙をかきわけて近づいてきた。私をみつけると、男は力強い手で私の肩をつかんだ。

「マーカム！　出るんだ！」

私は顔を覆おうとしたが、男にドアのほうに引きずられていった。さっきよりもはっきりした照明の中で、男が牧師服の白い詰襟をつけているのに気づいた。「デクスターか？　消火器をみつけてくれ……消防署に電話するんだ」

「こっちに来い！」

タールのような煙が、濃密な黒い雲となって、通りにもくもくと噴き出した。牧師は私の上着を放して迂回道路に走っていった。ジャケットに閉じ込められた煙がたなびいた。ケイのポロが勢いよく近づいてくると、彼は手を振った。ヴェラがハンドルを握っていた。停まるものと思ったが、車はいきなり加速して走り去り、デクスターはあやうくはねられそうになってひざまずいた。

私は彼の手をとって立ち上がらせ、なかば駆け足で彼についていった。ポロのテールライトがふたつの血のようなしみになって闇の中で向きを変え、リッチモンド・ブリッジの方角をめざした。牧師は私にもたれて、口いっぱいの痰(たん)に息をあえがせた。彼はバイザーを押し上げて夜の空気をむさぼるように吸った。まばゆいマグネシウムの光の中に不安定な顔が見え、怒りに顔をゆがめると歯の抜けたところがむきだしになった。彼はポロが見えなくなるまでじっとみつめ、そして私は、ケイ・チャーチルが最初から私を見捨てるつもりだったことに気づいた。

第十三章　神をみつめる神経科学者

　私たちがスティーヴン・デクスターのハーレーでもどったとき、チェルシー・マリーナは静かになっていた。巡査がひとり守衛詰所の近くに立ち、手を振ってキングズ・ロードの交通を整理しながら、地元のレストランへぶらぶらと歩いていく住民たちを用心深く見張っていた。熱烈なピケ隊や、赤熱するコークスの火鉢や、クリスマスの募金用空き缶に出くわすものと思っていたのだが、革命はもっと都合のいい日に変更されていた。中産階級の反乱は余暇を尊重し、バリケードへの攻撃はコンサートや劇場の訪問と新鮮なシーフードという快楽のすきまに圧縮されていた。

　デクスターが警官に敬礼すると、警官は私たちを手招きして住宅街に入れてくれた。ヘルメットをかぶっていない私に警告しようと思ったようだが、なにもいわずに通してくれた。聖なるバイク便のライダーによって、ろくでもない人生からもっと価値のある人生に運ばれてきた、新たに牧師の群れに徴発された男と思ったにちがいない。

　私は煤っぽい蒸気の名残をはたき落とし、その巡査に会えたのをうれしく思っていることに気づいた。ケイがやろうとした文化的破壊活動は、あやうく大惨事を招くところだった。スティーヴン・デクスターと私はなんとか逃げ出すことができた。ハーレーはビデオショップから百ヤード離れた住宅地の袋小路に駐車してあった。皮の手袋に吐いてから、彼は音の静かなアメリカ製エンジンをかけた。私たちは消防車が到着して、猛烈なマグネシウムの炎にホースの水をかけるのを見物した。何千本ものビデオカセットが路上に散乱し、アーク灯の光を浴びて蒸気をあげながら、割れたガラスのあいだでほどけていった。

私たちは警察に気づかれないうちにリッチモンド・ブリッジ方面に向かった。後部シートにもたれるようにして、吹き抜ける夜気に身をまかせていると、あらゆる怒りと恐怖が吹き飛ばされていった。ヴェラを信頼したことはなかったが、ケイも私の予想よりはるかに無慈悲だった。あのとき私はすぐにその場を離れないで、ローラやナショナル・フィルム・シアター（NFT）での夕べのことを考えながら、店内でぐずぐずしていた。私が車にもどってこないのを見て、ケイはヴェラに車で走り去るように命じ、私のことは完全に見捨てたのだ。

私たちはチェルシー・マリーナを横断してネルソン・レーンで停車した。住宅の列が小さな潮泊渠（ちょうはつきょ）を見下ろし、避難している恋人たちのように、二艘のヨットが桟橋のそばに並んで係留されていた。列の最後の家の隣のテラスに小さな礼拝堂があったが、チェルシー・マリーナの精神的要求を正確に反映して、つつましい大きさだった。

白いビートルが通りの向かいに停まって、駐車灯を輝かせていた。ジョーン・チャンが運転席の窓から手を振った。彼女はウォークマンを外し、デクスターが帰宅したのがうれしいようすで、にやりと笑いかけ、それからエンジンをかけて、空冷のやかましい音を撒き散らしながら去っていった。

牧師は彼女が遠ざかるのをみつめていた。排気ガス越しに物悲しい微笑を浮かべ、両手はハーレーのハンドルをぎゅっと握りしめていた。

「マーカム？　寄っていかないか？」

「ありがとう。お別れに一杯やろう」

「たっぷり一杯だな。それだけの働きはしたと思う」

彼は私がバイクから降りるのを待っていたが、自分の部屋に招き入れるのはあまり気が進まないようだった。彼がハーレーのエンジンを切っているあいだに、私はマリーナをじっとみつめた。彼はケイの指図でビデオショップに配置された見張りであり、いまの仕事は私の手際の悪い行動を指摘することだろうと思っていた。

ヘルメットを手にして、彼は私を案内してくれた。せまい玄関ホールでは、衣服に染み付いた煙の鼻を刺すにおいがした。

「ひどい代物だ」私はいった。「破壊者が使うようなやつだ」

「そうだな。ヴェラは国防省で働いていた。もし思いどおりにさせたら、通り全体が破壊されていただろう」

居間はわずかな家具しかない独房だった。机とレザーの肘掛け椅子が壁沿いに置かれ、キャンプ用ベッドが部屋の中央を占拠し、それを覆うように低いキャンバス地のテントが張られていた。カーペットには携帯コンロが置かれ、缶詰やシリアルの袋が小さな山をなしていた。メタルのフレームに司祭の礼服がかけられ、木製の脚の折り畳み式テーブルには、ひと山の賛美歌集、ミサ典書、子どもの手づくりの待降節カレンダー、そしてBBC出版の『神をみつめる神経科学者』が置かれていた。私も寄稿したテレビシリーズの本である。キャンプ用ベッドのカーキ色の枕元には、黒い司祭服と飛行ゴーグルを身につけて、森の滑走路のわきに駐機しているステアマン複葉機(ふくようき)のそばに立っている、デクスター牧師の額入りの写真があった。いっしょに写っているのは、村長とフィリピン人の妻と、微笑している四人の娘たちだった。

家の残りの部分、つまり玄関ホールとウォークスルー式のダイニングルームとキッチンの見える部分は手つかずで、どうやらだれもいないようだった。私は彼が自宅でキャンプ生活をしていることに気づいた。安楽椅子やスプリング式のマットレスや電気ストーブなどの快適さは、世界からの部分的撤退として、なしですまそうと決心したかのようだ。キャンプ用ベッドと携帯コンロと小型テントによって、チェルシー・マリーナに臨時に任命されたのだと、彼は自分にいいきかせているのだ。

私がこの奇妙な光景に慣れるまで彼は静かに待っていた。鋲飾りのブーツとレザーのライダージャケットを身につけて、一見とても自信ありげだった。しかしその顔は血色が悪くて落ち着きがなく、いつなんどき警察が現れてドアを蹴破るかと恐れている逃亡者のような不安そうなおももちで、ちらちらと通りをうかがっていた。どんないきさつでケイ・チャーチルなんかとかかわるようになったのだろう？　神経衰弱になるための最強の処方ともいうべきケイ・チャーチルなんかと？

私はその日の夕方の行動をめぐって彼と対決し、なぜわれわれがビデオショップを破壊したのか詰問するつもりだった。中産階級に対するわれわれのミッションは、無意味な破壊行為という結果になってしまった。だが彼はすばやくテントにもぐりこみ、スペイン産ワインの瓶とグラスを二個もって現れた。

「まあ一杯やってくれ」彼は私のグラスを満たし、液体がグラスのふちまでのぼっていくのをじっとみつめた。「守衛詰所で降ろすべきだったかもしれないが、車を運転する前にひと休みする必要があるだろう」

「タクシーをつかまえることにするよ。まだ震えがとまらないんだ」

「ああそうか。ケイのところに寄っていくかい？」

「ぼくが来ると思っているだろうか？」

「そうじゃないかと思うね。少しの怒りは性腺を刺激する。彼女は興味深い恋人だそうだ」

「それなら、遠慮しておこう。裏切り行為はひと晩に一回だけで十分だ」

「それがいい」

緊張と恐怖のせいでまだ震えていたので、手の中のグラスがなかなか落ち着かなかった。性格に合わないまねをしてアマチュアのテロリストになったような気分だった。

「で……」ワインを口に運びながら、私は脈拍が落ち着くのを待った。「あのミッションは成功だったのかな？」

「ケイはまちがいなくそう思っているだろう」

「ありがたくて涙が出るよ。禁固一年だったかもしれないんだぞ。きみも」

「もっと長いだろう」デクスターは空っぽの棚に積もった埃をみつめた。「われわれはみな前科がある」

「何千ポンドもの損害をあたえたんだぞ」このがっしりとした体格の牧師の無抵抗ぶりに腹が立って、私は声をはりあげた。「消火活動であの店のビデオはすべてだめになったにちがいない」

「それに監視カメラも。少なくとも、きみがあそこにいたことはだれにもわからないわけだ。ビデオテープの損失はたいしたことじゃないが、きみのいうことにも一理ある」

「聞かせてくれ、このことをどうやって司教に説明するつもりだ？」

「説明しない。教区司祭には大きな裁量があたえられているんだ」

「裁量？　便利な概念だな。それさえあれば痛まずにすむんだろうな……良心というやつが？」

「きみの職業ではあまり使われない単語だ」デクスターははじめて微笑した。「われわれが自己を正当化する必要に対処するために、ボキャブラリーがいかに変動するか気づいたかね？」

「デクスター……」このいいぐさに腹が立って、私はグラスをマントルピースに叩き込んだ。

「おまえは罪を犯すために私を利用したんだぞ」

「そうではない……」まるで私の感情の爆発が路上に広がっていないか確かめるかのように、窓にちらちらと目を走らせながら、デクスターは私をなだめようとした。「発火装置ではなく、てっきり発煙装置だと思っていたんだ。それに、きみがすぐに出てくるものと思っていた」

「見張りじゃなかったのか？」

「いや。私の行動は自発的なものだ。ケイは私があの場にいたことを知らない。ビデオショップでなんらかの活動を計画しているといっただけで。きみが巻き込まれて、だれかの助けが必要になるかもしれないと思ったんだ」

「そのとおりだった」心を鎮めながら、私はいった。「きみがあそこにいてくれて助かったよ。それでも、なぜ私を危険な目に遭わせたんだ？　私は完全なアマチュアだ。逮捕されていたかもしれないんだぞ」

「ケイはきみが逮捕されることを望んでいた」デクスターはワインを飲み終え、私たちのあいだの床に置かれたボトルをみつめた。「彼女はまだきみの正体や、ここにいる理由を疑っているんだ。きみと寝たからといってそこまで信じられるわけではない。もしきみが一年間投獄されたなら、きみの忠誠心がどのあたりにあるかはっきりすると考えたのさ」

「いささか無慈悲じゃないか？」

「そうなったらワンズワース刑務所に面会に行っていただろう」彼は手をあげて私の返答を制した。「ここでは注目すべきことが起こっている。あるレベルではすべてはむしろばかげているが、そこには暗い側面もある。ケイは並外れた女性だが、自己期待のエスカレーターに閉じ込められている。ほかの人々はそれを悪用しているんだ。潜在的に危険な人々が」

「ヴェラ・ブラックバーンのような？　あるいはこのドクター・グールドのような？　あれは

マグネシウム信管だった。あれなら鋼鉄でも溶かすことができる。きみは盲目の子どもについて自分に釈明するという正業に就くこともできたはずだ」

「できなかった。それはとても許されないことだった」

「警察に行くべきだろうな。実際、本気でそうしようかと考えているんだ」

「正しい判断だ。引きとめるつもりはない。検察側の証人としてよろこんで証言させてもらうよ」

「それならどうして加担するんだ？　重大な犯罪に関与しているんだぞ」

デクスターは頭を垂れてキャンプ用ベッドと小型テントをみつめた。それがこの殺風景な教区牧師の住居からの避難所だった。「チェルシー・マリーナは私の教区だ。もし私が十八世紀のコーンウォールの牧師で、村の全員が難破船荒らしに関与していることを知ったら、超然としていることは許されない。私も参加しなければならないだろう」

「岩礁（がんしょう）に立ってランタンを振るのか？」

「それは勘弁してもらいたい。だが少なくとも、生存者が殺されたりふたたび海に投げ込まれたりしないか確認することができる」

「で、チェルシー・マリーナでやっていることもおなじだと？　この住宅地の管理人を事務所に閉じ込めることが？　あの哀れな男は死ぬほどショックを受けていたぞ」

「彼にあまり同情しすぎないでくれ。ここの住人たちは中産階級かもしれないが、年季契約の労働者と大差ないんだ」

「『新たなプロレタリア』だと？　子どもを私立学校に通わせ、ＢＭＷを乗り回すプロレタリアだと？」

「ほんとうに経済的に困窮しているんだよ。多くの家族が途方にくれている。彼らはケイヤリチャード・グールドの話を聞き、自分たちの人生に疑問を抱きはじめた。彼らは私立学校とは自分の子どもたちを一種の社会的従順さへと洗脳することだとみなしている。消費者資本主義の中ですべてを動かす専門家階級に変えることだと」

「邪悪な大ボスか？」

「大ボスなど存在しない。このシステムは自動制御なのだ。われわれの市民としての責任感に依存している。それがなければ、社会は崩壊する。いやむしろ、崩壊はすでにはじまっているかもしれない」

「ここ、チェルシー・マリーナで？」

「いや、それは何年も前にはじまっていた」牧師は窓辺にたたずんで川をパトロールしている警察のヘリコプターをみつめていた。ヘリから放たれた光が静まりかえったオフィスの窓で戯れていた。「これらすべての抗議運動が――『通りを改善せよ』とか、『地方を救え』とか、遺伝子組換え作物や世界貿易機関に反対するデモが。動機は立派だが、四十年前の核兵器禁止運動の高まりとともにはじまった中産階級の反乱の一部なのだ。いま起こっていることは最終段階のはじまりなのだ――市民の責任の放棄だ。しかしきみはそのことを知っている――だからきみはここにいるんだ」

「必ずしもそれだけじゃないぞ。私はヒースロー空港の爆弾事件を調べているんだ。私の妻が殺されたんだ」

「奥さんが？　思い出した。恐ろしい悲劇だ。まったく狂気の沙汰だ」

「前妻だがね」失言した自分に当惑しながら、私は訂正した。「いまは再婚して幸福に暮らしている。しかしターンテーブルに爆弾を仕掛けたやつをみつける必要があるんだ。まるで私の一部がその場にいたような、第二ターミナルにいたような、義務感に似た負い目を、道義的な関与のようなものを感じるんだ。デクスター……？」

デクスターは私から顔をそむけて、虚無の井戸のような、マリーナの暗闇をみつめていた。その顔は蒼白でほとんど血色がなく、その目は葬式の参列者のように宙をみつめ、足元でぽっかり口を開けている墓を見まいとしているようだった。まるで警告灯のスイッチを切ろうとしているかのように、彼はひたいの傷に触れた。

「すまない」彼はかろうじてそういうと、牧師服の詰襟に手を触れた。「ヒースロー空港のことを考えていたんだ。理解するのは難しい。きっと警察が犯人をみつけてくれるだろう」

「犯行声明はなかったよ。男子トイレに抗議のメッセージがあった——ある種の反観光旅行プロパガンダだ」

「なるほど。ハマースミスの法廷のこともあって、ケイとジョーンのことを疑っているんだな。ふたりはまったく関係ない。信じてくれ」

「それは信じよう。それでもやはり、なんとなく暴力のにおいがするんだ。理屈というより直感だな」

デクスターは頭を振り、携帯コンロのまわりの缶詰を指で数えた。「今夜のビデオショップ襲撃は——らしくなかった。中産階級は遠いむかしから暴力などできないように品種改良されているんだ」

「それにはリチャード・グールドもふくまれるのか？　彼は放火事件に関与していた。父親が建てたデパートに火をつけたんだ」

「ウェブサイトでみつけたのか？　インターネットはわれらの告解室だな。彼は子どもだった。問題を抱えたティーンエイジャーだった」私の視線を避けるためにまだ頭を垂れたまま、牧師は私の腕をとって玄関ホールへと導いていった。「デーヴィッド、われわれには睡眠と、ものごとをじっくり考える時間が必要だ。多くの時間が。ビデオショップのことはだれにも話さないように。追い出すわけではないが、説教の準備をしなければならないのだ」

「そいつはよかった」玄関のドアの外に立ったとき、私は明かりの点っていない礼拝堂を指さした。そのドアには南京錠が掛かり、回覧板の山が階段に無造作に放置されていた。「チェルシー・マリーナでは礼拝を行わないんじゃないのか？」

「屋根に問題があってね」彼は曖昧に屋根を指さした。「ほかにも問題が。ときどき私はピカデリーのセントジェームズ教会で代理をつとめるんだ」

「ケイ・チャーチルはきみが信仰を失ったものと思い込んでいたが」

デクスターは私の肩に力強い腕をまわした。暗闇の中のほうが心が落ち着くのか、彼はあごをあげて静かな通りをみつめた。私が彼を挑発しようとしているのはわかっていたが、彼は自信をとりもどしていた。「私の信仰？　そんなものは消えてなくなったさ。不可知論者は信仰に重きを置きすぎる。問題はなにを信じるかではない——そんなものはだれにもわからないだろう？　はるかに重要なのは、みずから描いた地図だ。あらゆる意味で、私の地図は欠陥だらけだった。おぞましい事故がしばらく私を脱線させ……」

「フィリピンで？」

「ミンダナオ島だ。私は方向を見失い、地元のゲリラの支配化にある滑走路に着陸してしまった。二週間というもの、私は毎日したたかに打ちすえられた。私をイスラム教徒に改宗させようというのだ」

「抵抗したんだな？」

「長いことではなかった」彼はひたいの傷に触れた。「教師業にもどろうかとも思ったが、私の義務はここにある。社会不安はつねに少数のほんとうに危険なタイプを生み出す。自己を探求するために極端な暴力をふるう人々だ。極端なセックスに走る人間のように」

「ケイ・チャーチルは？」

「ケイはちがう。彼女は自分に甘すぎる」

「ヴェラ・ブラックバーンは？」

「もっと厄介なタイプだな。目を離さないようにしているよ」

「それなら、ドクター・グールドは？」

デクスターは顔をそむけて、マリーナの暗い水面をみつめた。「リチャードか？　難しい質問だ。彼は巨大な危険に直面している――自分自身からの」

彼と別れる前に、私はいった。「最後の質問だ。どうして法廷はわれわれを無期懲役にしないんだろう？　ケイ、ヴェラ、きみとぼく、ほかのみんなも。内務省はなにが起きているか察知しているはずだ」

「そうだろうな。私たちを泳がせているんだ。この先どうなるか知りたいんだ。彼らにとって、本物の中産階級による革命という考えほど恐ろしいものはないからね……」

彼は悩める顔を明かりから隠して私が歩き去るのをみつめ、それから庇護してくれない屋根の庇護のもとにもどっていった。

第十四章　ギルフォードから第二ターミナルへ

サリーは私があまり気にしていないことにショックを受けて、ステッキを床に投げ出し、ラウンジへ大股に歩いていった。

「デーヴィッド！　刑務所に送られていたかもしれないのよ……」

「そうかもしれない。でも、心配しなくていい。たぶん容疑は晴れるから」

「その人たち、完全にいかれているわ。もう近づいちゃだめよ」

「サリー、そのつもりだよ。ぼくがしたことといえば、午後をいっしょにすごしただけさ」

「それだけ？　トゥイックナムに放火したのよ」

「まるでジョン・マーティン描くところの『燃えるトゥイックナム』みたいじゃないか。スタジアムが燃えている。テニスコートが焦げている。水泳プールが沸騰しかけている――それこそ世界の終わりだろうな」

「デーヴィッド……」ちがう糸口を試すように、サリーは私がすわっている椅子のひじ掛けに腰をおろした。帰宅したとき彼女は眠っていたが、私は朝食を食べながらチェルシー・マリーナのテロリストとしての洗礼を説明した。彼女はなにもいわず、顔をしかめてトーストをみつめていたが、それについて一時間考えてから、私を正気にもどすために猛烈な努力をはじめたのだった。ばかな夫に怒りを浪費してしまったので、甘いことばに切り替えて、彼女は私の顔を両手ではさんだ。「デーヴィッド、いくらなんでも巻き込まれすぎよ。どうしてなのか自分で考えて。理由はわからないけど、この人たちはあなたの心をとらえてしまったのね。放火、破壊行為、おまけに焼夷弾(しょういだん)？　郊外では、ビデオは文字どおり神聖なものよ。爆発物に点火するなんて——まったく信じられないわ！」

「発煙弾だよ。火災は事故だ。点火装置が強力すぎたんだ——なぜかわからないが」

「なぜかって？　仕掛けたやつが麻薬を常用していたからよ」自分自身の病院で処方される鎮痛剤への依存を思い出して、サリーは顔をしかめた。「それがあなたにとってのチェルシーなのよ。私の母の七〇年代中毒みたいに、レズビアン、ヘロイン、いつでも開店している狂ったブティック、ポップスターのふりをしているフリークたち。今後は絶対にチェルシーを避けてちょうだい」

「フラムだよ、実際は。ハードドラッグは出回ってないし、プロテスタント労働倫理がめいっぱいまかりとおっている。中間管理職や会計士や公務員。出世の階段がはずされて破産管財人が群がってくるのが見えるのさ」

「みんなミルトン・ケインズのような地方のニュータウンに住めばいいのよ」立派な社会的地位の姿を呼び出そうとするかのように、サリーは私の頭をなでつけた。前日の興奮のせいで、髪の毛がまるでモヒカン刈りのように立っていた。「チェルシー、フラム……あなたは北ロンドンの人間なのよ、デーヴィッド。ハムステッドなのよ」

「むかしながらの社会主義かい？　精神分析とユダヤの学識かい？　それもぼくじゃないね。きみもチェルシー・マリーナの人々が気に入ると思うよ。彼らには情熱があるんだ。いまの人生を嫌っていて、それをなんとかしようとしている。フランス革命は中産階級によってはじめられたんだ」

「革命？　ビデオショップを襲撃するのが？」

私は彼女の手をとって生命線をじっくりと眺めた。永遠に走る時間の経路だ。ステッキのせいでまだたこが残っていた。「ビデオショップのことは忘れてくれ。興味深いのは、彼らが自分たち自身に異議申し立てをしていることだ。敵は外にはいない。自分が敵であることを知っているんだ。ケイ・チャーチルはチェルシー・マリーナが再教育労働キャンプだと考えている。北朝鮮にあるようなやつさ。ＢＭＷと医療保険会社ＢＵＰＡの保険料で更新されたキャンプだが」

「頭がいかれているとしか思えないわ」

「たしかに、いくらかはね。わざとそうしているのさ。自分で自分のねじを巻いているんだ。子どもが玩具で遊ぶように、自分がどこに行こうとしているのか知りたくてたまらないんだよ。トゥィックナムのあの大邸宅は目を見張る体験だった。上品な人々。ゴールデン・レトリーヴァー。だが、それらの大邸宅のひとつひとつが舞台装置なんだ。彼らがしているのはその舞台装置に生息することだけなんだよ。彼らを見ていると、ギルフォードの祖母の家を思い出すね」

「あなたはあそこで幸福だったわ」サリーは私を目覚めさせようとして耳をつまんだ。「もうひとつの人生がどうなっていたか考えてみて――母親と大騒ぎをして、北オックスフォードの慣れないベッドに寝て、八歳のときに大麻を吸って、R・D・レインとスコッチを飲んでいたのよ。決して心理学者にはなっていなかったでしょうね」

「その必要もなかっただろうな」

「まさしく。チェルシー・マリーナに住む建築家になって、おしゃれなディナーパーティにおよばれしたり、ボルボと授業料の支払いを心配したりしていたかもしれない。少なくとも、いまのあなたはいい暮らしをしているわ」

「きみのお父さんのおかげだよ」

「そうじゃないわ。あなたは父のことを決して好きじゃないもの」

「現実を認めようよ、サリー。ぼくたちがアドラー心理学協会の給料に依存するようになったら、ぼくはいやだね。きみのお父さんの会社のコンサルタント料の半分はぼくたちの収入だ。ぼくの自尊心をそこなうことなく、きみにお小遣いをたっぷりあげる思いやりのある方法さ」

「あなたは父のために役に立っているわ。ルートン工場の駐車場をめぐる問題もそうよ。重役たちにほかのだれよりも速く歩かせたじゃない」

「常識さ。ぼくがきみのお父さんのためにしているいちばん役に立つ仕事はね、きみをしあわせにしつづけていることなんだ。お父さんがぼくに支払ってくれるのはそのためだよ。お父さんにとって、ぼくは評判のカウンセラーで、きみの主治医でしかないのさ」

「デーヴィッド！」サリーはショックを受けたというより当惑していた。彼女は靴下の引き出しに蜘蛛をみつけた十歳児のように私をみつめた。「あなたは私たちの結婚をそんなふうに考えていたのね？　チェルシー・マリーナに夢中になるのも不思議じゃないわ」

「サリー……」

私は彼女の手をとろうとしたが、ドアベルが私たちを引き離した。小声で悪態をつきながら、サリーは玄関に向かった。私は肘掛け椅子にすわって、室内をじっと見回した。サリーの母からの贈り物が私の人生におけるお金の役割を思い出させた。他人のお金だ。サリーが気づいたように、私はチェルシー・マリーナの住人に、あの無責任な映画学講師に、そしてハーレーと中国人のガールフレンドをもつよくわからない牧師に親近感を抱くようになっていた。自分自身を率直に眺め、要らないお荷物は窓から捨ててしまうやり方を好ましく感じていた。

私自身の人生の小道具のほとんどは他人の荷物で、私が運んであげようと申し出たものばかりだった——義父のマネージャーからの屈辱的な要求、ヘンドンの少年院の院長をつとめた年の委員会の会合、どんどん嫌いになっていく老いた母への責任、アドラー心理学協会のためのうんざりするような資金集め、それは法人顧客に押し売りするのと大差なかった。

歩道から人声が響いてきた。私は椅子を離れて窓に近づいた。ヘンリー・ケンドールがスーツケースを手にして車のそばに立っていた。その横には制服をきっちり着込んだ初老の警官がいて、サリーに話しかけながらわが家を見上げていた。考えるまでもなく、私を逮捕しに来たのだと思った。親しい同僚のヘンリーを囚人の友人として行動してもらうために招いたのだ。

スーツケースは、警察署にもっていくことを許されるわずかな所持品を入れるためにちがいない。

私はカーテンの陰に隠れた。檻の鉄格子に体当たりしているとらわれの動物のように、心臓が肋骨を激しく打ちつけていた。逃げ出したくてたまらなかった。庭の門を駆け抜けてチェルシー・マリーナに潜伏したくなった。心を鎮めながら、私はぎくしゃくとドアに歩み寄った。

ヘンリーは愛想よく迎えてくれた。協会のダイニングルームでしばしばランチをともにしていたが、すっかり元気になっていることに気がついた。アシュフォード病院の外に立っていたやつれた姿は、アーノルド教授の椅子を虎視眈々と狙っている自信たっぷりのアナリストにして企業の牽引役に変身していた。私に対して前よりも恩着せがましく、同時にもっと疑り深くなっており、チェルシー・マリーナに対する私の関心は、私自身の隠された意図を隠していると確信していた。

警官はすでに車にもどり、助手席にすわってアドラー心理学協会の紋章のついた白いフォルダーに目を通していた。ヘンリーと私は並んで歩道を歩いた。

「警視のマイクルズだ」ヘンリーは説明した。「これから内務省まで乗せていくことになっているんだ。ヒースロー事件を担当しているんだよ」

「てっきりぼくを逮捕しに来たのかと思ったよ」私は少なからずほっとして微笑んだ。「なにか進展は？」

「非公式に？　なにもない。あれはほとんど無意味な犯罪だった。犯行声明はまだどこからも出ていないし、動機らしいものもみつかっていない。すまない、デーヴィッド。ぼくらはまだローラの恨みを晴らしてやることができないんだ」

「爆弾の破片は？　そこからなにかわかるだろう？」

「わけがわからない。極秘のタイプの英国軍の発火装置だったんだ。特殊空挺部隊と秘密工作員が使っている。爆弾犯がどうやって手に入れたのか、だれにもわからない」

私はサリーに手を振った。彼女は玄関のドアのそばの階段にたたずんで、ヘンリーが目を向けるたびに微笑みかけていた。さりげなく、私はいった。「昨夜トゥイックナムで爆弾騒ぎがあったそうだな」

「もう知っているのか？　今朝のニュースでも報道していないのに」隠れた鳥をみつけるポインターのように、ヘンリーは鋭い目つきで私をみつめた。「警察はラグビーファンのいたずらだと考えている。こうした小さな事件がどれほどあるのか奇妙なほどだよ――新聞でみかける『火災』のほとんどが、じつは爆弾攻撃なんだ。ターゲットがどうも奇妙なんだが」

「郊外のシネマコンプレックス、マクドナルド、旅行会社、私立小学校……だろう？」

「みごとな推理だ」ヘンリーのあごがさらに上を向き、さげすんだような目で私をみつめた。

「スコットランドヤードのだれかと接触しているんだな？」

「いや。それは……風のうわさというやつさ」

「どうやら破壊分子の感触をつかんでいるようだな」ヘンリーはスーツケースを私に手渡した。

「ローラの形見だよ。妹さんと家を片付けていたんだ。きみらがいっしょに書いた論文と、きみが彼女にあげた本が一、二冊と、会議の写真だ。手元に置いておきたいだろうと思ってね」

「ああ……」私はスーツケースを受けとったが、八年の関係の証拠書類が、結婚の最後の証書と思い出が、あまりにも軽いことに驚いた。ヘンリーが私をみつめる前でそれを抱えると、手の中でしだいに重くなっていくようだった。


サリーが階段を降りてきた。ステッキを使っているためにかえって複雑になっているが、それは彼女がじっくり考えて重大な決断をしようとしている確かな証拠だった。ヘンリーと私は彼女が近づいてくるものと思っていたが、彼女は歩道にいる私たちには目もくれず、苦労して車を迂回した。マイクルズ警視はドアミラーに映ったサリーの姿に気づくと、腕を伸ばして、近づいてくるタクシーを停止させた。彼は車から降りようとしたが、サリーは両ひじをルーフにあずけて助手席のドアにもたれた。

「サリー？」ヘンリーは会話をほうりだしてサリーに声をかけ、ポケットからキーを取り出した。「乗っていく？」

サリーはその声を無視して、車の屋根の反対側をみつめた。その目は最初の妻の形見のつまったスーツケースを手に立っている私を非難するようにみつめていた。私のことをマイクルズ警視に通報し、ビデオショップの火災への関与を告げようとしているのだ。彼女はにこりともせずに私をみつめていた。まるで私たちの結婚生活のすべてをヘンリーの車のぴかぴかの塗装に映し出して再検討しているかのように。その広がりはヘレスポント海峡よりも大きかった。ひじにあたるサリーの存在に当惑して、警視はドアをわずかに開けてサリーに話しかけた。サリーは彼の気遣うような微笑に気づいた。そして家に招いてお茶も出さなかったことを謝っている声が聞こえてきた。彼らは手を振りあい、車は発進していった。

あとになって、キッチンで、私はサリーがシェリー酒の小さなグラスを口に運ぶのを見守った。揮発性の液体に鼻がひくひくしていた。顔が鋭くなったようで、そのときはじめて、彼女の顔がぐっと大人びていることに気づいた。あまり甘えん坊でなくなり、夫や世界をいままでほど無邪気に信じなくなったのだ。

「サリー……」私は静かに話しかけた。「あの警視に——ぼくのことを話そうと……」

「そうよ」彼女は指でシェリー酒をかき回した。「そうしようかと思ったわ」

「なぜ？　ぼくはその場で逮捕されていただろう。法廷に引き出されたら、刑務所行きになっていただろう」

「まったくそのとおり」まるでこれが私の口から出た最初の分別あることばであるかのように、サリーは厳粛（げんしゅく）なおももちでうなずいた。「そしてあなたがこのチェルシー・マリーナのたわごとをつづけていたら、絶対に刑務所送りになるわ。だれかが死んだら、もっとずっと長くなるわ。そうなってほしくないし、たぶんいまこそやめるときだわ」

「もうしないよ」私はキッチンを横切って彼女を抱擁しようとしたが、そのときはじめて、まだローラのスーツケースを手にしていることに気づいた。「信じてくれ、もうすんだことだ」

「すんでないわ」物憂げに、サリーはグラスを押しやった。「鏡を見てよ。髪の毛は逆立っているわ。顔には傷があるわ。おまけにその古いスーツケース。どこから見ても密入国者だわ」

「ある意味で、ぼくは密入国者だ。妙な考えだが」私はスーツケースを椅子に置き、自信ありげにサリーのほうを向いた。「見るべきものはみんな見た。チェルシー・マリーナはたぶんヒースロー空港の爆弾とは無関係だろう。犯行のレベルが違う」

「まちがいない？　これらの人々はアマチュアで、自分たちがなにをしているかさっぱりわかっていないのよ。いずれにしても、ヒースロー空港の爆弾はあなたがチェルシーにもどる理由ではないわ」

「ではない？　それならなぜもどるんだ？」

「あなたはあそこでなんらかの足跡をみつけた。それはあなたが探している新しい自己についていているとあなたは思っている。たぶんあなたはそれをみつける必要があるのでしょう。だから私は警視になにもいわなかったの」

私はシェリー酒のグラスを動かして彼女の両手をテーブルに押しつけた。「サリー、足跡なんかないし、みつけるべきものはなにもない。ぼくはここでしあわせなんだ。きみがいてぼくがいるだけで。チェルシー・マリーナの人々は預金残高のマイナスに対処できないんだ。彼らは自分たち自身にうんざりしていて、それを駐車禁止線にぶちまけるんだ」

「なぜなのかつきとめて。それが私たちの住んでいる世界よ——人々は無料駐車のために爆弾を破裂させるのよ。さもなければなんの理由もなくね。私たちはみんな退屈しているの、デーヴィッド、死ぬほど退屈しているの。私たちは遊戯室にいつまでも置き去りにされた子どもみたい。そのうちに私たちは玩具を壊しはじめてしまう。たとえ好きな玩具でも。私たちが信じているものはなにもない。あなたが出会った空飛ぶ牧師でさえ神に背を向けたみたいだし」

「デクスター牧師のことだね？　彼はまだ背を向けてはいないよ。一定の距離を保っているだけさ。正確になんであるか知るのは難しいが、彼の心にはなにかがあるんだ」

「そしてあなたの心にもね」サリーはシェリーのグラスを流しに置いた。彼女は闘志満々な微笑を浮かべたが、それは私が彼女の整形外科の病棟で見かけたのとおなじ自分を励ます微笑だった。かつて彼女が意志の力で歩けるようになったように、私を励ます微笑だった。「その正体をつきとめて、デーヴィッド。足跡を追跡して。ギルフォードから第二ターミナルまで。その途中のどこかで、あなたは自分自身に出会うはずよ……」

第十五章　夢の貯蔵庫

　新たなプロレタリアの反乱がはじまったが、私は敵だったのか味方だったのか？　われながら驚いたことに、手錠をかけられた警備員たちを管理人事務所に引きずっていくのを手伝い、その顔を狙ったコンバットブーツから庇（かば）おうとした。だらしなく広げられた脚につまずいて転びそうになると、ケイ・チャーチルが抱きかかえてくれた。彼女はデスクを迂回して管理人の椅子に私をすわらせてくれた。

「デーヴィッド、腹を決めて」

「決めたよ、ケイ、ぼくはきみたちの仲間だ」

「もういちど確認して」瞳に興奮の色を浮かべた大きな目が、スキーマスクのスリットから私をみつめた。「自分がなにをしているかわかっている？」

「みんながいなくなるまでチケット売場のそばに張り付く。ドアに鍵がかかっていてだれも入れないことを確認する。ケイ、全部リハーサルしたんだよ」

「よろしい。それではリハーサルはおしまい。これは本番よ」

　ブルーのオーバーオールを着た、冷静で用心深いヴェラ・ブラックバーンは、通路に立って急襲チームが爆破ポイントに移動するのを待っていた。彼女は手袋をはめた手を私に向かってかかげ、まるで私の睾丸を握りつぶそうとするかのように、手のひらを上に向けて、ぎゅっと握りしめた。

「よし……」ケイは一瞬ためらい、それから自分を鼓舞した。彼女はスキーマスクをかぶりなおしたが、それは急襲チームのオーバーオールや催涙ガスとおなじように、サリー州警察のヴェラの元恋人が提供してくれたものだった。ケイのリビングで計画を立て、数え切れないほどのブルガリアのワインを飲みながら議論して、ナショナル・フィルム・シアター（NFT）に対する行動は、学生のいたずらと大差のないものにする約束だった。私はまだこれら中産階級の破壊活動家の無慈悲な暴力に心の準備ができていなかった。警察に通報したいという誘惑と闘っていたので、彼らがガスとスタンガンで三人の警備員を倒すのに遅れをとってしまったのだ。

警備員のうちふたりはロンドン市立大学の映画科のアルバイト学生だった。彼らはうつぶせになり、咳き込んでガスの緑色の粘液を管理人のカーペットに撒き散らしていた。彼らが崇拝してやまないギャング映画のひとこまそっくりの野蛮なドラマに投げ込まれてショックを受けているかのように、ふたりともすすり泣いていた。

三人目は警備会社の正社員で、五十がらみの逞しい肩と短く刈り上げた髪をしたナイトクラブの元用心棒だった。男は隣接する事務所のコンソールにすわり、監視カメラのスクリーンをみつめていたが、そこにヴェラ・ブラックバーンがうしろから忍び寄ったのである。男は顔面にまともに催涙ガスを浴びたが、激しく抵抗し、ヴェラの手からスプレーを奪った。彼女はこの無礼な仕打ちに驚いて一歩後退し、警棒を抜いて男を殴り倒したのである。いまや男は管理人室で私の足元に横たわり、頭から血を流して、焦点の定まらない目で天井をみつめていた。

「ケイ……」私はひざまずいて血と嘔吐物越しに脈を探った。「この男は手当てが必要だ。救急箱があるはずだが」

「あとよ！　先を急ぐの」

　彼女は警備会社のジャケットを私の肩に投げつけてむりやり袖を通させてから、通路に押し出した。カメラ室ではジョーン・チャンが監視ビデオのカセットを抜き出してダッフルバッグにほうりこんでいた。彼女は恐怖に青ざめていたが、振り返ると元気よく親指を立ててみせた。

　通路のドアがさっと開いて、オーバーオール姿の急襲チームのメンバーがふたり、ナショナル・フィルム・シアター一号館に入っていった。ケイのすぐ近所の下級弁護士である彼らは、発火装置とタイマーを仕込んだブリーフケースを手にしていた。彼らはギャングの取り立て屋のように、ぴったり歩調を合わせて静かな観客席に入っていった。

　私たちがナショナル・フィルム・シアターのロビーに着くと、ケイは意識を集中するために立ちどまった。高いガラスのドアのせいで、チケット売場の内部はサウスバンク複合センターのコンクリートの夜から丸見えだった。ヘイワード・ギャラリーの駐車場は、この文化の掩蔽(えんぺい)壕(ごう)ともいうべきナショナル・フィルム・シアターの階段とピロティの真下にあったが、そのナショナル・フィルム・シアターからヘイワード・ギャラリーの駐車場まで迂回路が走っていた。警備会社のバンがクイーン・エリザベス・ホールの楽屋口の近くに待機していたが、そのクルーは上階のロビーにあるコーヒーマシンに張り付いて、川の向かいのビッグベンをみつめながら、夜勤が明けるまでの長い時間を数えているものと思われた。

「ケイ……」私は彼女が離れていく前にその腕をつかんだ。「ぼくたちは危険を冒していないだろうか？　だれかがぼくの顔に気づくかもしれない」

「あなたは警備員なのよ。それらしくふるまって」彼女は私の顔からスキーマスクをはぎとった。「ヴェラには時間が必要なの」

「五十分だって？　どうしてそんなに？」

「火災警報器を切らなければならないの。それが何十台もあるのよ」彼女はつかの間の愛情表現で私の頰をつまんだ。「ベストをつくしてね、デーヴィッド」

「もしだれかが話しかけてきたら？」

「だれも話しかけないわ。敬礼してからぶらぶら歩いていけばいいのよ。いいこと、あなたは退屈した警備員なのよ」

「退屈した？」私は額に飾られた映画のポスターを指さした。「この場所には思い出がつまっているんだ」

「忘れていくことね。一時間後にはみな灰になっているんだから」

「そこまでやる必要があるんだろうか？　バート・ランカスター、ボガート、ローレン・バコール……彼らは映画スターにすぎない」

「すぎない？　彼らはひとつの世紀をまるごと毒したわ。あなたの心を腐らせたわ、デーヴィッド。私たちはあくまでも抵抗して、もっと正気なイングランドをつくらなければならないの……」

彼女は影の中に静かに去っていった。世界でもっとも有名な無数の顔を殺そうとしている顔のない暗殺者。われわれ六人はふたり一組になってサウスバンクに到着し、フィルム・ノワールの熱烈なファンのふりをした。私にとっては簡単なことだったが、ケイには難しかった。ハリウッド映画を不倶戴天(ふぐたいてん)の敵とみなしていたからである。われわれはナショナル・フィルム・シアター(NFT)二号館の《過去を逃れて》のレイトショーのために席についた。ロバート・ミッチャムのファンに囲まれてすわっていると、人格形成期の多くをすごした劇場がもうすぐ灰になってしまうとは、なかなか信じられなかった。あまりに心が乱れていたので、どの画面にも意識を集中することができなかったが、ケイは前かがみになって、この惚れ込みと裏切りの残忍な物語に没頭していた。物語もたけなわのある瞬間、ヒロインが絶望の苦しみを演じたときには、手首に彼女の手の圧力を感じたほどである。

エンドタイトルの三十分前、私たちは劇場からそっと抜け出して、使用されていない映像博物館に向かったが、そこはいまでは荷造り用の箱でいっぱいの物置になっていた。ここでわれわれはチームのほかのメンバーと合流し、警察のオーバーオールとスキーマスクに着替えた。ヴェラ・ブラックバーンは鍵のかかったドアのそばで見張りをつとめたが、その鍵は彼女が宗教映画のカタログづくりのボランティアをしていたときにコピーしたものだった。

暗闇の中で身をかがめ、われわれは上映が終わって、この総合施設が無人になるのを待った。

周囲の蓋のない木箱を手探りすると、防湿紙に包まれた旧式カメラや解体された照明装置、マーガレット・ロックウッドやアンナ・ニーグルがまとった衣装、そして《超音ジェット機》や《ウィンズロウ家の少年》の脚本、二十世紀のもっとも偉大な夢の忘れられない家具が入っていたが、みずからが燃えてできた火炉の排気口から、もうすぐ煙となって出て行く運命だった。

　夢はさまざまな死に方をして、思いがけないドアを通じてわれわれの人生から去っていった。退屈した警備員のようにふるまおうとしながら、私はチケット売場のわきのカーペットを歩いていったが、頭の中ではここでローラとすごした数え切れない時間のことを考えていた。私は自分の事情をケイやヴェラに打ち明けて、ナショナル・フィルム・シアターをやめて郊外の総合施設をターゲットにするように要請した。だが、ケイはすでにナショナル・フィルム・シアターの破壊を決心していたのである。

　トゥイックナムのビデオショップでの気まぐれな裏切りにもかかわらず、ケイはチェルシー・マリーナにもどってきた私を歓迎してくれた。よりよい世界をめざす闘争では、友人ほど捨てやすいものはないと、彼女は平然といってのけた。友人たちがいつでもおたがいに裏切る覚悟でなければ、革命は決して成功しないと。

　トゥイックナム遠征の一週間後、私はチェルシー・マリーナを訪れ、玄関前の会議に耳を傾けて、ヒースロー空港爆弾事件に関与した手がかりをつかもうとした。いつのまにか抗議グループの数が増えていることに驚いた。リーダーなしでまとまりもないのに、ディナーパーティやＰＴＡの会合から自然発生するのである。ある委員はチェルシー・マリーナのひどいサービスに責任を負っている管理会社のオフィスで座り込みをしようと計画したが、住民のほとんどは、いまやチェルシー・マリーナの問題をはるかに超えた社会悪に対して、はるかに過激な行動をとる気になっていた。彼らのターゲットはすでに大きく広がっていた――キングズ・ロードにあるサンドイッチチェーンのプレタ・マンジェ、テート・モダン、大英博物館に出店する予定のコンランレストラン、プロムナードコンサート、ウォーターストーン書店チェーン。どれもこれも中産階級の信じやすさにつけこんで搾取する連中である。彼らの汚らわしいファンタジーが全知識階級を欺き、過保護なインテリゲンチアを毒する危険な栄養物を提供したのである。サンドイッチからサマースクールまで、それらは従属の象徴であり自由の敵だった。

ナショナル・フィルム・シアター（ＮＦＴ）は静かで、空色の照明が単調な廊下を照らし出していた。私は会計デスクの背後の鏡でジャケットを整えた。血の混じった嘔吐物のしみが胸ポケットに留めたＩＤカードで乾きかけていた。パニックのせいで知らずに吐いていたのか、警備員のひとりが思いのほか重傷だったのだ。

　私はスキーマスクをかぶって支配人の事務所に向かった。囚人たちはデスクの横のカーペットに手足を広げて横たわっていた。ふたりの学生は意識をとりもどし、たがいに背中をもたれるようにして横たわって、相手の手錠をゆるめようとしているのをごまかそうとしていた。年かさの警備員は虫の息だった。その頭は嘔吐物にまみれたカーペットにだらしなく転がっていた。どうやらほとんど意識を失っているようで、血まみれの歯のすきまからかすかな息がもれていた。

事務所の外の通路に煙がたちこめ、天井の明かりに沿って広がった。火災警報器の切断作業が終わって、ヴェラが煙草を一服しようと決めたのだろうと思った。どこかで夜気を入れるために窓が開けられていたので、涼しい空気が入ってきて、ディーゼル燃料や、夜の雨とウォータールー駅の近くの終夜営業のカフェの調理油といった通りのにおいがした。

私は支配人の事務所を出ると、通路を横切ってナショナル・フィルム・シアター一号館に向かった。カーテンを押しやると、薬品蒸気の雲がステージからたちのぼっていた。それはモンスター映画から解放された幽霊のように、無人の座席を流れていく鼻を刺す煙霧だった。蒸気は天井に沿って漂い、開けた出口をみつけると、渦巻くように私のまわりを流れていった。

プラスチックの燃えるにおいを吸い込まないようにしながら、私はドアを閉めてナショナル・フィルム・シアター二号館に走った。ケイとヴェラの姿を求めて座席のあいだの通路を探し回った。目の前に映写スクリーンがそびえていたが、それは記憶がすっかり抜きとられた曇った鏡のようだった。その金属蒸着（じょうちゃく）された表面に、とらわれの幽霊のように私の蒼い影が映っていた。酸性の蒸気が観客席に充満しつつあり、ステージからまばゆい光がひらめいた。壁面がアーク炉のような白熱した光に輝き、百もの影が座席の背後でたじろいだ。

玄関ロビーではガラスドアが押し開かれていた。煙が頭上を外へと流れ出て、ヘイワード・ギャラリーのプロムナードデッキのほうに上昇していった。ふたりの学生は後ろ手に手錠をかけられたまま、煙の充満した通路をよろよろと歩いていた。

「逃げろ！　急いで逃げるんだ！」学生のひとりが立ちどまって手錠をかかげてみせたので、私はその肩をつかんだ。「走れ！」

支配人のオフィスにもどると、年かさの警備員のそばにひざまずいて重い上半身を抱え上げようとした。目は開かれていたがほとんど意識がなく、乾いた血があごとシャツにこびりついていた。私は男の足首をつかみ、大きな脚を太腿に押しあてるようにして、カーペットの上を引きずっていった。

煙から顔をかばうようにしながら、ドアのそばでひと休みしたとき、男の足が手からすべり落ちた。慌ててつかもうと身をかがめたが、男は革のブーツを引っ込めると、からだをアーチ状にして私の胸を蹴りつけた。

衝撃で息切れがして、私はドアに倒れ込んだ。あっけにとられて息もできなかった。警備員はすっかり目覚めていたのだ。その目は私の顔をにらみつけていた。男は後ろ手に手錠をかけられたまま、カーペットをじりじりと近づいてくると、ひざを引いて私の頭を蹴りつけようとした。

ブーツが左耳をかすめたので、私は男を避けて通路に転がった。男はドアにもたれ、横向きになってから立ち上がった。

「ここから逃げるんだ！」私はオフィスに充満した煙の中で叫んだ。「ロビーに向かって走れ……」

男は両足で立ち上がり、肩を下げて突進してきた。湯気の立つようなスクラムから飛び出してくるラグビーのフォワードのように、霧の中から出現したのである。その頭が額に入ったロバート・テイラーとグリア・ガースンのポスターをひっかけて床に叩き落とした。ガラスを踏みにじり、破片を蹴散らして、男は煙の中を猛然と体当たりしてきた。

ロビーのドアの前を通り過ぎ、ヘイワード・ギャラリーに通じる迂回路まで、手をうしろにまわし、服から煙をたなびかせながら、男は夜の中に私を追ってきた。そのわずか二十フィート先で、私は停車中の警備会社のバンを迂回し、パーセルルームに通じる階段を探し求めた。ふたりの学生が背中合わせに立って、まだ手錠を外そうとしていた。警備員はふたりに頭から突進し、力強い肩でふたりをはじきとばした。

私がヘイワード・ギャラリーのプロムナードデッキにたどり着いたとき、男のブーツがコンクリートのステップにやかましい音を響かせた。ガラスドアの向こうからふたりの警備員が傷ついた同僚に追われて走りすぎていく私をみつめていた。その目がナショナル・フィルム・シアター（NFT）の屋根からたちのぼる煙の柱に向けられた。ふたりとも無線機に飛びつき、そして最初の警察のサイレンがウエストミンスター・ブリッジの近くの堤防に沿って近づいてくるのが聞こえた。

私はフェスティヴァルホールのわきの上部テラスを横切り、湿った川の空気をむさぼるように吸い込んだ。もうほとんどよろめくことしかできなかったが、追っ手もすでに追跡をあきらめていた。男はからだをふたつに折るようにして、疲れ果ててクロームの彫刻にもたれていた。

口からは粘液が垂れていたが、その目はまだ私をじっとにらんでいた。

私はミレニアム・ホイールと名づけられた大観覧車に向かって歩き出した。夜の大気に舞い上がると、ゴンドラは片持ち梁の腕木のまわりを回るのだが、それは霜から切りとられた白い格子模様であり、暗い夜気を旅する白鳥の鎧兜であった。ちょうど三台のゴンドラで企業パーティが催されており、招待客たちは湾曲したガラスにからだを押しつけて、ナショナル・フィルム・シアターの屋根を突破した最初の炎をみつめていた。

私は警備員のジャケットをまっすぐに伸ばし、煤けた汚れを払ってから、観覧車の真下に停められたケータリングのバンの横を通り過ぎた。ウェイトレスたちが食べ残しのカナッペのトレイを片付けているところだった。私は鶏の腿肉にかぶりつき、ペリエをむさぼるように飲んだ。私たちは最初の消防車が鐘を鳴らしながらベルヴェデーレ・ロードに向かうのをいっしょに見守った。警察の車がフェスティヴァルホールの前に停まり、そのサーチライトがヘイワード・ギャラリーの上で戯れた。消防士と警察官が徒歩でナショナル・フィルム・シアターにじりじりと近づいているから、もうすぐ手錠をかけられた警備員をみつけるだろう。

無人のゴンドラが目の前を通り過ぎ、ドアが開いた。企業パーティはあと一時間ほどで終わりそうだから、招待客たちが芝生をぶらぶらと車に向かうときにまぎれこむことにしよう。

私はゴンドラに乗り込むと、息もできないほど疲れていたので、川を見下ろす手すりにもたれた。まだ搭乗プラットホームの前を通り過ぎているときに、非番のウェイターがドアから飛び乗ってきた。シャンパンフルートがふたつ載ったトレイを手にしていたが、それを座席に置くと、その横に腰をおろして、ポケットの煙草をさぐった。

ゴンドラがカウンティホールの上空にのぼっていくにつれて、火災が夜の大気を照らし、テムズ川の暗い水面で燃えているように見えた。ウォータールー・ブリッジのそばに巨大なカルデラがぽっかりと口を開き、サウスバンク複合センターをむさぼり食っていた。もうもうたる煙は川まであふれ、遠くの国会議事堂の開き窓に映る炎が見えて、まるでウエストミンスター宮殿そのものが内部から燃え上がろうとしているかのようだった。

ウェイターがトレイのシャンパングラスを指さした。礼もいわずに、私はなまぬるいシャンパンをごくごく飲んだ。観客席の猛烈な熱でひび割れた唇に泡がしみた。私は映画の世界の最高のスターたちのポートレートがずらっと並ぶ煙に席巻された通路を思い浮かべた。ヴェラ・ブラックバーンの放った火が火災となり、ナショナル・フィルム・シアター(NFT)全体に猛烈な勢いで燃え広がって、ジェームズ・スチュワートとオーソン・ウェルズ、チャップリンとジョーン・クロフォードの微笑を呑みこんでしまったのだ。彼らにまつわる私の思い出が、幽霊たちを夜の世界へと解き放っている夢の貯蔵庫から逃れて、回転する観覧車とともに上昇していくような気がした。

私はゴンドラを横切り、煙草を吸っているウェイターとテムズ川に背中を向けて、カウンティホール周辺の通りをうかがった。夜空にサイレンを響かせながら警察の車が駆け抜ける中、ケイとジョーン・チャンが戸口から戸口へと逃げ惑っていることを期待した。いうまでもなく、私に警告することもなく、火を煽るすきま風を入れるために開けておいた川沿いの出口から劇場のカフェへと、ふたりはとっくに逃げ去っていた。

最初の煙がゴンドラの窓までとどき、湾曲したガラスにまとわりついていた。支配人のオフィスの外で攪拌された刺激性の蒸気にむせて、私は咳をしはじめた。手すりにしがみつこうとして、足元の床にシャンパンをぶちまけてしまった。

心配そうに、ウェイターが私のうしろに立ち、私が咳払いをすると頭をうなずかせて、妙に共犯者じみた微笑を浮かべた。あまり近くに立っているので、いまにも私の耳元になにか誘いのことばをささやくような気がした。ひょっとすると、この大観覧車は出会いを求める同性愛者のお気に入りの場所かもしれない。

手を振って追い払おうとしたのだが、男は私の手から空のグラスを受けとった。ほっそりとした身のこなしの軽い男で、秀でたひたいと、やつれているようにすら見えるやせた顔に、ウエイターの職から締め出されそうな結核患者を思わせる青白い肌をしていた。名も知れぬ企業パーティの会場という黄昏(たそがれ)の世界のへりで働いている男の姿を想像した。私の知る非常に多くのウェイターとおなじように、愛想はよいがわずかに攻撃的で、皮膚のように薄い魅力で覆っていても、超然とした態度はほとんど隠せなかった。

男がうしろに回ったとき、なにか捉えがたい気配を感じて、私は顔を隠していたもうひとりの謎の人物を思い出した。どちらからも、忘れられた病棟と衰弱した子どものにおいがしたのである。しかし彼の動作はすばやくて決断力があり、片手に注射器、もう一方に気をそらすための玩具をもって、小さな患者とぎごちない看護婦のあいだに手をさしのべている姿が目に浮かぶようだった。

「ドクター・グールド?」私は振り返って男の顔をみつめ、人なつっこい微笑の裏をさぐろうとした。「以前お目にかかりましたね」

「ケイ・チャーチルの家で、たしかに」押し寄せる煙と過熱した空気のせいでゴンドラが揺れると、彼は私を支えてくれた。「今夜はよくやったね、デーヴィッド」

「私のことを?」

「もちろんおぼえているとも。ふさわしいときにふさわしいところで会いたいと思っていたんだ。きみに見せる必要のあるものがとてもたくさんあるからね」ゴンドラが降下しはじめると、彼は私の腕をしっかりつかんだ。「だが、ほかの人間に気づかれないうちに、ここを出ることにしよう……」

テムズ川沿いの炎に照らされた建物が、彼の落ち着かない目に光を投げかけた。私は彼の手を振りほどこうとしたが、彼はしっかりつかんで離さなかった。

暗い炎が目の前に迫ってきた。

第十六章　子どもの保護区

目覚めると、分解された夢のスケッチのように空っぽの病棟の壁からはがされた、子どもたちの絵の陽気なフリーズ装飾が、腕のない男や二本脚の虎や靴箱の家の生き生きとしたパッチワークとなって、私を見下ろしていた。

私は古い小便や消毒剤のしみの残るみすぼらしいマットレスに横たわっていたが、このかわいらしい美術館が眠っている私を見守っていたのだと思うとうれしかった。厚い埃がヴィクトリア朝風の窓枠に積もって、ヒースロー空港に着陸する旅客機の休みない重低音に震えていた。病院の大部屋のベッドで眠っている障害児たちは、周囲の全世界が絶え間ない頭痛に苦しんでいることを感じているにちがいない。

私は起き上がって足を床に降ろした。四時間ぐっすり眠ったようだが、ナショナル・フィルム・シアターの暴力的な夜のことを思い出すと太腿がびくっとなった。ビデオカセットの早回しのように、無数のイメージが脳裏に浮かんでは消えていった——通路を探っている幽霊のような煙、ヴェラ・ブラックバーンの握りしめたこぶし、観客席でたじろぐ影たち、大観覧車への必死の逃走、テムズ川を炎上させながら私にシャンパンのグラスを差し出している、ウェイターのジャケット姿のリチャード・グールド。

立ち上がると、床が揺れているようにからだがわずかにふらついたので、全身の骨がつながるまで待った。サリーとセント・ジョンズ・ウッドのわが家の風呂のことを考えながら、擦り切れたマットレスのあいだを歩いていった。ここに預けられた発達遅滞児を訪れる親はほとんどいなかっただろう。けれども描かれた絵は感動的に希望にあふれており、これらの障害児が決して知ることのない世界の楽天的なこだまのようだった。忍耐強くて心優しい教師がクレヨンを使わせて、彼ら自身の心に通じる色彩ゆたかな通路へと導いたのである。

隣接するドアの向こうに石造りの踊り場があって、隣の大部屋につづいていた。そこも天井の高い埃の積もった部屋だった。白衣をまとった黒っぽい髪の男が、物思いにふけるように頭を垂らし、つかの間現れて私に手を振ると、急ぎ足で上階にのぼっていった。

「ドクター・グールド！　ぜひ話したいことが……」私はよびかけたが、その声はこの使われていない病院の無限の空間に呑みこまれ、グールドの足音が屋上に向かっているのが聞こえるだけだった。道徳判断がすべての近寄りがたいコーベルに安置された、この古いが堂々たる建築物は、正義が分配されたほかのホールを連想させた。私はグールドに、このチェルシー・マリーナの反乱の神出鬼没な張本人に、われわれがすぐに警察に追いつめられて今後五年間は監禁されるだろうと警告したかった。

私は痙攣（けいれん）する神経を鎮めようとして太腿をひっぱたいた。重大な犯罪に加わったのに、映画の博物館と最初の妻の思い出に反して、不思議なくらい他人事のような気分だった。私はセント・ジョンズ・ウッドでサリーの隣に眠っているほんとうの自分の代役を演じている役者だった。暴力の夢は、変革の約束に駆られて、私の頭から周囲の通りに逃げ出したのである。

私はほんの数時間前のロンドンの空の旅を思い出した。グールドの車は古いカウンティホールにあるマリオットホテルの外に停められていた。シトロエンのワゴンで、後部窓にブルゴーニュの慈善オークション「オスピス・ド・ボーヌ」のステッカーが貼られていた。運転席でとまどっている様子から、グールドがこの複雑な油圧サスペンションの車を運転したことがないのがわかった。チェルシー・マリーナのフランスびいきの住人が、彼のために置いていったのだろう。泣き叫ぶようなサイレンとウエストミンスター・ブリッジを封鎖している警察の車が心配だったので、私は車を運転しようと申し出たが、グールドは私を払いのけ、よそよそしいがいつもながらの人なつこい微笑で私をなだめた。イグニッション装置はどこかとダッシュボードや操作レバーを探している姿は、改造したサーブにはじめてすわって、自分自身の身体障害の幾何学的モデルに直面したときのサリーを思わせた。

私たちは縁石に沿ってノッキングをくりかえしながら、がたごとと走りはじめ、川の南側の暗い通りを加速していくあいだも、ほとんどセカンドギアに入れっぱなしだった。グールドの目に恐怖の色が見えて、彼が大観覧車の企業の顧客のために飲み物を注いでいる姿を想像した。私は煙と炎から逃れて彼の監視所にうっかり入ってしまったのだが、彼は私を見てほっとしているようだった。カンタベリー大司教の居城であるランベス宮殿の環状交差点で急ハンドルを切った拍子に、ウインドウピラーが私の頭にぶつかると、まるで私が遊園地のおびえた子どもでもあるかのように、驚くほど心配そうに私の腕をつかんだ。

私たちはチェルシー・ブリッジを渡ってキングズ・ロードに通じる暗い通りに入っていった。ヘッドライトで曲がり角の迷路に道をみつけだしながら、私たちはキッチンユニットや寝室の備品、それにオフィス家具や浴室の備品でいっぱいのショーウインドウの前を通り過ぎた。それは私たちの背後で燃えたロンドンにいつでもとって代わることのできる第二の都市のタブローだった。グールドは自己の殻に閉じこもり、顔の骨の奥に撤退していた。バックミラーをみつめる彼は、栄養失調で健康を気にしない、よれよれのスーツ姿のくたびれた大学院生のようだった。

私たちはそびえたつ博物館が時間の倉庫のように立ち並ぶサウス・ケンジントンの化粧しっくいの静寂を横切り、クロムウェル・ロードを西へ向かった。ハマースミス高架道路とホガースハウスを離れてヒースロー空港行きの高速道路に合流すると、インナーロンドンははるか後方だった。二十分後、私たちは空港の運営ゾーンに入っていった。そこは航空貨物の事務所とレンタカー車庫の区域であり、磁場のように着陸灯の列に囲まれて、ビジネス街と工業団地が幽霊のように浮かび上がり、警備員と攻撃犬が出没する夜の世界だった。

空港の近くのどこか、広大な建設現場の隣にあるヴィクトリア朝風高層建築の集団の前で、私たちは停車した。グールドはシトロエンをじりじりと進めていって、泥のまだらに覆われた地ならし機やトラクターの車体の前を通り過ぎ、プレハブの建材と木枠に載った軽量コンクリートの梱(こり)が山と積まれた中庭に駐車した。

車を降りると、グールドは配置替えした病院の部門の表示板でいっぱいの崩れかけたホワイエを通って、使われていない建物へと案内してくれた。われわれは鉄製の階段を五階までのぼった。へとへとになって、グールドにつづいて埃だらけの乱れたベッドがずらっと並んだ病棟に入っていった。くたびれて抵抗する気力もなく、この奇妙な男が、優しい手をした思いやりのある狂信者が、私のためにマットレスを選び出すのをぼうっと眺めた。そして障害児たちの絵に囲まれて深い眠りに落ちたのである。

私が追いついたとき、グールドは屋上にいて、ヴィクトリア朝風の煙突の胸壁で風をよけながら、顔をあげて陽光を浴びていた。携帯電話を耳にあてて、どうやら昨夜のナショナル・フィルム・シアターに対する作戦行動の最新情報を聞いているようだったが、胸壁の真下の建築業者のクレーンのほうにもっと興味があるようだった。その血色の悪い顔を見ていると、長年にわたる慌ただしい食堂の食事と、病院の談話室での毎晩のような断続的仮眠が目に浮かぶようだった。いまは亡き子どもたちをいまだに担当している小児科医であるかのように、彼の白衣には医師の名札がついていた。

私は高速道路に沿って飛んでいる警察のヘリコプターをみつめ、この廃棄された病院から逃げ出す方法を考え出そうとした。巨大な建物をよくよく眺めると、非常に大きな石造建築物で、戦艦の上部構造のような破風があることがわかった。これは煉瓦の耐久性とヴィクトリア朝時代の信頼性の典型ともいうべき、刑務所か紡織工場か製鋼所の建物だった。かつてまじめ一辺倒の救急看護奉仕隊が患者の車椅子を押していた、いまでは顧みるものもない公園の横に、三棟の建物がまだ残っていた。

「デーヴィッド?」グールドがメッセージの途中で電話を切ると、思いがけない患者を目の前にした忙しい医師のように、振り返って私をみつめた。「ずっと気分がよくなったようだね。見ればわかるよ」

「そうかな?　よかった……」

グールドにとって私は、疲れ果てて機嫌が悪く、コーヒーを緊急に必要として、週末の革命家としてまるきり力不足に見えるだろうと思った。それに反して、彼は驚くほど冷静で、まるで眠る前に強力な鎮静剤を注射して、目覚めとともに覚醒剤を注射したかのようだった。顔の筋肉はそれを支える骨への把握をゆるめてしまい、彼は静かな日曜日の空気の中でじつに軽やかに動き回っていた。彼がこのかつての精神病院ですっかりくつろいでいるので、ひょっとしたらこの病院の医師ではなく患者だったのではないかとふと思った。病院が閉鎖されたときに世間に解放され、チェルシー・マリーナの住民をやすやすと納得させるような、新しいアイデンティティをつくりあげたのではないだろうか。ウェブサイトとデパート放火の物語は賢明なやり口だった。彼はいささか愛想がよすぎて、目のすみで私を注意深く見張っていたが、なんとも好ましい率直さがあり、細やかな威厳もあって、それにチェルシー・マリーナの全員が反応したのかもしれない。

彼は警察のヘリコプターが完全に視界から去るまで待ってから手を伸ばして私の腕をぽんぽんと叩いた。

「まだ動揺しているようだが、デーヴィッド。昨夜のような作戦は――何日も心臓がどきどきするものだ。いずれ回復して、しだいに動揺しなくなるだろう」

「それはありがたい。死ぬまでこのままじゃないかと思ったよ」

「ありえない。真実の信念にかられて行動するほどいいことはないからね」

「自分がそうしていたのか自信はないが」私は傷ついた手のひらをみつめた。「あやうく警察に自首するところだった」

「ほかの連中は待っていてくれなかったのか？　やれやれ……」グールドは同情のしるしに頭を振ってみせた。「中産階級の革命家たちは――長年抑圧されてきたからね。いまや彼らは無慈悲と裏切りを味わうことができるし、その風味が好きなんだ」

「お気の毒に。気づいたら臭い飯を食っているはめになるぞ」

「危険ではある。だが意外性を維持するかぎり、われわれは安全だ」グールドは、事象を効率的に支配していることに憤慨しているかのように、太陽に向かって顔をしかめ、それからバッジに指を触れて、自分自身のアイデンティティを思い出した。「刑務所は心配しなくていい。少なくとも、いまのところは」

「するとみんな逃げたのか。ナショナル・フィルム・シアター（NFT）はどうなっている？」

「全焼したよ。悲しいことに、フリッツ・ラングの初期のリールがいくつか失われた。それにしても、ヴェラ・ブラックバーンは自分の才能がわかっているな」

「彼女は情緒不安定だ。目を離さないほうがいい」

「ヴェラが?」グールドは振り返って私をみつめ、それから全面的に同意するように頭をうなずかせた。「彼女はね、世界の意味を理解しようとしている傷ついた子どもなんだ。私は彼女を助けるために最善を尽くしている」

「潜在的な力を引き出していると?　天性の才能を存分に発揮させていると?」

「まあそういうところだ」私の声にこめられた皮肉が愉快なのか、グールドは私たちのまわりの遺棄された建物に白い手を振ってみせた。「デーヴィッド、だれがナショナル・フィルム・シアターを気にするというんだ?　やつらがここでやったことを見るがいい。三百人の子どもにとって、ここはたったひとつのわが家だった」

血の気のない指が隔離された病棟群を指さした。シャクナゲに下部を覆われた高い壁がそれぞれの建物を囲んでいた。中庭の内部にまた中庭があって、上階には鉄格子のはまった窓があった。

「壁に鉄格子か。刑務所そっくりじゃないか。ここは?」

「ベッドフォント病院。ヒースロー空港の一マイル南だ。精神病院には最適だ——だれが絶叫しても聞こえない」グールドは頭をうなずかせてみせた。「ヴィクトリア朝時代の精神病院の生き残りだ」

「精神病院?　すると子どもたちは——」

「脳に損傷を負っていた。脳炎、重症化した麻疹、手術不能な腫瘍、脳水腫。すべてが重症の障害児で、親に捨てられた子どもたちだ。社会福祉課は対処したがらなかった」

「救いのない話だ」

「いやいや」グールドは私の反射的な反応に驚いたようだった。「幸福な子どもたちもいたんだよ」

「ここで働いていた?」

「二年間ね」グールドはだれもいない屋上を眺めわたし、まるで煙突のまわりでスキップしている子どもの姿が見えるかのように微笑を浮かべた。「よい人生をあたえられたらいいのだが」

「どうして辞めたりしたんだ?」

「停職処分になったんだ」グールドは手の中の蠅をつかまえてから、空中に放してやり、飛び去るのをじっとみつめた。「医事委員会はいたるところにスパイを放っている。ゲシュタポみたいな連中だ。私はよく何人かの子どもをソープにあるテーマパークに連れていった。子どもたちも大好きだったよ。古いミニバスにぎゅうぎゅうづめになってね。監督するものはいなかった、自由に走らせてやったんだ。数分間、彼らは驚異を味わった」

「で、どうなった?」

「数人が迷子になった。警察は社会福祉課に通報した」

「気の毒に。だが、そんなに深刻な話ではなさそうだが」

「本気にしてはだめだ。いまどきの風潮だろう?」彼は頭を後方に傾け、官僚制度の愚行に目を閉じた。「別件があった。でっかいタブーというやつが」

「性にまつわる?」

「いい読みだ、デーヴィッド。いわゆる性的いたずらというやつさ。どうやらショックだったようだな」

「たしかに。まさかそれが……」

「私だと？　ちがう、ちがう。だが、なんとなく感じてはいた」

「ほかの医師か？」

「看護婦のひとりだ。とても魅力的な若いジャマイカ人でね。ほんとうの母親みたいだった。子どもの中には脳腫瘍で余命数か月の子もいた。彼女は少しばかりの性的刺激なら無害であることを知っていた。彼らが短い人生で感じるつかの間の幸福にすぎなかった。だから、消灯後におだやかなマスターベーションをちょっと。彼らが死ぬ前に、数秒間の快感が損傷を負った脳に作用したんだ」

「担当医はきみだったのか？」

「私は彼女を弁護した。それが上の連中の神経にさわったのだろう。六か月後に、医療当局はこの場所を閉鎖した。ベッドフォント精神病院は改装されることになっている」グールドは公園の向こうを指さした。「彼らは敷地全体を不動産会社に売却した。よく見るがいい、未来が近づいてくるのが見えるだろう」

　私はポプラ並木のかなたの公園の西のへりをみつめた。草地を前進しようとしているのは木骨造りの家屋の列であり、それは広大な団地の前衛部隊だった。すでに最初の道路網が敷設されていたが、それは駐車場と猫のひたいほどの庭へと通じるセメントのダイアグラムだった。

「はじめて購入する持ち家」グールドが説明した。「向上心に燃える夫婦のためのウサギ小屋だ。はじめて味わう中産階級の生活だ。私の父のむかしの企業によって捏造(ねつぞう)された、頭金のない、低金利の夢だ。いつかあれがイングランド全土を覆いつくすだろう」

「まさに絶好の場所だな」

「古い精神病院が?」

「ヒースロー空港さ」ひたいに手をかざすと、航空貨物ターミナルの屋根の向こうに旅客ジェット機の垂直尾翼が見えた。「彼らは空港の郊外に住んでいる」

「それが好きなのさ。疎外感が好きなのさ」頭のいい生徒をみつけてほっとした教師のように、グールドは私の腕をとった。「過去も未来もない。できるなら、彼らは意味のない地帯を選ぶ――空港、ショッピングモール、高速道路、駐車場。彼らは現実から高飛び中だ。考えてみてくれ、デーヴィッド、私がコーヒーを淹れているあいだ。それからロンドンまで送ってあげよう」

「ありがたい」屋上から降りられるのがうれしくて、私はふたりのあいだの胸壁に置かれた彼の携帯電話に手を伸ばした。「私がどこにいるか妻に知らせてやらないと」

「心配しなくていい」グールドは携帯電話をポケットにしまって私を階段のドアのほうに案内した。「昨夜知らせておいた。きみはぐっすり眠っていたから」

「サリーに? 心配していなかった?」

「それはもう。きみはチェルシー・マリーナにいると説明しておいた。彼女は警察に連絡していたかもしれない」グールドは私が身をかがめてせまい階段を降りていくと、背中をぽんぽんと叩いた。「興味深いことに、ケイ・チャーチルの家で眠っているのかとたずねられたよ」

私は階段から足を踏み外さないように立ちどまった。「で、なんと？」

「まあ……私はとっさに機転のきくタイプではないからね」

いかにも愉快そうな笑い声が石壁にこだまして、彼の死んだ子どもたちの幽霊を召喚して外で遊びなさいとよびかけているかのように、静かな大部屋にいつまでも鳴り響いた。

第十七章　絶対零度

「奥さんはとてもいいひとみたいだね、デーヴィッド」

「ああ」

「よかった。交通事故に遭うと、そのひとの最悪な部分が現れることがよくあるから」

「サリーはいっていたかな？　少しばかり……」

「障害があると？」グールドはゆっくりと頭を振った。「ひどいことばだ、デーヴィッド。まさかそんなふうには思っていないだろう？」

「思っていないとも。サリーの『障害』は身体的なものじゃない。ぼくやきみとおなじようにちゃんと歩けるからね。そうやって彼女なりに世界を非難しているんだ。どれほど悪しきことができるか世界に思い知らせるためにね」

「たいしたものだ。負けん気の強い女性なんだね」

　われわれは五階の調剤室のテーブルにすわっていた。椅子から動かずに、グールドは一列に並んだ冷蔵庫を捜索していった。電気が何か月もとめられていたので、庫内は腐りかけたケーキやけばけばしい濃縮ジュースのつまったアラジンの洞窟のようだった。彼は未開封のミネラルウォーターの瓶をみつけだすと、片手鍋を缶入りゼリー燃料コンロで温めはじめた。

「それなら……」インスタントコーヒーをスプーンで片手鍋に入れてから、グールドはこげ茶色の液体をディズニーのキャラクターで飾られた紙コップに注いだ。「ぜひお目にかかりたいな。チェルシー・マリーナにお連れしたらどうだろう」

「やめておくよ」私はグールドがやけどするほど熱い液体を渇いたようにひと口飲むのをみつめた。その唇はまるで炎症を起こしているかのようだった。「彼女向きではないからね。しかも、ある種の職業にアレルギーが……」

「医者だろう?」グールドは寛大にうなずいた。私のコーヒーをみつめながら手の甲で口をぬぐうと白い肌に血のようなしみが残った。「彼女はきみの診断コンピュータとヴァーチャルドクターのほうが好きなんだ。もし神経衰弱だったらBボタンを押してください。ちがうかな?」

「どちらともいえないな。おもしろいことに、人はビデオ映像に話しかけるのを好み、はるかに率直なんだ。本物の医者と向き合っているときは、性病にかかっていることを決して認めないのに、押しボタンをあたえると、閉じていた心を開くんだ」

「すばらしい」グールドは本気でよろこんでいるようだった。彼は私の手から紙コップをとりあげると、励ますように口をつけた。「自分でも気づいていないようだが、デーヴィッド、きみは新しいタイプの疎外の伝道者なんだよ。きみこそ『はじめて購入する持ち家』に引っ越すべきだ。テレビシリーズできみを見たよ。なんという名前の番組だったか——全能者に対するある種の日曜大工的見解だ」

「あれは軽薄だった。『神をみつめる神経科学者』だったかな? いちばん軽薄なタイプのテレビ番組さ。ゲームショーだ」

「神についての？」グールドは微笑を浮かべて天井をみつめた。「なかなか大胆な発想だな。だが、きみが口にしたことばをひとつふたつおぼえているんだ。想像上の巨大な空虚としての神の概念。人間の心が発明することのできる最大の無。そこに広大なるものは存在せず、広大なる不在だけがある。ゼロを小数百万桁まで理解できるのはサイコパスだけだときみはいった。残るわれわれはその空虚に恐れをなし、時間と空間のトリック、髭を生やした老賢者、倫理的宇宙といった、思いつくかぎりの底荷（バラスト）でそれを満たそうとすると……」

「同意できないと？」

「ちょっと違う」グールドは私のコーヒーを飲み干し、空のカップを私に押しつけた。「絶対的な無の概念を把握できるのはサイコパスだけではない。無意味な宇宙にも意味がある。それを受け入れれば、あらゆるものが新たな意味を帯びるのだ」

「自分自身の強迫観念を持ち込まずにそうするのは難しいだろう」私はカップを散らかった流しに投げ込んだ。「われわれはみな心の悩みを抱えている。サイコパスが特異なのは、自分自身を恐れていないところにある。無意識のうちに、彼はすでに無を信じているのだ」

「そのとおりだ」カードを投げ込んでいる次位入札者のように、グールドはテーブルの上で手をひらひらさせた。「きみは正しい、デーヴィッド。私はあまりにも地面に近すぎる。おまけに、ここには本物の空虚があった、小さな頭蓋骨の中に無限の空間がね。神を探し求めるのは汚い仕事だ。神は子どもの排泄物に、悪臭のよどんだ廊下に、看護婦の疲れた足に宿っている。

サイコパスだってそんなにたやすくやっているわけではない。ベッドフォント病院のような場所は本物の寺院なのだ。セントポール寺院や……」

「ナショナル・フィルム・シアター？」グールドに返事をするひまをあたえずに、私はいった。「炎上する建物はじつに壮観だ。とくに、その内部に閉じ込められていたら。聞いておきたいんだが、あれを全焼させる必要があったのか？」

「いや」グールドは私の質問を払いのけて、流しの下のおまるに叩き込んだ。コーヒーのせいで顔にかすかな赤みがさしていたが、肌の色は洗っていないタイルのように蒼白だった。長年にわたる栄養失調状態で、職業上の憤りと失われた子どもたちへの献身で自分を支えてきたのだ。「ナショナル・フィルム・シアター？　もちろん必要なかった。あれはばかげていた——はっきりいって、まったく無意味だった。それに危険だ」

「それなら、なぜ焼夷弾なんか？」

　グールドはだらんとした手で空中に円を描いた。「運動量の問題さ。私は車輪を回しつづけていなければならない。野望はみずからを餌とする。ケイ、ヴェラ・ブラックバーン、チェルシー・マリーナのほかの連中たち、彼らは世界を変えたいと思っている。相も変わらぬ安易な選択肢だ。ごく些細なことでどうにでもなってしまう。だからきみのような人が必要なんだ、デーヴィッド。きみは性急な連中を鎮めることができる。それにきみの動機はみんなと違う」

「そいつはどうも。聞いておきたいんだが、私の動機とは？　わかっていると役に立つかもしれない。もしも警察に聞かれたときに」

「そうだな……」グールドはテーブルを片付け、紙コップを流しに置いて、片手鍋とゼリー燃料コンロを食器戸棚にもどした。「きみの動機は非常にはっきりしている——ヒースロー空港でのきみの最初の妻の死だ。それがきみの心を強く動かしたのだ」

「それだけなのか?」

「それを過小評価してはならない。最初の妻は成人になるための通過儀礼だ。多くの点で、最初の結婚がうまくいかないのは大切なことなのだ。そのようにしてわれわれは自分自身についての真実を学ぶ」

「われわれは離婚したが」

「最初の妻からの離婚は決して完結しない。それは死までつづくプロセスなのだ。彼女のではなく、きみ自身の死まで。ヒースロー空港の爆弾事件は悲劇だったが、きみがチェルシー・マリーナに来ることになったのはそのせいではない」

「ではなんのせいだ? きみにはわかっているんだな」

「もっとずっと世俗的なことさ」グールドは椅子の背にもたれ、同情的な姿勢になろうとしたが、その無表情にも似た顔にひきつったような微苦笑が浮かんでは消えた。「鏡をよく見たまえ、デーヴィッド。なにが見える? きみがあまり好きじゃない人間だ。二十歳のとき、きみは自分自身を受け入れた。欠点もなにもかも。そこから幻滅がはじまったのだ。三十歳になるころには、我慢の限界に達していた。きみは完全に信頼できるというわけではなく、妥協しがちであることは自分でも気づいていた。すでに未来は遠ざかり、輝かしい夢は水平線のかなたに消えようとしていた。いまのきみは舞台の書割で、ちょっとひと押しするだけですべてが崩れ落ちるかもしれない。ときにはたまたま借りた見知らぬ家で、だれか他人の人生を生きているような気がすることもある。いまこうしている『きみ』は、ほんとうのきみではないのだ」

「だが、どうしてチェルシー・マリーナなんだ？　足元の空間がせまいと文句をいっているクラブ階級の専門職の集団だろう？　ケイ・チャーチルなんてブルジョアジーにショックをあたえて排泄訓練を忘れさせようとしているんじゃないのか？」

「まさにそのとおり」グールドは身を乗り出し、両腕を広げて私を抱きかかえようとした。

「抗議全体がばかげている——行動を開始したときからそのことはわかっていたよ。駐車禁止線も、学費も、管理費も……ここのうわさ、あそこのつぶやき。応戦しても無意味だということはだれもがわかっていながら、みなそれに反応した。これは最後の賭けであり、無意味であればあるほどよいのだ。きみをチェルシー・マリーナに運んできたのはそれなんだ。それはワイルドカードであり、途方もない賭けであり、ある種のメッセージを伝える常軌を逸した身振りだ。ビデオショップを爆破すること、ナショナル・フィルム・シアター(NFT)に放火すること——まったくばかげている。だが、それだけがきみに解放感をもたらしてくれたのだ」

「でも、ケイやほかの連中のいうことはもっともだ。彼らの水準の中産階級の生活はほんとうに厳しいのだろう」私は立ち上がり、グールドの青白い手が私の手首に伸ばされたので、それを避けようとした。

「ちゃちな休暇、高すぎる住居、もはや安心を保証してくれない教育。年収が三十万ポンド以下の人間はもののかずにも入らない。そんなものは三つボタンのプロレタリアにすぎない」

「そしてそれゆえに、われわれは自分が好きではないのだ。私も、そしてきみも、デーヴィッド」私が雑然とした流しの蛇口をひねろうとすると、グールドは私をみつめた。「現代人は自分が好きではない。われわれは前世紀の不労所得者階級の生き残りだ。すべてを容認するが、自由の価値はわれわれを受動的にするように設計されていることを知っている。神を信じていると思っているが、生と死の謎を怖がっている。とことん自己中心的だが、有限な自己という考えに対処できない。進歩と理性の力を信じているが、人間の性質の暗黒面にとりつかれている。セックスに執着しているが、性的想像を恐れており、巨大なタブーに守られなければならない。平等を信じているが、底辺層を嫌悪している。自分のからだを恐れ、なによりも、死を恐れている。自然における偶然の産物にすぎないが、宇宙の中心だと思い込んでいる。忘却界の数歩手前にいるにすぎないが、ひょっとしたら自分だけは死なないのではないかと思っている……」

「そしてそのすべてが……二十世紀のせいだと？」

「ある程度――それはわれわれを閉じ込めてドアに鍵をかけた。われわれは前の世代の受刑者によって建てられた規則のゆるやかな監獄に住んでいるんだ。なんとかして脱獄しなければならない。二〇〇一年の世界貿易センタービルへの攻撃は、アメリカを二十世紀から解放しようという勇敢な試みだった。死は悲劇だったが、それ以外の点では無意味な行為だった。そしてそれこそが狙いだったのだ。ナショナル・フィルム・シアター（NFT）への攻撃のように」

「あるいはヒースロー空港のように？」

「ヒースロー空港か……そう」グールドは視線を落とし、私と目を合わせないように気をつけた。彼は自分の手をみつめたが、それは外科医の白い手袋のように彼の前に置かれていたので、コーヒーのしみに気づいた。彼は親指をなめてしみをこすり落とそうとしたが、熱中のあまり私のことを忘れてしまったようだった。「ヒースロー空港？　なかなかそれについて考えるのは難しいにちがいない。気持ちはわかるよ、デーヴィッド、だがきみの奥さんの死は必ずしも無意味ではなかった」

私は彼が深くすわりなおし、腕時計に目を走らせて、そろそろ立ち去るべきかどうか判断するのをみつめた。果たしてこの男はヒースロー空港の爆弾事件でなんらかの役割を演じたのだろうか？　彼は自分だけのみすぼらしい宇宙に、この廃墟と化した病院と子どもたちの思い出の内部に完全に閉じこもっていたので、それは疑わしかった。医学界への反抗の行為として、チェルシー・マリーナでの抗議運動全体を組織したのはほとんど信じることができた。それと同時に、いつのまにか彼が好きになっており、彼の気まぐれな考えに惹かれている自分に気づいた。彼のみすぼらしいスーツとおろそかにされてきた肉体はある種の誠実さを物語っており、それはわれわれの人生を乗っとろうとしている根回しだらけの実業界ではまれなものだった。

彼は私の感情に気づいているらしく、ふたりで鉄製の階段を降りていきながら、ふいに立ちどまると、熱意のこもったほとんど少年のような微笑を浮かべて、私の手をぎゅっと握った。彼の手の感触と、出番を待っている骨の感触が伝わってきた。

第十八章　黒いミレニアム

セント・ジョンズ・ウッドのわが家に着いたのは正午で、日曜の新聞の遅版にはナショナル・フィルム・シアターの火災の鮮明なカラー写真が掲載されていた。おなじ猛火がハマースミスとナイツブリッジのニューススタンドでも輝いていた。交通信号で、私はタクシーから猛烈なオレンジ色の炎をみつめたが、いくらか自分にも責任があることをほとんど理解していなかった。その一方で、自分がやってのけたことには奇妙な誇りすらおぼえていた。

ふとした気まぐれで、ハイドパーク・コーナーに着いたとき、運転手にトラファルガー広場とエンバンクメントに回り道してくれるように頼んだ。夢をあきらめた灰の堆積のように、最後の煙がナショナル・フィルム・シアターの瓦礫からたちのぼっていた。消火ホースが黒焦げになった木材の上で戯れて、ヘイワード・ギャラリー上空に蒸気の柱を送り込んでいた。ウォータールー・ブリッジの真下では、トレッスル橋脚にとりついたエンジニアたちが、アーチ構造へのダメージを調べていた。ミレニアム・ホイールはカウンティホールのわきで静止し、そのゴンドラは煙に煤けて、羽毛を脱ぎ捨てた白鳥のようだった。無言の群衆がエンバンクメントに立ち並び、緩慢な河水の対岸をみつめていた。大観覧車が動き出して、ボッシュの絵画から脱け出したような機械がぎしぎしと回転し、時間と死を挽き出すのを待っているかのようだった。
タクシーはセント・ジョンズ・ウッドめざして走り出し、チャリングクロス・ロードのキオスクから垂れ下がるおなじ災害のイメージの前を通り過ぎた。ロンドン中心部は黙示的な日のために着飾っていた。フィルムライブラリー放火が不安の深い層に触れたのは明らかだった。無数のハリウッド映画によって投影された無意識の恐怖がついに現実のものとなったのだ。私は部屋着姿のケイ・チャーチルのことを考えた。スクランブルエッグをフォークで口に運びながら、テレビのニュースを見ていることだろう。ヴェラ・ブラックバーンは自分のフラットにいて、むっつりと信管や時限装置をもてあそび、ハチャーズ書店か、フォートナム&メイソンか、ヴィクトリア&アルバート博物館か、とにかく中産階級の隷属の拠点を攻撃する準備をしていることだろう。審判の日は、爪を噛んだ跡も痛々しい神経症の若い娘によって計画され、罪悪感と瀕死の母を抱えて息切れのひどい心理学者によって実行されるのだ。

タクシーはわが家に着いて、サリーの車のうしろに停まった。ナショナル・フィルム・シアター攻撃で自分が演じた役割についてはなにもいわないでおこうと決めていた。サリーは決して理解しないだろうし、すぐに友人に打ち明けて相談するだろう——月曜日の朝に協会に着くと、マイクルズ警視を背後に従えて、アーノルド教授が待ち受けているかもしれない。

ドアを開けて家に入り、ドアステップから新聞をとりあげた。サリーが声をかけてくるのを待ったが、平穏な空気には朝のシャワーの痕跡もなく、タオルと淹れたてのコーヒーのアロマもなく、優しい妻の王国で侵入者になったような気分だった。キッチンも手つかずで、昨夜のひとり分の夕食らしいオムレツとワインのグラスが、流しのそばに置かれたままだった。

　階段をあがっていくと、どれだけくたびれ果てているのかよくわかった。まるで暴力的な婦人警官と一夜をともにしたかのように打ち身や青あざだらけだった。ベッドで寝た形跡はなかったが、シルクのベッドカバーにサリーのからだの形が残っていた。電話機が私の枕の上に置かれていて、私の夫としての役割は一連の数字と応答されないメッセージに縮小されていた。サリーは寝ないで私を待っていて、ナショナル・フィルム・シアターからの真夜中のニュースを見ても、まさか自分の夫が放火犯のひとりだとは夢にも思わなかっただろう。しかしリチャード・グールドからの電話でおそらく不安になったのだろう。この異端の医師のせいで頭が混乱して、女友達と夜をすごそうと決めたにちがいない。

　彼女からの電話を待ちながら、一時間浴槽に横たわり、それから昼のニュースを見た。ナショナル・フィルム・シアター襲撃はいまだにトップニュースだった。信憑性のある動機は浮上していなかったが、ハリウッド映画におけるアラブ人の悪者扱いに抗議するイスラム過激派集団ではないかといううわさがもっぱらだった。またしても、幸運と不手際のおかげで、われわれは処罰を免れたのだ。

　きれいな靴を選んでいるときに、サリーのお泊り用バッグが戸棚に入ったままなのに気がついた。ガウンも私のガウンの横にあったが、ベッドサイドのテーブルから鎮痛剤と避妊用ピルがなくなっていた。

　私はベッドに腰をおろし、開いた引き出しをじっとみつめた。電話の受話器を持ち上げてリダイヤルボタンを押し、その番号をサリーのメモ帳にすばやく書きとめた。

それはいやというほどよく知っており、しばしばかけた番号であって、喪失と後悔の念の長期にわたる暗証コードだった。それは離婚に関する弁護士ののろくさい仕事ぶりについて話し合うためにローラに電話をかけるたびにダイヤルした番号で、そのころローラはヘンリー・ケンドールと同棲していたのである。


サーブを歩道のそばに停めて、一連の複雑で面倒な手順をすませると、やれやれと寝そべって、ハンドルにもたせかけた新聞で顔を隠した。五十フィート先には、スイス・コテージ地区にあるヘンリーの小さなテラスハウスがあった。むかしから大嫌いな赤煉瓦の郊外住宅である。セント・ジョンズ・ウッドからの短いドライブは、北ロンドンの交通システムと私自身の癇癪の許容範囲を最大限にテストした。しかし難しくて頑固な自動車を使いこなすことによって、正道を外れた所有者への私の理解力をいくらか保ちつづけた。

メイダ・ヴェイルを横切ったとき、ギヤをチェンジしようとしてハンドブレーキを引いてしまい、すぐそばの警察官の目の前でエンストしてしまった。彼は近づいてきて、重々しく私の顔をみつめ、それから改造された操縦装置に気づいた。私が身体障害者だと思ったのだろう、彼は私がエンジンをかけなおすまでほかの車を停めてから、手を振って先に行かせてくれた。

スイス・コテージ地区に着くころまでには――サリー以上に――すっかり身体障害者になった気分だった。彼女は気分しだいではステッキを必要とせず、私のレンジローバーを苦もなく運転することができたからである。私は逆立ちしてタンゴを踊るはめになった社交ダンスの名手に似ていた。なにかにとりつかれた夫のように不実な妻の車にすわり、操縦装置でひざやひじがすりむけて、いまや私は、優しく愛情こまやかで淫乱な妻によってつくりかえられた、私自身のゆがんだ変形版だった。

ヘンリーのごみ箱のわきの、黄色い炎のようなレンギョウの植え込みをじっとみつめて、一時間待った。その間も、日曜日の交通はハムステッドヒースに向かう家族を運んでいた。ヘンリーに電話したのは私をみつけるためだったかもしれないが、サリーは彼と一夜をすごしただろうと思った。テロリストの爆弾のせいで、彼女はひとりで寝るのを怖がるようになっていた。しかし彼女は電話でタクシーをよばず、だれかが彼女を迎えにセント・ジョンズ・ウッドまで車を走らせたのだ。

私も完全に承知の上で、サリーは不倫する自由を要求した。実際に不倫したのは結婚以来数回だけで、一週間以上つづいたことはいちどもなく、パーティよりも短いものもあって、その場合は恋人のいない男を選んで夜の中に消えていくのだった。私よりも先に帰宅していることもよくあった。まるで私の車をへこませたか、新しい電気かみそりをだめにしてしまったかのように、彼女はいつも謝罪して、社会的失態を思い出して絶望したような微笑を浮かべるのだった。

彼女は当然のようにこれらの衝動的なふるまいを行う権利を獲得したと思っていた。フリーダ・カーロのように、鉄道事故によって、気まぐれにふける権利が、偶然や寛大な夫と自分だけのゲームをする権利があたえられたのだと。これらの不倫に身をゆだねることは、私がとても優しくて思いやりがあることに報(むく)いる手段だった。心の中ではいつまでも、セントメアリー病院で見せたちょっぴり残酷な行為をいくらでもすることのできる、永遠の回復期患者なのだった。あやうく彼女の生命を奪いそうになった事故について納得のいく説明がみつかるまで、彼女の不倫がつづくことはわかっていた。

運転席に締め付けられたまま、ハンドルにからだを押しつけるようにしてのびをしてから、ひざとひじを障害者用の操縦装置のすきまにもぐりこませたが、それは異常な性的欲望の王国を模倣しているようなゆがめられた世界だった。ピストルのグリップの形のアクセルを握ると、連結器がかちっと跳ねる音がした。それは継電器(けいでんき)が繋がったり外れたりする音だった。

多くの点で私の人生は、リモートコントロールが装備され、オーバーライダーと緊急ブレーキが手の届くところに取り付けられた、この車とおなじように変形されていた。内なる競争意識と緊張した感情的欲求が渦巻くアドラー心理学協会の専門的職業というせまいコックピットに、私はからだをねじ曲げるようにして乗り込んでいたのである。

対照的に、ナショナル・フィルム・シアター(NFT)の火災爆弾攻撃は、もっと現実性のある世界を垣間見せてくれた。運の尽きた観客席にたちこめて、強迫的な夢のように頭上でうねっていた煙の味が、いまでも舌に残っていた。フェスティヴァルホールまで追いかけてきた山羊のような人物の熱い息づかいがよみがえり、大観覧車のゴンドラでシャンパンのグラスを差し出してくれたウェイターの心を落ち着かせる微笑が目に浮かんだ。ローラの殺害犯の探求は、より強烈で意味のある人生の探求だった。心の中のどこかで、私の一部はヒースロー空港に爆弾を仕掛けるのを手伝っていたのである。

一台のタクシーがサーブから二十フィート離れたところに停車した。ヘンリー・ケンドールが車から降りて運転手に金を払った。疲れているが得意満面で、ハンサムな顔が紅潮しているのはうまい昼食のせいばかりではなかった。彼は助手席のドアに手をさしのべて、肩までの長さの髪で、茎の長い薔薇を手にした、魅力的な女性が車から降りるのを助けた。タクシーから誘導するときも、花嫁を抱えて敷居をまたぐ花婿のように、歩道に抱え上げたようだった。

サリーは彼の腕をとり、ふたりで巧妙な手品をやり遂げたかのように皮肉な微笑を浮かべた。声をそろえて笑いながら、ほんとうはどこにいるのかはっきりしないことが愉快なように、ふたりは立ちどまってヘンリーの家をみつめた。

サリーが歩道をぶらぶら歩いてくるあいだに、ヘンリーは鍵を探ったが、その目は私の顔を覆った新聞の一面の見出しに釘付けになった。サリーも自分の車だと気づいて立ちどまり、窓に貼られた身体障害者のステッカーを指さした。

「デーヴィッド?」彼女は私が窓ガラスを下ろすのを待ってからヘンリーを手招きしたが、彼はいちども会ったことがないかのように私をみつめていた。「ちょうどお昼を食べてきたところなのよ」

「そいつはよかった」私はヘンリーに手を振ったが、彼はみじろぎもしなかった。「なにもかも順調かな?」

「もちろんよ。車をもってきてくれてありがとう」彼女はかがみこみ、まぎれもない愛情をこめてキスしてくれた。私に会えてうれしく思っているのは明らかだった。「どうしてここにいるとわかったの?」

「推理したんだ。そんなに難しくなかったよ。心理学者だからね」

「ヘンリーだってそうよ。家まで送っていってあげたいけど……」

「タクシーで帰るよ」私は操縦装置から抜け出すと、車から降りて鍵をわたした。「それじゃあね。いろいろなことが起こっているんだ。ナショナル・フィルム・シアター(NFT)が……」

「知っているわ」彼女は私の顔をしげしげと眺めて、ひたいの小さな傷に手を触れた。「まさかまた警察とけんかしているんじゃないでしょうね?」

「そんなことはしてないよ。まだヒースロー空港の爆弾事件を調べているんだ。新しい手がかりがみつかったんだが——どうも重要そうなんだ。ヘンリーにも話してやってくれ」

「そうするわ」サリーは一歩下がって私とヘンリーのあいだを空けると、私が夫らしい怒りを示すのを待った。私が期待どおりの反応を示さないと、口を開いた。「それじゃ。あとで帰るわ」

「わかった。準備ができたらね……」

私は彼女が頭を垂れて歩道をみつめたまま足早に遠ざかるのをみつめた。今回ばかりは、私を挑発するのに失敗したのだ。ヘンリーは薔薇を手にして玄関のドアの前に立っていた。彼はそれを振ってみせたが、私は無視して通り過ぎた。セント・ジョンズ・ウッドに向かいながら、私は足どりを速めた。男性としてのプライドをいくらか消費したが、その投資はむだではなかった。ナショナル・フィルム・シアター（NFT）襲撃は私の独房の扉の鍵をはずしたのである。アドラー心理学協会に参加して知的職業階級のフリーメーソンに加入させられてからはじめて、ふたたび自由になったような気分だった。息の詰まるような正装ともいうべき罪悪感と恨みと自己不信は、いまだに私の心のワードローブに吊るされて、市民の義務と責任の名残という鏡の前に取り出され見せびらかされるのを求めていた。だが、その正装はごみ箱に向かおうとしていた。もはや母親の気まぐれな身勝手さも、協会の同僚たちが世界に押しつけている致命的な退屈さも恨んでいなかった。それにサリーが少しばかり浮気性であることも恨んでいなかった。私は彼女を愛しており、たとえ自分が彼女の父親の付き添い看護師だとしても、まったく気にならなかった。

　メイダ・ヴェイルを横切ると、当直の警察官に敬礼した。私がスキップしながら大股に歩いていることに驚いているようだ。私はチェルシー・マリーナとサウスバンクの火災と、焼跡の上空で回転しようとしている黒いミレニアム・ホイールのことを考えた。ケイ・チャーチルとヴェラとジョーン・チャンと、だれよりも、ドクター・リチャード・グールドのことを思い出し、もういちど彼らに会う必要があることに気がついた。

第十九章　ＢＢＣ占拠

相変わらず気まぐれに、警察は介入しないと決め込んでいた。放送局に押し寄せたデモ隊の人ごみの中で、サイレンが鳴り響いて暴動鎮圧車両が隊列につっこんでくるのを、私はむなしく待っていた。しかし警察本部長の命令で、警察はまったく動かなかった。ダブルデッカーがランガム・プレイスを通りかかり、車上の観光客たちがわれわれをじっとみつめた。ロンドンの歴史的儀式のひとつ、支配者層に向かって振り上げられたこぶしを見物しようというのであろう。

通りの反対側では、ふたりの警官が中国大使館の近くの歩道をパトロールしていた。三人目の警官はランガムホテルのドアを警備しながら、リムジンの運転手とおしゃべりしていた。そのときＢＢＣのもっとも重要な本部の入り口をふさいでいる百人かそこらのデモ隊には、だれもなんの関心も示さなかった。しかし警察との激しい対決がなければ、われわれは決して奮い立つことができないだろう。われわれは怒りを爆発させ、警備員を押しのけて建物を占拠する必要があったのだ。

「連中はぼくたちをファンだと思っているにちがいない」私はシープスキンのジャケットを着て隣に立っている五十歳の女性にこぼした。彼女は獣外科医で、チェルシー・マリーナの礼拝堂でボランティアもしており、デクスター牧師の隣人だった。「テンプルトンさん――どうして必要なときにかぎって警官がみつからないんだろう？　ぼくらがここにいるのはポップスターを出迎えるためだと思っているにちがいない……」

「マーカムさん？　またひとりごとをいっているのね……」

ほとんどのデモ参加者とおなじように、テンプルトン夫人もデモ隊を実況中継しているラジオ4チャンネルにダイヤルを合わせたポータブルラジオを聞いていた。BBCのホワイエにいる警備員のうしろに立ったレポーターがマイクを唇に近づけて、われわれがBBCにピケを張る動機についてばかげたコメントを口にするたびに、ピケ隊からどっと笑い声があがった。ラジオを耳にあてているまわりの人々の熱心な表情を眺めているうちに、われわれはデモを仕掛けているまさにその機関から命令を受けていることに気がついた。この三日間、午後一時のニュース番組は、チェルシー・マリーナの騒乱ばかりでなく、ブリストルとリーズの中間所得層によるおなじような暴動についても調査していた。

予想どおり、ジャーナリストたちは的を外していた。彼らは暴動の原因を、専門的職業に攻勢をかける若年層に手を焼いている団塊の世代、つまり自己中心的で必要以上に教養の高い階級の根深い不満のせいにしていた。評論家も一般議員も、内務省の副大臣でさえもが、おなじような的外れの説明をくりかえしていた。ケイがキッチンでサラダの胡瓜（きゅうり）を刻んでいるそばで、彼らに耳を傾けているうちに、この私もチェルシー・マリーナに足を踏み入れていなかったら、おなじくらい軽薄にしゃべっていただろうということに気がついた。

ＢＢＣのいかにもえらそうな口調が頭にきて指を切ってしまったので、ケイはデモ隊の組織にとりかかった。われわれはＢＢＣのあるポートランド・プレイスを抗議者でいっぱいにして、時代遅れのアールデコの建物を占拠し、昼のニュース番組『今日(こんにち)の世界』のスタジオを掌握してから、イングランド中央部の地図でしだいに加速している暴動のほんとうの理由を放送するつもりだった。

ルサンチマンという膨大な火薬が火をつけられるのを待っていた。ケイが自宅の前の群衆に演説するためにメガホンを使って説明したように、ＢＢＣは六十年以上にわたって中産階級の洗脳に主導的な役割を担ってきた。その中庸と良識の体制は、ＢＢＣの初代会長ジョン・リースの教育と啓発という目標への関与だったが、受動と自制のイデオロギーをひそかに押しつけるための巧妙な隠れ蓑(みの)だった。ＢＢＣは国の文化を定義したが、それは欺瞞(ぎまん)であり、中庸と市民の責任は自分たちのためになると思い込んだ中産階級は、それに共謀してしまったのだ。

ケイがキッチンの椅子の上でぐらつかないように支えてやりながら、私は彼女の批判演説を心から認めるように頭をうなずかせた。彼女はふたりのチェルシー・マリーナの住人を紹介した。ふたりともＢＢＣの芸術プロデューサーだったが、最近、余剰人員として解雇されたばかりだった。ふたりはＢＢＣ内部の地理に明るく、『今日(こんにち)の世界』のスタジオを襲撃する先頭に立つことになっていた。翌朝、別々のコースでＢＢＣに向かったとき、われわれに足りないものといえば、断固たる無慈悲な敵だけだった。

しかし私はまだ革命の興奮のとりこになっていた。サリーとヘンリー・ケンドールをヘンリーの家の前に置き去りにしたあと、通りすがりのミニキャブをつかまえると、セント・ジョンズ・ウッドで待たせておいて、小さなスーツケースに衣類を詰め込んだ。チェルシー・マリーナにどのくらい滞在することになるのか、それにレーニンがフィンリャンツキー駅からどれだけの荷物を運び出したのか、まったくわからなかったが、革命家は身軽に旅するものと思っていたのだ。

キングズ・ロードに着いたときには、しあわせな養家にもどってきた子どものように、ふつふつと安心感がこみあげてきた。アーノルド教授には瀕死の母がそばにいてもらいたがっているといって、すでに三週間の休暇をとっていた。若いころの母を知っていたので、教授は当然のことながらいぶかしげだった。サリーとは、複雑な要求でヘンリーを去勢してしまったなら、よろこんで会うつもりだった。今のところは、西ロンドンの住宅地で起こっていることのほうがはるかに大きな意味をもち、なんらかの形で私の未来の鍵を握っているのだった。

それにもかかわらず、パキスタン人の運転手はチェルシー・マリーナの住宅街に入るのを拒絶して、守衛詰所のそばで車を停めた。

「危険すぎるんですよ——立ち入るなという警察のお達しでね。ハロッズのライトバンが投石されたんです」

「投石？　そりゃまたどういうわけで？」

「民族対立の問題です。ここの連中もそれなりにささやかなカシミール問題を抱えているんです。伝統的なガーディアン紙支持者と金融サービス分野からの新興中産階級とのあいだで覇権闘争がくりひろげられているんです」

「おもしろい」私は前部座席にエコノミスト誌が置かれているのに気づいた。「それなら、私はどちらの陣営に属しているんだろう？」

　運転手は振り返って私をみつめた。「非同盟ですね。まちがいなく……」


　金を払ってタクシーを降りると、窓に板を打ちつけた管理人室の前を歩いていった。パトカーがボーフォート・アヴェニューを巡回し、おんぼろのミニクーパーに乗ったふたりの住人がそのあとをつけながら、警告するようにライトを点滅させていた。ケイの家は厳しい監視下に置かれているものと思っていたが、袋小路は平穏そのもので、静寂を破るものといえば、ケイが植木バサミで垣根を刈り込むパチンパチンという音だけだった。

　彼女は私を熱烈に抱擁し、私の両手をつかんで乳房に押しつけてから、スーツケースをひったくった。私たちは数本のワインとともに楽しい午後をすごし、ナショナル・フィルム・シアター(NFT)襲撃後のおたがいについて報告しあった。ケイは私を見捨てたことをとっくに忘れていた——どうやら私が捕まって彼女の名前を白状することを望んでいたようだ。彼女の野望という舞台の袖では、殉教がスターの地位を授けようと待ち受けていたのだ。彼女は追加的に計画されたサウスバンクへの襲撃について生き生きと説明した。そこは新たな専制政治の前哨基地であり、ブルータリストの壁面に反対する文化的避難所を求めて集まった人々を隷属させているというのだ。

「むきだしのコンクリートなのよ、デーヴィッド。つねに警戒を怠らないアルカトラズ監獄の復活なのよ。アンナ・ニーグルとレックス・ハリスンが好きなタイプの人々によって建てられ……」

ケイといっしょにいて、その支離滅裂なひたむきさに触れることができてうれしかった。夜は彼女の娘の寝室の、これまた子供用のマットレスで、トロイ戦争の陽気なパステル画に囲まれてぐっすり眠った。トロイがチェルシー・マリーナに著しく似ていることに、そしてその木馬にははじめて目にする皮をはいだ松のペニスが取り付けられていることに、私は気づいた。夜明けからまもなく、警察のヘリコプターに起こされてから、ケイはベッドの私の横にすべりこんできた。ぼんやりとしたロンドンの明かりの中で静かに横たわり、娘の枕のにおいを吸い込んでから、彼女は私のほうを向いた。


つづく二週間のうちに、チェルシー・マリーナの蜂起はかなりの進歩を遂げた。住民の半数以上が抗議活動に関与していた。いまや革命の社内報ともいうべきデイリー・テレグラフ紙が社説で指摘したように、活動家の多くが上級専門職だった。医師や、建築技師や、事務弁護士が、新たな駐車料金に抗議するチェルシー・タウンホールでの座り込みで指導的役割を演じた。退職した法廷弁護士が管理会社のオフィスの外のデモを率いて、住宅街の自由保有権の放棄を要求した。

警察との最初の衝突は、私がもどってから一週間後に起こった。管財人たちが、若い会計士とその妻と四人の子どもの住む家にむりやり立ち入ろうとしたのである。夫婦はべらぼうに高い公共料金の支払いを拒絶したために、差し押さえを通告されていたのだ。

しかし管財人は明確な意思をもつ憤慨した女たちに出迎えられた。管財人が大槌を下ろすひまもなく、女たちは彼らのライトバンに襲いかかった。二十分後、警察がフランスのテレビ局クルーをうしろに従えて到着した。飛び道具の嵐が降りそそいだ。住人たちがセイシェル諸島やモーリシャスやユカタン半島で愛情こめて集めてきた小石である。妹がチェルシー・マリーナに住んでいる内務省の大臣に説得されて、警察はさっさと撤退した。しかし寝室の窓から絶叫している会計士のおびえた子どもたちのテレビ映像は、ベルファストの宗派間闘争の心を揺さぶる記憶をよびさました。

多くの親が子どもたちを授業料の必要な学校から引き揚げて、大掛かりな服従訓練の陰謀という私学のエトス全体を拒絶した。家族の安全を案じ、じっくり考えるひまがほしくて、多くの住民が無給休暇をとった。彼らの妻や子どもたちはキングズ・ロードのスーパーマーケットやデリカテッセンで万引きするようになった。治安判事の前に連行されると、罰金の支払いを拒否したので、デイリー・メール紙は彼らを「最初の中産階級ジプシー」とよんだ。

主要なコンピュータ管理者のストライキによって、フラムの内国歳入庁が閉鎖を余儀なくされたとき、ついに当局が立ち上がった。消費社会における中産階級の持続的なボイコットは、税収に壊滅的な影響をあたえるかもしれない。保健省の捜査官がアンケートを手にしてチェルシー・マリーナをうろつき、潜在的な不平不満をつきとめようとした。

選ばれた対象が広範囲に散らばっていたので、共通の心理がはたらいていることをみつけるのは難しかった。高級デパートのピーター・ジョーンズやロンドン図書館、レゴランドや大英博物館、旅行代理店やヴィクトリア&アルバート博物館、ヘンドン・ショッピングモールや小さな公立学校の入り口を封鎖したピケ隊には、中産階級生活の拒絶以外なんの共通点もなかった。セルフリッジデパートの食品売り場と自然史博物館の恐竜棟の二個の発煙弾は関係ないようだったが、どちらの施設も丸一日閉鎖された。「博物館を破壊せよ」というマリネッティの未来派の叫びは、思いがけない共鳴を生じたのである。

地元の補欠選挙の際に投票用紙に落書きできるかもしれないと思って投票所にでかけていったとき、ケイとヴェラは、市民の協力の拒絶が民主制にとって深刻な脅威となっていることに気づいた。英国議会選挙は、長年、中産階級のボランティアによって運営されてきた。ほんの数人の経験ゆたかな窓口係が在宅を決意しただけで、選挙は延期を余儀なくされ、そのことにチェルシー・マリーナの住民たちは拍手喝采した。議会民主主義を中産階級を去勢する少しも巧妙ではない方法とみなしていたからである。

このすべてに気をよくして、ケイは私に高級紙を買いに行かせ、ワインを飲みながら、事態を憂慮する社説を声高に読み上げた。タイムズ紙もガーディアン紙も、どうしてそんなに多くの購読者が社会から離脱しようとしているのかわからなくて困惑していた。両紙とも、テレビで記者会見した副校長でチェルシー・マリーナの住民でもある人物のことばを引用していた。

「私たちは軽く見られることにうんざりしているのです。利用されることにうんざりしているのです。こんなふうになってしまった自分がいやなのです……」

BBCの建物の表で、デモ参加者たちはBBCの警備員がドアの前に置いた木の柵を押しもどしながら、玄関にじわじわと近づいていった。いまでは二百人ほどの抗議者が群れをなし、BBCの窓の真下でくりひろげられている出来事について議論しているニュース番組をラジオで聞いていた。

チェルシー・マリーナの住民の見慣れた顔を探したが、ケイやヴェラ・ブラックバーンやリチャード・グールドの姿はなかった。ケイが「文化的虚偽の商業複合施設」と名づけたヴィクトリア&アルバート博物館でも抗議行動が計画されていることは知っていた。標的は世界の名品のレプリカが並ぶキャストコートで、ベルリンの壁の崩壊のあと、スターリンやレーニンの像が倒されたのとまったくおなじように、ミケランジェロのダヴィデ像の複製を台座から引き倒すことになっていた。ダヴィデ像は中産階級をだましているとケイは主張した。発達した「文化的」感性によって、サッカーファンや庭の小人の熱烈な愛好者にはあたえられることのない、道徳的卓越性が授けられていると信じ込ませているのだと。

「あら、まあどうしましょう……」ミセス・テンプルトンがひどく驚いて身をのけぞらせた。私たちのまわりで、人々が信じられないといったおももちで笑っていた。

「ミセス・テンプルトン？　なにかあったんですか？」

「ええ、あったんですよ」彼女はシープスキンのジャケットの袖から蝿を払いのけた。「チェルシー・マリーナは『最初の中産階級の掃き溜め住宅街』なんですって。私たちはブルジョアジーの『底辺層』なんですって。なんてことでしょう……」

適切な返答を思いつこうとしたが、警備員と木の柵をひっくりかえしている抗議者のグループのあいだに怒りの対決が勃発していた。それはすぐに主導権争いになり、警備員たちはその柵がBBCの財産であると主張して、デモ参加者たちがライセンス料の支払いを拒絶したことをなじった。

玄関近くで稲妻のような光が炸裂した。耳をつんざくような激しい爆発だった。ショックによる静寂の中、青い煙がもくもくとたちのぼった。ミセス・テンプルトンの腕をつかんだとき、ポートランド・プレイスのテレビ中継車が歩道に乗り上げるのが見えた。数台の白い警察のバンが、サイレンを鳴らしながら流れる車のあいだから抜け出してきて、ランガム・プレイスのオール・ソウルズ・チャーチの前に停車した。暴動鎮圧装備を身につけた警官たちが、楯と警棒を構えてバンから飛び出してくると、見物している昼食時の群衆をかきわけて近づいてきた。

発煙爆弾が黒い蒸気のかたまりを空中に吹き上げた。おびえた警備員は柵に足をとられて転倒した。抗議者たちはこのすきにわきをすりぬけ、制止を振り切っていくつものドアを通り抜けていった。ミセス・テンプルトンの腕をつかんだまま、自分のからだが警官隊の圧力でロビーへと押されていくのを感じた。

百人あまりのデモ隊はレセプションエリアに密集し、エレベーターを死守しようとしている警備員たちを数で圧倒した。ひと握りのゲストたち、ついに現実に直面させられたコメンテーターたちが、肘掛け椅子のあいだに縮こまっていた。煙はわれわれを追いかけるようにしてホワイエに流れてくると、エレベーターがデモ参加者の先発隊を上階に運んでいくにつれて、エレベーターシャフトに渦巻いて流れ込んだ。われわれの側に寝返ったBBCのプロデューサーのひとりに導かれて、先発隊はニューススタジオに侵入し、ミューズリーを食べようとしたまま口をぽかんと開けて聞いている国民に、中産階級の反乱のマニフェストを放送することになっていた。

もうひとりの元BBCスタッフは、ほっそりとした顔の英印混血だったが、われわれをホワイエの左の階段へと案内した。一フロア上で、われわれは「会議室」と書かれたドアを破った。天井の高い部屋は、南壁が半円形で、この法人の慈悲深い専制政治を統括してきたBBCの歴代会長の肖像画がずらっと吊るされていた。

旧体制(アンシャン・レジーム)の応接間に押し入って腐敗した貴族政治の肖像に向き合ったフランス革命の暴徒のように、われわれはぎょっとして肖像画をみつめた。最上段に飾られたのは、BBCの初代会長であるリース卿の肖像画だった。後代になるにつれて、そしてBBCの権力が強まるにつれて、肖像の頭部が大きくなっていることに私は気づいた。その傾向は最近の被任命者の微笑を浮かべた風船頭で絶頂に達しており、それは自己満足にふくれあがった巨大な飛行船のようだった。

若手のプロデューサーとスタジオエンジニアの不安そうな列が部屋の向こう側から私たちを

みつめていた。彼らが払わなければならない犠牲についてほとんどわかっていないのだ。われわれが押しのけていくと、彼らは弱々しく降伏した。ミセス・テンプルトンはハンドバッグからエアゾルの缶を取り出した。真下のホワイエから室内に煙が流れてくるなか、噴出するペンキを手際よく肖像画に向けて、ヒトラーのような髭と前髪を落書きしていった。

五分後にはすべてが終わっていた。機動隊によって手荒くロビーに連行されたときに、『今日の世界』スタジオ襲撃が失敗に終わったことがわかった。われわれの到着のずっと前から、制作スタッフ全員が地下の安全なスタジオに移動していたのである。警察の強襲チームがすでにポートランド・プレイスの通用口から放送センターに入っていた。彼らはわれわれを待っていた。警棒を握りしめてすぐ使える状態で、彼らはわれわれを待ち受け、迷路のような通路で道に迷った抗議者をさっさと片付けたのである。われわれは手荒に集められて建物から排除され、BBCは、中産階級をだますという歴史的に重要な仕事を再開した。

警察の暴力は警察の退屈に正比例し、抗議者が示すいかなる抵抗にも正比例しないことに私は気づいた。われわれはみずからの無能力とデモ活動のあっけない幕切れのおかげで、ほんものの残虐行為から救われたのである。蹴りと警棒の殴打で追い立てられて、われわれはポートランド・プレイスの煙のにおいのする空気の中に押し込まれた。三十分後にはウエストエンド・セントラル警察署にバス輸送され、起訴されて治安判事裁判所に出廷する条件で保釈されるだろう。ミセス・テンプルトンのような初犯者は放免されるだろうが、私はほとんどまちがいなく三十日間の投獄を宣告されるだろう。

汗まみれの巡査に投げつけられるようにしてドアを抜けた拍子に、木の柵につまずいて倒れた。すると婦人警官が前に出て腕をつかんだ。手を貸して私を立ち上がらせてくれたとき、それがオリンピアで傷ついた脚に包帯を巻いてくれたデモ参加者の決然とした顔であることに気づいた。

「アンジェラ……？」私はうつむいた彼女の帽子のつばの下をのぞきこんだ。「キャットショー、オリンピア……」

「キャットショー？」

「キングストン、子どもがふたり……」

「ええそうよ」ぼんやり私のことを思い出して、彼女は手の力をゆるめた。「覚えているわ」

「警官になったんだね？」

「どうやらそうみたい」彼女は私を教会のほうに連れていったが、そこでは拘束された人々が訴訟手続きを受けていた。「オリンピアからはるばるやってきたのね、あなたは……」

「マーカム。デーヴィッド・マーカム」警察のバンがさっと追い抜いていくと、私は鋼鉄色の瞳をのぞきこんだ。「たいへんな心変わりだ。いつ警官に？」

「四年前。とてもいい気分よ」

「するとあなたは……スパイだったの？」

「まあそんなところね」彼女は私を警察犬の調教師や運転手たちをかきわけて連れていった。

「あなたはどっぷりつかっているみたいね。ちがう趣味をみつけなさい」

「スパイだったのか？」彼女を助けようとして百ポンドの罰金を科せられたことを思い出して、私はいった。「みごとだなあ」

「だれかが通りの安全を守らなければならないわ」

「そのとおりだ。じつはね、ぼくもスパイなんだよ」

「ほんと？　だれのスパイ？」

「説明するのは難しい。ヒースロー空港の爆弾事件と関係している。内務省が関与しているんだ」

「こんどは私がおみごとという番だわ」彼女は放送センターから追い出される最後の抗議者を指さした。ジャケットが裂けたミセス・テンプルトンは、うんざり顔の警部補に文句をいっていた。「今日はどうして？　これもあなたのプロジェクトの一部？」

「いや。これはみかけよりずっとまじめでね。どうしても訴えたいことがあるんだ」

「あなたはまじめかもしれないけど、とても些細なことよ。警察の時間を浪費させることで、ほんとうに社会に害をなそうとしている連中を援護しているのよ」

すでに彼女は私への関心を失っていた。その目が警察部隊の雰囲気の変化を捉えた。調教師は警察犬をバンの後部に急がせ、運転手たちはすでにエンジンをかけていた。教会の階段で抗議者たちを警護していた巡査は数人を除いてみな警察車両に駆け戻っていった。ひとこともいわず私を置き去りにして、アンジェラは私たちのそばで一時停止した警察の車の助手席にするりと乗り込んだ。

　車両集団が離れていくにつれて、サイレンがアッパー・リージェント・ストリートを遠ざかっていった。ほとんどすべての警察官がいなくなり、その真空地帯を満たしたのはぶらついている観光客だけで、彼らはわれわれを撮影しはじめた。教会の階段に残された抗議者たちはまたラジオに耳を傾けており、巡査が立ち去るように合図すると、散らばりはじめた。

　ミセス・テンプルトンがラジオを耳に押しあてて私のほうに歩いてきた。ひどく動揺し混乱しているらしく、裂けたジャケットにもあごについたペンキにも気づいていなかった。

「テンプルトンさん？　いっしょにタクシーに乗りましょう。どうやら処罰を免れたようですよ」

「なんですって？」彼女はすごい顔で私をみつめたが、関心はラジオに惹きつけられていた。右足の靴のかかとがとれていたので、私はいかにも中産階級らしい奇妙な反射神経で、彼女はそんなだらしない恰好をしているせいでがっかりしているのだろうと思い込んだ。

「ぼくたちは安全ですよ、テンプルトンさん。警察は――おけがなさったんですか？」

「聞いて……」目に怒りをにじませて、彼女はラジオを私に押しつけた。「テート・モダンで爆弾が破裂したの。死者が三人出ているわ……」

　私はレポーターの緊迫した声に耳を傾けたが、まわりのすべての音が通りから撤退したかのようだった。観光客たちは放送局の前をぶらぶらと通り過ぎ、さっぱり役に立たない地図をじっとみつめていた。衣料産業の発送バイク便は交通信号のあたりで排気ガスを吐き出しては、無意味な仕事から仕事へ疾走しようとしていた。都市は広大で静止した回転木馬のように、席についてしばらく待ってから降りていく何百万人もの乗客志望者たちを永遠に運んでいた。私は新たな悟りの寺院を切り裂いていく爆弾、カフェテリアの会話の果てしないざわめきを沈黙させる爆弾のことを思った。われにもあらず、興奮と共犯の感情が高まるのをおぼえた。

第二十章　白い空間

「もしも手段が絶望的な試みならば、それは目的を正当化する」

キッチンで朝のニュースを見ているときに、ケイは私のうしろに立って、両手を私の肩にのせながらこういった。テート・モダンの爆弾事件によって醸成（じょうせい）された親密さと愛情にもかかわらず、まるで私から自由になろうとしているかのように、その指が震えているのを感じることができた。私はともにすごした深夜のことを考えた。暗闇の中で会話してすごした時間。それぞれが人生の記憶を荷ほどきしていった時間。だがテート・モダンにおける破壊活動は、いつか換金しなければならないかもしれない共謀者の白紙小切手のように、あまりに多くの暴力の話題で麻痺した神経を再燃させた。抗議行動はケイの高い理想のすべてをかきたてたが、暴力はその価値をおとしめ、すでに開放されたドアの外で現実がわれわれを待っていることを、不安とともに気づかせたのだった。

　彼女は私の肩をぎゅっとつかみ、リビングルームの窓越しに、北ロンドンの家賃不払い運動を支援するために出て行こうとしている隣人たちの車列をみつめた。

「ケイ？」

「大丈夫よ。いろいろあってね」

「ミル・ヒルのデモだけど――どうしても参加したいの？」

「参加すべきなのよ」疲れきった指が私の首の骨の棘突起をみつけた。「考えなければならないことがいっぱいあるの」

「ぼくたちふたり？」私は彼女を落ち着かせようとした。「ケイ？」

「だれのこと？」

「きみとぼくさ。ぼくらはなにかをちゃんとわかるように話し合う必要がある？」

「もういちど？　スローモーション再生を見ると不安になるの。連中がフラッシュバックを発明したときに映画は死んだわ」私を哀れむように、彼女は人差し指で私のこめかみをマッサージしてくれた。「なにもかもがはじまろうとしている。私たちがけっぷちに立っているのを感じるはずよ」

「たしかにね。懲役十年だ」

「冗談じゃないのよ」彼女はまるで母親が子どもをかばうように、私の頭を自分の乳房に押しあてた。「あなたは即座になんらかの行動をとることもできたでしょう。警察のスパイかもしれないとずっと思っていたわ。危ないまねばかりして、私たちがわざと窮地に置き去りにしてももどってくるんだもの。とても無用心なのか、面倒をみてくれる特別なお友だちが背後にいるかだろうと。でもそうじゃなかった――昨日わかったの。あなたが本気でかかわっていることが」

「よかった。ＢＢＣのデモのことかな？」

「いいえ。あれこそ冗談よ。ペギー・テンプルトンでさえ逮捕されなかったじゃない。私がいいたいのは、テート・モダンの爆弾のことよ」

「ケイ……?」私は振り向いて彼女の腰を抱え、顔をあげて不安げな顔をみつめた。「テート・モダン? あれは恐ろしい犯罪だった。ぼくはいかなる形でもまったくかかわっていないよ」

「あれは恐ろしい犯罪だったけれど、あなたはかかわっていたのよ」ケイは私に対して直角にすわり、ひたいの角度から性格を読みとろうとしている骨相学者のように、私の横顔をみつめた。「昨夜のベッドで——あなたはあの事件の暴力性にとりつかれていたわ。あの死者たちの恐怖に。あなたは生涯で最良のセックスをしたのよ」

「ケイ……」

「正直になりなさい、したのよ。あなた、何回いったと思う? 私、数えるのをやめちゃった」ケイは私の手首をつかんだ。「あなたはアナルセックスまでしたがって、私をとことんいかせたがったわ。あきれたものよ。私ね、男の人の睾丸が熱くなるときがわかるの。あなたの睾丸は燃えていたわ。あの爆弾のことを考えていたのよ。ふいに破裂してなにもかも引き裂いてしまう爆弾を。あの意味のない暴力——それがあなたを興奮させたのよ」

「無意識のうちに? かもしれない。ベッドに入ったあとは、それについて話さなかったね」

「必要なかったのよ。あなた、おしっこするために起き出してバスルームの鏡を見たじゃない。あのとき目の中に見えたはずよ」自分自身と、自分のあまりに寛容な反応に苛立ったように、ケイはテレビのスイッチを切った。そしてなにも映っていないスクリーンを非難するように指さした。「三人が死んだのよ。考えてみて、デーヴィッド、現代美術家ダミアン・ハーストのために命を捧げた哀れな守衛のことを……」

その前夜、ＢＢＣでの抗議活動とテート・モダンの爆発のニュースによるアドレナリンの急激な増加にまだ酔っていたので、われわれはワインを飲みすぎてしまった。爆弾は、大型の美術書の中に隠された高性能プラスチック爆弾、セムテックスだったが、午後一時四十五分に書店近くで爆発し、それをもっていた訪問者が死亡して、入り口の上方の石造建築の大きな区画を吹き飛ばした。フランス人の旅行者と守衛も死亡し、およそ二十人の訪問者が負傷した。警察は周辺地域に非常線を張り、科学捜査班が近くの草地や停車中の車を覆った塵埃（じんあい）と破片を丹念に調べた。

だれも犯行声明を出さなかったが、爆弾はロンドンの灰色のよどんだ空気を刃物のようにぴんと張りつめさせた。倦怠と不安定が未来にしるしをつけた。セムテックスはＢＢＣへの抗議行動とおなじ日に爆発したので、チェルシー・マリーナと中産階級の反乱を名指ししているようなものだったが、ケイはテート・モダン爆破事件を激しく非難した。彼女のテレビインタビュー番組に電話で参加した視聴者たちはこれを受け入れたが、それは爆弾犯の邪悪な能力があきらかに異なる領域に属していたからにすぎなかった。発煙爆弾や閃光爆弾をつくったチェルシー・マリーナの建築士や事務弁護士たちは、人を殺すつもりはまったくないと主張した。生まれてはじめて、ケイは穏健派の代弁者とみなされるようになった。

このいままでにないイメージを相殺するためか、彼女はベッドに入るために服を脱ぎながら、十八歳の映画科の学生から、業を煮やした妻にマリーナの近くの家を追い出されたアル中の漫画家まで、すべての下宿人と寝たことを告白した。「四十歳以上の女家主はみんな下宿人とセックスするの。それが女家長制度との最後に残された結び付きなのよ……」


冷蔵庫からワインの瓶をもってくると、ケイはテーブルに二個のグラスを置いた。腰をおろすと、彼女は両手を顔にあてて、私をじっとみつめた。

「ケイ?　ちょっと早くない?」

「きっと必要になるわ。偶然にも、私もね。あなたがいなくなると寂しくなるわ」

「なにをいいたいのかな?」

「サリーのもとにもどりなさい。車でまっすぐセント・ジョンズ・ウッドにもどりなさい。ブリーフケースの埃を払って企業心理学者にもどりなさい」

「ケイ……?」私はその冷静な口調に驚いた。「いったいぜんたい、どうして?　昨夜のせい?」

「いくらかはね」彼女はワインを口に運び、それから私の睾丸のにおいがまだ爪に残っているかのように、指のにおいを嗅いだ。「それだけが理由じゃないけど」

「ぼくは興奮しすぎていた。BBCのデモやら、警官に蹴りまくられたことやら。その上テート・モダンの爆弾事件だ。もし不能だったらどうするつもりだった?」

「不能のほうがましよ。そのほうが好ましかったわ。不能になるのがふつうの反応だと思うもの。ところがあなたときたら、新世界を目にしたコロンブスみたいだったわ。だからサリーのもとにもどる必要があるの。あなたはここにいるべき人じゃないのよ」彼女は手を伸ばして私の手をとった。「あなたは家庭的な男なのよ、デーヴィッド。あなたはたえず何百もの小さな愛情を感じる。それらは家の守り神のように、気持ちよい枕や心地よい椅子のひとつひとつについて回る。それらがみんな合わさって、ひとつの大きな愛、あなたの妻のスカートのまわりをうろうろするこの馬鹿な男を無視できるほど大きな愛になるの」

「家庭的……?」私はワインの表面に映って揺れている自分の顔をみつめた。「それだとまるで、静かな平原で草を食んでいる反芻動物かなにかみたいだ。チェルシー・マリーナはそのすべてを変えようとしていると思っていたよ」

「そうよ。でも私たちにとって、暴力は目的のための手段にすぎないわ。ところがあなたにとって、それは目的なのよ。それはあなたを目覚めさせ、あなたはずっとわくわくする世界が見えると思っている。あなたとサリーが深夜ニュースを見ている快適なクッションも気持ちよいソファもこれでおしまい。昨夜あなたを興奮させたのは、テートの爆弾じゃなかったのよ」

「ケイ……」私は彼女の手首をとろうとしたが、彼女はさっと引っ込めてしまった。「それこそぼくがさっきからいおうとしていたことだよ」

「ヒースローの爆弾だったのよ」ケイはそこで口を閉じて、私が幼年期の唇の傷を噛むのをみつめた。「あなたをずっと駆り立てていたのはそれなのよ。あなたがチェルシー・マリーナに来た理由もそれなのよ」

「ぼくをここに連れてきたのはきみだよ。思い出してごらん——きみが裁判所の外でぼくをみつけたんだ。それまでぼくはここに来るなんて夢にも思わなかったよ」

「でもあなたはおなじようなところを探していたのよ。あのデモやら行進やら。いつかは私たちをみつけていたでしょう。ヒースローの爆弾は、いまでもあなたの頭の中で鳴り響いているのよ。セント・ジョンズ・ウッドでも聞こえるでしょう。新世界を示唆するコールサインのように」

「ケイ……ぼくの妻が殺されたんだよ」私は度重なるいい間違いを無視した。「ローラのことだが。だれであれ、爆弾を仕掛けたやつをみつけたかった」

「でもどうして？ あなたは幸福な結婚生活を送っているじゃない。自分では気づいていないみたいだけど。ローラは過去の人だし、あなたは彼女のことがそんなに好きでもなかったはずよ。サリーを好きなように、あるいは私を好きなように、という意味でだけど」

「だれかを好きだということは、ほんとうの気持ちとはなんの関係もないんだ」私はケイに微笑みかけようとした。「ローラは世界を挑発した。彼女がしたことのほとんどすべてが、彼女が口にしたささいなことばが、なんらかの形でぼくを少し変えた。妙な話だが、どうやったのかぼくにはとうとうわからなかった。彼女は扉をかたっぱしから開けていったんだ」

「そしてヒースローの爆弾が最大の扉だったのね。見るべきものはなにもなかったけれど、そこにはこの巨大な白い空間があった。それはすべてを意味し、そしてなにも意味しなかった。あなたはそれにつかまったのよ、デーヴィッド。太陽を長くみつめすぎた人間みたいなものね。いまやあなたはあらゆるものをヒースローに変えたいと思っているんだわ」

「チェルシー・マリーナを？　ビデオショップや石膏像を？」

「あなたはそのすべてに退屈しているのよ」ケイはワインの瓶とグラスをわきにのけて、考えられるようにテーブルをきれいにした。「あなたはリチャード・グールドが退屈しているのとおなじように退屈しているの。あなたはほんとうの暴力を探していて、いつかはそれをみつけるでしょう。だからあなたは車に乗り込んでサリーのもとに帰るべきなのよ。頭を冷やすために、あの駐車禁止線と駐車規制と委員会の例会が必要なのよ」

「サリー？　ぼくだってもどりたいけど、まだだめなんだ」私は唇に触れてから、感謝をこめて、険しい表情を浮かべたケイのひたいに指を押しあてた。「サリーには彼女なりに解決すべき問題がある。ある意味で、彼女もぼくとおなじようにヒースローの爆弾にかかわっているんだ。彼女もその意味を理解する必要があるんだ」

「意味？　意味なんかないわ。それこそが肝心な点よ」

「うまく説明するのは難しいけれど。サイコパスだけが理解できるんじゃないかな。リチャード・グールドはその点でぼくがまちがっていると思っているようだが」

「リチャード？」感情を昂らせて、ケイは欠けた爪から顔をあげた。「彼に近づいてはだめよ。彼は危険だわ、デーヴィッド。もう少しここにいてもいいけれど、彼にはかかわらないで」

「危険?」私は彼女のデスクの旧式コンピュータを指さした。それは目も通していない生徒たちの脚本の山になかば埋もれていた。「彼のウェブサイトを運営していたね?」

「最初のうちだけね。もうよそに行ってしまったわ。チェルシー・マリーナに失望したみたい」彼女はワインの瓶からコルクを取り出そうとしたが、あきらめた。「リチャード・グールドはあなたを待っているわ、デーヴィッド。なぜかはわからないけれど、最初からずっとあなたを待っていたわ。法廷から彼に電話したとき、あなたをここに連れてきてほしいといったのよ……」


このことばについて考えながら、ケイの迷彩服やスパンコールのパーティドレスといっしょに寝室の衣装ダンスに吊るされていたツイードのスーツに着替えた。ケイは失望したファンであり、カリスマ性のあるドクター・グールドがチェルシー・マリーナのまわりで熱弁をふるって、住民たちに権利のために戦えとよびかけたとき、かつてはそのことばのすべてにすがりついた。しかしいまでは、ケイは政治的な有名人になってしまい、自分の訴訟について討論番組で論じ、日曜日の高級紙に紹介され、ひまをもてあます野望に燃える若手弁護士たちに支援されていた。一方グールドは、精神病院という孤島に心理的に島流しにされ、現実が一千棟の建売住宅という威嚇的な形で迫ってくる中で、失われた少年たちを探しているピーター・パンだった。

この三週間ではじめて、私がアドラー心理学協会にでかけようとすると、ケイはドアから私を見送ってくれた。筋立てに説得力のない映画を凝視している案内嬢のように、彼女は片脚に体重をかけていた。

「デーヴィッド？　出勤しようとしている男性みたいでかっこいいわよ」

「ほんとうに出勤しようとしているんだよ。秘書を元気づけて、ひとりふたりクライアントに会う必要があるからね」

「それなら、その傷のことは？」

「べつに服を脱ぐわけじゃないからね。スキューバダイビングしていたときに、珍しい魚と衝突したとでもいうことにしよう」

「衝突したのよ」彼女はキスをねだり、ネクタイを直してくれた。「まるで偽者みたいだわ」

「ケイ、それこそ正直すぎる人間すべての運命なんだよ。自分でそうだと思い込んでいるかぎりね。もうそれができなくなったとき、ぼくはセント・ジョンズ・ウッドにもどるべきときが来たとわかるんだ」

私は陽光の中にたたずんでサリーのことを考えた。スイス・コテージ地区にあるヘンリー・ケンドールの家の前で別れて以来、まったく会っていなかった。会えなくてさみしかったが、彼女は過去にすべりこみはじめていた。私が拒絶したいと思う人生の一部、中産階級の不安感という蔦によってまとめられた義務の城の中へと消えはじめていた。

第二十一章　光のやさしさ

数人の住人たちの目の前で、これから出勤しようとしている夫のように、私はケイに手を振ったが、当惑顔の住人たちは、メイポールダンスのような運動を練習している俳優でも見るように、私をじっとみつめていた。仕立てのよいツイードに照れくささをおぼえながら、私は通りを横切ってレンジローバーに近づいた。ドアを開けると、助手席に人がいることに気がついた。汚れた白いシャツに黒いスーツ姿の男で、前部のレザーシートにゆったりとすわり、朝の光の中でうたた寝していた。男は目を覚まして惜しみない微笑を浮かべると、私が運転席に乗り込むのを助けようとした。相変わらずまともな食事もしていないようすで、顔の骨が光にさらされてくっきりと浮かんでいた。

「ドクター・グールド?」

「どうぞ乗ってくれたまえ」彼はスポーツバッグを後部座席に移した。「会えてよかったよ、デーヴィッド。差し支えなければ運転してもらえないかな?」

「これはぼくの車なんだが」セイフティロックが仕掛け花火かなにかにつながっているのではないかと少しためらってから、私はイグニッションキーを差し込んだ。「どうやって乗り込んだ?」

「鍵はかかっていなかったが」

「まさか」

「ほんとうだ。中産階級は車なんか盗まない。茶色のスーツを着ないように、それは暗黙の了解なんだ」

「てっきりすべて変わるものと思っていたが」

「そのとおり。革命のあと、中産階級は怠惰でだらしなくなり、手癖が悪く不潔になるだろう」彼は私の目をのぞきこんで、なにかを見るふりをした。「医師としていわせてもらえば、きみは驚くほど体調がよさそうだ」

「驚くほど？　ＢＢＣを体験したにしては？」

「いや。ケイ・チャーチルを体験したにしては。ケイとのセックスは、少しばかり欠陥のある蘇生術みたいなものだ。ありがたく思っているかもしれないが、きみの一部は二度とふたたび元どおりにはならないだろう」

　グールドは自分のおしゃべりを楽しんでいるかのように話しつづけた。ベッドフォントの精神病院の憑かれた小児科医だったときよりもずっとくつろいでいた。よれよれの黒いスーツを着ているせいで、知的趣味をうっかりさらけ出した冴えないギャングのようだった。車に不法侵入されたことは腹立たしかったが、彼に会えたことはうれしくて、私のそのような気持ちを彼はちゃんとわかっていた。

「職場に行くところなんだが。どこで降ろせばいいのかな？　ウエストエンド？」

「すまないが……巡回している警官が多すぎるからね。田舎で一日すごしたほうがいいだろう」

「リチャード、ぼくはクライアントに会わなければならないんだが」

「義理の親父さんだろう？　明日にしたまえ。これから訪れるところは重要なんだ、デーヴィッド。ヒースロー空港の爆弾の解明にも役立つかもしれないしね」


私はハマースミスに向けて出発すると、高架道路に入ってブルワリー環状交差点をめざし、ホガースハウスの前を通ってM4沿いに車を走らせた。グールドはあおむけになって、一階建ての工場や、ビデオ複製会社のオフィスや、名もないスタジアムのナイター設備をじっとみつめていた。過去も未来もなく、市民の義務も責任もない地帯。無人の駐車場を非番のエアホステスや私営馬券売場の経営者がさまよい、決してみずからを記憶しない領域。これこそ彼のほんとうの世界であった。

「話してくれ、デーヴィッド――昨日の首尾はどうだった？　BBCは？」

「手短にいえば、ぼくたちは乱入した。だれもが逮捕されるスリルを楽しんだ。義憤がリージエント・ストリートのすべてをあかあかと照らし出した。二、三人が警告された」

「残念だな。大量逮捕されていれば、チェルシー・マリーナは観光名所になれたのに」

「警官たちがよびもどされたんだ。テート・モダンの爆弾が、あらゆるものをその場で停止させてしまった」

「恐ろしい。じつに恐ろしいことだ。ヴェラと私はダンスタブルにいて、グライダー学校を出るところだった」グールドは目を覆って身震いした。「BBCのデモを振り返って、どう感じている？」

「ぼくたちはみんな時間どおりに着いて、なにをしているかわかっていた。駐車が難しかった。アルマゲドンが起こるとき、駐車が大きな問題になるだろう」

「だが、行動そのものについては――どう思った？」

「BBCを選んだこと？　幼稚だった」

「それから？」

「それに無意味だった。多くの責任ある人々がフーリガンのふりをするなんて。中年による学生じみたばかさわぎだ。警察は一秒たりともまじめに受けとめていなかった」

「連中は座り込みを腐るほど見てきたからね。すぐに飽きてしまうんだ――それを考慮に入れておく必要があるな」

「もっと派手な出し物を演じろと？　ナショナル・フィルム・シアター（NFT）を全焼させたのは無責任だった。しかも犯罪的だった。死者が出ていたかもしれない。前もってわかっていたら、決して参加したりしなかっただろう」

「きみは要点をきちんと指示されていなかった。法を破ることは、きみのような専門職にとっては非常に大きなチャレンジだろう、デーヴィッド。だから中産階級は決して真のプロレタリアにはなれないんだ」グールドは頭をうなずかせ、足をダッシュボードにのせた。「偶然にも、私もきみとおなじ考えだが」

「ナショナル・フィルム・シアター(NFT)について？」

「なにもかも。フォートナム＆メイソンも、ＢＢＣも、ハロッズも、レゴランドも。発煙爆弾にピケ隊。まったく時間の浪費だ」彼は手を伸ばしてハンドルをつかんだ。「気をつけて――ここでは死にたくないんでね」

背後でクラクションが鳴り、バックミラー越しにヘッドライトがまぶしく輝いた。グールドのコメントに驚いて、ベッドフォントへ向かう高速幹線道路をヒースロー・ヒルトンにさしかかったところで、無意識のうちにブレーキを踏んでしまったのだ。ふたたび加速すると、私は低速車線に移った。

「リチャード？　きみが活動全体を計画したと思っていたよ」

「したよ。はじめたときにはね。いまではケイとその仲間たちが標的を選んでいる」

「すると革命は延期された？」

「まだ進行中だ。とても重大なことが起ころうとしている。きみも感じているはずだ、デーヴィッド。チェルシー・マリーナははじまりにすぎない。ひとつの社会階級全体が鉄格子を覆うビロードをはぎとって鋼鉄を味わっているところだ。人々は給料のよい仕事を辞め、税金を払うことを拒絶し、子どもたちを私立学校から退学させている」

「それなら、なにがうまくいっていないと？」

「なにも起こらないことさ」グールドはサンバイザーの鏡で歯の状態をチェックした。腫れた歯茎に顔をしかめると目を閉じた。「嵐は静まり、テレビのワイドショーや新聞のコラムにとりあげられているうちに、しだいに消えていくだろう。われわれはあまりにもお行儀よく、あまりにもふまじめなんだ」

「もしまじめだったら？」

「閣僚を暗殺するだろう。あるいは下院議場に爆弾を仕掛けるか、王室の一員を射殺するだろう」

「爆弾？」ヒースロー空港の境界から数百フィート内側で駐機中の旅客機の垂直尾翼を意識しながら、私は車の列から目を離さなかった。「どういうことなのか……」

「それは困難な一歩だが、必要かもしれない」グールドは血の気のない指で私の手に触れた。

「やってくれるかい、デーヴィッド？」

「閣僚の暗殺？　ぼくはお行儀がよすぎるからむりだな」

「従順すぎるから？　育ちがよすぎるから？」

「そのとおり。怒りはとっくに失われてしまった。ぼくは金持ちの娘と結婚しているんだが、その子はとても可愛くて愛らしくて、ぼくを父親の借家人のように扱うんだ。最新流行の狐を追っていたら、彼女は無意識のうちにぼくのジャガイモ畑を全速力で飛び越えていく。そしてぼくにできることといえば、ハーヴェイ・ニコルズでにっこり笑いながら彼女の買物を精算することだけなんだ」

「少なくとも、ちゃんとわかっているじゃないか」

「下院であれどこであれ、爆弾を仕掛けるなんてまねはできないね。臆病すぎて人を傷つけることなんかできないと思う」

「それは克服できるとも、デーヴィッド」患者の些細な不安など歯牙（しが）にもかけない医者のように、グールドは無造作にいった。「動機さえ完全ならば、どんなことだって可能だ。きみはもっと大きなチャレンジを待っているんだよ。まだみつけていないが、いずれ……」


グールドは前かがみになり、頬に赤みを送り込もうとするかのように、血の気のない顔をこすっていた。私たちは空港道路を離れてイースト・ベッドフォントに入り、小さなビジネス街を抜けて、幼児を預かっているベッドフォント病院の児童ホスピスに向かった。

グールドに案内されて砂利道を上がっていくと、三階建てのジョージ王朝風の建物の前に出た。そこには丁寧に刈り込まれた灌木（かんぼく）と人跡未踏の広大な芝生があった。鮮やかに塗られたぶらんこと滑り台が芝生に並んでいたが、子どもの姿はなかった。小さな腰掛けには木の葉や雨水がたまっており、どうやらこれは子どもがいちども遊んだことのない遊園地のようだった。

グールドは落胆していなかった。私がホスピスの裏口の前に車を停めると、彼は座席からスポーツバッグをとりあげた。ひざにのせてバッグを開けると、さまざまなプラスチックの玩具が現れた。うれしい驚きの表情で、彼はそれを試しはじめ、一体の人形が録音された声でことばを返しはじめると顔を輝かせた。

誕生日パーティに招かれた愛情深い名付け親のように、彼はいそいそと車から降りると、スポーツバッグから白衣をひっぱりだした。スーツの上からそれを羽織ると、ポケットをさぐって名札をみつけだし、それを襟にピン留めした。

「できるだけ医者らしくふるまってくれ、デーヴィッド。上級顧問のふりをするのはびっくりするほど簡単なんだ」

「ドクター・リヴィングストン？」

「いつだって効果抜群だぞ。きみはアシュフォード病院の同僚ということで。さて……子どもたちを気に入ると思うよ、デーヴィッド」

「入ってもいいのかな？」

「もちろん。みんな私の子どもたちなんだ。かれらにとって世界は無意味だから、かれらが存在していることを教えるために私が必要なんだ。ある意味で、どこかきみに似ているかもしれない……」


キッチンのわきの裏口から入ると、キッチンには少人数のスタッフのためのランチが用意されていた。グールドは当直の正看護師にキスをした。歓迎のおももちの、威厳のある黒人女性だった。まるで共謀者のように、グールドが彼女の腕をつかむようにして、ふたりは階段を上がっていった。

日当たりのよい三つの病棟に三十人の子どもが収容されていたが、ほとんど全員が寝たきりで、生まれてすぐに死へと投函された無力な小包のようだった。しかしグールドはまるで自分の家族のように子どもたちに挨拶した。それから一時間、私は彼がよちよち歩きの幼児と遊んだり、古い靴下とクリスマスのテープで指人形をつくったり、両腕を広げて病棟を飛び回ったり、さっきの看護師から借りたサンタクロースの上着を着て大きなバッグから玩具を配って回ったりするのを見守った。彼女がいうには、彼は余命が数週間の子どもたちのためにクリスマスを先取りしているのだという。

　元気いっぱいのグールドを残して彼女が出て行くとき、私はあとにつづいて病棟を出た。煙草をすすめると彼女は自分で火をつけた。

「すばらしい仕事をなさっていますね」私は称賛した。「子どもたちはとてもしあわせそうですよ」

「ありがとう……ドクター・リヴィングストン？　私たちはできることをするだけです。子どもたちの多くがじきに私たちのもとを去っていくのですから」

「ドクター・グールドはどのくらいの頻度（ひんど）でこちらに？」

「毎週です。子どもたちを失望させることは決してありません」日に照らされた雲のように、彼女の微笑が幅の広い顔を漂っていった。「あの方は子どもたちにべったりなんですよ。最後のひとりが旅立ってしまったら、どうなさるつもりかしらと思うこともあります……」

　病棟にもどると、グールドは頭を剃り上げた三歳の男児のベッドのそばにすわっていた。その頭皮には大きな傷跡が走り、粗雑に縫合されていた。その目は縮んで顔に埋もれているようだったが、まばたきひとつせずに訪問者をじっとみつめていた。グールドはベッドの片側を低くして前かがみになり、片腕をウールの毛布の下に入れていた。彼は顔をあげて私をみつめ、出て行ってくれと目で合図したので、見てはならないことらしいということがわかった。

あとになって、グールドが駐車場に現れたとき、私はいった。「感動したよ。どんなコンピュータにもあんなことはできないだろう。ひとりかふたりはほとんどきみを認識していたじゃないか」

「そうならいいのだが。デーヴィッド、かれらは私を知っている。はっきりいって、私はかれらのひとりなんだ」

彼は空っぽのスポーツバッグと白衣をレンジローバーの後部座席に放り投げ、それから音のない滑り台とぶらんこの並んだ芝生をじっとみつめた。そのいらついた様子がなんとも少年ぽくて、ナショナル・フィルム・シアターを見下ろすゴンドラで出会ったアマチュアのテロリストよりも若くて張りつめていた。

彼を安心させようと思って私はいった。「きみはかれらを助けているんだ。それは価値のあることじゃないか」

「いや」グールドは肉のそげた手を車の屋根で温めた。「ほんとうは私のことなんか気づいていないんだよ。私の姿はぼんやりとした網膜のにじみにすぎない。かれらの脳は自分でスイッチを切ってしまったんだ」

「声は聞こえているんじゃないか。少なくとも何人かは」

「どうかな。かれらは死んでいるんだよ、デーヴィッド。自然はかれらに対して罪を犯した。そのうえ、ある種のことがらは無意味なんだ。すべての屁理屈、すべての原因と結果の連鎖のあとには、無意味という中核だけが残されるんだ。それだけが、われわれがどこにでも見出すことのできる意味なのかもしれない……」

私はしばらくエンジンをかけずに待っていた。そのあいだグールドは二階の病棟の窓をひたすらみつめていた。

「リチャード、聞いていいかな――きみはあの男児に触れていたのかい?」

グールドは振り返って私をみつめた。失望していることは明らかだった。「デーヴィッド? なにか問題でも?」

「いや、そうじゃない。議論の余地があると思って」

「スティーヴン・デクスターと話し合うことだな」

苛立ちもあらわに、彼は私の前に手を伸ばしてイグニッションキーを回した。

一時間車を走らせて、モールバラ・ダウンズの小高い丘にある小さなグライダー学校に着いた。グールドはすでにメールでレッスンを登録していたが、学校の事務員は、青白い肌によれよれのスーツを身につけた奇妙な若い医者の、栄養不良でだらしない風采に驚いているようだった。私が保証しようと申し出たが、彼は私を車に追い返した。きっとそうなるだろうと思ったとおり、彼はたちまち事務員を説得して、ぜひとも空を飛ぶ必要があると納得させたのだった。

私はクラブハウスに腰を落ち着け、グールドが訓練グライダーの二人乗りコックピットを調べるのを見守った。開け放たれた窓越しに、私は飛行場の芝生の上空の空気の揺らぎに耳を傾けた。駐機中のグライダーの布地が涼しい空気に身震いしていた。グールドは女性の教官に頭をうなずかせ、まるですでにスペースシャトルにこっそり乗り込もうと計画しているかのように、空をじっとみつめた。

「ようし」車にもどってくると、彼はいった。「試験飛行は来週だ。見に来てもいいぞ」

「そうするかも」

「じつはかなりのチャレンジなんだ、デーヴィッド」彼は耳に手を触れた。「平衡器官にささやかな問題があってね。奇妙なことに、航空機のハイジャッカーはそいつを患う傾向があるんだよ。ハイジャックはその問題を解決する無意識の試みであるとみなすこともできるんだ」

「こじつけじゃないのか?」

「どうして?」彼が振り返ると、ちょうどグライダーが空中に舞い上がるところで、牽引ケーブルを切り離すと、コンドルのような冷たい優美さで滑空していった。「しかも、それは大いなる探求の一部なんだ」

「なにを求めて?」

「いろいろなことさ。ある種の不確かな説明。時空の謎、樹木の叡智、光のやさしさ……」

「滑空飛行が? 動力飛行よりも?」

「話にならない。世界は騒音に変わり、生と死は足元の空間によって測られるようになっただけだ」

「それなら滑空飛行は？」

「空を越えた高みに至る」

車が高速道路をめざすあいだ、彼は助手席でゆったりくつろぎ、シャツのボタンをすべて外して、太陽のために自分自身を荷ほどきしていた。


私はラジオのスイッチを入れた。てっきりBBC襲撃事件がトップニュースだろうとうぬぼれていた。だが速報のほとんどは、ロンドンでもっとも人気の文化センターであり、かつてミレニアム・ドームに割り当てられた役割を演じているテート・モダンの爆弾事件で占められていた。事件への関与を認める集団はなく、大英博物館やナショナル・ギャラリーの警備は厳重になった。

「これからはずっとやりにくくなるだろう」私はいった。「科学博物館も、英国図書館も……」

「デーヴィッド、それらは誤った標的だ」グールドは陽光の中で目を閉じて、翼と光の夢想に没頭した。「人々がわれわれに襲うことを期待する標的だ。大書きされた横断歩道の抗議活動であり、学校の表のスピード防止帯のためにデモをしている教育を受けた母親だ。それは中産階級のすることだ」

「なにか問題でも？」

「ありきたりすぎるし、あたりまえすぎる。われわれはわけのわからない標的を選ばなければならない。もし標的が国際通貨制度なら、銀行を襲ったりしてはならない。近所のオックスフォード飢餓救済委員会のショップを襲う。戦没者記念碑に落書きし、チェルシー植物園に除草剤（エージェントオレンジ）を吹きつけ、ロンドン動物園に放火する。われわれは不安をつくりだすのだ」

「つまり無意味な標的が最良だと？」

「まさにそのとおり。いいたいことをわかってくれたようだな、デーヴィッド」私に運転してもらうのがうれしいように、グールドは私の手に触れた。「ケイとその仲間は、いまだに正直とか礼儀正しさにとらわれている。建築士や弁護士といった連中が想像できるもっとも過激な行為は、せいぜいセントポール女学校に放火することぐらいだ。連中は自分たちの人生が空っぽだということに気づいていないんだ」

「ほんとうなのか？　彼らのほとんどはわが子を愛しているんだろう？」

「DNAだよ。生物学の第一戒だ。鳥が営巣能力を自分の手柄としないように、わが子を愛するのを自分の手柄としてはならない」

「市民のプライドは？」

「遺伝子プールの近隣監視システムだよ。自分をみつめたまえ、デーヴィッド。思いやりをもとうが、心を配ろうが、優しくしようが、そんなものはどうでもいいんだ」

「きみのいうとおりだな。信仰は？」

「死に瀕（ひん）している。ときおり起き上がって葬儀屋の手首をつかむことがある。無意味な行為にはそれ自体の特別な意味がある。冷静に実行されて、いかなる感情にも無縁ならば、無意味な行為は周囲の宇宙よりも大きな空っぽの空間なのだ」

「つまり動機をもつなと？」

「まさにそのとおり。政治家を殺せば、引き金をひかせた動機に縛られることになる。オズワルドとケネディ、セルビア人青年とオーストリア皇太子のように。しかしでたらめに人を殺せば、マクドナルドの店内でリボルバーを発射すれば――宇宙はうしろに下がって固唾を呑む。もっといいのは、でたらめに十五人殺すことだ」

「もっといい？」

「もののたとえだよ。私だってだれも殺したいとは思わない」なんとか私を安心させようとして、グールドはサンバイザーの鏡で人なつっこい微笑を練習した。それから私に向かって思いっきり顔をしかめてみせた。「きみはこのすべてを見た、デーヴィッド。そして肝腎な点を把握したはずだ。だから私はきみを信頼するんだ。人々は暴力を恐れる。もちろん興奮するが、同時に不安をおぼえるんだ」

「きみはそうではないと？」

「それも気づいたのか？　たぶんそのとおりだと思う。暴力は野火のようなもので、多くの樹木を破壊するが、森林を新生させる。息苦しい下生えを焼きつくすので、新たな樹木がつぎつぎに生えてくるからね。われわれは正しい標的を思いつかなければならないだろう。それらは完全に無意味である必要がある……」

「キーツ記念館や、イングランド銀行や、ヒースロー空港は？」
「いや、ヒースローはだめだ」道路標識に目を向けると、グールドは手を伸ばしてハンドルをつかんだ。「速度を落としてくれ、デーヴィッド――見たいものがあるんだ……」

私たちは高速道路との合流点から数マイル手前ののどかな田舎町にさしかかった。道路は驚くほど混雑しており、旅行客たちが車の窓から眺めていた。町のはずれに木陰の多い小道と高いシカモアの並木があって、グールドは晩年のサミュエル・パーマーの絵のような遠くの大枝をじっとみつめ、空の窓とそのかなたのかすかな光を探していた。まるで迷路の中にルートを見出そうとしているかのように、その青白い手が枝の重なりをたどっていた。

しかし町そのものは特徴がなく、模擬藁葺き屋根のコテージは、クリーニング屋やビデオショップ、木骨造りのテイクアウト中華料理店、土産物屋やコーヒーバーなどに改装されていた。訪れてきたドライバーを駐車場まで導いてくれる山のような看板もあったが、そもそもこんな町にどうしてたくさんの人々が訪れるのか、そして彼らがどうしてそこに駐車したがるのかよくわからなかった。

けれどもグールドは満足しているようで、私たちが高速道路に近づくと振り向きざまに微笑した。
「魅力的な場所だ、デーヴィッド。そうは思わないか？」
「そうだな……野原のあるウォトフォードといったところかな？」

「いや。とても特別なものがあるんだよ。あの山のような旅行客を見ただろう。ほとんど礼拝所みたいなものなんだ」
「信じがたいな」私は迂回道路をたどって高速道路の車列に加わった。「正確には、どこなんだ?」
「A4を外れて、ニューベリーに向かう途中にある」グールドはあおむけになり、深々と息を吸い込んだ。まるで何分間も息をとめていたかのように。「ハンガーフォード……これこそ私が人生を終えたい場所なんだ」

ハンガーフォード? ロンドンへもどっていく道中、その名前は捕らえられた蛾のように私の心の中で激しく飛び回った。私はその町に対するグールドの反応に驚き、グライダー学校を訪問したのも、その通りを走るための口実ではなかったかと疑った。もしグライダーのパイロットになれたら、あの町の駐車場や土産物店の上空を飛行して、なにか田舎の平和の深い夢のようなものを満足させることができるのだろう。

幼年期の放火犯だった男は、その終末的空想を成年期まで持ち越していた。グールドの心は火と飛行に満たされているようだった。私は横でまどろんでいる彼をみつめた。彼は私たちがヒースローに近づいたときだけ目を覚ました。空港は私の想像力を支配するのとおなじくらい大きな力で彼の想像力を支配しており、風変わりな連携で私たちを結びつけていた。私はすでに彼を田舎に連れていくために半日をむだにしていた。そうすれば彼がもっと自分を明かしてくれるのではないかと思ったのだ。だが実際には、私を彼の奇怪な世界に誘い込み、その断片的な人格に引きずり込んで、私の人生に欠けている生きた人間をこれでつくれとでもいうように、自分自身をキットとして差し出したのだった。私は死にゆく子どもたちへの彼の優しさをすばらしいと思った。そして彼はこのことや、私自身の弱さを巧みに利用した。私は彼に引きつけられた。憔悴しきっているがいまだに自船のマストを火炉にくべる覚悟はできている船長のように、真理の探求のためにすべてを犠牲にする生きざまに引きつけられたのだ。

これらの思いは、グールドをチェルシー・マリーナで降ろして協会に向かうにつれて心から離れていった。私はテート・モダンの爆弾事件を大見出しにした夕刊を買うと、三人の犠牲者の名前を読んでいった。守衛、フランス人旅行客、そして西ロンドンに住む若い中国人女性。ジョーン・チャン、それはデクスター牧師のキルティングジャケットを着たガールフレンドだった……

第二十二章　掩蔽壕訪問

テムズ川は古い桟橋に業を煮やし、肩で押しのけるようにしてブラックフライヤーズ・ブリッジを通り過ぎたが、もはやチェルシー・マリーナの前をすべっていくおとなしい流れではなく、外海のにおいを嗅ぎつけていまにも駆け出そうとしている薄汚い水の奔流だった。ウエストミンスター寺院の真下にさしかかると、シティのマネーゲームには目もくれない河口の労働者のように、テムズ川は力強い男の川になった。

ディーリングルームは虚偽であり、テムズ川だけが現実だった。貨幣はすべて記号であり、外国為替フロアの床に隠された電線を駆け巡る暗号化された電気の流れだった。対岸でそれと向かい合っているのは、さらに二体の偽物、シェイクスピアのグローブ座の複製と、中産階級のディスコに改造された古い火力発電所であるテート・モダンだった。グローブ座の入り口の前を歩きながら、私はジョーン・チャンを殺した爆弾の残響に耳を傾けた。それはその風景全体でただひとつ意味のある出来事だった。

私はテート・モダンの裏手から百ヤードほど離れたサムナー・ストリートに駐車した。警察車両がギャラリーを取り囲み、立入禁止テープが一般人の入り口を閉ざしていた。私は大きく迂回してパーク・ストリートをグローブ座に向かい、それから向きを転じてエンバンクメントに向かった。ミレニアム・ブリッジを渡ってきた観光客のあいだをぶらぶらと歩いていったが、彼らはテート・モダンの仰々しい建物が被った損傷を見たくてたまらないようだった。それにしても、これは美術館というより掩蔽壕だ。ナチス党大会会場を設計したアルベルト・シュペーアなら諸手を挙げて称賛することだろう。

すべての友人たちとおなじように、サリーと私はこの巨大な金庫室で開催されたすべての展覧会を見学した。それはどんなファシストの独裁者でも理解できる心理学的トリックと視覚的手管によって成功をおさめた建物だった。外面的には、そのアールデコ的均整美のせいで実際よりも小さく見え、そしてそのきわめて広大なタービンホールは目と脳の両方をおびえさせた。玄関の傾斜路は戦車パレードが行えるほど広かった。キロワット時の電力が、あるいは救世主的福音の力が、遠く離れた壁からにらみつけている。これは総統の見世物のようなアートショーであり、ひょっとすると、教育を受けた中産階級がファシズムに向かいつつある初期兆候なのかもしれない。

私は観光客のあいだを抜けて正面玄関に向かい、芝生越しに爆弾による損傷をみつめた。装置は午後一時四十五分に爆発した。私がアンジェラ巡査部長によってBBCから引きずり出されたころだ。目撃者の証言によれば、若い中国人女性は書店の中を走り回っていたという。明らかに錯乱状態で、書棚から大判の美術書をひっつかみ、タービンホールに走っていった。スタッフが彼女を追いかけたが、彼女が人々に逃げるように警告していることに気づいて追跡をやめた。玄関の傾斜路の最上部で、その本は彼女の手の中で爆発し、その力は傾斜した床によって増幅された。ガラスと石材が芝生に散乱し、ホランド・ストリートに駐車していた車に降りそそいだ。

ハーレー・ダヴィッドソンにまたがってスティーヴン・デクスターのうしろに楽しげにすわっていたジョーン・チャンのことを思い出した。展示を見たあと書店で数分間すごしているときに、悲劇的な不運によってテロリストが爆弾を仕掛けるのを目撃したのだろう。きわめて多数の負傷者を生み出すことを意図した致命的な装置である。警察は負傷者の身元をすべて特定していたが、スティーヴン・デクスターの名前は含まれていなかった。ハーレーを礼拝堂の外に雨ざらしにしたまま、牧師はチェルシー・マリーナから姿を消していた。ケイはテート・モダンの映画部門にいる友人に電話したが、書店やギャラリーでデクスターを見かけたと記憶しているものはいなかった。中国娘の死を嘆き悲しみながら、ケイは彼がロンドンを逃れ、なんらかの宗教施設に身を隠したのだろうと考えていた。

ヒースロー空港での惨状を思い出して、いまやデクスターと私には共通点があることがわかった。テロリストの爆弾は犠牲者を殺しただけでなく、時間と空間に暴力的な亀裂をもたらし、世界をひとつにまとめている論理を破壊したのだ。数時間というもの、重力は裏切者となって、ニュートンの運動の法則をくつがえし、川を逆流させ、摩天楼を転覆させ、私たちの心でずっと眠っていた恐怖をかきたてた。群衆の中から現れて人の顔にパンチを食らわす見知らぬ人間のように、恐怖は日常生活の生ぬるい安心感を根底から揺さぶった。口を血まみれにして地べたにしゃがみこんだとき、この世界がより危険であるが、ひょっとすると、より意味があることに人々は気づいたのだ。リチャード・グールドがいったように、不可解な暴力行為には凄まじいまでの迫真性があるので、いかなる道理にかなった行動も太刀打ちできないのである。

気取って歩く川の嘔吐のように、スコールじみた雨が降り出して、ギャラリーの正面に激しく打ちつけた。群衆は雨宿りのために脇道に散り散りになり、作業中の警察の科学捜査班だけが残された。彼らは細かな残骸をふるいにかけ、ガラスの破片をポリ袋にそっと移していた。

立入禁止線をまたいで警察のバンの背後に避難したふたりのドイツ人女性に向かって、巡査が叫び声をあげた。ふたりはレインコートのボタンを留めながら急いでその場を離れ、砂塵と石材のかけらに覆われた小型車の前を通り過ぎていった。

私はふたりを追いかけたが、小型車のそばで足をとめた。フォルクスワーゲンのビートルだ。車体を覆う砂塵と瓦礫（がれき）のすきまから、ジョーン・チャンのものとまったくおなじ白い塗装が見えた。私は前庭を警備している巡査のようすをうかがったが、彼は足を踏みしめながら、玄関で雨宿りしている科学捜査官たちと会話していた。すでに私は独自の科学捜査を行ってやろうと決心していた。

十分後、私はサムナー・ストリートからもどってきたが、今度はグールドが小児病院を立ち去るときにレンジローバーの後部座席に放り投げていった白衣を身につけていた。巡査は気まぐれな太陽が運んできた旅行者の相手に忙しく、科学捜査班は杭と紐で現場を区画するのに忙しくて、私にはほとんど目もくれなかった、内務省の捜査官か、ひょっとすると人体の断片を探している病理学者だと思ったのかもしれない。

ビートルに近づいてドアハンドルに手をかけた。いざとなったら運転席の窓をひじでぶち破るつもりだったが、ひきあげるとメカニズムがなめらかに開く感触が親指に伝わってきた。車から降りたときに、ジョーンはロックし忘れたのだ。ひょっとしたら通りすがりの自動車か、待ち合わせていた知人に気をとられたのかもしれない。

ドアをそっと引いてシートにからだをすべりこませると、ジャスミンとアイリスオイルのかすかな残り香が漂っていた。ウインドウは煉瓦の塵埃に厚く覆われ、黄土色の泥のすじが二十ヤード先の警察から私をさえぎってくれた。振り返って後部座席を眺めると、丸めたティッシュや捨てられた香水のサンプルや旅行ガイドが散乱していた。それは中国旅行のガイドで、長江三峡の五日間の船旅のページがめくれていた。

脚を伸ばしてブレーキとクラッチを踏もうとしたが、ほとんど届かなかった。運転席がうしろに引かれ、ジョーン・チャンより長い脚のために広げられていたのだ。ビートルを運転するとき、小柄な中国娘はあごがハンドルに触れそうな姿勢ですわっていたはずだ。

ほかのだれかが、スティーヴン・デクスターであることはほとんど間違いないが、車を運転してジョーンをテート・モダンに運んできたのだ。脚を伸ばしているのが落ち着かなかったので、私はシートの下に手を伸ばして解除レバーを探った。

電子機器がかすかに抗議の声をあげた。携帯電話をつかんでいたのだ。鳴り出すのを期待するように、私はそれを耳に押しあてた。いまにもジョーンの甲高い声が聞こえてくるような気がした。携帯電話はなにもいわず、警察の捜査にも気づかれずに、この二日間ずっと運転席の下に転がっていたのである。

汚れたフロントガラス越しに、私は前庭を小さな区画に分割している科学捜査班をみつめた。爆弾の部品をみつけるためとはいえ、根気のいる解剖である。私はダイヤルされた最後のナンバーに電話をかけて、呼び出し音に耳を傾けた。

「こちらはテート・モダンです」録音された声が応答した。「ギャラリーは新たな告知があるまで閉鎖されます。こちらはテート……」

私は電話を切った。ジョーンは出発する前にテート・モダンに電話したのだろう。ひょっとしたらレストランの席を予約するためだったのかもしれない。彼女の車の中にすわって彼女の携帯電話を手にしていると、この感じのよい娘の一生の最後の瞬間を追体験しているような気がした。

何者かが運転席のドアをぎごちなく探り、窓を覆う濡れた塵埃をこすった。私はシルコンノブを押し下げて内側からドアをロックしてあった。大きな犬の前足のように、指先が窓ガラスをひっかいた。黒いレインコートを着た男の顔と肩がぼんやり見えた。たぶん事件を捜査している刑事のひとりだろう。

私は窓を下ろした。また細かい雨が降りはじめていたが、私を見下ろしている男の、ストレスにさらされてゆがんだ顔はすぐにわかった。

彼は手を伸ばして私をドアピラーまで引き寄せた。「マーカム？　ここでなにをしている？」

「スティーヴン……私にできることはないか」私は彼の手を肩から引き下ろしたが、ドアを開ける前にためらった。牧師のひたいに汗がふきだし、腫れた目のまわりに玉となった。パニック状態でむしりとったのか、牧師服の詰襟がどこかにいっていた。髭を剃っていない頬は紅潮してむくんでいた。まるでひと晩中世俗の無人の通りを走りながら泣いていたかのようだった。彼が車内をのぞきこんで、そのありえない空虚に気づいたとき、来るべき夜毎に、闇の中に向かう流れを永遠に追いかけて、川沿いを走っていく彼の姿を思い浮かべた。

私の白衣に混乱して、彼は私の顔をじっとみつめ、それから車のキーの束を見せた。車を間違えていたらいいのにと思っていることは明らかだった。「マーカム……？　私はジョーンを探しているんだ。彼女の車はここに……」

私はドアを押し開けて雨の中に出て行くと、両手をデクスターの肩に置いて、彼を静めようとした。

「スティーヴン……ジョーンはかわいそうなことをした。さぞかしつらいことだろう」

「つらいのは彼女だよ」デクスターは私をわきに押しやり、瓦礫が散らばったテート・モダンの玄関をじっとみつめた。「電話してあげたかった」

「なにがあったんだ？　スティーヴン？」

「なにもかも。なにもかもだ」はじめて私だということに気づいたかのように、彼は私の顔を食い入るようにみつめ、それからあとずさり、まるでジョーン・チャンの死は私のせいだとでもいうように身をたじろがせた。いきなりことばをほとばしらせて、近づく危険の警告を口走るかのように、彼は叫んだ。「妻のもとにもどれ。リチャード・グールドから逃れるんだ。急げ、デーヴィッド……」

私の肩をつかんだまま、彼は私から顔をそむけ、車の屋根の向こうを指さした。三十フィート先で、雨でずぶ濡れの髪の若い女が、堤防の上に立っていた。まるでたったいま川から出現したか、水面下にいっそう深い潮流を秘めた暗いはしけから降りてきたばかりのように、エナメル革のコートには水滴が流れていた。不当な扱いを受けてついに復讐に立ち上がった教区民のように、彼女は懲罰の目で牧師をみつめた。

私の腕をつかむデクスターの手にぎゅっと力がこもった。その若い女におびえていることは明らかだった。かつて彼を罰したことがあり、またすぐに罰するつもりなのだろう。炎症を起こしたひたいの傷をじっとみつめて、私は鞭打ちによって彼の精神を破壊したフィリピンのゲリラのことを考えた。

「ふたりとも……離れろ！」警官がテート・モダンの玄関から私たちに叫び、押収された自動車から手を振って私たちを追い払った。私は警官に敬礼し、振り返ってデクスターといっしょに立入禁止線をまたごうとした。しかし牧師はすでに私から離れていた。頭を垂れ、両手をレインコートのポケットにつっこんで、彼は小走りにサムナー・ストリートをブラックフライヤーズ・ブリッジ方面に去っていった。

帽子をかぶっていない若い女はグローブ座のほうに急いでいた。背後から眺めているうちに、生意気な女学生のようでもあり、退屈したツアーガイドのようでもある、独特の歩き方に気づいた。あか抜けているがずぶ濡れで、スティーヴン・デクスターが現れるのを待ちながら、テート・モダンのまわりを何時間も歩いていたのだろう。

タグボートのサイレンが川向こうで鬱憤を吐き出し、肺いっぱいの空気をふりしぼって脅迫的ならっぱの音を響かせると、それはセントポール寺院の近くのオフィスビルのファサードから反響してきた。はっと驚いて、ヴェラ・ブラックバーンはハイヒールを履いた足をつまずかせた。私は彼女が倒れないようにからだを支えてやり、グローブ座の玄関に案内して、雨宿りしているアメリカ人旅行客の一団に加わった。

ヴェラは抵抗しようとしなかった。私にもたれかかり、にっこりと微笑んだ。自己に溺れ、感情的に死んでいる、凶悪な人殺しの子ども。彼女が私を品定めするのをみつめていると、卒業して国防省のアイドルになり、机に縛られたすべての戦士たちの夢の女帝となった、郊外の奥まった寝室にいる化学の天才の姿が見えた。

「ヴェラ？　息切れしているようだね」

「ドクター・リヴィングストン？　すごく本物っぽいわ。だれも疑ったりしないでしょう」

「ドクター・グールドの変装のひとつだよ。ぼくの車に置いていったんだ」

「とっとと脱いで」彼女の指がトップボタンをはずした。「さもないと私が精神病院から逃げ出したと思われちゃうわ」

「逃げ出したんだよ」

「ほんと？」彼女の手がボタンの手前でぴたっととまった。「それって褒めことばなの、デーヴィッド?」

「きみの場合、そのとおりだよ。ジョーン・チャンはかわいそうだったね」

「ぞっとするわ。とっても可愛い子だったのに。どうしてもここに来たいと思ったの」

「スティーヴン・デクスターは見かけなかった?」

彼女の顔は冷静なままだったが、左まぶたの雨のしずくがウインクをよこし、隠されたメッセージを伝えてきた。彼女は自分で気づいているよりも動揺しているのだ。そして上唇がひくひくと痙攣した。今回ばかりは、現実の世界のほうが大きな音を立てたのである。

「スティーヴン? よくわからないわ。車のそばにいたの?」

「わかっているはずだよ」濡れた旅行者たちはグローブ座に入って、雨の降りしきる通路をじっとみつめていた。私は声をはりあげた。「きみは彼を尾行していたんだからね。なんのために?」

「私たちはスティーヴンのことが心配なの」彼女は私から白衣を奪ってきちんと畳み、それからごみ箱に投げ捨てた。「とても取り乱していたから」

「それが理由ではないはずだ」

「ほかにどんな理由が?」

「いま考えているところさ。彼は爆弾のことを知っていた?」

「知ってるわけがないでしょう?」彼女は私のあごに触れた。「ジョーンには決して近づかせようとしなかったでしょうね。人々は彼女が爆弾を手にして走っているのを見たのよ」

「どうやってみつけたのか知らないが、それは驚くべきことだ。何千冊も本があるのに、二ポンドのセムテックスの仕掛けられた本をみつけだしたんだからね」私は雨が川向こうに後退していくのをみつめた。「スティーヴンは車にすわっていたと思う」

「爆弾が破裂したときに？　なぜ？」

「シートがうしろに引かれていた。ジョーンの脚ではとてもペダルに届かなかっただろう。ほぼまちがいなく、彼が彼女を乗せてテート・モダンまで運転してきたんだ」

「つづけて。あなたはスティーヴンが爆弾犯だと思うの？」

「可能性にすぎない。ふたりは共犯だったのかもしれない。彼女が爆弾を書店に持ち込み、本棚に仕掛けた。なんらかの理由で、気が変わったんだ」

ヴェラはコンパクトを開けて化粧をチェックした。彼女は私にちらっと目を向けた。私が思っていることをしゃべっているだけなのか、それとも彼女をひっかけて自白させようとしているのかわからないようすだった。

「気が変わった？　信じられないわ。いずれにしても、どうしてスティーヴンがテート・モダンに爆弾を仕掛けなければならないの？」

「最高に中産階級らしい標的だからさ。彼は信仰を失った牧師だ」

「だから爆弾を爆破させたと……？」

「……信仰をとりもどすために。なにかしら寂しくも錯乱したやり方でね」

「なんて悲しい」ふたりの警官が堤防に沿って歩いてくると、ヴェラは骨ばったひたいをうつむかせた。「少なくとも、あなたは私が糸を引いているとは思わないのね」

「よくわからない」私はヴェラの腕をつかみ、ひじの上方で脈に触れた。「とても危険な人々が暴力ゲームをはじめたいという誘惑にかられたのだろう。きみは爆弾をつくったかもしれないが、きみだったらふたりのアマチュアにそれを渡すようなまねはしないだろう。とことんプロフェッショナルだからね」

「あの国防省での訓練。いずれ役に立つことはわかっていたわ」悦に入って、彼女は目に見えて明るくなり、太陽が雲の背後でためらっていると微笑した。「それにしても、かわいそうなスティーヴン」

「どうしてここで彼に会いたいと？　彼はきみにおびえていたが」

「彼は危険な心の状態にあるわ。たとえ爆弾を仕掛けていなくても、どれほど罪悪感をおぼえるか考えてみて。警察に出頭して、あることないことしゃべるかもしれない」

「それがきみにとって危険かもしれないと？」

「あなたにとってもよ、デーヴィッド」彼女は私のジャケットから数片のモルタルを払った。「そしてチェルシー・マリーナの私たち全員にとっても……」

　私は彼女が歩き去るのを見守った。あごをあげて、彼女は警官たちの前を通り過ぎていった。私はそのきわめて冷静な自制心に感服した。リチャード・グールドがいったように、テート・モダン攻撃の無意味さのせいで、それはほかのテロリストの暴力とはまったく別物になった。

ギャラリーの作品のどれひとつとして、テロリストの爆弾の無限の潜在力にいささかも対抗できなかった。私はヴェラ・ブラックバーンがどのようにセックスするのか想像しようとしたが、どんな恋人も信管を取り付けられたセムテックスの性的魅力と潜在力には敵わないだろうと思った。

私はサムナー・ストリートにもどってレンジローバーの運転席にすわり、駐車違反切符が風にはためいてフロントガラスにあたるのを眺めた。チェルシー・マリーナに到着してから感じていたよりもずっとヒースロー空港の爆弾事件の真相に近づいたような気がした。ケイは私が彼女のベッドを共有するのをよろこんでいたが、いまだにサリーのいるセント・ジョンズ・ウッドにもどりなさいといいつづけていた。しかし私はケイやヴェラと、そしてだれよりも、リチャード・グールドと、もっと多くの時間をすごす必要があった。奇妙な論理がチェルシーとフラムの境界から出現していた。それはチェルシーやフラムよりもはるか遠く、ひょっとしたらローラが死を迎えた第二ターミナルのターンテーブルまで広がっていくかもしれないのだ。

私は車載電話をとりあげてアドラー心理学協会の番号をダイヤルした。受付係が電話に出ると、アーノルド教授につないでくれるようにたのんだ。

第二十三章　最後の他人

「ヘンリーがこっちに向かっているわ」サリーがいった。「いやじゃないでしょう、デーヴィッド?」

彼女は私の肘掛け椅子にすわり、自信たっぷりに脚を伸ばしていた。ステッキはずっと前から玄関ホールの傘立てにもどっていた。彼女はこの心地よい部屋にいるときがいちばんきれいだ。まるで私が前線から休暇で帰国しているお気に入りの兄であるかのように、彼女は心からの喜びをこめて私に微笑みかけていた。私から離れたために、彼女の健康が著しく改善されたことは認めざるを得なかった。

「ヘンリー? かまわないとも。昨日も話をしたばかりだ」

「聞いているわ。テート・モダン近くから電話してきたとか。恐ろしい出来事ね」

「まったく。とてもひどいことだ。理解不可能だ」

「中国人の女の子――知っていたの?」

「ジョーン・チャン。魅力的な女の子だったよ。クラブ階級のヒッピーというところかな――オートバイ、アメックスのプラチナカード、牧師のボーイフレンド」

「会ってみたかったわ。まさかあの爆弾は……?」

「チェルシー・マリーナの抗議活動と関係があるかって？　いいや。暴力はぼくらに向いていないよ。ぼくらはブルジョアすぎるんだ」

「レーニンやチェ・ゲバラや周恩来もそうだったって、ヘンリーがいっていたわ」サリーは前かがみにすわり、コーヒーテーブル越しに私の手をとった。「あなたはちがうわ、デーヴィッド。ちょっぴり舞い上がっているみたいだけど。それが似合っているかどうかわからないわ。いつもどってきてくれるの？」

「もうすぐさ」彼女の指は温かく、チェルシー・マリーナの人間はみな冷たい手をしていたことに気づいた。「目を光らせている必要があるんだ。いろんなことが起こっているからね」

「わかっているわ。手に負えない幼児の遊び仲間みたい。仕事を投げ捨てようとしている会計士や事務弁護士。とんでもないことに、ギルフォードみたいなところでよ。そこにはほんとうに深い意味があるわ」

「そのとおり。革命がドアを乱打しているんだ」

「セント・ジョンズ・ウッドではありえないわ。いまのところはね」窓の安全錠にちらっと目を向けて、サリーは身震いした。「ヘンリーの話だと、協会を辞めるかもしれないんですって？」

「六か月の休暇をとる必要があるんだ。アーノルドは不満そうだ――きみのお父さんのコンサルタントも辞めなければならないかもしれない。心配いらないよ、お父さんが小遣いを倍にしてくれるだろう」

サリーは指折り数えてあれこれ計算した。「なんとかやっていけるわ。少なくとも今回あなたはうしろめたく感じないですむわ。それが問題だったんでしょ？　パパがすべての費用を払ってくれるから」

「パパが払ってくれる……」私はユニヴァーシティカレッジでおなじことばを聞いたことを思い出した。ぜいたくな旅行鞄を手にした中流階級の新入生たちが、手をとられてパパのジャガーから降りてくるのである。「いずれにしても、そろそろ自立すべきときだと思う」

「だれも自立なんかしていないわ、デーヴィッド。あなたにはどうしても理解できないみたいね。ヘンリーがいうには――」

「サリー、やめてくれ……ぼくの妻と寝ているというだけでもいいかげんうんざりなのに。最近の意見をいちいち聞かされるなんてまっぴらだ。あいつどうしてる？」

「あなたのことを心配しているわ。みんなあなたに協会にもどってきてほしいと思っているわ。この革命とやらはいずれおさまって、たくさんの分別ある人たちが人生を台無しにしてしまうんだわ」

「ありうることだね。でも、まだそうなってはいない。ぼくはいまでもヒースロー空港の爆弾事件に取り組んでいるんだ。手がかりがつながりはじめている」

「ローラ……あなたはすでに彼女のために最善を尽くしたわ」私が目をそらそうとしてもサリーは逃さなかった。「実際に会ったことはいちどもないけれど。ヘンリーが知らなかったことをたくさん話してくれたわ」

「ローラのこと？　まったく思いやりのある男だな」

「それにあなたのことも。ほんとに夫こそ最後の他人ね。お母さまを訪れる心の準備はできているの？　病院のマネージャーが何度か電話をかけてきたわ。お母さまはあなたのことを話しはじめたんですって」

「母が？　あいにくだな。お気に入りの話題じゃないんだ」私は立ち上がって長椅子のまわりを歩き、家具の変わってしまった配置をみつけようとした。なにもかもおなじ場所にあったが、遠近感が変わっていた。私は自由を味わい、セント・ジョンズ・ウッドでの生活がどれほど非現実的なものになっていたか、どれほどばかばかしいまでにお上品であるか理解したのだ。サリーに向かって、私はいった。「冷淡に聞こえるだろうが、ぼくはたくさんの重い荷物を捨てたんだ——罪悪感、偽りの愛情、アドラー……」

「あなたの妻も？」

「そうでなければいいな」私はマントルピースの前で立ちどまり、鏡越しにサリーに微笑みかけて、むかしの夫らしいやり方で、鏡に映ったアリスのような姿に好意を抱いた。「ぼくを待っていてくれ、サリー」

「なんとかやってみるわ」

　一台の車が家の外に駐車したいのか、レンジローバーの背後のスペースに割り込もうとしていた。運転手は私の車のリアバンパーに接触しないように気をつけながら、切り返しをくりかえした。異なる社会ルールが適用される排他的な地域の不動産業者のように、きびきびと、だが、ためらいがちに、ヘンリー・ケンドールが車から降りてきた。

アーノルド教授と話したあと、私はテート・モダンの外からヘンリー・ケンドールに電話をかけて、まだ内務省と接触しているかたずねたのだった。爆弾犯が爆発の直前にテート・モダンに警告の電話をしたかどうか知る必要があった。電話を切ることができるのをよろこびながら、ヘンリーは情報筋にたずねてみると約束してくれた。

いまわれわれは家庭的な暖炉の反対側で顔を見合わせ、ふたりのうちどちらが相手におすわりくださいというべきか決めようとしていた。ヘンリーはしきりに私に譲ろうとしており、私が彼に家長としての義務を引き受けてもらいたがっているらしいことに驚いていた。すでに彼は、妻を寝取られた夫が妻の完全な所有権を彼によろこんであたえようとしていることに気づいた間男のように、突然のパニックに襲われて私をみつめていた。

すべてがおさまるべきところにおさまると、サリーが出て行って、私たちはスコッチアンドソーダを手に腰を落ち着けた。

「変わったな、デーヴィッド。サリーも気づいているよ」

「よかった。正確にはどんなふうに？」

「強そうになった。曖昧ではなく、打算的でもない。革命はきみにとってプラスだったようだな」

私はこのことばにグラスをかかげた。ヘンリーがいかに退屈な人間か、そして彼を友人としてきた年月をいかに不快に思っていたか、いままできちんとわかっていなかったことを確信した。「きみのいうとおり、ぼくはひどく混乱していた。偶然にも、いかなる現実的な役割も演じていないがね」

「BBCの建物にいただろう」

「だれか知らせたやつがいるのか?」

「内務省はあらゆることに強い関心を抱いている」

「さぞかし心配しているにちがいない」

「そのとおり。英国政府のお偉方が仕事を辞めたらどうなる? 年功序列、年金受給権、勲章に爵位、どれもが窓の外に投げ捨てられたら。それは士気を蝕み、すべてをまとめあげている嫉妬と対抗意識の連鎖を破壊する」

「そいつは名案だ。きみは革命に感謝できるぞ」

「だが、いささかばかげているだろう?」ヘンリーは分別くさい笑みで私を迎えた。「ピーター・ジョーンズでの不買運動をしたり、学校用品店で発煙爆弾を破裂させたり……」

「中産階級の怒りだ。われわれは搾取されていると感じる。恵まれない人々のためには、ありとあらゆる自由主義的価値と思いやりのある関心が向けられる。われわれの役割は下層階級を抑えておくことだが、実際は、われわれはみずからを取り締まっているんだ」

ヘンリーはウイスキー越しに寛大に私をみつめた。「きみはそのすべてを信じているのかい?」

「なんともいえない。重要なのは、チェルシー・マリーナの人々がそれを信じていることだ。アマチュアっぽくて子どもっぽいが、中産階級はアマチュアっぽく、いままでいちども幼年期を切り捨てたことがないんだ。しかし、なにかもっと重大なことが起ころうとしている。内務省にいるきみの友人たちが心配すべきことが」

「で、それは?」

「上品で分別のある人々が暴力に飢えているんだ」

「ほんとうなら、ぞっとする話だな」ヘンリーはウイスキーを置いた。「目的はなんだろう?」

「それは問題じゃない。実のところ、理想的な暴力行為には目的などないんだ」

「純粋なニヒリズム?」

「正反対だ。この点でわれわれはひとり残らずまちがっていた——きみも、ぼくも、アドラー心理学協会も、進歩的な意見も。それは虚無の追求ではない。それは意味の追求なんだ。証券取引所を爆破せよ、そうすれば世界的資本主義を拒絶することになる。国防省を爆破せよ、そうすれば戦争に反対することになる。チラシを配る必要すらない。だが、群衆に向かってでたらめに発砲するような、ほんとうに無意味な暴力行為は、何か月にもわたってわれわれの関心を惹きつける。合理的な動機の欠如はそれ自体の重要性を伝えるんだ」

ヘンリーは頭上にあるわれわれの寝室のサリーの足音に耳をすました。「偶然にも、内務省の連中はおなじような線で考えている。チェルシー・マリーナの暴動は前座にすぎない。ほんとうに危険な連中は公園のくらがりで待ち受けている。このテート・モダンの爆弾事件を考えてみよう。明らかに筋金入りのテロリストの仕業だ——宗旨を変えたＩＲＡか、頭のいかれたイスラム過激派かもしれない。気をつけろよ、デーヴィッド……」

三十分後、ようやく重い腰をあげたとき、サリーが入浴している音が聞こえた。彼女がタルカムパウダーと香水の雲の中から現れて、ヘンリーと長くて愉快な午後をすごすようすを想像した。

「ヘンリー、サリーにさよならと伝えておいてくれないか」

「寂しがるぞ、デーヴィッド」

「わかっている」

「ぼくらはきみにもどってきてほしいと思っているんだ」

「もどってくるとも。なんとか解決しなければならないことにかかわっているんだ。いろいろやらなければならないことがあってね、リュックサックにつめた煉瓦みたいなものさ」

「煉瓦で築かれた大聖堂だってあるぞ」ふたりの隣人が通りかかったので、ヘンリーはネクタイをまっすぐに直した。永遠に侵入者の気分を味わうように運命づけられていても、彼はまだ婚外クーデターをやり遂げたことを認めようとしなかった。私が運転席にすわると、彼は窓から頭をつっこんできた。「ところで、きみのいうとおりだった。予告電話があったそうだ」

「テート・モダンに？」

「爆弾が爆発する数分前。ギャラリーのメインデスクを呼び出したそうだ」

「数分前？」私は半狂乱になって書店の中を走り回ったジョーン・チャンのことを考えた。

「どうして人々を退去させなかったんだろう？」

「通報者は爆弾がミレニアム・ブリッジの下に仕掛けられているといったそうだ。スタッフはいたずら電話だと思ったらしい。有名な横揺れについての冗談のたぐいだろうと」

「通報者の名前は？　逆探知したはずだ」

「もちろん。だが、こいつは秘密にしておいてくれ。通報してきたのは携帯電話だった。一週間ほど前に、ランベス宮殿から盗まれたやつだ。英国教会の調査特別委員会がそこで会合を開いていたんだ。中産階級に生じている社会的動揺を調べるためにね。携帯はチチェスターの司教のものだった……」


私はエンジンをかけて、立ち去っていくヘンリーのうしろ姿をみつめた。サリーはタオルを巻いて窓辺に立っていた。長い旅に出ようとしている親を見送る子どものように、彼女は私に手を振った。また会いたいという希望にもかかわらず寂しげで、ささやかな革命が、たとえどんなに見当違いで素人っぽくても、ついに自分に影響しはじめていることに気づいているようだった。

彼女は私を家に招いてくれたが、私をとりもどそうと真剣に試みようともせず、私を放置してヘンリーに相手をまかせたのだ。窓辺にたたずむ彼女を見ていると、私の本性のすべてに逆らう不可解な行動を思い出して喜んでいるようにも感じられた。彼女の夫のようなまじめで堅苦しい人間でも柄にもないふるまいができたという事実は、リスボンの通りで起こった残酷で無意味な事故を説明するのに役立った。怒りと恨みは薄らいで、ステッキとともに傘立てに押し込まれた。ある意味で、私はサリーが自分自身から解放されるのを助けていたのだ。世界は彼女を挑発し、そして不合理な行動はその脅威を取り除く唯一の方法だったのだ。

第二十四章　グロヴナー・プレイスの防衛

チェルシー・マリーナは最後の抵抗を示す準備をととのえていた。三週間後、ケイのリビングの窓から、私は住民委員会がグロヴナー・プレイスの防衛を組織するのを眺めた。五十人の大人たちは、袋小路のほとんどすべての隣人たちだが、二十七番地の前に集まって、みんな自信満々の声でしゃべっていた。義憤がどんどん高まって臨界質量に近づいており、その爆発はチェルシーとフラムの住民の秩序全体にとって脅威だった。

管財人は数分後に到着するはずだった。夫婦そろって自然史博物館の昆虫学者で、三人の十代の子持ちでもあるアランとローズマリーのターナー夫妻を強制退去させるためにやってくるのだ。ターナー家は管理費を支払うのを拒絶し、住宅ローンの支払いを怠り、公益事業会社と地元の評議会からの請求も無視した多くの住民のひとりだった。いまやターナー家はテストケースだった。銀行と住宅金融組合、評議会議員と不動産会社の重役たちの恐るべき連合軍が、彼らを見せしめにしようと決意していたのである。

私はターナー夫妻に会ったことがあった。高潔だが愉快なご夫婦で、ときには母親が出題した年少の息子の代数の問題を私が手伝うこともあった。一か月間、彼らは水も電気もなかったが、隣人たちが駆けつけて、給電線と給水ホースを庭の壁を越えて這わせた。子どもたちの授業料を納めることができなくて、ターナー夫妻は寝室のバルコニーから〈われわれは新貧困層である〉と書かれた大きな幕を垂らした。

悲しいことに、これはまぎれもない真実だった。ケイは寄付の勧誘を組織したが、一週間後、ターナー夫人とその娘はセーフウェイのキングズ・ロード店で万引きしているところを捕まった。朝食のシリアルやオレンジジュースといった、盗んだ品物のリストを聞いて、治安判事はターナー夫人を訓戒だけで釈放しようとした。ところが彼女がチェルシー・マリーナに住んでいると聞いたとたん、彼らは寛大な措置に対して心を閉ざし、エルメスのスカーフやプラダのハンドバッグをみせびらかして徘徊する、『オリヴァー・ツイスト』に登場するフェイギンの児童スリ集団について暗い声で物語った。首席治安判事は、地元の普通科学校の女校長だったが、中産階級が責任を放棄することの危険性について長々と説教してから、五十ポンドの罰金を命じた。私はこれを支払い、ターナー夫人は陽気な路上パーティにもどってきた。グロヴナー・プレイスの最初の殉教者である。

実のところ、それはターナー夫人だけではなかった。チェルシー・マリーナの住人のほとんどすべてが、周辺地域に対してささやかな犯罪の波状攻撃を開始していたのである。会社役員や中間管理職が仕事を放棄するにつれて、デリカテッセンや酒屋でつまらない万引きが頻発するようになった。チェルシー・マリーナのすべてのパーキングメーターが破壊され、心底まで伝統的な労働者階級である道路清掃人は、中産階級の険悪な空気に嫌気がさして、住宅街に入ることを拒絶した。費用のかかる私立学校を辞めさせられてひまをもてあましたティーンエイジャーたちは、スローン・スクエアやキングズ・ロードにたむろして、麻薬売買や自動車泥棒に手を染めた。

日本やアメリカのテレビ局のロケバスがチェルシー・マリーナの周辺を巡回して、流血沙汰を待ち受けた。しかし公然たる対決を誘発することのないようにという内務省からの命令のもとに、警察がそれをやめさせた。国務大臣たちは、中産階級がその善意を放棄したら、社会が崩壊してしまうことを十分に承知していたのである。

いっぽう、法律と命令はとっくに動員され、ささやかな攻撃をかける準備はととのっていた。ケイ宅の窓から、グロヴナー・プレイスの入り口に警察の車が三台停まっているのが見えた。警官たちが窓のそばにすわり、近くの住人から紅茶をふるまわれていた。ひとりの婦人警官が「地域慈善箱」と書かれたビスケットの缶に一ポンド硬貨を投入した。当直の巡査部長は管財人の事務所と話し合った。ターナー一家を強制退去させようとうずうずしているやくざのような連中だ。地元の警備会社が待機して、ターナー家の鍵を交換し、一階の窓を板でふさごうとしていた。

BBCの『ニュースナイト』のクルーが熱心に待ち受け、カメラはターナー一家に向けられていたが、彼らは正面玄関のそばに勇敢に立ちつくし、青ざめているが屈することなく、立坑坑口でロックアウトしている炭坑夫の家族のようだった。隣人たちはゲートのまわりで腕を組み、〈新たなプロレタリアを解放せよ〉と大書された二枚目の垂れ幕がバルコニーからひるがえった。

巡査部長はメガホンを持ち上げて群衆に解散を促したが、その声は嘲りと叫び声にかき消された。ケイ・チャーチルが疲れを知らずに群衆をかきわけ、人々を励ましたり、夫や妻たちの頬にキスをしたりしていた。顔をプライドに紅潮させ、彼女は身をひるがえして自宅に駆け込んだ。いつものように、私は彼女の情熱と頑固さに感嘆した。彼女はしばしば孤独にさいなまれ、オーストラリアにいる娘に長い手紙を書いたが、英雄的な敗北の予想ほど、彼女の精神を高揚させるものはなかった。

「デーヴィッド？　あなたがここにいてくれてうれしいわ。あなたが必要になるかもしれないの」彼女は私をものすごい力で抱きしめた。そのからだはぶるぶる震えていた。

「ケイ？　なにをしているの？」

「下着をとりかえているの。だって警察がとんでもないまねをするかもしれないじゃない」

「そういう意味じゃないとは思うが……」私は彼女につづいてキッチンに入っていくと、彼女はタオルで腕をぬぐってから、グラスにたっぷりジンを注いだ。「ほんとうはなにが起きているんだい？」

「まだなにも。これからはじまるところよ。いささか荒っぽいことになるかもしれないわ、デーヴィッド」

「そんなうれしそうにいっちゃだめだよ。どうやら計画があるみたいだね？」

恐怖とセックスのくらくらするようなブーケのように、ケイは私にタオルを投げてよこした。

「ほんの数人しか知らないの。今夜のニュースを見て」

「座り込み？　集団ストリップ？」

「きっと気に入ると思うわ」彼女は私に投げキスをして、Tバックを荒々しく脱ぎ捨てた。「これが私たちの最初の本格的な対決よ。警察との白兵戦。これはオデッサの階段、トルパドルの殉教者よ」

「あの弁護士や広告業界人たちが？」

「職業なんてどうでもいいの。問題は彼らの本質よ。私たちが自分たちの土地を防衛するのは事実上これがはじめてなんだから。連中はここの住人全員を強制退去させたがっているわ。いよいよ本気になるときが来たのよ、デーヴィッド。これ以上、オブザーバーの立場は許されないわ」

「ケイ……」私は彼女の乱れた髪をなでつけようとした。「自分にあまり期待をかけすぎないように。管財人は毎日ロンドンのどこかで差し押さえをしているんだから」

「でも、私たちは住宅ローンを払わないことを選んだのよ。私たちは決着を強制しているの。ハロウやパーレイやウィンブルドンのだれもが自分自身を真剣にみつめることができるように。すべての学校教師と一般開業医と支店長。彼らは自分たちが新しいタイプの農奴にすぎないことに気づくでしょう。トレーニングシューズとトレーニングウエアを身につけた苦力労働者にすぎないことに」ケイは私の手からタオルをひったくり、わきの下のくぼみをぬぐった。「鼻であしらうのはやめて。第三者の立場は廃止されたのよ、デーヴィッド。もうだれも傍観していることはできないの。オリーヴ・チャバタを買うのは政治的な行為だわ。私たちはだれもが力を貸す必要があるのよ」

「わかった……行動がはじまったら、ぼくはきみたちに加わるよ」私はシャツのポケットの携帯電話をぽんぽんと叩いた。「リチャード・グールドからの電話を待っているんだ。彼はあるプロジェクトを立ち上げている」

「彼もここにいるべきなのに。彼がいないと、ひとつにまとめるのが難しいもの」グールドの名前をもちだしたことに苛立って、ケイはリビングの隅にちらっと目を走らせた。「どこにいるの？　この数日間、だれも姿を見ていないのよ」

「まだぼくたちを支援しているが……」

「ちょっとばかり風変わりすぎると？　座り込み、ピケットライン、生の感情。彼には感情がないわ」

「彼は警察よりも前にスティーヴン・デクスターを捕まえようとしているんだ。あのテート・モダンの爆弾のせいでなにもかもおしまいになっていたかもしれない」

「ジョーンのこと？　世界は狂っているわ」ケイは顔をしかめ、疲れきった手を顔に押しつけて、しわを取り除こうとした。「かわいそうなスティーヴン。彼が爆弾を破裂させたなんて信じられないわ」

彼女は上階に駆けていった。はやく着替えて暴動にもどりたいのだ。

窓にもどるとメガホンががなり立てていた。その退屈なメッセージは群衆には通じなかった。

仰々しいことばは家々の屋根で跳ね返された。警官隊はレザージャケットをまとった六人の屈強な男たちだったが、バンから降りてヘルメットのあごひもをしっかり締めると、管財人の背後に整列した。

住民たちは腕をしっかり組んで彼らに向かい合った。管財人たちが彼らを肩で押しのけようとすると激しい殴り合いになり、頭の禿げかけた歯科矯正医が鼻を血に染めてがっくりとひざまずくと、激高した妻に慰められた。上階の窓から、ヴェルディの『ナブッコ』の捕囚たちの合唱が流れてきた。これを合図に、国歌のために起立した聴衆のように、住民たちは通りに座り込んだ。

動ずることもなく、警官たちは近づいてきて、力強い手で抗議者たちをごぼう抜きにして引きずっていった。グロヴナー・プレイスからすさまじい叫び声がたちのぼった。いままで苦痛を知らず、その柔らかな肉体は恋人や整骨医によってしか打たれたことのない専門職の男女の感情が爆発したのだ。

私は玄関のドアに向かい、彼らに加わろうとしたが、そのときシャツのポケットの携帯電話が鳴った。

「マーカム？」感情のこもらない声が聞こえてきた。録音を録音したような、かすかで金属的な声だった。「デーヴィッド、聞こえるか？」

「だれだ？」

「どうなっている？」

「リチャード……?」グールドが電話をかけてきてくれたことにほっとして、私は玄関のドアを閉めた。「たいしたことはなにも。ケイがささやかな暴動を組織した。一方、警察はターナー家を強制退去させようとしている」

「なるほど……」グールドはほかに気をとられているようだった。彼の声が遠くなってまた急に大きくなった。「きみに手伝ってもらう必要ができた。スティーヴン・デクスターをみつけたんだ」

「スティーヴンを? どこで? なんとか話しかけられないか?」

「彼なら大丈夫だ。あとで、チャンスがあったら」

その声は背景の騒がしい雑音に呑みこまれた。混雑した空港のコンコースのような騒音だった。

「リチャード? どこにいるんだ? ヒースロー空港か?」

「やっかいな監視カメラだ……気をつけなければ。私はいまハマースミスにいる。キング・ストリート・ショッピングモールだ。消費者の地獄だよ」

「スティーヴンはどうしてる?」

「ガラス製品を見ている。地元のハビタットでね。もっと近づこうとしているところだ。くそ、あんなところにも監視カメラが……」

私は携帯電話を耳に押しあて、歩行者のざわめきを傍受した。まるで魅力的な若い女性がおなじ電話ボックスにいるかのように、グールドの声は興奮していながら妙に夢心地のようでもあった。彼はジョーン・チャンの死にショックを受けていた。無意味な行為についてのくつろいだ会話のあとに起こった現実の暴力にうろたえていた。暴力は決して無意味ではないと、私は彼にいってやりたかった。それからスティーヴン・デクスターのことを考えた。ショッピングモールをうろついている、なにかにとりつかれた牧師。ひょっとすると、ジョーンに対する哀悼の念を追い払うために、彼はもうひとつの爆弾にとりつかれているのかもしれない。

「リチャード？　デクスターはまだそこに？」

「一目瞭然だ」

「まちがいないんだな？　たしかに彼なんだな？」

「あれは……彼だ。ここに来てもらう必要がある。レンジローバーまでたどり着けるか？」

「すぐ近くに停めてある」

「でかした。一時間くれないか。レインヴィル・ロードで待っていてくれ。リヴァーカフェの近くだ。フラム・パレス・ロードに並行して走っている」

「わかった。気をつけてくれ。近づきすぎると気づかれるぞ」

「心配いらない。世界はカメラが多すぎる……」

数分後、私が家を出たときには、抗議はほとんど終わっていた。ケイの暴動は、チェルシー・マリーナを巻き込むだろうと希望していたわけだが、警察と数人の攻撃的な住民との局地的な乱闘になっていた。ほかの連中は地面に座り込み、彼らを通りから排除しようとしている警官たちと罵り合っていた。いつものように、議論と社会的立場に頼りすぎているので、チェルシー・マリーナの反逆者たちは機動隊にまったく太刀打ちできなかった。一九六〇年代の原水爆禁止の平和行進や巡航ミサイル反対運動とちがって、財産権が関係していた。たとえどんなに窮屈で、どんな臀がそれを占領していようとも、偉大なる英国の救命艇の座席はきわめて神聖だったのだ。

管財人はすでにターナー家の正面玄関にたどり着き、スケルトンキーでロックしたドアを開けようとしていた。てっきりこの戦いの最前線にいて、巡査を激しく非難するか、若い婦人警官を叱りつけているものと思って、私はケイの姿を探し求めた。ターナー家の人々はすでに隣人たちのもとに避難しており、彼らの家は無人のはずだったが、正面の寝室の窓に灰白色の髪がちらっと見えた。ケイが庭園に面した窓から家にもぐり込み、管財人のポケットに消えてしまわないうちに、ターナー夫人の思い出の品を回収しているのだろうと思った。

車のキーを手にボーフォート・アヴェニューに向かって歩いているとき、ブラシのような口髭を生やした赤毛のがっしりした男が、警察のバンの近くに立っているのに気づいた。最後に見かけたとき、彼はローラの葬儀の会葬者のひとりだった。かつてジブラルタル警察に所属し、いまは内務省でヘンリーの窓口をつとめているタラク少佐は、チェルシー・マリーナと、その住民である意固地な妻たちと怠惰な夫たちをずっと監視していた。その顔には、三流チームを率いている野心的なラグビーコーチの、うんざりしつつも負けるものかという表情が浮かんでいた。破壊されたパーキングメーターや清掃されていない道路、そして寝室の窓から吊るされた素人っぽい垂れ幕といった風景を、彼は無意味な犯罪行為に直面したすべての警察官のくたびれた忍耐をもってみつめていた。

私の背後で、群衆は静まり、巡査部長のメガホンも怒鳴るのをやめた。管財人は通りに足を踏み入れて屋根をみつめた。ターナー家の二階の窓から煙がたちのぼっていたのである。開かれた採光窓からよじれるように流れ出した黒っぽい蒸気の糸は、たがいに絡み合って太いとぐろ巻きになり、チューダー様式を模した破風を急上昇していった。寝室の内部では、猛烈な黄色の輝きが天井いっぱいに広がっていた。

所有者によって放火されたチェルシー・マリーナの最初の家は、タラク少佐と内務省を困惑させる本物の暴動のしるしのように、いまや炎上していた。ボーフォート・アヴェニューに着いたとき、私はこれを最後に振り返り、重大な一歩が踏み出されたことに気づいた。抗議運動はもはや見せかけだけの地代不払い運動ではなく、本格的な暴動だった。このことを十分承知して、ケイ・チャーチルはわが家の玄関のおもてに立ち、勝ち誇るように両腕をかかげて、管財人と警官に悪態をついていた。

車はリヴァーカフェの入り口より五十フィート手前のレインヴィル・ロードに駐車させた。リチャード・ロジャーズのデザイン事務所のガラスの円筒でできたような建物が、テムズ川のほとりにそびえ立っていた。この建築家がロンドンの未来のために作成した途方もない計画を巧妙に隠した透明な天蓋（てんがい）である。時刻は四時だったが、レストランの身なりのよい常連客である、テレビのお偉方や政治の世界の十五分間だけの有名人たちが、昼食を済ませて立ち去るところで、酔っ払った名声の香りが西ロンドンの無神経な通りに撒き散らされていた。

私はチェルシー・マリーナからたちのぼる煙を求めて低い屋根の向こうをうかがった。笑劇と悲劇が長らく消息不明だった友人同士のように固く抱擁したが、ターナー家は風を読んでいた。チェルシー・マリーナの中間所得層の住人たちは長居しすぎたのだ。内務省は、この社会不安の勃発を恐れていたかもしれないが、ロンドンの経済を支配している不動産開発業者たちは、チェルシー・マリーナの全住民が、ヒースローやガトウィック周辺のぞっとしない煉瓦造りの飛び地のような、もっと退屈な郊外に亡命してくれたらせいせいすることだろう。飛行機の休みない爆音が革命のあらゆる未来思考を追い払うにちがいない。

リチャード・グールドのいうとおりだった。説明のつかない無意味な抗議行動こそが、公衆の関心をよぶ唯一の方法だったのだ。過去数か月、リチャードにそそのかされて、活動グループは数多くの「ばかげた」ターゲットを襲撃してきた——ロンドン動物園のペンギンプール、高級デパートのリバティ、ソーン美術館、そしてハイゲート墓地のカール・マルクスの墓。内務省の大臣と新聞のコラムニストは首をかしげ、それらの攻撃は見当違いの悪ふざけとして片付けられた。だが、それらのターゲットは中産階級の団結精神を維持するための重要な要素だったのだ。バーソールド・リュベトキンのきわめて貴重なペンギンの散歩道から、風通しの悪いリバティのひどくせわしないプリント柄まで。ヴェラ・ブラックバーンの発煙ペンキ爆弾によるけが人はひとりもなく、損害もほとんどなかった。しかし大衆は、動機がなくて不可解なダダイストが、気の狂った第五列が、自分たちの中にいることに気づいて不安になった。

この前、グールドの姿を見かけたのは、アルバート・ホールへの発煙弾攻撃の夜のことだった。彼は一週間現場を離れて、十代のダウン症の子どもたちに海辺の休日をあたえるボランティアグループを手伝っていたのだが、トゥーティングのホステルに迎えに来てくれないかと、私にたのんできたのである。しあわせな子どもたちが遊園地の記念品や怪物のマスクを手にしてよたよたと家に向かうと、グールドはレンジローバーに崩れるように座り込んだ。石炭酸のにおいをぷんぷんさせ、毎晩のトイレのごしごし洗いで疲れきっていたのだ。彼は車の窓にもたれて眠ったが、その顔は結核患者のように蒼白だった。

このところねぐらにしているヴェラのフラットでシャワーと着替えを済ませて生き返ると、彼はケンジントン・ガーデンまで連れていってほしいといった。チェルシー・マリーナを出るときに、プロムスの最終夜に行くという若い住人をふたり乗せてやった。ユニオンジャックの帽子をかぶってロビンフッドのマントを着たふたりは、エルガーの「威風堂々」に合わせて歌ったり「ルール・ブリタニア」に合わせて踊ったりする気まんまんだった。

ふたりを降ろして夕方の公園をぶらぶらと歩いているときに、グールドはリチャード・デクスターのことを心配しているといった。彼はマリーナ近くの自宅にまだもどっておらず、検察医はジョーン・チャンの遺体をシンガポールへの孤独な空の旅に送り出したという。グールドはテート・モダン攻撃がチェルシー・マリーナのせいにされ、革命をおとしめるために使われるのではないかと恐れていた。今後は、無意味なターゲットだけが選ばれるべきであり、すべて大衆が解決に苦慮する謎であるべきだと彼はいった。

ラウンド・ポンド近くを歩いているとき、消防車のサイレンが聞こえてきて、アルバート・ホールの屋根からサクランボ色の煙がたちのぼるのが見えた。ケンジントン・ゴアに着くころには、通り全体がシーズン最後の衣装をまとったプロムスの観客と、楽器を手にしたオーケストラの演奏者と、警察官や消防士たちであふれかえった。プロムスの観客は元気のよい合唱をはじめ、彼らの愛国心が脅かされるのを拒絶した。いっぽう大きくうねる煙はコンサートホールの上階のギャラリーからたちのぼり、狂ったような警笛が立ち往生した自動車から鳴り響いた。

あとになって、私たちがチェルシー・マリーナから乗せてやったふたりの住人が、グールドの承認のもとに行動していたことを知らされた。彼らは発煙弾を観客席にこっそり持ち込み、「希望と栄光の国」の第一小節と同時に爆発するようにセットして、トイレに仕掛けたのだった。しかしグールドはあまりに疲れて注意が散漫になっていたので、どんなに子どもっぽくてばかげていても、この見世物を楽しむことができないようだった。彼は私をアルバート記念碑の石段に残して人ごみにまぎれこみ、ケータリングバンの運転手に乗せてくれとたのみこんだ。ダウン症の子どもたちのことで頭がいっぱいなんだろうと私は思った。海辺のリゾートのボグナー・リージスを愉快そうによたよたと歩いている子どもたちについて、自然が決して答えを提供してくれない、大いなる不条理について考えているんだろうと。

リヴァーカフェの最後の常連客がリムジンにゆったりと乗り込んだときも、私はまだグールドを待っていた。パーキングメーターが時間切れになって硬貨を追加していたので、あやうく携帯電話が鳴っているのを聞き逃すところだった。

「デーヴィッド？　なにか変わったことは？」グールドは息が荒く、まるで喉を絞められているかのように、甲高い声だった。「マーカム……？」

「リヴァーカフェの表にいるよ。なにも変わりはない。デクスターはどうなった？」

「彼は……逃げた。カメラが多すぎる」

「とらえなかったのか？」

「カメラに近づくんじゃないぞ、デーヴィッド」

「わかった。いまどこにいる？」

「フラム・パレスだ。いますぐ迎えに来てくれ」彼は息を切らしながらいったが、往来する車の音にまじって救急車のサイレンが聞こえて、行列に並んでしゃべっている女性たちの声もした。「デーヴィッド？　デクスターはこのあたりのどこかにいるんだ……」

五分足らずでフラム・パレスに着き、フラム・パレス・ロードを往来する車の騒音に耳を傾けながら、ビジター専用の駐車場で待った。サイレンで空気を切り裂きながら、数台の警察車両がパトニー・ブリッジを猛スピードで渡っていった。一本の車線が警察車両専用になったので、橋はバスが数珠繋ぎになり、乗客が窓から外のようすをうかがっていた。

グールドが警察に密告したのだろうか？　彼はあまりにも非力で栄養失調状態だから、とてもスティーヴン・デクスターを力ずくで制止することはできないだろう。それに考えてみると、テート・モダンの外に停めたジョーン・チャンのビートルで、あの牧師は私をひどく乱暴に揺さぶったものだった。無能な探偵よろしく、グールドに尾行されていることに気づいて、スティーヴンはショッピングモールを抜け出してフラム・パレス・ロードを走るバスに乗り込み、ビショップス・パレスに逃げ込みたいという隔世遺伝的衝動に屈したのかもしれない。

私はレンジローバーから降りると、パジェロのテールゲートを開けてピクニックしている家族に近づいた。両親にたずねてみたが、それらしい男たちがこの一時間、駐車場に向かうために進入路をのぼっていったりはしていないということだった。

ビショップス・パレスとテムズ川にはさまれたビショップス・パークに入ると、錯乱状態の聖職者はいないかと、広い芝生と木のベンチを眺め回した。ひょっとすると、まだタンブラーの入ったハビタットの袋を提げているかもしれない。初老の夫婦が暖かな秋の天気の中でボタンをしっかり留めて、公園の外周路を歩いていた。もうひとり、堤防の近くにいる黒っぽいスーツ姿の小柄な男が、川に沿って生えている高いブナノキとシカモアのあいだを歩いていた。公園のこちら側からでも、青白い手が光にかざされるのが見えた。

男は数歩行っては立ちどまり、最上部の枝を探すために両手をかかげていた。

初老の夫婦の背後に隠れながら小道を歩いていって、あと三十フィートというところで、それがグールドであることに気づいた。彼は私に背中を向けて立ち、揺れている枝を見ようと首を伸ばしていた。大寺院の薔薇窓をみつめている敬虔な神学校の学生のように、その手は虚空にさしのべられていた。

そぞろ歩きの夫婦に妨げられて、彼はふたりが通り過ぎるまで待ち、それから私のほうに向き直った。骨の浮いた顔が太陽に照らされて、木の幹のあいだで揺れている仄白(ほのじろ)いランタンのようだった。彼は私の頭上をじっとみつめたが、その視線は目の焦点のはるかかなたに固定されていた。顔のすべての骨が浮き上がり、その鋭い稜線が透明な皮膚を突き上げて、まるで頭蓋骨が光を切望しているかのようだった。着古したスーツは汗にまみれ、シャツもずぶ濡れだったので、みすぼらしいコットン地に肋骨が透けて見えるほどだった。その顔は無表情だが恍惚としているようでもあり、その目はまるで子どものように渦巻く枝を追いかけていて、どうやら癲癇(てんかん)の発作の前兆であるアウラ現象のただなかにいるようだった。

「デーヴィッド……」彼は静かな口調でそういうと、私を樹木や光に紹介してくれた。背後では、まるで私たちのまわりの通りが悲嘆にくれているかのように、サイレンが車のすきまを泣き叫びながら通り過ぎていった。

第二十五章　有名人殺害

サイレンが何日間も鳴り響いて、その物悲しい警鐘が西ロンドンのテーマ音楽となり、チェルシー・マリーナの革命を覆い隠してしまった。首都のすべてのニュース映像撮影隊と報道写真家たちが、私がリヴァーカフェ近くに駐車した場所から数百ヤードしか離れていないハマースミスの住宅街、ウッドローン・ロードに押し寄せた。若いテレビタレントの残酷な殺害は、この国のむきだしの神経のひとつを強く圧迫したのである。学費や私的な医療費を支払いたがらない中産階級の問題などは、無意味の底に沈んでしまった。

三十代なかばの感じのいいブロンド女性の司会者は、テレビでとても人気のあるパーソナリティだった。十年間、彼女は朝のバラエティ番組や家族公開討論会や育児情報などの司会をつとめ、いつでも賢明な助言と陽気な魅力を提供してきた。私はテレビで彼女を見たことがなく、ついに名前を覚えることもできなかったが、玄関前の階段での彼女の死は、ダイアナ妃の事故死を思わせるような国民的悲嘆をよびさましたのだった。

キング・ストリートのショッピングモールの監視カメラには、四時直後にハビタットを出て行く彼女の姿が映っていた。それから彼女はエレベーターに乗って、モールの裏手の立体駐車場に停めたニッサンチェリーに向かった。出口の管理人は彼女の顔を覚えていなかったが、彼女が遮断機に押し込んだ駐車券には指紋が残っていた。彼女はひとり住まいの二階建てテラスハウスのあるウッドローン・ロードまで車を走らせた。隣人は公務員と俳優、そしてチェルシー・マリーナの住民とおなじような中産階級の専門職で、ほとんど全員が昼間は仕事中だった。だれも彼女の殺害には気づかなかったが、すぐ隣に住む自営業の映画技術者は、四時三十分かそこらに、オートバイの排気ガスのバックファイヤの音を聞いたと警察に話した。数分後、彼はひどく取り乱したふたりの女性が庭の門のそばに立って、正面玄関を指さしているのに気づいた。出て行ってみると、女性司会者が玄関前の階段に横たわっていた。白いリネンのスーツは血に染まっていたが、彼は彼女を蘇生させようとした。やはり隣人で、フラム・パレス・ロードのチャリングクロス病院で助産師をしている女性が彼に加わって、口移しの人工呼吸法を施したが、彼女が死んでいることを認めざるを得なかった。

彼女は玄関のドアを開けようとしているときに後頭部を撃たれて、ほとんど即死だった。ドアの鍵はまだ鍵穴に差し込まれたままだったので、殺人犯がどうして白昼に、人目のつかない玄関内ではなく、近隣の何十軒もの家から丸見えの場所で彼女を撃ったのか、警察は首をひねった。

殺人犯が凶行の現場に到着したのを目撃したものはいなかった。それらしい人間がウッドローン・ロードをうろついて、犠牲者が車で近づいてくるのを待っているのを目撃したものもいなかった。犯人がどのようにして人目を避けることができたのかは、決して解決できない謎だった。

女性司会者には複数のボーイフレンドがいて、番組のロケ撮影のときは何日も家を空けることがよくあった。彼女がキング・ストリートのショッピングモールから帰宅するのと同時に殺人犯が現場に到着できたという事実は、犯人が彼女の動きを熟知していたことをうかがわせた。ホワイト・シティにあるBBCテレビジョンセンターのスタッフや同僚たちが慎重に取り調べられたが、彼女のその日の予定を知っているものはだれもいなかった。ノッティングヒルにあるフラットで前夜ともにすごした長い付き合いの恋人は、彼女が午前中のショッピングのあと、ナイツブリッジのお気に入りの美容院でマニキュアの予約をしていたと供述した。

ひとたび殺害を実行すると、犯人は歩き去ったか、さもなければ共犯者に車で拾ってもらったのだ。数人の目撃者が、黒いレンジローバーが事件の一時間前に近くの通りを巡回していたと証言した。パトニー・ハイストリートの防犯カメラには、地元のバーガーキングの前を通過する、似たようなレンジローバーの姿が捉えられていたが、コンピュータ画像処理によっても、ナンバープレートを読みとることはできなかった。

数日後、ウェブリー・リボルバーがパトニー・ブリッジの真下の、干潮によって露出した川床から発見された。第二次大戦の英軍が使用していたこの拳銃は、空気の抜けたゴムボートを包み込む魚網にからまっていた。犠牲者の頭蓋骨から発見された銃弾の断片と、銃身の金属痕の一致は、そのウェブリー拳銃が殺人犯の武器であったことを強く示唆した。

この魅力的で健やかな若い女性の冷酷な殺害は、警察による大掛かりな捜査につながった。成功したテレビの有名人として、彼女はいかにも温かな愛想のよさを習得しており、視聴者はとりわけそれを敬愛した。彼女には何百万人ものファンがいたが、敵はひとりもいなかった。彼女の死はまったく不可解だった。その無差別な殺人は、彼女が有名人であるからこそ、いっそう無意味さがきわだった。

殺人事件の三週間後、私はケイ・チャーチルのキッチンのテレビで葬儀を見ていた。ほかのすべての人とおなじように彼女の死を悲しんで、葬儀がブロンプトン礼拝堂から中継されているあいだ、ケイはテーブル越しに私の手を握っていた。彼女は犠牲者の番組をひとつも見たことがなく、ガーディアン紙の一面に載った彼女の写真を見てもわからなかったが、名声がそれ自体のニーズを定義したのである。

「だれが……？　いったいだれが……？」ケイは湿ったティッシュで頬に残った涙の痕跡をぬぐった。「あんなふうに人を殺せるの？　撃ち殺したりできるの……？」

「狂人か……想像するのは難しいな。少なくとも、警察はひとりの男を逮捕したよ」

「隣の通りに住むこの社会不適応者のこと？」ケイはティッシュを流しに投げ捨てた。「信じないわ。だれかを犯人に仕立てなければならなかっただけよ。この男にどんな動機があるというの？」

「警察は沈黙している。近ごろでは、動機は必要ないらしい」私はテレビ画面を指さした。「ほら、あいつだ――囚人護送車の陰にいる」

礼拝堂の外の群衆に微笑みかけるべきか、厳粛に足元をみつめるべきか迷っているテレビの有名人たちの顔のパレードは、警察署のあいだを移送される容疑者の映像によって中断された。ウエストエンド・セントラル警察署の屋上に据付けられた望遠レンズが、装甲車から追い立てられる男の姿を映し出した。彼はラードのように白い腕をした太りすぎの若者で、毛布をすっぽりかぶっていた。彼がよろめくと、丸い頬とみすぼらしい顎髭がちらっと見えた。

「ああいやだ……」ケイは不快そうに身震いした。「まだ思春期前じゃない。大きな子どもみたいだわ。名前は？」

「名前は忘れた。やつのフラットはウッドローン・ロードのすぐ近くなんだ。銃器マニアでね。警察は大量の銃火器のレプリカを発見した。それにリヴァーカフェを出て行く有名人の写真を撮るのが好きだったそうだ」

「名声……それはすぐそこにあって、レジの行列ですぐうしろに立っていたりするわ。たぶん彼女が車から降りてくるのを見たんでしょう。名声という考えをもてあます人間もいるから……」

ケイは私にもたれかかり、リモコンを握りしめて、いまにもそれをテレビ画面に投げつけそうだった。この殺人事件に彼女は深いショックを受けていた。道路の向かいのターナー家の全焼した家の眺めが、触れることのできる悪の存在を思い出させ、そのために彼女はいっそう、手の届く範囲内の不公正を正してやろうと決意するのだった。

希望のない夢と軽はずみなセックスを身上とする、この情熱的な女性に心から愛情がこみあげてきて、私はケイの心労でやつれた手を頬に押しあてた。ケイにはさまざまな生き方があった——恋人、アジテーター、放火犯、ささやかな革命の煽動者、郊外のジャンヌダルク、それらを彼女は、手に負えない雌馬の集団のように、必死でコントロールしようとしていた。もし私が彼女の人生から歩み去ったら、彼女はひどく寂しがるだろう。ただし、十分間だけ。それから、つぎの下宿人がやってきて、彼女の寝室に通じる感情の蛇と梯子ゲームに参加することだろう。

葬儀がはじまった。テレビの最悪なニーズのために演じられる厳粛な儀式だ。ケイは漠然と宗教的だが猛烈に聖職者嫌いなので、テレビのスイッチを切ってしまった。彼女はリビングにずかずかと入っていって、ターナー家の黒焦げの木材をじっとみつめた。復讐されるべき死があり、爆弾を仕掛けられるべきビデオショップがあり、奴隷状態から目覚めさせられるべきバーンズとウィンブルドンの中産階級の主婦たちがいた。

ものいわぬスクリーンとともに、私はキッチンにすわっていた。すでに私はだれがテレビ司会者を殺したか見当をつけていた。フラム・パレスの公園でみつけたあと、リチャード・グールドはできるかぎりのヒントをあたえてくれた。ロンドンのどこかで、ひとりの牧師が借りた部屋にすわり、またべつのテレビでこの葬儀を眺めながら、自分が犯してしまった無意味な殺人のすべての記憶を心から追い出そうとしているのだ。スティーヴン・デクスターは、テート・モダンでのジョーン・チャンの死の記憶を消すために、この若い司会者を殺したのだろうか？　そしてグールドは、キング・ストリートのショッピングモールから彼を追跡するのに疲れ果てて、犯罪が行われたときに殺害現場にたまたま足を踏み入れてしまったのだろうか？

私はフラム・パレスの公園の硬い土を思い出した。あのとき私はグールドのひじをつかんで、枝のあいだに空を閉じ込めた大きな樹から彼を遠ざけた。彼が安い靴でつまずいたとき、私は彼の肩に腕をまわして、スーツの湿った布地と皮膚の内側で燃えている冷たい熱を感じた。初老の夫婦が立ちどまって私たちを見ていた。明らかにグールドを禁断症状の最終段階にある麻薬中毒患者だと思っているのだ。

レンジローバーの後部座席にくずれるように座り込むと、彼は少しのあいだ気力をふりしぼり、パトニー・ブリッジを指さした。私たちは公園をあとにしてフラム・パレス・ロードに向かい、渋滞した車列とともに川を渡った。サイレンを鳴らしながら、パトカーがハマースミス方面に高速で駆け抜けていった。アッパー・リッチモンド・ロードに抜けてワンズワース・ブリッジ経由でチェルシー・マリーナにもどるあいだ、グールドは眠っていた。私はカドガン・サークルのマンションの棺桶のようなエレベーターに彼を運び込み、ずぶ濡れのポケットから鍵をみつけて、ヴェラ・ブラックバーンのフラットのドアの前に彼を置いていった。空っぽのエレベーターでは、汗に濡れた彼の手のひらの跡が曇った鏡にぎらぎらと輝いていた。

彼から離れる前、彼は私に気づいて、どんよりとした目にふいに生気が宿った。

「デーヴィッド、スティーヴン・デクスターに気をつけろ」私を深い眠りから覚まそうとしているかのように、彼は私の両手をぎゅっとつかんだ。「警察はだめだ。彼は殺すだろう、デーヴィッド。また殺すだろう……」

私がリチャード・グールドの姿を見たのはこれが最後だった。彼とヴェラはその晩、チェルシー・マリーナを出て行った。私がケイの家にもどると、グロヴナー・プレイスの全住民が黙って通りにたたずみ、二台の消防車がターナー家の名残ともいうべき燃えさしに水を浴びせているのをみつめていた。すでにハマースミスの殺人事件の第一報が消防士の無線から流れていた。犠牲者がだれであるか聞いたとたん、みんないなくなってしまった。まるでこの殺人事件とチェルシー・マリーナの出来事のあいだには、なんらかの無意識のつながりがあるかのように。

翌日、警察と管財人はグロヴナー・プレイスから撤収した。カドガン・サークルのマンションの外で、隣人がグールドとヴェラはシトロエン・エステートで走り去ったと教えてくれた。私はケイになにもいわなかったが、グールドはデクスターが犠牲者を射殺するのを目撃したのだろうと思っていた。若い女性を救うには遅すぎたので、彼は狂った牧師をフラム・パレスまで追跡し、そこでデクスターはリボルバーをテムズ川に投げ捨てて、すべての地図のかなたの領域、大ロンドンの無限の宇宙に姿をくらませたのだ。

つかの間、警察に行きたいという誘惑にかられた。ヘンリー・ケンドールを使って、スコットランドヤードの高官との面会を手配しようかと思ったのだ。しかし、スティーヴン・デクスターとの友情、ウッドローン・ロードとパトニー・ハイストリート近くでのレンジローバーの目撃情報、そしてテート・モダンでの出会いのために、私はたちまち地上に縛られた聖職者にして操縦士でもあるこの男の第一共犯者にされてしまうだろう。時間があたえられれば、デクスターの良心が彼を回復させるだろう。そしてブロードムア刑事犯精神病院で何十年かすごす覚悟を決めて、警察に自首するかもしれない。

その後まもなく、あのぶよぶよしたオタクの有名人ストーカーが、テレビ司会者の殺人犯として告発された。彼は自分を送検した治安判事になにもいわなかった。その受動性において、ほとんど脳死しているかのような人間性の欠落。スターに熱中するカメラ趣味、模造拳銃の強迫観念的な蒐集、そして犯行現場の階段の外にいてもだれも彼がいることに気づかないほど空っぽの人格。そのすべてが広汎性人格障害の極端なタイプを示唆していた。

彼の逮捕は何日間も新聞の一面をにぎわせた。まるで有名であることはそれ自体が怒りと復讐の誘因であり、水没した世界を、無能と敵意の暗い氷山の不安な夢を刺激するかのように、またしてもマスコミの有名人が法廷で裁かれるのだ。

しかし私はリチャード・グールドのことを考えていた。ビショップス・パークの木の下で疲れ果てて震えていたリチャード。ベッドフォント病院の瀕死の子どもたち、遊びに連れていってあげたダウン症のティーンエイジャーたち、そして自然の失敗のうちに絶望的な意味を見出そうとする彼の試みのことを考えていた。世界はスティーヴン・デクスターから撤退したが、時間と空間の飢えのすべてとともに、リチャード・グールドのもとに殺到したのである。

第二十六章　妻の気遣い

一方では、より小規模な対決が迫っていた。こっそりと密やかに、チェルシー・マリーナにバリケードが築かれていたのだ。ハマースミスの殺人事件後の警察活動の一時的停滞のおかげで、住民は防御態勢を組織する時間があたえられた。管財人がターナー夫妻の家を差し押さえようとしたことは、この住宅街のすべての住民にとって脅威だった。従来どおり、反対勢力を分断して自らの特権を守るため、そして階級制度を永続化させてきた無慈悲なベンチャー投資のため、警察は汚い仕事をしているというのが、全員の一致した意見だった。

ヴェラ・ブラックバーンのマンションに向かうためにカドガン・サークルを横切っていたとき、いまやほとんどすべての並木道が住民の車によって封鎖されていることに気づいた。通り抜けるための狭いすきまはすばやく閉ざすことができた。何十ものバルコニーから垂れ幕が吊るされていた。ピーター・ジョーンズの最良のエジプト綿シーツが、革命のためによろこんで犠牲にささげられた。

〈チェルシー・マリーナを訪ねよう――いちばん身近な救貧院だ〉

〈魂を差し押さえることはだれにもできない〉

〈ロンドンでもっとも新しい掃き溜め住宅街にようこそ〉

〈自由にバーコードはない〉

破壊されたパーキングメーターが、縁石にずらっと並んでいた。金属製の廃棄物コンテナの前を通りかかると、ある家族がそこに部族のトーテムともいうべき品々を捨てていた——学校のブレザー、乗馬ズボン、エリザベス・デーヴィッドの料理本、ロトとオーヴェルニュ地方のガイドブック、クロケットのマレット一対。

危機に瀕した給与所得者階級の自己犠牲には感銘を受けたが、それは過去に属していた。エレベーターで四階のヴェラのフラットまでのぼっていくあいだ、私はリチャード・グールドのことだけを考えていた。彼らがもどっていることを期待して、毎日午後になるとそこを訪れ、ヴェラの堪忍袋の緒が切れるくらい長くドアベルを押しつづけた。いちばん心配なのは、まだ熱があって疲れ果てているグールドが、スティーヴン・デクスターを救うための私心のない試みとして、ハマースミスの殺人犯は自分であるといいだすかもしれないということだった。

エレベーターを降りると、ヴェラの部屋のドアが開いているのに気づいた。私は踊り場をまたいで無人のラウンジをのぞきこんだ。だれかが空気をかき乱したせいで、埃に運ばれたかすかな塵が陽光にきらめいていた。

「リチャード……?　ドクター・グールド……?」

私はラウンジに足を踏み入れて、放置されたスーツケースと、ソファに山と積まれた医学雑誌をみつめた。そのとき寝室のほうから、盲人が杖で床を叩いているような音が聞こえてきた。それはかすかだが聞き覚えのある音であり、決して忘れることのできない過去からのこだまだった。

「サリー？」

彼女は寝室のドアのそばに立っていた。ブロンドの髪がツイードのコートの襟にかかり、手袋をはめた手でステッキを握っている。使用禁止の借家を調べている市民のお偉方の代表団のメンバーのように、チェルシー・マリーナを訪れるためにラフな服装を心がけたのだ。手入れの行き届いた髪や、目立たないが高価な化粧と自信に満ちた態度を目にすると、チェルシー・マリーナの住民がどれほど零落したかよくわかった。

日常的な義憤と不安のせいで、私たちは自覚しているよりずっと底辺層に近づいていたのである。私はケイが好きだったが、サリーにくらべると、元映画学講師は知的な魚売り女であり、古めかしいいい方をすれば尻軽女だった。無意識のうちに、私はレザーのソファの上の鏡に目を向けていた。そこには無精髭とぼさぼさ髪の、うさんくさくてみすぼらしい男の姿が映っていた。

「デーヴィッド……？」私がここにいることに驚いて、サリーは風通しの悪い部屋を近づいてきた。はたして自分の夫かどうかはっきりしなかったのだろう。「いまはここに住んでいるの？」

「ここは友だちの家だよ。ぼくはケイ・チャーチルの家に下宿しているんだ——ぼくひとりじゃないけど」

「ケイ？」サリーは頭をうなずかせ、妻らしい気遣いのこもった目で、私のこけた頬をみつめた。「エレベーターに乗った？」

「どうして？」

「疲れているみたい。へとへとといってもいいくらいよ」髪に陽光を浴びて、彼女は心からの温かさをこめて微笑した。「会えてうれしいわ、デーヴィッド」

ほんの少しのあいだ、私たちは抱擁した。彼女に愛情を感じていることがうれしかった。女学生のような強情さとちょっと斜に構えた世界の見方がなつかしかった。まるで好ましく思っている古い友人に出会ったような気分だった。私たちはサファリ休暇ではじめて出会い、富豪の丘の斜面でともにキャンプして、断熱テントを共有し、彼女の病気という波立つ川を歩いて渡ったようなものだった。私たちの結婚は、本物の危険や本物の可能性が決して存在しない冒険遊び場に属していた。チェルシー・マリーナの革命は、地代や維持費よりはるかに大きなものに反対していたのだ。

ほんとうにだれもいないかどうかわからなかったので、私はサリーのわきを抜けて寝室のドアに向かった。空っぽのスーツケースが黒いシルクのベッドカバーの上に放置されていた。洋服ダンスの中には、男っぽいスーツがハンガーからずり落ちそうになって吊るされていた。

「そこにはだれもいないわ」サリーがいった。「においを嗅いで回ったの。寝室ってほんとに情報の宝庫ね」

「なにかみつかった？」

「たいしたものはないわ。かなりおかしな人たちね——ドクター・グールドと、このヴェラとかいう人は」彼女は黒いカーテンをみつめて顔をしかめてみせた。「ひょっとしてサディストとマゾヒスト?」

「たずねたことはないな」主導権を握ろうとして、私はいった。「ぼくがここにいるとどうして?」

「募金箱を抱えているお母さんに小切手を書いたの――食べさせなければならないお子さんたちがいる建築技師の奥さんよ。私の名前を見ると、あなたがよくドクター・グールドの使い走りをしていると教えてくれたわ」

「なるほど。ここにはひとりで?」

「ヘンリーが送ってくれたの。いま車を停めに行ってるわ。キングズ・ロードのはずれまで。チェルシー・マリーナに停めておいたらなにをされるかわからないと思っているみたい」

「たしかにね。彼は元気?」

「相変わらずよ」彼女はソファの埃を払って腰をおろし、医学雑誌をちらっと眺めた。「それがヘンリーの困ったところよ――いつでも相変わらずなところがね。あなたはどうなの、デーヴィッド?」

「忙しいよ」私は彼女がステッキをわきに寄せるのをみつめた。それがふたたび現れたということは、ヘンリー・ケンドールの余命も幾許(いくばく)もないということだ。「いろいろあるからね」

「知っているわ。どれもかなり恐いことよ。あなたには直接行動なんかまったく向いていないのに」

「だからここに？　ぼくを救い出すために？」

「手遅れにならないうちにね。私たちみんなあなたのことを心配しているのよ、デーヴィッド。協会も辞めてしまったし」

「まったく顔を出していなかったからね。アーノルド教授に対して公正とは思えなかったんだよ」

「パパがあなたのコンサルタント料を増やすといっているわ。研究したり、本を書いたりする機会をあげたいと」

「ますますもってむだなことさ。お父さんにはぼくが感謝していたと伝えてほしい。でも、それこそぼくが抜け出そうとしているものなんだ。ここに深入りしすぎたみたいだ」

「この革命とやらに？　どのくらい本気なの？」

「すごく本気だよ。歯科医か事務弁護士が必要になるまで待てば、みんなピケを張っていることがわかるよ。事態はいまにも破裂しそうなんだ」

「わかっているわ」サリーは肩をすくめ、それからコンパクトを開いて、感情のせいで化粧が乱れていないか確かめた。「二晩前に爆発音を聞いたわ。ピーター・パンの像よ。あなたと関係あるの？」

「ないよ、サリー、暴力は嫌いだ」

「でも、暴力に惹かれているわ。ヒースロー空港の爆弾事件――被害者はローラだけじゃなかった。爆弾はなにかを誘発してしまったのよ。ピーター・パンがそんなに脅威なの？」

「ある意味では。J・M・バリーも、A・A・ミルンも、中産階級の精神力を搾りとる脳が腐りかけた感傷主義だ。ぼくたちはそれをどうにかしようとしているんだ」

「爆弾を破裂させて？ そのほうがもっと子どもっぽいわ。ここにいる人たちの多くが刑務所に行くことになるだろうと、ヘンリーもいっているわ」

「たぶんそのとおりだろうね。でも、彼らは本気なんだよ。いつでも仕事を辞めて家を失う覚悟なんだ」

「かわいそうに」彼女は私に手をさしのべ、わびしげな微笑を浮かべてみせた。「あなたにはまだ家があるわ。帰ってきてね、デーヴィッド、なにもかもけりがついたら」

「わかった」

私はソファにすわって彼女の手をとった。彼女がどれほど不安そうか気づいて驚いた。また彼女のそばにいられてうれしかったが、セント・ジョンズ・ウッドはチェルシー・マリーナから遠く離れていた。私は変わってしまった。モルモットが実験者を迷路に誘いこんでしまったのだ。

私はいった。「来てくれてうれしいよ。その建築技師の奥さんはこのフラットの部屋番号も教えてくれたの？」

「いいえ。グールドが教えてくれたわ」

「なんだって？」私は空気の変化を感じた。風通しの悪い部屋を寒冷前線が通り過ぎていった。

「それはいつ？」

「昨日よ。うちの玄関のドアをノックしたの。見知らぬ小柄な男の人。とても青ざめて張りつめていたわ。ウェブサイトの写真から彼だとわかったの」

「グールドが？　いったいなんのために？」

「慌てないで」彼女は私の肩にもたれかかった。「あの人があなたの急所をぎゅっと握っているわけがわかるわ。彼はある種の固定観念（イデーフィクス）にとらわれていて、ほかのことなんかどうでもいいと思っている。自分のことなんか気にしない。それがあなたにはたまらなく魅力的なのよ。男としてだけど。あなたはむしろわがままな女が好きだもの」

「彼を家に入れたのかい？」

「もちろん。とてもお腹がすいているみたいで、いまにも気を失うんじゃないかと思ったわ。からだをゆらゆらさせていて、まるでこの私が幻かなにかみたいに、はるか遠くをみつめているのよ」

「たしかにそのとおりだね。それから？」

「招き入れたわ。あなたのお友だちということは知っていたから。彼はスティルトンチーズをむさぼるように食べて、ワインを一杯飲んだわ。この、ヴェラとかいうガールフレンドは、彼のからだのことなんかちっとも気にしないのね。かわいそうに、飢え死にしそうだったわ」

「そんな状態にしておくのが好きなんだ。つねに気を張りつめさせておくことができるから。どんな話をした？」

「なにも。なんともいえない顔で私をみつめていたわ。私を強姦するつもりかしらと思っちゃった。気をつけて、デーヴィッド。彼は危険な人物かもしれないわ」

「危険人物だよ」私は立ち上がってリビングを歩き回った。グールドがサリーを訪ねた動機は読みにくかった。なんらかの脅迫のためか、あるいは私がスティーヴン・デクスターを匿っていると疑ったせいかもしれない。チェルシー・マリーナの活動家たちは非常に独占欲が強く、部外の忠誠心をひどく嫌がるのだ。

窓の外にちらっと目を向けて、ヘンリー・ケンドールが守衛詰所からボーフォート・アヴェニューを歩いてくるのに気づいた。ここを訪れるすべての知的職業の人間とおなじように、抗議の垂れ幕や破壊されたパーキングメーターに面食らっているようだった。ヘンリーはスラム街を訪ねてきたのだ。不運にみまわれた仲間の心理学者に押し付けがましい気遣いを授けてやろうというのだろう。

「デーヴィッド？　なにか問題でも？」

「うん。きみのボーイフレンドさ。親切な寛容というやつが我慢ならないんだ」私は身をかがめてしわひとつないひたいにキスをした。「二、三日したら家に帰るよ。リチャード・グールドに気をつけて。ドアを開けないように」

「どうして？」

「いまはひたむきな情熱の時代だ。警察はきみがピーター・パンを吹っ飛ばすのを手伝ったと思うかもしれない」

「あれは愚行だったわ。あなたたちどうしちゃったの？」

「どうもしやしないよ。でも闘争心が高まっているんだ。ひとりかふたりだけど、過激な連中なんか、サミュエル・ジョンソン記念館の愛猫ホッジの銅像を爆破したがっているぐらいだ」

「やれやれ……どうかやめさせてほしいものだわ」

「薄氷の勝利だったよ。どうにか説得した。作家の猫のために銅像をつくるような国民はいいところがあるじゃないかとね」

　私はサリーがソファから立ち上がるのを手伝った。そして彼女は私につづいてドアに向かった。ステッキのことなどすっかり忘れていた。彼女の心の中で、チェルシー・マリーナの抗議の無意味さが恨みを和らげ、気まぐれな世界と和解させたのだ。

「デーヴィッド、ひとつ教えて……」私がエレベーターのボタンを叩きつづけているあいだ、彼女はじっと待っていた。「ドクター・グールドには危険が迫っている？」

「いいや。なぜ？」

「ジャケットの内側でなにかを握っていたの。あのひと変なにおいがするからあまり近づきたくなかったんだけど。たぶん拳銃だと思うわ……」

第二十七章　ボルボの焚き火

　夜明けごろ、猛烈な嵐のような轟音でたたき起こされた。私はケイとベッドに横たわり、片手を乳房にあてがって、入浴していない女性の甘くとろりとした汗のにおいを嗅いでいたのだが、そこに警察のヘリコプターが降下してきて、屋根の五十フィート上空でホバリングしたのである。彼らはメガホンでがなりあったが、それは脅迫と理解できない命令の喧騒だった。シーソーのように起伏する物悲しいサイレンが窓を震わせたが、ヘリコプターがグロヴナー・プレイスの上空に舞い上がると、その爆音にかき消されてしまった。サーチライトがカーテンのすきまからのぞいているおびえた顔を照らし出した。

「ようし！」火葬の薪（まき）にのせられた死体のように、ケイががばっと起き上がった。「デーヴィッド、はじまったわよ」

　私が眠気を振り払おうとしているあいだに、ケイはベッドから飛び出して、私のひざを思いきり踏んづけた。「ケイ？　待って……」

「いよいよだわ！」恐ろしく冷静に、彼女は夜着を脱ぎ捨てて窓辺に立った。カーテンをはねあげ、敵意に満ちた空に向かって乳房をあらわにすると、猛烈にひっかいた。「いらっしゃい、マーカム。これに参加しない手はないわ」

ケイは浴室にとびこんで便器にしゃがみ、待ち切れなさそうに排尿した。それからシャワー室に入って蛇口をひねり、つま先を濡らす元気のない小雨をじっとみつめた。

「くそったれ！　やつらは水をとめちゃったわ」彼女は照明のスイッチを押した。「信じられる？」

「こんどは？」

「電気もとめられちゃったのよ。デーヴィッド、なにかいってよ……」

私は足を引きずって浴室に入り、彼女の肩をつかんで落ち着かせようとした。蛇口と照明スイッチをいじり回してから、私は浴槽に腰をおろした。「ケイ、どうやら連中は本気なようだ」

「水なしで……」ケイは鏡に映った自分の姿をみつめた。「どうしろというの……」

「それがやつらの手さ。いささか荒っぽいが、巧みな心理戦というやつだ。中産階級の革命家はだれひとりとして、シャワーとたっぷりのカプチーノがなければバリケードを防衛できないんだ。昨日の下着を身につけて戦うようなものだからね」

「服を着て！　そしてせめて本気で取り組んでいるふりをして」

「本気だとも」彼女がこぶしを固めて鏡をなぐりつけたので、私は手首をつかんだ。「ケイ、あまり期待しすぎないように。ここは北アイルランドじゃない。結局、警察が……」

「あなたは敗北主義すぎるわ」ジーンズと厚地のプルオーバーを身につけながら、ケイは私を上から下までじろじろと眺めた。「これは千載一遇のチャンスよ。革命をチェルシー・マリーナからロンドンの通りに広めることもできるわ。人々は私たちに加わりはじめるでしょう。何千人も、いいえ、何百万人も」
「なるほど、何百万人か。だが……」
日光をむさぼり食らって騒音という形で吐き出していた醜悪な獣のように、ヘリコプターが飛び去った。どこかで巨大なディーゼルエンジンの音が、金属キャタピラのけたたましい音を圧するように速度を増してきて、路上を引きずられる自動車のすさまじい金属音がそれにつづいた。

私たちは数分後に家を出た。グロヴナー・プレイスは、無精髭を生やした男たちや青白い顔の若者たち、そしてぼさぼさ髪の女たちでいっぱいだった。小さな子どもたちはまだパジャマ姿で、窓辺からじっと見下ろしていた。少女たちはテディベアをぎゅっと握りしめ、兄弟たちは生まれてはじめて両親と大人の世界がわからなくなっていた。住民の多くが野球のバット、ゴルフのパター、ホッケーのスティックといった、形ばかりの武器を手にしていた。しかしもっと実際的な連中もいた。ケイの隣人で、初老の事務弁護士であるアーチェリーファンは、二本のモロトフカクテルを手にしていた。ブルゴーニュワインの瓶にガソリンを満たし、レジメンタルタイを詰め物にした火炎瓶である。

法と秩序の軍隊による明け方の奇襲攻撃と、地元の公益事業による卑劣な共謀にもかかわらず、私のまわりの全員がやる気満々だった。ケイと仲間のブロックリーダーたちはみごとな仕事をした。少なくともチェルシー・マリーナの住民の半数が通りに出ていた。彼らはヘリコプターに向かって武器を振りかざし、警察のカメラマンがもっとも目立つ暴動の、できるだけ鮮明な写真を撮るために、ヘリが地表から五十フィート以内まで降下してくると、パイロットに喝采を送った。

チェルシー・マリーナの中央通りであるボーフォート・アヴェニューでは、ほとんどすべての住人が舗道に出て、守衛詰所から二十ヤード手前の最初のバリケードを防衛しようとしていた。ヘルメットと暴動鎮圧装備に身を固めた機動隊が、破壊された不動産管理人事務所わきの入り口内部に集結していた。三十人あまりの管財人がその背後を固め、差し押さえを通告した十二戸の家屋を確保しようと待ち構えていた。

成功を確信して、警察が三つのテレビ局のクルーを待機させていたので、すでにカメラはこの光景を朝食の視聴者に送り届けていた。内務大臣は各スタジオを巡回し、この見当違いなデモを中止させるのは政府としても苦しい決断だったと強調した。

ブルドーザーがボーフォート・アヴェニューの自動車のバリケードの正面で作戦行動に移ろうとしていた。バリケードでもっとも小さな車であるフィアット・ウーノに向かってブレードがぎごちなくつきだされたが、住民たちがドアや窓枠にしがみついて、不運な運転手にブーイングとやじを浴びせかけた。女性の多くが子どもをおんぶしていた。威嚇するようなヘリコプターとメガホンの怒号におびえて、小さな子どもたちはあふれる涙を隠そうともしなかった。彼らのすすり泣きはブルドーザーのエンジン音にかき消されそうになったが、それでも何百万もの朝食のテーブルからびっくりしてみつめているテレビ視聴者の耳に届いた。

上級ソーシャルワーカーに促されて、ひとりの警部補が親たちをいさめ、バリケードによじのぼろうとした。しかし彼はホッケーのスティックの乱打にこぶしをあざだらけにされて追い返された。若い警官がバリケードのすきまに抜け道をみつけ、ボルボ・エステートの助手席のドアを開けて車に乗り込むと、警棒を構えて運転席のドアを開けようとした。しかし十人余りの住人が車体に手をかけて、「降りろ、降りろ、降りろ……!」という掛け声とともに猛烈に揺り動かした。一分もしないうちに、その警官は意識を失うまで揺さぶられ、前部座席から仲間たちの足元に目を回して放り出された。

機動隊は忍耐強く見守り、フロントガラスに金網のバイザーを取り付けた装甲車の横で待ち受けて、チェルシー・マリーナでの作戦行動がイーストエンドのやや貧困な団地で使った暴動鎮圧手段と少しも異ならないことを確認した。彼らはあごひもをぎゅっと締め、警棒を楯に軽く叩きつけて、ブルドーザーがようやくフィアット・ウーノをつかまえて空中に持ち上げると前進を開始した。彼らは二列縦隊になり、突破口を抜けてバリケードの内部になだれこむと、抗議者たちに襲いかかろうとした。

しかし玩具のようなフィアットが高くかかげられたブレードの上でぐらついて、やじをとばしている住民たちの頭に落下しそうになると、警部補はさっと腕をあげて機動隊を制止した。心配のあまり帽子もかぶらず、警部補は梯子を伝ってブルドーザーの運転台にのぼると、運転手にエンジンをとめるように命じた。

短い押し問答があったが、そのあいだに警部補は帽子とメガホンを手に入れていた。ガソリンがフィアットの燃料タンクからこぼれだし、滴(しずく)が彼の足のまわりでとびはねた。彼は群衆に向かって、子どもたちのことを考えろと叫んだが、その子どもたちは頭上で揺れている自動車を眺めてうれしそうに笑っていた。甲高い声で笑う幼児たちは、もっとよく見えるようにと抱え上げられたが、さらに重要なのは、トースト立て越しに口をぽかんと開けてテレビを見ている朝食のテレビ視聴者にその姿が見せ付けられたことだった。

警部補は絶望して頭を振ったが、彼は中産階級の身に染み付いた自分の子どもに対する無慈悲さを考慮に入れていなかった。私がいやというほどよく知っているように、どんな社会集団であれ、わが子を寄宿学校生活の心をゆがめる厳格なしつけに追いやるような連中は、わが子を爆発する焚き火の危険にさらすことなどなんとも思わないのだ。

周囲で沸き立つあらゆる感情に疲れ果てて、私は群衆をかきわけて歩道にたどり着いた。破壊されたパーキングメーターにもたれてケイ・チャーチルの姿を探し求めていると、もうひとりの観察者が警察の作戦をじっと見守っていることに気づいた。

テレビの中継車の背後に立っていたのは、タラク少佐のおなじみの姿だった。樽のような胸とがっしりした腕が短いツイードのジャケットに包まれ、赤い髭が戦闘のにおいに逆立っていた。いつものように、彼は自分のまわりで展開されている市民の蜂起にはうんざりしているようで、百フィート上空に浮かんでいるヘリコプターをじっとみつめていた。その下降気流が十個あまりのごみ箱の中身を、まるで紙吹雪のように家々の屋根にぶちまけた。彼は現場に立つ内務省の人間で、おそらく警察の活動全体を統括しているのだろうと私は思った。

群衆はチェルシー・マリーナでの抗議活動が事実上終わったことを感じとったようで、ブルドーザーの運転手がブルを後退させて、バリケードからささやかながら重要な構成要素を引き抜いていくと静まりかえった。警部補は抗議者たちの正面に厳粛なおもちでたたずみ、幼い子どもたちに微笑みかけて、彼の階級が許すかぎり人間的にふるまったことに満足した。待ち受ける機動隊と管財人の密集陣を目の前にして、抗議者たちは散らばりはじめ、最後の瞬間に慎みと良識への訴えに抵抗できずに、野球のバットやクリケットのマレットを下ろした。

そのとき、通りを見下ろす窓から叫び声があがった。人々はわきに寄り、軍隊への緊急召集のようにホーンを鳴らしながら一台の車が近づいてくると歓声をあげた。ケイ・チャーチルの小型のポロは猛スピードで突進してきた。ケイがみずからハンドルを握って、ヘッドランプをまぶしく点灯させ、猛烈にホーンを鳴らしながら、群衆のあいだを突進してきた。灰白色の髪が戦闘旗のようにたなびき、敗北にまみれた軍勢を奮起させようとしているノルンの幽霊じみた長い髪のようだった。

バリケードにたどり着くと、急ブレーキをかけてフィアット・ウーノの抜けた穴に車をすべりこませたので、追い出された警官はボンネットの上を転げていった。機動隊に向かって挑戦的なことばを叫び、両手で二指の敬礼をしてみせながら、ケイは車から飛び出した。数秒としないうちに、ポロは転覆して炎に包まれた。初老の事務弁護士がレジメンタルタイにギャリッククラブのライターで火をつけて、手製のモロトフカクテルをむきだしになったエンジンに叩きつけたのだ。

すでに二台目の車が燃えていた。炎がその車輪のまわりでちらちらと戯れ、それからめらめらと燃え上がった。近くのヘリコプターに煽られて、オレンジ色のうねりは近づいてくる機動隊をひとなめすると、上を向いたブルドーザーのブレードに触れたので、フィアットの燃料タンクから流れ出したガソリンが激しい炎をあげて爆発した。

だれもがあとずさり、ブルドーザーの鉤爪で空高くかかげられた燃える車をみつめた。機動隊は装甲車の背後まで後退し、警部補は上司たちと無線で話し、タラク少佐は煙草を消した。キングズ・ロードからサイレンが響いてきて、消防車が大通りの両車線をふさいだ見物人たちをかきわけるようにして近づいてきた。燃えるバリケードからたちのぼる炎が、ヘッドランプと磨かれた真鍮をオレンジ色に輝かせた。

いまや調子に乗って、チェルシー・マリーナの最後のボルボやBMWまで死守してやろうと、ケイは住人たちに戦略的撤退を命じた。頬とひたいの油じみた煤をぬぐい、転覆した車のガソリンがはねて火傷した片腕に包帯をすると、ケイは抗議者たちをボーフォート・アヴェニューから五十フィートほど離れた第二バリケードにみちびいた。落伍者たちについてこいと合図するために立ちどまったとき、彼女は撤収者の後尾にいる私に気づいた。いつも彼女の混乱した落ち着きのない魔法に煽られていたので、私はこぶしをかかげて彼女を煽った。通りは炎上していたが、チェルシー・マリーナはすでにその存在の枠を超え、その延滞地代とクレジットカードの負債を超越しようとしていた。私の目にはすでに炎上するロンドンの姿が見えていた。それは一六六六年のロンドンの大火とおなじように、なにもかも清算してくれる銀行取引明細書の焚き火であった。

消防士たちが燃える車にホースを操って水をかけると、蒸気と煙のいりまじったいがらっぽい雲が最初のバリケードからたちのぼった。燃える車は怒ったようににらみかえし、ドアがばんと開いてけばけばしい花のように口を広げた。炎の旋風がヘリコプターの下降気流へと渦巻きながら流れ込み、近くの家々の軒の周囲を駆け巡った。

バイザーをつけた機動隊がバリケードのわきの垣根を飛び越え、ボーフォート・アヴェニューをこちらに突進してきた。彼らは屋根瓦の雨あられに見舞われたが、第二バリケードまでむりやり前進してきて、ケイが火を放つように命じた燃える廃棄物コンテナの背後に身を潜めた。ブルドーザーもがちゃがちゃと前進してきて、黒焦げになったフィアットの残骸をブレードから振り落とし、ケイのくすぶっているポロを歩道に押し出した。それは通りを進んできて、そのうしろには消防車とテレビの中継車がつづいていたが、すべては不安そうな新聞カメラマンの一団のうしろをぶらぶらと歩いているタラク少佐の油断のない視線にみつめられていた。

第二バリケードも放水によって破られた。チェルシー・マリーナ一帯にたちこめて、テムズ川をバタシー側まで流れていく、ほとんど液体のような真っ黒い煙と水蒸気の雲の中を、機動隊は進んできた。グロヴナー・プレイスの入り口を遮る三家族の敷地のささやかなバリケードの背後にうずくまり、クリケットのバットを手にしながら、私はチェルシー・マリーナの蜂起がほとんど終焉したことを悟った。機動隊はボーフォート・アヴェニューのつきあたりに到達し、たちまちカドガン・サークルを制圧するだろう。脇道をしらみつぶしに調べていって首謀者を逮捕し、残りの住人たちが正気にもどるのを待つだろう。ソーシャルワーカーや社会改良家やいんちき不動産業者（カーペットバッガー）といった占領軍どもが群がってくるだろう。駐車禁止線の王政が復古して、健全さと法外な授業料の世界がもどってくるのだ。

にもかかわらず、なにかがたしかに変わっていた。私はハンカチを口にあてて、滴るような煙から肺を守ろうとしながら、ケイの隣人のひとりで、BBCラジオの女優が、ペリエの瓶をライターオイルで満たすのを見守った。私は眩暈がしてへとへとだったが、それでも仲間意識と、共通の敵という感覚によって興奮していた。このときはじめて、ケイは正しいのだと、われわれは国家を奪取する力のある社会革命をまさに開始しているのだと、心の底から確信した。蒸気と煙のかなたに目を凝らしながら、ブルドーザーの音に耳を傾けて、私は機動隊がチェルシーの脇道を無意味に占拠するのを待ち構えた。

そのとき、到着したのとおなじくらい唐突に、機動隊は撤退しはじめた。私は転覆したトヨタにぐったりともたれ、巡査部長が無線に耳を傾けてから部下たちに後退を命じると、ケイや彼女のチームとともに歓声をあげた。ブルドーザーはカドガン・サークルを周回するウイニングランを放棄して、守衛詰所にもどっていった。何十人もの警察官がバイザーを上げて警棒を下ろし、煙の中をキングズ・ロードの出撃地点に大股でもどっていった。彼らは警察車両に乗り込み、朝の渋滞の中に出て行った。ヘリコプターも撤退し、煙が散っていくにつれて大気も澄みわたりはじめた。十五分もしないうちに、警察の全部隊がチェルシー・マリーナから去っていった。

二台目の消防車が現場に到着し、つづいて地元の評議会のレッカー車が到着して、その作業員がボーフォート・アヴェニューの全焼したバリケードを撤去しはじめた。二軒の差し押さえられた家が炎上しており、警察が行動の中止を余儀なくされたのはこのせいではないかと私は思った。管財人が正面玄関を打ち壊したとき、その家の所有者はリビングの絨毯にガソリンをまいて、庭の窓から燃える蠟燭を投げ込み、手を振って長年住み慣れた快適な家に別れを告げたのだった。

大火災の可能性と、巨大な火葬の薪の山に変貌したチェルシー・マリーナのイヴニングニュースの光景に直面して、内務省は警察を引きとめ、停戦をよびかけたのである。その日の午後、ケイ・チャーチルに率いられた住民の代表団が、警察や地元の評議会とともに、不動産管理人事務所で協議の席についた。彼らが話し合っているあいだに、消防隊がボーフォート・アヴェニューの近くの二軒の火災を消火した。警部補はいかなる放火の告訴もなされないと同意した。そして管財人にはこれ以上の差し押さえを控えるように促すと約束した。水道と電力の供給は再開されることになり、内務省の調停者のチームは住民の苦情を調査すると約束した。

その夜六時に、グロヴナー・プレイスにもどってくると、ケイは血まみれになった包帯を振りかざし、その顔は勝利に紅潮していた。つづく十余りのテレビインタビューでいきさつを語ったとき、拒絶された唯一の要求は、チェルシー・マリーナのすべての通りを改名すべきだという主張だけだった。彼女はいんちきなメイフェアとかナイツブリッジといった名前を捨てて、日本の映画監督の名前に改めたいと思ったのだが、先見の明のある住民たちに、そんなまねをしたら不動産価値に傷がつくかもしれないと警告されたのだ。そういうわけで、ボーフォート、カドガン、グロヴナー、そしてネルソンという名前は生き延びたのである。

ほかに変わったことといえば、あまりうれしくないことだった。すでに最初の家族がチェルシー・マリーナを去ろうとしていたのだ。管財人の心変わりを信じられず、停戦がいつまでつづくか不安だったので、幼い子どもをもつ住人たちは、荷物をまとめて玄関に鍵をかけ、友人を頼って車で出て行ったのである。必要なときはもどってくると約束したが、彼らの離脱は敗北のささやかな承認であった。

ケイは彼らの背信にもうろたえることなく、こぶしをかかげて玄関前の階段にたたずんだ。残るわれわれも去っていく彼らを見守った。子どもたちはリアシートのスーツケースのあいだに詰め込まれていた。気を利かせて、私たちはグロヴナー・プレイスのつつましいバリケードを取り壊し、転覆した車を非常駐車帯に押していったり、ガラスの破片を掃除したり、通りをきれいにするためにできることはなんでもした。ただひとつ残った無傷なパーキングメーターにまもなく最初のコインが投入された。


箒を小脇に抱えて家の中に入ったとき、浴室とキッチンで蛇口から水の流れる音が聞こえてきた。ケイは肘掛け椅子に横たわり、汚れた包帯が腕からほどけかけた状態で、テレビニュースの前で熟睡していた。そこにはボーフォート・アヴェニューのバリケードの骨組みのそばで勝利に息を切らしている彼女の姿が映し出されていた。私は愛情をこめてキスをすると、音量を落としてから上階に行って蛇口を締めた。マンハッタンの全住民の気持ちを鎮められるほどの鎮静剤がつまった薬品戸棚から、新しい包帯と殺菌クリームをみつけだした。

またひとりの住人の車が出て行くのを窓から眺めながら、ケイも彼らとともにチェルシー・マリーナを立ち去り、少なくとも警察の関心がさめるまで、ロンドンのどこかにいる友人のもとに身を寄せるべきではないかとふと思った。私服警官がほとんど確実に住宅街の入り口を監視しており、遅かれ早かれ内務省は贖罪の山羊を要求するだろう。チェルシー・マリーナに自動車の出口はひとつしかなかったが、何本かの歩行者通路が住宅街の外の隣接する脇道に通じていた。私はそうした脇道のひとつにレンジローバーを駐車していたので、ケイとスーツケースを安全なところにたやすく運び出すことができた。

私はお湯を入れたボウルを手にしてリビングにもどり、彼女の火傷を洗って手当てしてあげようとした。しかし包帯をほどこうとすると、彼女はたちまち目を覚まして私を押しやり、血に染まった包帯を安心毛布のように握りしめた。

私は彼女のことが誇らしかった。彼女はそのトロフィーを得る正当な資格を勝ちとったのだ。シャワーを浴びながら、ジョーン・チャンとスティーヴン・デクスターが彼女の勝利の瞬間にこの場にいないのをとても残念に思った。とりわけ、リチャード・グールドがいなくて寂しかった。彼はチェルシー・マリーナの反乱を煽動しながら、いまではそれに興味を失ってしまったのである。

第二十八章　決定的な手がかり

ボーフォート・アヴェニューの火災にあった家々からは、いまだにかすかな煙と蒸気がたちのぼっていたが、レスキュー隊はすでに仕事を終えていた。都市伝説になってしまう前に戦場を訪れたいと思って、私は守衛詰所のほうに歩いていった。黒焦げになった軒先からぽたぽたと滴が垂れ、ひび割れた窓ガラスが破砕された空を映し出していた。元の状態にもどろうと、秩序と維持管理への本能から、住民たちは通りを清掃し、ヘリコプターの風に煽られて斜めになった抗議の垂れ幕をまっすぐに直していた。非常駐車帯の車の多くは横転していたが、ボーフォート・アヴェニューは、いくらか二日酔い気味の中産階級の住宅街という、ほとんどいつもの姿をとりもどしていた。

警官の一隊が住宅街に通じる入り口を巡回して、新たに開園したテーマパークのツアーガイドのように、通りすがりの歩行者の質問に答えていた。彼らは管理人の略奪された事務所を詰所にして、地元の評議会の従業員が割れた窓越しに紅茶のカップを手渡していた。恨みは痕跡もなく、巡査はキングズ・ロードに万引きに行く途中の住人に愛想よく挨拶した。テレビ局のクルーが中継車のそばにすわり、ベーコン・サンドイッチを食べながらラジオでポップソングを聞いていたが、彼らのカメラと録音機材はまだ荷造りされていなかった。この信頼できるものさしから判断すれば、チェルシー・マリーナの革命は終了したのである。

カドガン・サークルにもどってくると、ほんの一週間前にチェルシー・マリーナが北アイルランド騒動以来もっとも暴力的な内乱の現場だったことが信じられなかった。すでにケイ・チャーチルに率いられた蜂起は学生じみたばかさわぎに近いものになっているようだった。幼児化した消費者社会は、ケイがポロを運転して崩壊しかけたバリケードに突入したのとおなじくらいすばやく、現状(ステイタス・クオ)のいかなるすきまをも埋めてしまったのである。

グロヴナー・プレイスとの分岐合流点で、ふたりの十歳の少年がエアガンで遊んでいた。チェルシー・マリーナに触発された新しいゲリラファッションともいうべき、迷彩服と軍用ベルトを身につけていたが、それはすでにイヴニングスタンダード紙のファッション面で特集されていた。キッチンの窓からハイドンの交響曲が優雅に流れてきたが、その頭上の抗議の垂れ幕の濡れたスローガンは、溶け崩れてタシスムの絵画のようになっていた。

われわれは勝ったが、なにを勝ちとったというのか？　静かな通りをじっとみつめていると、感情が真空になっていることに気づいた。われわれの勝利はいささか容易すぎた。そしてケイのように、私も法廷出頭日を心待ちにしていた。私は車を横転させ、ペリエの瓶にライターオイルをつめるのを手伝ったが、寛容でリベラルな社会は私に微笑みかけて歩み去り、あとに残されたのは、迷彩服を身につけて、威嚇するような表情を浮かべて私に銃をつきつけているふたりの少年だけだった。

ようやく私にも、リチャード・グールドがチェルシー・マリーナと、そこではじめた革命に絶望したわけがわかってきた。彼の急進的な存在がなければ、この高級住宅街は元の状態にもどってしまうのだ。毎朝私はヴェラ・ブラックバーンの部屋のドアベルを鳴らした。グールドがもどっていることを、そして静かな西ロンドンの通りで狂った牧師によって射殺された若い女性を目撃したおぞましい体験からすっかり回復していることを願いながら。断層線が口を開き、正気と憐れみを呑みこんでしまった。スティーヴン・デクスターの動機は、殺人罪で裁かれることになっているでぶの銃器マニアの動機とおなじくらい謎めいていたが。

私はヴェラのドアベルを鳴らし、無人の部屋でなにか物音がしないかと耳をすましてから、エレベーターに乗って一階に降りていった。ケイは丸一日外出して、ロンドン郊外の中産階級の急進主義を扱ったテレビドキュメンタリーの制作を手伝っていた。新しい世界が進展中だと確信して、その番組が中庸と良識の砦ともいうべきバーネットとパーレイ、そしてトゥイックナムとウィンブルドンでの蜂起のきっかけとなることを願っていた。

あれ以来サリーからはなんの連絡もなかったので、私がセント・ジョンズ・ウッドにもどるのを待っているのだろうと思った。とても会いたかったが、ひとたび敷居をまたいでしまえば、過去とその果てしない要求に、そして義理の父とアドラー心理学協会とアーノルド教授に身をゆだねることになるのはわかっていた。

煤も煤煙も川からたちのぼるヘリコプターの排気ガスの灯油臭もないきれいな空気を求めて、私はテムズ川沿いのマリーナへとネルソン・レーンをぶらぶら歩いていった。独身のヨットウーマンがスループ船の甲板でロープを巻いており、二歳の息子がそれをみつめていた。私はボーフォート・アヴェニューのバリケードでふたりの姿を見かけていた。息子を肩車にして、彼女は警察を罵っていた。いままさに彼女は錨を上げ、チェルシー・マリーナも、その失われた希望の波止場もあとにして、テムズ河口へと船出しようとしているのだろう。彼女に手を振りながら、私も乗船できたらいいのにと思った。甲板員として、海洋心理学者として、夢の乗り手、潮流の読み手として……

背後でネルソン・レーンに面したドアの開く音がした。デクスター牧師の礼拝堂のすぐ近くだ。ひとりの女性が敷居のところでためらい、鍵をいじくり回してから、ドアを少し開けたまま、すばやく階段を降りはじめた。エナメル革のコートを着てハイヒールを履いていたが、聞き覚えのある気取った足音だった。彼女は歩道に沿って足を速め、私から身を隠すようにスクールバスの背後で立ちどまった。それはチェルシー・マリーナでもっとも裕福な住民である、ソフトポルノの出版業者によって寄付されたランドクルーザーだった。

「ヴェラ！　待ってくれ！」

私は駐車してある車をよけながら彼女を追いかけ、彼女が住宅街から近くの脇道に通じるせまい路地に入っていくのを目にした。彼女は頭をうつむかせ、急ぎ足で防犯ゲートに向かうと、するりとくぐり抜けて後ろ手に閉めた。

私がゲートに着いたときには、彼女はすでに骨董品店や小さなブティックの前をぶらぶらと歩いている観光客にまぎれてしまっていた。私はひと休みして鍛鉄製の格子にもたれた。ゲートは頭ほどの高さで、てっぺんには扇形の金属スパイクが取り付けられ、住民のＩＤカードで開けることができるようになっていた。

　何者かがそのメカニズムを破壊したのだ。動力工具で真鍮のピニオンが手際よく切断されていた。むきだしの金属はすでに光沢を失っていたので、錠前が壊されたのは少なくとも一週間前であることがわかった。

　私はゲートを引いて通りに出ると、通り過ぎていく買い物客をみつめた。五十フィートほど先で、三台の警察の車両が縁石ぎりぎりに駐車していた。それぞれの車両には六人の警官がいて、窓のそばに背筋を伸ばしてすわり、いっぽう運転手は無線に耳を傾けていた。

　私はしっかりとゲートを閉め、マリーナにもどっていった。せまい路地にヴェラの香水がかすかに漂っていたが、もうその臭跡を追う気は失せていた。私はゲートと、車両で待っている警官のことを考えた。あの暴動のあいだ、彼らはいつでも自由にチェルシー・マリーナに大挙して押し入り、背後から住人に襲いかかることができたのだ。車が横転され、暴動参加者の感情が公然たる暴力にまで高まらないうちに、あの対決そのものが何時間もかかるどころか数分で終わっていたのだ。

　私は路地を出てデクスターの家にもどり、正面ドアの真下の歩道にたたずんだ。ヘリコプターがワンズワース・ブリッジの上空を旋回し、水上警察の二隻のランチが流れの中ほどに浮かび、乗員がマリーナの入り口を監視していた。陸海空共同のチェルシー・マリーナ攻撃はいつでもたやすく仕掛けることができたのかもしれないが、警察、あるいは警察をコントロールしている何者かは、それをぐっとこらえて、ボーフォート・アヴェニューの示威行動に限定したのである。

もしもわれわれの闘争心をひどく高揚させたあの対決全体が、チェルシー・マリーナの住民の決意をテストするために計画的に実施されていたとしたら？　彼らの行動をたった一本の通りに限定することによって、警察は革命を容認できる限界におさめ、その感情をテストしたのだ。ツイードのスポーツジャケットを着て内務省と「つながり」があり、つねに監視の目を怠らないタラク少佐の姿が脳裏に浮かんだ。彼が火炎瓶やヒステリーに退屈しているのは明らかだった。スコットランドヤードにとって、燃えるフィアットやボルボをめぐる対決は、住人の感情を徐々にほぐして、クリケットのマレットや義憤よりも危険な武器に手を出させないための策略だったのだ。ヘンリー・ケンドールは、警察の大掛かりな作戦が開始されようとしていることを知っていたにちがいない。だから彼とサリーは私に警告するためにチェルシー・マリーナに来たのだ。

私は階段をのぼって正面ドアを押しもどし、ヘリコプターの単調な低音に耳を傾けてから、きちんとドアを閉めてリビングに入っていった。牧師の家はひどく荒らされていた。引き出しはデスクから引き抜かれ、カーペットは捲り上げられ、賛美歌集はテーブルから払いのけられていた。デクスターがキャンプしていた小型テントや携帯コンロ、そしてキャンプ用ベッドは暖炉に投げ込まれていた。食料の缶詰とハーレーオーナーのマニュアル、それにフィリピン時代の写真が床一面に散乱していた。キッチンには、デクスターのレザーのライダージャケットが木のテーブルいっぱいに広げられ、引き出しから取り出した肉切り包丁で縫い目が切り裂かれて中身がぶちまけられていた。その激しい感情は、そのジャケットのかつての着用者に向けられたもののようだった。

上階に行ってみると、そこは独房のような部屋だったが、ヴェラがまるでつむじ風のような猛威を振るい、デクスターのコットンの飛行服と大学のガウンをハンガーからひきはがして、ベッドのわきの床にほうり投げていた。質素な浴室と貧弱な隠し場所にいらいらしたのか、ヴェラは高価なバスソルトの瓶を洗面台に投げつけて粉々にしたので、教区民からの贈り物はけばけばしいターコイズブルーのプールを形作っていた。

私はつなぎの飛行服を手にとって、むきだしのマットレスに腰をおろした。ヴェラの香水が空中に漂っていた。風変わりな爆発物の鼻を刺す鉱物性のにおいだった。かたわらに暗い影のように広げられているのはデクスターの司祭平服で、黒い袖がすぐそばにあった。おそらくデクスターはジョーン・チャンの死後、もう二度とここでともに眠ることはないと悟って、その服をこの慎ましいベッドの上に置いたのだろう。

ほとんど同情に近い気持ちをこめて、なんらかの形であの不幸な牧師をざらざらした織目から呼び出したいと思いながら、粗い生地に手を触れ、ヴェラ・ブラックバーンが血眼(ちまなこ)になって、どんな貴重な戦利品を探していたのだろうと考えた。司祭平服の胸ポケットのあたりに手のひらが触れたとき、小さな金属物の感触に気づいた。

ひっぱりだしてみると、それは黄色いシルクのハンカチで、固く折り畳まれ、輪ゴムでしっかりとめられていた。その小さな包みを開いてみると、一組の車のキーが入っていた。古びて変色しており、埃にまみれたジャガーのディーラーのメダルに取り付けられていた。

ふたたび胸ポケットに手を入れて、今度は文字の印刷された細長い紙切れをひっぱりだした。光にかざすと、ヒースロー空港の長期駐車場で発行された駐車券であることがわかった。その紙にデクスターは緑色のボールペンでB四一と走り書きしていた。そして駐車スペースの番号だろうと思われる一四八七という数字も。

デクスターは古いジャガーを所有していて、なんらかの理由でヒースロー空港に駐車したのだろうか？　パンチ穴をじっくり調べて、その駐車券が失効しているか確かめようとした。目は黒い磁気ストライプのあたりをさまよっていたが、心はずっと読みやすいものに惹きつけられていた。チケットのへりに刻印された発行日時である。

五月十七日午前十一時二十分。

それは第二ターミナルの爆弾事件の日付であり、時刻はローラの命を奪ったターンテーブルでの爆発のほぼ二時間前だった。

第二十九章　長期駐車場

バックミラーを遠ざかっていくマーカーラインのように、革命の記憶は急速に遠ざかっていった。ホガースハウス近くの環状交差点にたどり着くと、そこから加速して高速道路とヒースロー空港をめざした。はじめてチェルシー・マリーナの人間とローラの死を結びつける確かな証拠を手に入れたのだ。くりかえされた鞭打ちで脳に障害を負った牧師が、それだけが彼の人生に絶望的な意味をあたえてくれる、どこまでも深い暴力の中へと、夢遊病者のようにさまよいこんでいったのだ。

道路監視カメラを無視して、ついに眠りから覚めようとしている巨大な石の夢のような高架交差路を猛スピードで通過した。スリップストリームの轟音が頭を通り過ぎ、ほかにも説明がつくことはわかっていたが、すべての疑問を吹き飛ばしていった。あの駐車券と長期駐車区画一四八七にあるジャガーは、第二ターミナルの犠牲者のひとりのものかもしれない。ひょっとしたらローラとおなじ便でチューリッヒからもどってきた上級牧師で、デクスターに駐車券とキーを郵送し、車を取りに行って到着ラウンジまで迎えに来てほしいと頼んだのかもしれない。

あるいは、チェルシー・マリーナがスティーヴン・デクスター牧師として知っていた聖職者は、じつは偽者で、税関から逃亡中の密入国者だったのだろうか？　手荷物受取所で瀕死の牧師を助け、それから好機をとらえて、死者の書類やチェルシー・マリーナへの任命状を盗んだのではないか。これがどこかほかの教区だったら、オートバイと中国娘と不確かな信仰が発覚のきっかけになっただろうが、チェルシー・マリーナでは、それらはごく普通で、ほとんど不可欠な必要条件と見られたのだ。

出所はともかく、駐車券とイグニッションキーはデクスターの司祭平服のポケットに入っていた。ハットン・クロスでヒースロー空港の周辺にさしかかったとき、私はローラのことを考えていた。その薄らいでいく存在が心の中で目を覚まし、空港のターミナルを指し示す標識の上空に浮かんでいるようだった。トラクターがボーイング七四七を牽引して英国航空のメンテナンスハンガーへと周辺道路を横断するのを待つ。広大な駐車場が周囲に広がっていた。航空会社クルー、警備担当者、業務渡航者のためのエリア、ほとんど惑星規模に広がる待機中の自動車。持ち主が世界を巡っているあいだ、彼らは檻のような囲いの中で辛抱強く待っている。永遠に失われた日々は、持ち主が送迎バスから降りてきて車の返還を要求するときに満了するのだ。

旅客機が地上に降りてきて、滑走路にそっと着陸すると、ターボファンがため息をついたが、それは時間によって傷つけられた夢のささやきだった。ローラは最後の数分間、この蜃気楼から現れ、それからフライトよりもはるかに大きな謎の中へと静かに立ち去ったのである。

自動発券機から駐車券を受けとり、管理事務所の前を通過して駐車場のB区域に向かった。

強欲な駐車料金にもかかわらず、ほとんどすべてのスペースが埋まっており、莫大な数の自動車の信徒たちは彼らのメッカであるヒースロー空港の管制塔のほうを向いて駐車していた。私はB四一に車を向け、車列のあいだをタールマック舗装に記された数字を読みとりながら進んでいった。われにもあらず、暗殺者がまだジャガーにすわっていて、私が到着するのを待っているところを想像してしまった。

一四八七駐車帯はふさがっていた。人目を惹くメルセデスのサルーンがスペースを満たしていたのだ。そのぴかぴかの車体は黒い儀礼用の甲冑（かっちゅう）のようだった。私はレンジローバーを停めてメルセデスに歩み寄った。窓越しに白いレザーの内張りとカーナビシステムを装備したコントロールパネルが見えた。先週のイヴニングスタンダード紙が後部座席に放置されていた。このメルセデスはほんの数日しかここに停められていないのだ。

二十分後、Eセクションの北側のせまい保管区域でジャガーがみつかった。メルセデスに阻まれて、出口ゲート近くの管理事務所にもどったのだが、好意的なアジア系の管理人は、どんな車でも二か月間放置された場合は、保管区域まで牽引され、それから会社の法律部門が所有者をつきとめるのだと説明してくれた。自動車泥棒、海外に逃亡した犯罪者、それに期日をすぎた旅行客で追加料金を支払いたくない人々は、乗ってきた車がこの自動車の辺獄（リンボー）界に永遠にとどまっているものと思い込んで、しばしば車を乗り捨てていくのである。

私は管理人にスティーヴン・デクスターの司祭平服でみつけた駐車券を見せて、第二ターミナルの搭乗ラウンジのシートのすきまにはさまっているのをみつけたのだといった。

「謝礼金がもらえるかもしれない」私は思いきって切り出した。

「ひょっとするとだが」

「お調べしましょう」私の熱意に微笑を浮かべて、彼は駐車券と駐車ブロックの数字をコンピュータに打ち込んだ。「ありました。ジャガー、四ドアサルーン、X登録、一九八一年モデル。ただいま車両免許局を通じて現在の所有者を照会中です」

「名前はわかりますか？　この駐車券を見たらよろこぶと思うんだが」

「それはどうでしょうね。追加料金は、八百七十ポンド、プラス付加価値税というとんでもない金額ですよ」私が顔をしかめると、彼は誇らしげにいった。「駐車というのは贅沢な行為なんです。事業と休暇の価格構造に組み込まれているんですね。もしお金を節約したければ、一般道路があるじゃないですか」

「なるほどね。所有者に連絡できるような電話番号は？」

「電話番号はありませんが」彼はそこで口を閉ざし、私の手が二十ポンド紙幣をデスク上にすべらせるのをじっとみつめた。「住所はロンドンSW六、フラム、キングズ・ロード、チェルシー・マリーナです」

「それで、名前は？」

「グールド。ドクター・リチャード・グールドです。あなたはついていますよ。車を忘れていくお医者さんはめったにいませんからね」

私は未徴収車の列にまじって周辺フェンスのそばに停まっている古いジャガーのそばにたた

ずんだ。多くの車がパンクしていて、鳥の糞に覆われ、ヒースロー空港に向かう飛行機のオイルが点々と染み付いていた。

ジャガーの隣には、窓が真っ白になってバンパーが傷ついたピックアップトラックが放置されていた。おそらく交通事故を起こし、運転手は車を捨てて逃亡してしまったのだろう。ジャガーの窓は埃に厚く覆われていたが無傷で、後部座席に山積みにされた医学冊子のタイトルを読むことができた。肘掛けのそばに二匹の小さなテディベアがすわっていて、約束の時間をすぎた大人が帰ってくるのを待っている子どものように、ボタンの目が期待と警戒の色を浮かべていた。

それがちがう車であることを祈りながら、鍵穴にキーをすべりこませた。しかしキーはあっけなく回ったので、私は運転席のドアを開けて、汚れと埃の封印から解き放った。シートに腰をおろしてハンドルを握ると、みすぼらしい内装にグールドの存在を嗅ぎとることができた。くたびれたレザー、壊れたシガーライター、吸殻にあふれた灰皿。グローブボックスには医薬品のちらし、新しい小児用鎮静剤のサンプルの箱、それにラップに包まれたまま、空気のない熱気によってミイラ化したサンドイッチが押し込まれていた。

イグニッションキーを回すと、ほとんどあがってしまったバッテリーのごく短い電流に反応して、エンジンのサーボ機構がカチッというのが聞こえた。助手席には大判のペーパーバックが放置されていた。BBCのテレビシリーズ『神をみつめる神経科学者』の軽装版だ。エジプトの寺院やヒンドゥー教の神々、そして前頭葉のCTスキャンのフルカラー写真をぱらぱらとめくっていく。寄稿者の写真の中に、私自身のポートレートもあった。つい十八か月前にホワイト・シティ・スタジオで撮影したものだ。バックミラーを調節して、やつれた顔つきや傷ついたひたい、警察で整列させられた容疑者のような目つきの私と、光沢紙のページから私をみつめ返している、自信にあふれた清潔感のある人物とを見比べた。いかにも若々しくて抜け目なさそうだ。練習した早口がいまにも唇をついて出そうだった。

黄ばみかけた表紙をなでつけているときに、タイトルの真下に緑色のボールペンで電話番号が書かれているのに気づいた。身構えるように傾いた数字と走り書きの文字ににじむインクの染みを見ていると、おなじ筆跡でペン書きされた数字が脳裏によみがえった。アジア系管理人に見せた駐車券に走り書きされていた駐車エリアの数字である。

スティーヴン・デクスターのことを考えながら、その本をじっとみつめていると、計器パネルに人影が落ちた。ひとりの男がジャガーの前をうろついていたが、その顔は窓にこびりついた埃と汚れのせいでよく見えなかった。彼はボンネットを持ち上げようとしたが、それから運転席に近づいてきて、窓をこんこんと叩いた。

「デーヴィッド、開けてくれ。やれやれ、また閉じこもってしまったのか……？」

第三十章　素人と革命

「リチャード……？」彼に会えたのがうれしくて、私は肩でドア押し開けて手をつかんだ。

「閉じこもった？　どういうことだろう」

「それは自分で解き明かさなければならないだろう。いつだってきみだったんだよ、デーヴィッド……」

　グールドは自信たっぷりに挨拶して、私がジャガーから降りるのを手伝ってから、後部座席のテディベアに手を振った。穏やかで元気そうで、武装した騎馬隊を閲兵している大佐のように、ずらっと並んだ車を眺めた。彼がとても元気そうなのを見てほっとした。いつもの擦り切れた黒いスーツを着ていたが、最後に見かけたときはフラムのビショップス・パレスの地面で汗にまみれていた。しかしいまは洗濯されてプレスされており、コンコース専属医の仕事を申し込むために空港にやってきたかのように、白いシャツとネクタイまで身につけていた。

　私たちは陽光の中で微笑を交わし、着陸する旅客機の騒音がターミナルの建物のあいだに消えていくのを待ち受けた。またしても、私はこの落ち着きがなくて不安定な男が、周囲のあらゆるものをかくも安定させることができることに強い感銘をおぼえた。アフリカの荒廃した片隅で単独の慈善事業を指揮し、その存在だけが原住民に希望をあたえている医師のように、灯油の染み付いた空気のにおいを嗅いでいるときですら、完全な意志によって世界の意味を理解しているのが感じられた。彼は旅客機が着陸するのを見守り、その寛大な凝視が到着ラウンジの無限性を祝福しているようだった。

「リチャード、話したいことがあるんだ。気分がよさそうでよかったよ」私は背中を太陽に向けて立ち上がり、彼の持ち上げた手の向こうを見ようとした。「フラムの公園では、ひどく衰弱していたからね」

「あのときは疲れ果てていたよ」グールドは過去の記憶に顔をしかめた。「あのいまいましい樹木め、まるで監視カメラのようだった。困難な一日だったよ。あの奇妙な射殺事件」

「ハマースミスの殺人事件だね？　ぼくたちはすぐ近くにいたわけだ」

「たしかに。彼女は美しい女性だったそうだ。助けてくれてありがとう」グールドはジャガーにもたれかかり、私をじろじろと眺めた。「きみだって疲労困憊しているじゃないか、デーヴィッド。チェルシー・マリーナは人にきびしいところだからね。先週、力試しがあったらしいな」

「警察がひと芝居打ったんだ。罠にはまったんだと思う」

「決して悪いことじゃない。焦点をはっきりさせてくれるからね。少なくとも、全員が結集しただろう」

「まさしく。ぼくたちは力を合わせてバリケードを守ったよ。ようやく革命がはじまったんだ。われわれは国家の軍隊と戦い、膠着（こうちゃく）状態に追い込んだ。だれにも理由はわからないが、警察は退却した」

「きみたちをからかっていたのさ。むかしなら振り回されるのはプロレタリアだったが。いまではおなじいじめっ子の戦法を中産階級に試しているんだ。それでも、きみたちは勝利をおさめた」グールドは学校の競技会の成績を誇らしげに聞いている親のようににこやかに笑った。

「古代ケルトの女王ブーディカは？」

「ケイのことだね？　彼女は二輪戦車を駆って猛烈な火炉に飛び込んでいったよ。きっときみも彼女のことを誇りに思うだろう。すべてはきみがお膳立てしたんだ。きみが夢見たようなショーだったよ、リチャード」

「わかっている……」まるで陽光を指揮しているかのように、グールドは空に向かって身振りをした。「ほかにもいろいろなことに集中しなければならなかった――全体的な戦略とか、スティーヴン・デクスターのこともあるし。彼は危険人物かもしれない」

「彼はここにいたんだ」私は舞い降りてくるキャセイパシフィック航空のジャンボ機の地を這うような重低音に負けまいと声をはりあげた。「スティーヴンはきみの車に乗っていたんだ」

「いつ？」グールドは私の肩越しにちらっと見た。その注意が鋭くなった。「今日だとでも？　デーヴィッド――しっかりしてくれ」

「今日じゃない。今朝彼の家できみのイグニッションキーをみつけたんだ。五月十七日の日付の印刷された駐車券もあった。彼はきみの車を奪って、第二ターミナルの爆弾事件の二時間前にここに来たにちがいない。たぶん彼が――」

「そのとおり」グールドは当然のことのようにいった。「彼はジャガーをヒースローまで運転してきた。われわれは彼に警告する必要があるんだ。警察に出頭しないうちに」

「警告する？　あいつは手荷物受取所のターンテーブルに爆弾を仕掛けたんだぞ。ぼくの妻を殺したんだぞ。なぜだ？」

「想像もつかないな」グールドは私をじっとみつめた。その目が私の顔の擦り傷のあたりを泳いだ。まるでチェルシー・マリーナの戦闘が私たちを引き離したかのように、その目はどこかよそよそしかった。「どうやって警備をすりぬけたんだろう？」

「司祭平服を着ていたんだ。乗客が死にかけているといえば、警察は牧師を通すだろう。今朝彼の家で司祭平服を見たよ。黒ミサから持ち帰った品のように、ベッドに広げられていた」

「妙だな。てっきり信仰を失ったものと思っていたが」

「べつの信仰をみつけたのさ——突然死というやつを。ヴェラもあそこにいて、家捜ししていたよ。彼女とスティーヴンはこの車にいっしょにいたのかもしれない」私はグールドを奮起させようとした。「リチャード、きみだって危険だったかもしれないんだぞ。スティーヴンはぼくの妻を殺し、それからあの女性キャスターを殺したんだ。きみも見ただろう……」

「うん、彼女が死ぬのを見たよ」グールドの声はか細くなっていた。気を紛らせようとしている子どものように、埃まみれの窓にシンプルな棒人間を描いた。「それでも、警察に行くことができないんだ」

「どうして？」

「あらゆるものに近すぎる」彼は囲いの入り口の外に停めたレンジローバーを指さした。「パトニー・ハイストリートの監視カメラはわれわれの姿をとらえていた。ナンバープレートの数字が読まれなかったのは幸運だった。ぼくらは共犯者なんだ、デーヴィッド」

今回ばかりは彼の消極性に驚いて、私は異議を唱えようとした。一台の車が周辺道路を近づいてきた。グレイのシトロエン・エステートで、パトロール中であるかのようにゆっくりと走っている。囲いのそばに停車すると、女性が運転しているのがわかった。彼女が私たちをみつめたとき、鮮やかなアイメイクと骨ばったひたい、それに薄ら笑いを浮かべた紫の口紅の唇に気づいた。

「ヴェラ・ブラックバーン？」

「そのとおり」グールドが手を振ると、彼女は車を発進させてパトロールを再開した。「ウォルマートにでかけるマクベス夫人といったところだな」

「リチャード、いいかげんにしてくれ……」場違いなユーモアにいらいらして、私はたずねた。「どうやってここへ？」

「今日かい？　ヴェラが乗せてきてくれたよ。彼女はヒースロー空港までドライブするのが大好きなんだ」

「わたしがジャガーをみつけると確信して？　つまり、われわれがここで出会ったのは偶然ではないと？」

「まあね」グールドは私を落ち着かせようと腕をつかんだ。「すまない、デーヴィッド。きみをだますのは嫌なんだ。きみはいつだってとても誠実だ——自分自身を除いてだれに対してもね。だからそろそろはっきりさせるべきときだと思ったんだ。警察の動きや、迫ってくる警備員や、話し合うべきことはたくさんあるからね」

「見当がつく」私は遠ざかるシトロエンをちらっと見た。「するとヴェラはスティーヴンの家でぼくを待っていたわけか？　ぼくが毎日マリーナに散歩に行くのを知っているから」

「まあそんなところだ。きみはびっくりするほど時間に正確だ。それこそブルジョアの条件付けそのものだよ。列車が時間どおりに走るように気を配ってきた年月の」

「彼女は家捜しするふりをして司祭平服に車のキーと駐車券を仕込んだ。きみはぼくがそれをみつけるものと思った」

「きみにみつけてほしいと思ったよ。ヴェラがちょっとした手助けをした。司祭平服は彼女のアイディアだった」

「うまいやり方だ。こういったことについて女はたくみだな」

「試しに着てみたかい？」

「司祭平服を？　誘惑には駆られたよ。まあいってみれば、私は司祭職に向いていないということだな」真実が明らかになってほっとしている学童のように、グールドが微笑みをもらすのを見た。「スティーヴン・デクスターはまだ生きているのか？」

「デーヴィッド……？」グールドは驚いて私のほうを振り返った。「彼はどこかに潜伏したよ。自殺はしないだろう。信じてくれ、彼は罪悪感が強すぎるから、そんなまねはできないんだ。

第二ターミナルで起こったことで、ほとんど信仰をとりもどしたんだ」

「なにが起こった？　知っているはずだ、リチャード」

「知っている」グールドは首を垂れて、すり減った靴をじっとみつめた。「きみに話したいと思っていたよ。きみならわかってくれるから。われわれがなにをしているか……」

「ヒースロー空港での殺人のことはわからない。人を殺す？　とんでもない……」

「それがまさに問題だ。渡るには深い川だ。しかし橋があるんだよ、デーヴィッド。われわれはカテゴリーにとらわれている。曲がり角の向こうを見るのを妨げている壁にとらわれている」グールドは大破したピックアップトラックを指さした。「正当化されていると感じれば、われわれは死を受け入れる——戦争、エヴェレスト登山、超高層ビルの建設、橋の建造……」

「たしかに……」私は第二ターミナルのほうを指さした。「だが、あそこに橋は見当たらないじゃないか」

「心の中にあるんだ」グールドは白い手をあげて、滑走路のほうを身振りで示した。「それはわれわれをもっとリアルな世界に運んでくれる。自分が何者であるかもっと豊かに感じさせてくれる。ひとたびできあがれば、その橋を渡るのはわれわれの義務だよ」

「若い中国人娘をばらばらに吹き飛ばして？　デクスターはヒースロー空港の爆弾事件に関与していたのか？」

　みすぼらしいスーツ姿のグールドは悄然（しょうぜん）としたようだった。「うん、デーヴィッド。関与していたよ」

「彼が爆弾を仕掛けたのか?」

「いや。彼ではない」

「それなら、だれがやった?」

「デーヴィッド……」グールドは整っていない歯をむきだした。「言い逃れをするつもりはないが、ヒースロー空港の事件はもっと大きな構想の一部なのだと考えてほしい」

「リチャード! ぼくの妻は第二ターミナルで殺されたんだぞ」

「知っている。あれは悲劇だった。でも、その前に……」彼は振り向いて錆びかけた車を眺め、それからまたさっと視線をもどした。「チェルシー・マリーナでなにが起きていると思う?」

「中産階級による革命さ。きみが取り組んでいたやつだ。そうじゃないのか?」

「かならずしもそうではない。中産階級の抗議行動は兆候のひとつにすぎない。それはもっと大きな運動の一部であり、われわれすべての人生の底を流れている潮流の一部なんだ。ほとんどの人はそのことに気づいていないが。無意味な行動への強い欲求があって、それは暴力的であればあるほどいい。人は自分の人生が無意味であることを知っており、それはどうしようもないことに気づいている。あるいはほとんどどうしようもないことに」

「そんなことはない」このありふれた議論にいらいらして、私はいった。「きみの人生は無意味ではない。医事委員会によって認可されれば、きみはまた小児科の病棟を歩くことができる。もっとよいシャント手術法を考案することだって……」

「快感介護だな。私のほうが彼らよりも快感を得ている」

「グライダーは？　レッスンのコースを予約しただろう？」

「キャンセルした。作業療法にあまりにも近いからね」グールドはひたいに手をかざし、滑走路から舞い上がった旅客機をみつめた。鋼鉄と意志の巨人的な努力のように、それは大空に向かって翼を広げた。それがベッドフォント上空までのぼってから西に向きを転じたとき、グールドはうっとりと手を振った。「すばらしいが……」

「十分に無意味ではないと？」

「そのとおり。あれに乗っている乗客のことを考えてみたまえ。だれもが予定やら計画やらで、頭を蜂の巣のようにブンブン唸らせている。休暇、営業会議、結婚式——そんなにもたくさんの目的とエネルギー、だれも記憶にとどめないささやかな野望の数々」

「いっそ飛行機が墜落したほうがいいと？」

「そうだ！　それなら意味がある。まことの畏敬の念をもってみつめることのできる空っぽの空間だ。無分別で、説明しがたく、グランド・キャニオンとおなじくらい謎めいている。われわれは道路上のすべての標識を見ることはできない。空っぽの道路の謎をみつめることができるように、それらをすべて撤去しよう。もっと破壊作業が必要なんだ……」

「たとえ人間が殺されても？」

「そうだ、悲しいことだが」

「ヒースロー空港のように？　そしてハマースミスの殺人事件のように？　ちなみにひとつ聞きたいんだが、デクスターが彼女を殺したのか？」

「いや。彼はあの付近のどこにもいなかった」

「それじゃあ、第二ターミナルには？」私は財布から駐車券を取り出してグールドの目の前につきつけた。「彼は爆弾が破裂する二時間前にきみの車で到着した。あれが爆発したとき、彼はなにをしていたんだ？」

「ジャガーにすわっていた」グールドは私の顔をのぞきこんだ。私が真実を把握するのがどうしてこんなに遅いのか興味津々といったようすだった。「ひょっとしたらきみのことを考えていたかもしれない」

「リチャード！」私は怒って、彼の肩を殴った。「まじめに答えろ」

「落ち着いてくれ……」グールドは腕をさすり、それからジャガーの車内に手を伸ばして、『神をみつめる神経科学者』を取り出した。ページをぱらぱらとめくり、私の写真をみつけると、その自信にあふれた表情に微笑を浮かべた。「あの朝スティーヴンは私をヒースロー空港まで運んでくれた。処理しなければならない……ことがあったので」

「医療の？」

「ある意味では。彼の仕事はここで待つことだった」

「仕事？　いったいどんな？　駐車場で聖餐を陪餐するのか？」

「電話をかけることになっていた」グールドは緑色のボールペンで走り書きされた数字を指さした。「そこに電話してみたまえ、デーヴィッド。携帯電話をもっているだろう。それでいろいろ説明がつくはずだ」

私は携帯を取り出して空港が静かになるまで待った。グールドは車にもたれて、爪をかじっていた。かつて前途有望だった弟子にすでにうんざりしている導師のようだ。私はＢＢＣのペーパーバックに書かれた数字をじっとみつめてダイヤルした。

即座に返答が帰ってきた。「こちらヒースロー空港の……第二ターミナル警備隊です。もしもし？」

「もしもし？　すみませんが？」

「第二ターミナル警備隊です。ご用件は？」

私は通話を切り、携帯を手榴弾のようにぎゅっと握りしめた。まわりの空気がふいにすっきりした。大空を攻撃する陰謀に加担しているかのように、駐車場に並ぶ車の列や、金網のフェンスや駐機中の旅客機の垂直尾翼がすっと近づいてきた。ヒースロー空港は壮大な幻想だった。なにものも指し示さない標識の世界の中心だった。

「デーヴィッド？」グールドは爪から顔をあげた。「応答は？」

「第二ターミナルの警備隊だった」私はテート・モダンの表のジョーン・チャンの車でみつけたチチェスターの司教の携帯電話のことを思い返していた。「どうしてスティーヴンはあそこに電話しようとしたんだろう？」

「つづけたまえ。よく考えて」

「彼の任務は予告電話をかけることだった。いっぽうでだれかが爆弾を仕掛けた。警備員が第二ターミナルの全員を退去させるための時間は十分あるはずだった」

「しかし予告電話はなかった。警察もそれはまちがいないといっていた」グールドは励ますようにうなずいた。「スティーヴンは警備隊に通報しなかったのだ。なぜだ?」

「爆弾犯は装置を仕掛けたらスティーヴンに電話することになっていたからだ。しかし爆弾犯は電話しなかった」

「そのとおり。それで……?」

「スティーヴンはなんらかの遅れが生じたものと判断した」私は手の中のペーパーバックに気づいてそれを車内にほうり投げた。「彼はここにすわって、神と神経科学者の記事を読んでいた。そのとき爆発音が聞こえた。彼は爆弾犯が連絡をよこす前に装置が爆発したのだろうと推測した。カーラジオのスイッチを入れて犠牲者が出たことを知った。愕然としたにちがいない」

「愕然としたとも」グールドは車からからだを押しやるようにして、私のまわりを半周した。

「彼はひどい衝撃を受けた。実のところ、ついに立ち直れなかった」

「すると彼が信仰を失ったのはそのときだったのか。彼は車をここに残し、どうにかしてチェルシー・マリーナにもどってきた。かわいそうに——だがどうやって爆弾テロにかかわったことを正当化したんだろう?」

「あれはケイ・チャーチルの反観光旅行運動の一環だった。ヒースロー空港が何日間も閉鎖されて、人々は第三世界のことを考えるだろうというものだった。人々は休暇をキャンセルし、その金をオックスフォード飢餓救済委員会か国境なき医師団に送るだろうと」グールドは青白い手を太陽にかざした。「悲劇的な誤りだった。それは警告になるはずだった。われわれはだれひとり殺すつもりはなかった」

「だれが爆弾犯だったんだ？　ヴェラ・ブラックバーンか？」

「あまりに向こう見ずだ」

「ケイ？　想像もつかないが」

「もちろんちがう。スティーヴンと私はふたりだけでここに来たんだ」

「きみとスティーヴンがいっしょに着いたんだって？　するとおまえが爆弾犯なのか？」私は振り返ってグールドをにらみつけた。奇妙な強迫観念を抱えた、この風采のあがらない小柄な医師を、まるではじめてみつめているかのようだった。「おまえがあの人々と……ぼくの妻を殺したのか」

「あれは事故だった」フラム・パレスの公園でもそうしたように、グールドの眼球がまぶたの下でぐりんと上向きになった。「だれひとり死なないはずだった。きみだってナショナル・フィルム・シアターにいたじゃないか、デーヴィッド、レンタルビデオショップに火炎爆弾を置いてきたじゃないか。私はきみの奥さんが飛行機に乗っていることも知らなかったんだ」

「おまえが爆弾を仕掛けたんだ……」私は顔をそむけた。まるで塵埃と航空機オイルの皮膜がローラの死の真相から私を守ってくれるかのように、ジャガーの窓ガラスの埃に指を触れた。どうにかこうにか、怒りをこらえることができた。たとえ真実を語るという代償のもとでも、グールドには自由に話させる必要があった。私はショックを受け、自分ひとりで落ち込んでいた。何か月間も、私はチェルシー・マリーナのささやかなテロリストグループの笑いものだったわけだ。私がグールドとかかわりを深めていくことに、どうしてケイがいつでも神経を尖らせていたのか、いまこそわけがわかった。驚いたことに、それでもまだ彼のことが心配だった。

「デーヴィッド?」グールドが私の顔をのぞきこんだ。「震えているじゃないか。車にすわりたまえ」

「結構だ。そのジャガーのことだが——デクスターがどんな気持ちだったか痛いほどわかる」私は彼を押しやり、それから彼の袖をつかんだ。「ひとつ質問がある。どうやって入り込んだ? 手荷物受取所の警備は厳重だったはずだが」

「到着側はそんなに厳重でもないんだ。チェルシー・マリーナの建築技師が空港の管理を行っている会社に勤めていてね。身分証明書を提供してくれた。私は白衣を着て医者のバッジをつけた。爆弾は診療鞄に入れた。小型の爆発装置だと思っていた。しかしヴェラが悪乗りしたんだ。あらゆる怒りをこめたんだろうな」

「それからターンテーブルに仕掛けたんだな? なぜあれに?」

「手荷物係がチューリッヒ便で非合法な密航者がみつかったと教えてくれた。乗客は機内に引きとめられているので、少なくとも三十分間はイミグレーションを通過しないだろうということだった」グールドの口調はもの静かだった。周辺道路を通過していく車の音でほとんど聞きとれないほどだった。「私は信管を十五分にセットして、チューリッヒ便の貨物がシュートから吐き出されてくると、診療鞄をターンテーブルにすべりこませた」

「それがローラのスーツケースの隣だったのか。まったくの偶然だな」

「いや、偶然ではなかった。すまない、デーヴィッド」私が返事をする前に、グールドはことばをつづけた。「スーツケースの持ち手には荷札がついていた。私はその名前が気になった。ある人物のものではないかと思ったんだ」

「正確には、だれの？」

「きみのだ、デーヴィッド」グールドは微笑を隠そうとして、かろうじてかすかな同情の表情を浮かべてみせた。「私は『神をみつめる神経科学者』を読んでいたところだった。スーツケースに貼られたホテルのステッカーには二年前の精神医学会が表示されていた。だから、この持ち主はたぶんきみだろうと思ったのだ」

「ぼく？　するとぼくが……」

「真の標的だった」グールドは私の肩に手を触れた。以前の好ましくない診断が、やはり誤りではないことがわかったと告げている医者のようだった。「私はいつも爆弾がわれわれを引き合わせてくれたと感じていた。ある意味で、われわれの友情はあの恐ろしい悲劇の中で結ばれたのだ」

「そうは思わない。だが、なぜぼくなんだ？」

「テレビに出演しているきみを見たことがある。選択的疾病、すなわちみずから招いた麻痺、想像上の身体障害、自発的な狂気状態について語っていた――きみは宗教をそのカテゴリーに入れたと思う。空虚感の恐怖、それは本物の狂人だけがひるむことなく直視できると。私はきみをその自己満足から叩き出してやろうと思った。スイスの学会で学ぶような教訓ではなく、役に立つ教訓だ」

「どこに狂いが生じたんだろう?」

「なにもかも。専門家がつねに革命を素人まかせにするわけがやっとわかったよ。税関の連中は麻薬の運び屋をしているジャマイカ人妊婦のスーツケースを調べるのに忙しかった。彼女がヒステリーの発作を起こして出産がはじまってしまった。私はデクスターに電話して、さらにヒースロー空港の警備部に知らせようとしたが、救急車がトンネルの中で渋滞に巻き込まれてしまった。アシュフォード行きの救急車に乗せられていた。彼らは私に助けを求め、気がつくとおまけに、荷物係が話していたのは別の便であることが明らかになった。チューリッヒ便の乗客がターンテーブルに近づいたときに爆弾が破裂した。ショックだったよ、デーヴィッド。ニュースできみの名前を聞いて、てっきり死んだものと思っていた」

「それから、私がケイの家に現れたわけだ」

「死からよみがえってね。ある意味で、私はすでにきみを殺していた。もっとも観念論的な理由で。私はきみが好きだったよ、デーヴィッド。きみはまじめだが柔軟で、ある種の真実を探し求めている。ローラはきみの真の自己に通じるドアであり、私はそれを開いたんだ」

「長いあいだ、私を避けていたじゃないか」

「観察していたんだ。中産階級の革命は動きはじめていたし、ケイはわれわれのジャンヌダルクだった。彼女は頭の中の声のスイッチを切った。あの愚にもつかないハリウッド映画だ。十五年前、彼女はがっしりした若い牧師補と結婚していて、ホイスト大会を手配したり彼のセックスライフを活気づけたりしていた。彼女は私がビデオショップや旅行代理店に発煙爆弾を仕掛けることに興味を失ったわけが理解できなかった」

「しかしヒースロー空港の事件のあと、すべてが変わったんだな」まだ感情を抑えたまま、両手をからだのわきに置いて、グールドと視線を合わせないようにしながら、私は彼に好きなだけしゃべらせようとした。「そこでなにか大切なものをちらっと見たわけだ。死者は出てしまったが」

「うまい表現だ、デーヴィッド。じつにうまい表現だ」グールドは私の肩をぽんぽんと叩き、それから私にくれるささやかな記念品を探しているかのようにポケットを探った。「覚えていると思うが、私はあの絶望的な子どもたちのために働いてきた。私は彼らの代理人であり、どうしても答えが必要だった。脳腫瘍で死にかけている二歳児を目の前にしたら、どんなことばがかけられる？　自然の全体構想を語るだけでは足りない。世界が間違っているか、われわれが間違った場所で意味を探しているかのどちらかなんだ」

「そしてヒースロー空港のことを振り返りはじめたわけだ」

「そのとおり——あそこでの死は無意味で説明不能だったが、たぶんそれが重要な点だったのだろう。動機のない行動はその場で宇宙をとめてしまう。もし私が意図してきみを殺したならば、それはありふれた下品な犯罪だ。だがもしも偶然に、あるいはまったくなんの理由もなく、きみを殺したならば、きみの死は比類のない意味を帯びる。世界を正気に保つために、われわれは動機に頼る。原因と結果に頼る。そんな小道具は蹴っ飛ばしてしまえ。そうすれば無意味な行為こそなんらかの意味をもつ唯一のものであることがわかるだろう。把握するのにしばらくかかったが、きみの『死』は私が待っていた青信号だった」

「それからぼくが死からよみがえり、きみはまたべつの犠牲者が必要になった」

「犠牲者じゃない」グールドは手をあげて私のことばを訂正した。彼はようやくリラックスしたようだった。私が彼を理解して自分の味方になったとふたたび確信したのだ。みすぼらしいスーツを着て錆びかけた車のそばに立っていると、彼はまるでいんちきな万能薬を手にして空港の駐車場に出没する宿なしの医者のようだった。私の誤りを正して、彼はいった。「『犠牲者』ということばはある種の悪意を暗示する。ほかの姿はともかく、デーヴィッド、私は決して悪漢ではない。私にはパートナーが必要だった。絶対の真理の探究において私に加わることのできる協力者が」

「きみが知らなかった人間、いちども会ったことのない人間か？」

「そのとおり。可能なら、私が聞いたことのない有名人がいい。有名だが、まったく重要ではない人間だ」グールドはジャガーの窓に描いた子どもの棒人間をじっとみつめた。「二流のテレビ司会者のような」

第三十一章　センチメンタルなテロリスト

　グールドは空想にふけっていたのだろうか？　私は彼がジャガーからぶらぶらと離れていくのを見守った。埃をかぶったサルーンが天職に気づく前のみすぼらしい日々を思い出させるかのように、その目はぴかぴかの高級車の列をひたとみつめていた。彼は真理の使者としてイメージを一新し、スーツをドライクリーニングに出して清潔なシャツとネクタイを身につけていた。私のレンジローバーの前に来ると、彼は足をとめ、黒いドアに映った自分の姿をみつめた。ビショップス・パークの木々にとりついていたような、頭部の青白い後光が、セルロース塗装の背後に浮かんでいた。それは魂の長期駐車場に移動させられたムンクの「叫び」だった。

　グールドはポケットから小さなハンカチを取り出して靴のつま革を磨き、それからジャガーにもどってきた。私の相手をするつもりになったのだろう。彼はほんとうに第二ターミナルのターンテーブルに爆弾を置いたのだろうか？　それともいままでの説明のすべてが作り話なのだろうか？　暴力を切望するあまり、どこかの未知のグループによって実行されたテロ活動に飛びついて、それを自分のしたことだといいはっているのだろうか？　妄想のあまり自分が爆弾犯だと信じ込み、いままたハマースミスの殺人事件をもちだして、説明のつかないことを理解するために説明のつかない犯罪をつけくわえようとしているのだろうか？

けれども、私に近づいてきた男はある種の内気な自信に満ちた微笑を浮かべており、狂信者の気配のかけらもない心配そうな視線で私を凝視していた。彼は世界の病棟につめた面倒見のよい内科医であり、励まし、説明し、つねに不安な患者のそばにすわって、門外漢のことばで複雑な診断を提示しようとしているのだった。

「デーヴィッド……?」彼は血の気のない手で私の腕をぽんぽんと叩いた。「どうか冷静さを失わないでほしい。こうしたことはなかなか受け入れにくいものだ。きみはあらゆるものが静止することを期待する――どうして道路は静かじゃないんだ? どうして飛行機はすべて着陸していないんだ? 驚天動地の大事件が起こっているのに、どうして人々はいつものように紅茶を淹れているんだと……」

「それならだいじょうぶ。話を聞かせてもらおう」

「告解ではないがね」彼は陽光の中でくたびれた襟をなでつけた。「ぜひわかってほしいのだが――あの若い女性のあとにつづいて正面ドアに歩いていたとき、私はなんの悪意も抱いていなかった」

「きみのことはわかっている、リチャード。当然そうだろうと思うよ」

「よかった。それは突然の洞察であり、ほとんど啓示のようなものだった。キング・ストリートのショッピングモールで彼女を見かけたとき、私は思った……」

「スティーヴン・デクスターが彼女のあとをつけていた?」

「いや。彼は私のあとをつけていたんだ。彼はなにが起ころうとしているかわかっていた。それについて何度もとことん話し合ったからね。ヒースロー空港とテート・モダンのあと、彼女がつぎの必然的な標的だった。彼は私がそれを実行にうつす前にやめさせたいと思っていた。数日前、リヴァーカフェから出てくる彼女を私が見かけたと耳にしてから、彼は本気で心配しはじめた。キング・ストリートのショッピングモールまで私をつけてきたが、そのときすべての時計が鳴りはじめた。彼をまくのは難しかったよ。とても多くのカメラが私たちをみつめていたんだ」

「以前、彼女に会ったことは？」

「いちどもない。有名人だということは知っていた。どういう人物かヴェラが教えてくれたんだ。あらゆる面において、彼女は完璧な標的だった。それは私を束縛から解放してくれた——尾を引く罪悪感もなければ、用便のしつけの後遺症もない……」

「純粋の、私利私欲のない暗殺者だったと？」

「デーヴィッド？」グールドは私のことばに当惑したように頭を振った。「それはいささか荒っぽいいい方だ。私は彼女の演出家だった。私たちは一風変わったプロジェクトに協調して取り組んでいた。あの世で再会したら、彼女はきっと理解してくれると思う。なにしろ、彼女のことをまったく知らなかったんだからね」

「彼女がどこに住んでいるかは知っていた」

「ヴェラが第三世界の観光事業の請願書の件で彼女の住所を手に入れたんだ。リヴァーカフェの近辺だったので、きみに脇道で待っているように頼んだ」

「どうやって彼女の家に？　まっすぐ家に向かったんだろう？」

「モールの裏に駐車場があるんだが、そこまで彼女をつけていった。自己紹介して請願書にかかわる医師だと話した。彼女はチャリングクロス病院まで私を車で運んで、途中でヴェラの請願書を受けとろうといってくれた」

「それからきみは車から降りて、小道を忍び寄っていったのか？　武器を携帯して？」

「もちろん。その日が来ることがわかっていたので、いささか射撃訓練もしていた」無造作に、グールドはスーツのジャケットのボタンを外して、腕の下の小さな革のホルスターの銃口部を見せた。「彼女は私に背中を向けて鍵穴に鍵をすべりこませていた。それはぴったりのタイミングだった」

「どうして玄関前の階段で？」私はかろうじて呼吸を抑制し、グールドの気を散らさないように努めた。「彼女はひとり暮らしだった。屋内だったら何日も気づかれなかっただろう」

「屋内を見たくなかったんだ。リビングをどのように飾り付けているか。額に入れた写真。マントルピースに置かれた招待状。そんなものを見たら彼女を知ってしまうことになる。彼女の死はもはや無意味ではなくなってしまうだろう」

「だから彼女を撃った」私は第二ターミナルの瓦礫の中に横たわるローラのことを考えながらグールドをみつめた。「通りに人影はなく、きみはそのまま歩き去った。フラム・パレス行きのバスに乗り、公園で待った。きみは……」

「錯乱していた。一時的に狂っていた。心が砕けてしまったのだ」まるで互いに理解しあっている仲間であるかのように、グールドはぶっきらぼうともいえる口調でいった。「だがそうするだけの価値はあったよ、デーヴィッド」

「それは受け入れがたいな」

「いずれ受け入れるさ。きみには感謝しているよ。あそこの木を見る必要があったんだ」

「それからきみは銃を川に投げ込んだ。警察が公園の老夫婦に職務質問していたら、きみをつきとめていたかもしれない」

「私を？　きみもだ」グールドは頭をうなずかせた。「逃走用の車は——きみが運転していたじゃないか。共犯者だ」

「そんなことはない。殺人に加担したわけじゃない」

「あのときは。だが、じわじわと近づいている。いまもなお」

「ちがう」グールドの真剣で友情篤い視線に耐え切れなくて、私は顔をそむけてジャガーをみつめた。陽光がペーパーバックの表紙の緑色の数字をとらえていた。「するとテート・モダンは？　あれもきみだったのか？」

「あれも失敗だった。だれひとり傷つかないはずだったんだ。デクスターは私と仕事をしたがった。だから彼にイーゼルや画家のがらくたといっしょにミレニアム・ブリッジに爆弾を仕掛けるつもりだといった。あれはテート・モダンが代表するものすべてに反対する運動の一部だった。なんとしてもそれをまたぐらつかせるのだ」

「そしてスティーヴンの仕事は、橋から人を立ち退かせるために予告電話をかけることだったんだな？」

「まさしく。しかし警備員があそこで絵を描くことを許してくれなかった――次代のモネやピカソには気の毒なことだ。爆弾はヴェラの美術書に仕込まれていたので、私はテート・モダンの書店に置いてきた。書店を出たとき、ジョーン・チャンが現れたことに気づいた。私から目を離さないもうひとりの忠実な信徒というわけだ」

「彼女はきみを信頼していなかった？」

「ヒースロー空港のあとはね。私のほんとうの狙いがわかっていたんだ。スティーヴンはとても神経を昂らせていたよ。ヒースロー空港の死者へのすべての罪の意識をひとりで背負っていた」

「きみは驚いた？」

「イエスでもありノーでもある」グールドは窓に描いた棒人間に手を加えはじめた。ベッドフォント病院の子どもたちのためにイメージをはっきりさせようとしているかのようだった。

「スティーヴンはそれを両方抱えこんでいた。ヒースロー空港の爆弾事件のあと、幻肢がよみがえるように、また神を感じることができるといっていた。もっともっと多くの罪の意識が必要だと。だから彼はテート・モダンの爆弾にも同行した。無意識のうちに、だれかが死ねばいいと思っていたんだ」

「しかしジョーン・チャンではなかった。彼女がパニックを起こして走り回るのを見て、爆弾をみつけたのだろうと思った。少なくとも、彼はただちに通報した」

「いささか手遅れだった。それがすべての宗教の欠点だな――現場に着くのが遅すぎるんだ」グールドは私の胸ポケットからハンカチをとって人差し指をぬぐった。「ジョーンのことは残念なことをした。私は彼女が好きだったし、それで実験がだめになってしまった」

「で、デクスターは？　遅かれ早かれ警察に通報するだろう」

「まだだ。彼の神がもどってきて彼を救ってくれるには、もっと罪の意識が必要だ。そのうえ、彼は私を理解している。きみもだ、デーヴィッド」

「そんなことはない」私はジャガーの運転席側のドアを乱暴に閉めて、自分をとりもどそうとした。「リチャード……とても正気とは思えない。なにもかも――無意味な暴力、無差別殺人、爆弾テロ。どれも凶悪な犯罪だ。生命はもっと価値があるはずだ」

「悲しいことに、生命にはなんの価値もない。あるいはほとんどなきに等しい」私の怒りにうろたえることもなく、グールドは私の腕をとった。「神々は死んだ。そしてわれわれは自分たちの夢を信頼していない。われわれは空虚から現れ、ほんの少しのあいだそれをみつめ返し、それからまた空虚に還っていく。若い女性は玄関前の階段に死んで横たわる。無意味な犯罪だが、世界は一瞬沈黙する。われわれは耳をすますが、宇宙はなにも答えてくれない。沈黙があるばかりなので、われわれは語らなければならない」

「われわれ？」

「きみと私だ」それはほとんどささやき声だった。まるで死んでいく子どもたちのひとりに語りかけているかのようだった。彼は私の腕を握り、しっかり押さえ込んだ。「やらなければならないことが、計画しなければならない活動が、山のようにあるんだ。きみが私をがっかりさせないことはわかっている」

「がっかりさせる？　リチャード、きみはぼくの妻を殺したんだぞ」

「きみならわかってくれるだろう。暴力的なことをしてくれと頼むつもりはない。それはきみの性質に向かないからね。少なくともいまのところは……」

グールドは安心させるような猫なで声で話していたが、その手は腕の下のホルスターに伸ばされていた。彼は私と交差するように身を乗り出していたので、彼の顔は私から十八インチしか離れていなかった。黒目がゆっくり上がっていって、まぶたの裏に隠れてしまった。それはビショップス・パークで見かけた癲癇の前兆のアウラだった。そのとき私は気づいた。彼は私をこの駐車場に残しておくのが危険かどうか判断しようとしているのだ。もし私が駐車券を手にしてジャガーの車内で死んでいるのがみつかったら、警察はすぐに私が第二ターミナルの爆発の犯人であり、前妻の殺害犯だと思うだろう。

「デーヴィッド、はっきりさせておきたいんだが……」

「ぼくはきみについていくよ」私は注意深くことばを選んだ。「きみのしていることはよくわかる」

「よかった。これからもぜひ友だちでいたいものだ」

「われわれは友だちだ。このすべてはいささかショックだが」

「もちろん。すべてを呑みこむことはできないさ」グールドは私の頬を軽く叩いた。「心配いらない。つぎの行動について話し合おう」

「もう決めているのか？　つぎの……標的を？」

「まだだ。いっておくが、今度は大物だぞ」

彼は横を向いて両手を空中にかかげた。それに応じるように、百ヤード先に駐車中の車のヘッドランプが点滅した。シトロエン・エステートが駐車帯から離れて近づいてきた。運転しているのはヴェラ・ブラックバーンだった。グールドは周辺道路に向かって歩き出した。靴の光沢をチェックしながら、私の三歩先を歩いていく。縁石に着くと、立ちどまって空気を胸いっぱい吸い込んだ。

「連絡を絶やさないようにしよう、デーヴィッド。これからもケイの家にいるつもりかな？」

「もちろん。彼女はいま戦いの真っ最中なんだ。チェルシー・マリーナはどのようにかかわる？　それともかかわらないのか？」

「必ずしもかかわるわけではない」グールドは自分の両手をみつめて、手のひらにいくらかでも血の気を送り込もうと屈伸させた。「なにしろ無意味だから――収拾がつかなくなったPTAの集会みたいなものだ。親たちが職員室を破壊して、校長をトイレに閉じ込めたようなものだ」

「それは酷というものだ。とてもまじめにやっているじゃないか」

「きみのいうとおり。中産階級はとてもまじめだ」グールドはシトロエンが近づいてくると、ヴェラに手を振った。「だからあんなにもたくさんのゲームを発明せずにはいられないんだ。

きみが思いつくことのできるほとんどすべてのゲームは、中産階級によって発明されたんだよ」

彼は助手席に乗り込み、手を伸ばしてハンドルを握るヴェラの手に手を重ねた。彼女は彼にちらっと笑顔を向けたが、私のことは無視した。シトロエンのカーナンバーがコンピュータに記録されないうちに駐車場を出て行きたいのだ。

グールドは私にハンカチを返してよこした。「ところで、先週サリーに会ったよ」

「そうらしいね」

「とてもいい奥さんじゃないか。きみにもどってきてもらいたいんだな」

「いつものことだがね。それも中産階級のゲームのひとつさ。だけど、どうしてうちに、リチャード？」

「さあね。きみを探していたのかもしれない」

「きみは銃を携帯していただろう」

「しかたがないさ。いまは危険な時代だからね」

「きみが危険にしたんじゃないか。彼女を撃とうと考えていたんだろう？」

「正直にいうとね……」

彼はまだ答えを組み立てていたが、そのときヴェラがブレーキから足を離したので、シトロエンは急発進した。

車は通路を疾走し、無料送迎バスの前に急ハンドルですべりこむと、そのまま出口に向かった。私の背後ではジャガーが埃の外套をまとって座り込んでいた。携帯電話を取り出して、警察に電話すべきかどうかじっくり考えた。ボタンをほんの一瞬押すだけで、第二ターミナルの警備室につながるのだ。そして警察はすみやかにシトロエンを追いつめるだろう。

私はボタンを押すのをためらった。リチャード・グールドはアドラー心理学協会で治療を受けたどんな患者よりも狂っていたが、いつものように、彼に会うと気分がよくなった。彼が私を殺そうとしたという告白にもかかわらず、私の心はいっそう穏やかで自信にあふれていた。ローラを殺した犯人を求める長い探索は終わりを迎え、彼女を殺したと主張することによって、この狂える小児科医は私を解放してくれたのである。

第三十二章　資産価値の下落

ロンドンにもどると、チェルシー・マリーナは燃えていた。ハマースミス高架道路から、川をもうもうとたちのぼる煙と蒸気が見えて、チャリングクロス病院に負傷者を運ぶ救急車のサイレンが聞こえた。見物人の群れがキングズ・ロードにあふれ、鋼鉄のフェンスの背後にひしめいて、住宅街の十軒あまりの家からたちのぼる炎をみつめていた。消防車と警察車両が通りを封鎖し、そのヘッドライトがラップダンスクラブや格安旅行代理店を照らし出した。

私は半マイル手前のフラム・ロードに車を停めると、興奮した学童の集団につづいて、この時期尚早のガイ・フォークスの火あぶりに近づいていった。黒焦げのスクラップが空から降ってきたので、袖についた切れ端をつまんでみると、灰になりかけたクレジットカードの伝票だった。空から降ってくるワインショップの領収書、診療報酬明細書、そして株券。それらは終わりを迎えた中産階級の生活の一覧表だった。

恐れていたとおり、休戦は短かった。私がヒースロー空港に出発してまもなく、警察の大軍がチェルシー・マリーナに侵入し、たちまち住宅街を占拠してしまったのである。制服に身を固めた警官の部隊は、破壊された歩行者ゲートを駆け抜け、水陸両用強襲部隊が満潮を利用してマリーナから上陸したのだった。

三時間後、警察の活動は終わった。反抗の意思表示として、十軒あまりの家が所有者によって放火されたが、キングズ・ロードに待機していた消防車がすぐに駆けつけた。火傷したか強襲部隊によって手荒な扱いを受けた数人の住人は、テレビカメラがあまり近づかないうちに救急車に運び込まれた。ボーフォート・アヴェニューの小さなバリケードはたちまち撤去されてしまった。チェルシー・マリーナは、いまや警察と地元の評議会によって支配される特異な居留地だった。

私がキングズ・ロードに着いたとき、強襲部隊は管理事務所の外で紅茶を飲んでおり、テレビ局のクルーたちはカメラを片付けはじめていた。大気がブーイングに満ちているので、てっきり警察が非難されているのだろうと思った。

だがそれは、チェルシー・マリーナを出て行こうとしているBMWの家族に向けられたものだった。両親と三人の子どもたちはスーツケースのすきまに窮屈そうに腰をおろし、おびえたラブラドルがテールゲートの窓から顔をのぞかせていた。アーク灯のまぶしい光のおかげで、グロヴナー・プレイスの銀行支店長とその妻であることがわかった。頭を垂れて、彼らはBMWをキングズ・ロードに向けた。群衆は彼らに罵声を浴びせ、硬貨を投げたり鋼鉄のフェンスをがたがた鳴らしたりした。私の横で、キングズ・ロードの映画館の中年の案内嬢が、うんざりしたように頭を振った。

「みんなはどこだろう?」私はたずねた。「まるで空っぽみたいだけれど」

「出て行ったわ。それこそみんなして。何百台もの車が、とっとと出て行ったわ」

「どこへ？」

「どこだっていいじゃない」彼女は組紐で飾られた制服から黒焦げになった小切手の切れ端を払い落とした。「万引きしたり、偽造クレジットカードでガソリンを買ったり。あそこまでいくとジプシーみたいというレベルじゃないわ。いい厄介払い」

「どこに行ったかわからないんだね？」

「知りたくもない。連中が出て行って、ここがどんなふうになったかわかるでしょう。ちゃんと手入れしていれば、どの家もすてきなまま……」

またひと家族が出て行こうとしていた。妻がむっつりとハンドルを握り、夫は地図を不器用に広げていて、ふたりの十代の娘がおびえたペルシャ猫をあやしていた。ブーイングを浴びせられると、彼らは顔をそむけ、ようやくキングズ・ロードを流れはじめた車列の中に消えていった。

一台の消防車がチェルシー・マリーナの入り口から現れた。消防士たちは群衆に敬意を示すようにヘルメットを持ち上げていた。つづいてパトカーが現れたが、手錠をかけられた囚人が、手首に包帯を巻いた婦人警官と並んで後部座席にすわっていた。それがアンジェラ巡査部長だということはすぐにわかった。ＢＢＣの建物の外で最後に見かけて以来だ。彼女は歓声をあげている見物人を厳しい目つきでみつめたが、どうにも落ち着かない様子だった。そのとき彼女が護送している囚人がケイ・チャーチルであることに気づいた。髪の毛は迷彩柄へアバンドでまとめられ、頬にはコマンド部隊の黒色塗料が塗られていた。彼女を鼓舞するようにこぶしを振りかざしている見物人に向かって、彼女は中指を立ててみせた。疲れ果てているが相変わらず意気軒昂で、いまだに頭の中のバリケードを守っているのだ。

　悪態をついている案内嬢を押しのけるようにして、私は鋼鉄のフェンスとフェンスのすきまをくぐり抜けた。警察の車が動き出さないうちにケイのもとにたどり着こうと、キングズ・ロードを横断したが、ひとりの警官が私の腕をひっつかみ、守衛詰所へと足早に連れていった。

　私服の男がふたり管理人事務所のそばに立って、捨てられたプラスチックカップの山の中で協議していた。ひとりは赤毛のタラク少佐で、退屈しながらもすべてお見通しのように、ボーフォート・アヴェニューの全焼した家からたちのぼる巨大な蒸気の雲をみつめていた。その横にいるのはヘンリー・ケンドールで、ビジネススーツの上に警察の黄色い上着を羽織っていた。自信たっぷりの顔は反射光のせいで船酔いじみた蒼白を帯び、安全なセント・ジョンズ・ウッドか協会にもどりたがっているようだった。

　私に目を向けると、ヘンリーはタラク少佐に話しかけ、少佐は警官に合図してから、ひしめく警官と消防士をかきわけて立ち去った。

「ヘンリー、さすがだな」私は管理人事務所の割れた窓から差し出された空襲の犠牲者への紅茶のプラスチックカップを受けとった。「スコットランドヤードに加わったのか?」

「プロの支援というやつだ」ヘンリーは煤に満ちた空気を吸って咳き込んだ。ネクタイはきちんと結ばれていたが、服装はその日の暴力のせいでいくらか乱れているようだった。「ぼくは彼らのために話をまとめているんだ」

「たいしたものだ。で、話とは？」

「これはただの暴動ではなかった。警察がそれを理解するのが大切なんだ」彼ははじめて私に気づいたようだった。「デーヴィッド？　こんなところでなにをしているんだ？」

「ここに住んでいるのさ。覚えているだろう？」

「ああ」まだ当惑したまま、彼はいった。「みんな出て行った。きみの女家主は婦人警官に噛みついて逮捕されたよ。きみは……？」

「籠城（ろうじょう）に参加していたかって？　ついさっきヒースロー空港からもどってきたところさ。なにもかも見逃してしまったよ」

「三十分で片付いたよ。二、三人の筋金入り（ダイハード）は自宅に放火した。それ以外は荷物をまとめて出て行った」

「なぜ？」

「ばつが悪くなったのさ。恥ずかしかったんだと思う」彼はアクトンで開かれる週末の自動車オークションの話をしているふたりの警官に耳を傾けた。「ひどくくたびれているみたいだな、デーヴィッド。サリーと話したんじゃないのかい？」

「どこで？　きみといっしょじゃないのか？」

「いや。近ごろはほとんど会っていないんだ。何度か電話をかけたけれど、友だちと外出しているにちがいない。きみこそヒースロー空港でなにをしていたんだ？」

「第二ターミナルの爆弾事件を追っていたんだ。手がかりをつかんだかもしれない」

「それならいいんだが。スコットランドヤードはいまでもローラに関心を寄せている。これはあくまでもぼくの意見だが、連中は彼女が標的だったとは考えていないようだ」

「絶対にちがうと思う」

「実のところ、もともと標的なんかいなかったのかもしれない。新しいタイプのテロリストが生まれつつあるんだ。むかしながらの標的がうまくいかないので、でたらめに攻撃しているんだ。理解しがたいよ」

「それは正鵠を射ていると思う」蒸気をあげている家を不快そうにみつめている彼のことが心配になって、私はいった。「このあたりにはとても変わった人々がいるんだ、ヘンリー」

「とりわけここに。チェルシー・マリーナは時間単位で連中を培養していた。この一匹狼の医師とか、小児科医だったかな……?」

「リチャード・グールド? サリーはいちど会っているよ——とても魅力的だと思ったそうだ」

「ほんとうかい?」ヘンリーは軽く身震いした。「やつはここの首謀者だった。発煙爆弾も迷惑行為も、みんなやつの考えだった。きみたちふたりは共謀者とみなされていたんだぞ」

「どうして警察はぼくたちを逮捕しなかったんだろう?」

「逮捕しようとしていたさ」ヘンリーは私をみつめてこくりと頭をうなずかせた。「サリーがやめさせてくれと泣きついた。そこでぼくは内務省のお偉方と話をして、きみがわれわれにとって役に立つと納得させたんだ。チェルシー・マリーナで起きていることは、ずっと大きなことのはじまりかもしれないといってね。労働者階級が公営住宅団地に放火するのだってじつにまずいことだが、中産階級が街頭でデモをくりひろげたら、それは真のトラブルの兆しだ」

「そのとおりだ、ヘンリー。資産価値にあたえる影響は……」

「想像を絶する」ヘンリーはたたみかけた。「ぼくはきみの経歴と、いかにきみがぼくのためにスパイとして活動してくれたかを説明した。彼らは事態がまったく手に負えなくならないかぎり、きみには手を出さないことに同意してくれた」

「ありがたく思うよ。つまり、要するにぼくは警察のスパイだったんだな？　自分でそれと気づかぬうちに？」

「実質的には」まるでつましい戦場勲章を授けるかのように、ヘンリーは私の肩をぽんと叩いた。「とても役に立つ情報を得ることもできたじゃないか、デーヴィッド。直接体験によって得た証言だ。ルサンチマンがいかにして増幅するかについての洞察だ。一週間後ぐらいに内務大臣による視察を計画しているんだが、きみを正式なメンバーに加えるように手配しておくよ。そろそろきみのリハビリをはじめるべきだとサリーは考えている……」

われわれがチェルシー・マリーナをあとにしたとき、警察は車列に合図して前進させていた。なにも動きがないことにがっかりした群衆は、われわれが道路を横断すると歓声をあげてからブーイングを浴びせた。

セント・ジョンズ・ウッドは、平穏な時代に建造された頑丈な舞台装置のように、まったく変わっていなかった。旅行客やビートルズファンたちがアビー・ロードにたむろし、車に乗った連中は駐車場を探し求めていた。空いている駐車帯がみつからなかったので、レンジローバーを駐車禁止線上に停めたが、そのエチケット違反に若い駐車違反監視員は一瞬ことばを失った。てっきり文化生活を保ち歩道を泥棒や追いはぎから守ってきた優雅な慣習を知らない別世界からの訪問者だろうと思い込んで、彼女は近づいてきた。

あと五歩というところで彼女は立ちどまり、まるで身を守ろうとするかのように違反切符の束をかかげた。私の態度からなにかを感じとったのだ。たやすく暴力に走ることをほのめかす刃物のような気配かもしれない。傷ついたひたいと煤けた頬は、攻撃的な運転手（ロード・レイジャー）、ポルシェを所有する為替トレーダー、期限切れの道路税支払証明書を貼り付けた車の所有者といった、彼女の夢に出没する新たな社会の不可触賤民を思い出させたのだ。

彼女が慌てふためいて逃げ去るのを待ってから、わが家に近づいていった。サリーがお気に入りのフリーダ・カーロの本を抱えてソファにだらしなく寝そべっていてほしいと思った。それは私の思いやりが必要だという合図なのだ。しかし玄関前の階段には新聞が山積みになり、夜の雨でずぶ濡れになっていたので、まだ友人のもとに身を寄せているようだった。

私がここに着くほんの数分前に配達された夕刊をとりあげて、見出しに目を走らせた。

「高級住宅街の暴徒降伏」

「上流階級の焦土政策」

「チェルシー・マリーナの住宅を制圧」

だが、われわれは降伏しなかった。集団脱出は戦術的撤退だった。警察と管財人による支配を受け入れることへの信念ある拒絶だった。押し付けがましい社会改良思想のソーシャルワーカーや、ヘンリーや私のような心理学者に屈服する代わりに、住人たちは頭を高くかかげ、品位を保ったまま出て行こうと決断したのである。革命は合意される日までつづけられる。国中の百もの中産階級の住宅街で、チューダーエリザベス時代風のセミデタッチハウスや偽ジョージ王朝風の大邸宅で。私立学校や雪のように白い便器のあるところや、ギルバート&サリヴァンの演劇が上演されるところや、愛すべき旧式のベントレーのあるところはどこでも、ケイ・チャーチルの亡霊が闇を照らし、ぬっとつきだした中指から、希望がこんこんと湧いてくるのだ。

ケイがどこに勾留されているかつきとめ、着替えをもってできるだけ早く訪れ、弁護士のリストと未決囚の数週間のために潤沢なマリファナを入手できるお金を届ける必要があった。夕刊をぐっしょり濡れた新聞の山に投げ捨てると、私は駐車違反監視員に手を振って玄関のドアを開けた。

玄関ホールにたたずみ、無人の家に耳をすました。どの部屋も深いエントロピー的静寂に包まれ、使いつくされた愛の安らぎが、感情の安らぎが、周囲の音をまねるおしゃべり玩具の電池のように減衰していった。サリーはハウスキーパーに一週間の休暇をあたえたのだろう。陽光に浮かんでいる埃が生気をとりもどし、情愛に満ちた幽霊のように私の周囲にたなびいた。

階上の寝室では、ワードローブを開くと香水のメドレーが、レストランやディナーパーティの思い出となって迎えてくれた。浴室にはサリーのからだのにおいが、タオルに残った頭皮や皮膚の甘い悩殺的なにおいが漂っていた。化粧台には瓶やつぼでできた小さな都市のような、サリー愛用の化粧品が並んでいた。彼女に会いたくてたまらなかった。いつか彼女とともにチエルシー・マリーナに住むことができたらと思った。

留守番電話のスイッチを入れて録音されたサリーの声に耳を傾けた。二週間ほど留守にするということだった。友人たちとブルターニュ地方を旅行してくるという。まるで留守にする自分の動機に自信がないかのように、その声はかすかで、いまにも途切れそうだった。

私は彼女のことが心配だったが、彼女のベッドに腰かけて、かすかに残された彼女のからだの形のへこみを手のひらで感じたとき、リチャード・グールドが電話をかけてくるのを待っていることに気づいた。

ヒースロー空港の飛行機の爆音はいまでも頭の中で鳴り響いて、リチャードが無意味な暴力の信条を話したときの声をほとんどかき消していた。彼のプレスのきいたスーツとぴかぴかの靴と、血色は悪いがいくらか肉付きのよくなった顔と、春の芽吹きのような健康の兆しのことを考えていると、彼が長い眠りから目覚めようとしていることがわかった。彼はこれまで、失われた子どもたちに対するピーター・パンのように、脳に損傷を負った子どもたちを除くすべてのものを信じることを拒絶して、明かりのない世界を歩んでいた。ビショップス・パークで、彼はついに高い木々の中に太陽を見たのだ。私はリチャードが好きであり、彼のことが心配だったが、いまでも彼を信じるべきかどうかはっきりわからなかった。彼はほんとうにヒースロー空港で爆弾を爆発させたのだろうか？　ハマースミスの玄関の階段で若い女性を殺したのだろうか？　それとも彼は、絶対的な暴力の幻想を必要として、おぞましい犯罪の犯人となった自分自身を想像するときだけ生き生きとしているようにみえる、新しいタイプの狂信者なのだろうか？

私はひとりダイニングルームのテーブルに向かい、生ぬるいウイスキーを飲みながら、埃が周囲でふたたび形をなすのをみつめていた。警察に行くべきなのはわかっていたが、グールドの論理の力を感じることができたのだ。この無慈悲で絶望した男は、ぞっとするような真実に通じる道を指し示していた。非実在の大群はゼロの累乗に基づく新しい数学の九九表を掛け算しており、その影からヴァーチャルな精神病理学を生み出そうとしていた。

グールドはついに電話をよこさなかったが、翌日、ヘンリー・ケンドールの助手が電話をかけてきて、内務大臣が、社会科学者と公務員と心理学者の代表団をひきつれて、近々チェルシー・マリーナを訪れる予定だと伝えてきた。訪問の詳細と、必要な通行許可証はじきに届くという。

私は受話器を架台にもどし、それがあまりに軽いので驚いた。ずっと明るい空気が息苦しい部屋を満たした。もうすぐほんとうのわが家にもどれることがわかったのだ。

第三十三章　太陽に身をゆだねる

「デーヴィッド?　お入り。みんなきみを待っていたんだよ」

　リチャード・グールドはカドガン・サークルを見下ろす最上階の窓のそばに立ち、顔を空に向け、太陽に身をゆだねているかのように、両手をかかげていた。周囲のリビングの壁には、検眼表や注釈付き標的によく似た網膜の丸い地図が貼られていた。彼は冷静だがどこかぼんやりしているようで、その心はビショップス・パークの高い木々のあいだをさまよっていた。私の存在に気づくと、スポットライトから歩み出る役者のように、夢想から抜け出して、私を手招きした。

「デーヴィッド……来てくれてうれしいよ。もっと時間が必要だと思っていた」彼は私の高級なスーツとネクタイに眉をひそめた。「だれかといっしょなのか?」

「ひとりだよ。取り壊される前にひと目見ておきたくてね」また出会えたのがうれしくて、彼の手をとろうとしたが、彼はあとずさった。「リチャード、話しておきたいことがあるんだ」

「そうだろうな。あとで話すことにしよう……」彼は私の外見のチェックをつづけ、金のかかった髪のカットをみつめて頭を振った。「変わってしまったな、デーヴィッド。数日間の社会的地位、たったそれだけで魂の一部が死んでしまう。ほんとうにだれかといっしょじゃないんだな？」

「リチャード、ぼくはひとりでここに来たんだよ」

「だれからも電話がこなかった？　ケイ・チャーチルは？　サリーはどうなんだ？」

「聞いたことのない友人たちとフランスにいる。連絡はもらっていない」彼を太陽から引き離そうと思って、私はいった。「今朝、特別な訪問があるんだ。とてもハイレベルで——内務大臣、それに内務省の役人たちだ。チェルシー・マリーナでなにが起きたかわかると思っている各方面の専門家たちも」

「実際、なにが起きたというんだろう？」グールドは振り向いてチェルシー・マリーナの静かな通りをみつめ、そしてボーフォート・アヴェニューの全焼した家からいまだに漂っている煙をみつめた。「意図した成果が得られなかったくそったれな実験みたいじゃないか」

「そうかもしれない。少なくともわれわれは、古いカテゴリーを解体してなにか肯定的なものを建設しようとしたんだ」

「専門家みたいな口をきくんだな」ほっとしたのか、グールドの表情が明るくなった。まるで私がまた旧友にもどったかのように、にっこりと微笑みかけ、私の背中をぽんぽんと叩いて、思い出をわかち合おうとした。「やっとわかった——内務大臣の視察に同行するんだな。だからいちばん高級なスーツを着ているわけだ。カモフラージュか……てっきり変わってしまったのかと思ったよ」

「変わったとも」彼には正直に話そうと決心して、私はいった。「きみが変えてくれたんだ」

「よかった。きみは変わりたいと思っていたんだよ、デーヴィッド。変わりたくてたまらなかったんだ」

「そのとおり」彼の注意を自分に向けておきたくて、私はグールドと太陽のあいだに立った。「きみのことばをずっと考えていた。きみがもっていたこれらの夢——ヒースロー空港の爆弾事件、ハマースミスの射殺事件。それらは深いところに根ざした要求だ。ある意味で、ぼくもそれを感じるんだ。きみを手伝うことができるよ、リチャード」

「ほんとうに？　私を手伝うことができると？」

「すべてを洗いざらい話し合おう。できたらベッドフォントの精神病院にもどって」

「精神病院？　あれが精神病院だったことは五十年間いちども ないが……」私の失言にがっかりしたのか、グールドは私の肩から手を下ろしてしまった。死に至る可能性のある患者に直面させられた疲れた救急医のように、彼はぼんやりと私をみつめた。いつもとおなじ着古したスーツを着ていたが、それに自分でアイロンをあてたらしく、ズボンには何本も平行な折り目が走っていた。友好的な歓迎にもかかわらず、彼はすでに私に退屈しており、その目はリビングの壁に貼られた検眼表に向けられていた。

「リチャード……」私は謝罪を回避しようとした。「病院といいたかったんだ。小児病棟と」

「ベッドフォントか？　すべてはあそこからはじまったと思っているんだな？　そうだったらいいんだが……」ケイ・チャーチルの家で切った血まみれの手に気づいて、彼はいった。「それはきれいに洗う必要があるな。近ごろは新しい感染症がたくさんあるが、すべてがインド航空のせいというわけではないんだ。浴室が空いているかどうか見てこよう」

彼は寝室に入って後ろ手にドアを閉めた。私はリビングを歩き回ったが、そこは警察によってざっと捜索されていた。眼鏡技師のテキストやカタログが棚に斜めに置かれ、ソファの分厚い四角のクッションは大きな石のように投げ散らかされていた。スコットランドヤードの紋章のついた青いキャンバスの袋に触れると、その中身は分解された釣竿のようだった。

おそらくグールドは南の海岸の同調者（シンパ）のもとに潜伏していたのだろう。磯浜で釣りをしてすごしている彼を想像した。その心は海がすっぽり入るほど空っぽだったにちがいない。身体的には以前より強くなり、もはやケイの家で私の背後につきまとっていた青白くてとらえがたい男ではなかった。暴力の夢が彼を鎮めたのだ。

「デーヴィッド?」グールドが寝室のドアをするりとくぐりぬけてきた。「その手をきれいに洗ってきたら治療してあげよう。浴室にはタオルとオキシドールがある。これだけ警察がうろうろしていると、勘違いされるかもしれない」

私は暗い寝室に足を踏み入れた。厚いベルベットのカーテンが窓を覆い、その暗幕のおかげで眼鏡技師は部屋の一部を映写室にすることができた。目が慣れてくると、エドワード・ホッパーの絵の中の人物のように、ふたりの女性がダブルベッドの両端に背中合わせにすわっているのに気づいた。

私がカーテンを引くと、手前の女性が立ち上がった。明かりが彼女の顔の骨の形を照らしたとき、それがヴェラ・ブラックバーンであることに気づいた。まるで自分の顔の特徴が最小限になるまですべてをはぎとって、ありとあらゆる感情を消し去ろうと決めたかのように、目も唇も化粧が落とされていた。髪の毛が後頭部できつく結わかれていたので、ひたいの皮膚が頭骨にはりついて、目のまわりの鋭い骨がくっきりと浮かんでいた。そのときはじめてかつての面影が見えた。行く手を遮ろうとするものは銀行の警備員であれ現金出納係であれ、いつでも威嚇してやろうと身構えている虐待された陰鬱な十代の少女の顔だった。

「ヴェラ？　浴室に行きたいんだが……」

彼女はなにもいわずにわきをすりぬけていったが、そのからだからは奇妙なにおいがした。それは鼻をつく緊張と恐怖のにおいだった。彼女は力強い手首でドアを後ろ手に閉めたが、緊張して力がこもりすぎているせいで、ドアノブががたがた震えた。

もう一枚のカーテンも引いて、会社の顧客のために雇われた高級娼婦のように、ベッドから私をみつめている女性のほうを振り向いた。

「サリー？　こんなところでなにをしているんだ？」

「あら、デーヴィッド。あなたが来るとは思っていなかったわ」

サリーは枕のそばにすわり、ひざの上に両手を組んで、光を避けるように目線を落としていた。髪にはブラシがかけられていたが、肩に手を置いて頬にキスをしたときも、いくらか眠気が残っているようだった。眠っているところを起こされて、まだすっかり目覚めていないかのように、彼女は従順にもたれかかってきた。ふいに愛おしさがこみあげてきたが、それはセントメアリー病院の病棟に足を踏み入れるたびに感じたのと同じ愛情だった。いろいろなことがあったけれど、また彼女に会えてうれしかったし、もうすぐいっしょになれるにちがいないと思った。

「サリー、大丈夫……?」

「私なら大丈夫よ。心配なのはあなたのほうだわ」私の傷ついた手に気づいて、彼女はそれを光にかざし、この新しい血の運命線から未来を読みとろうとした。「かわいそうに、けがをしているじゃない。お気の毒ね、デーヴィッド。あなたの革命は失敗に終わったわ」

「チェルシー・マリーナははじまりにすぎないよ」私は彼女の横に腰をおろしたが、自分のからだに近すぎる男のからだをどうしていいかわからないかのように、彼女は動かずにじっとしていた。「サリー、なんとか連絡しようとしたんだよ。留守番電話のメッセージでは……」

「友だちと旅行している? そんなのしょっちゅうでしょ?」彼女は顔をしかめてみせた。

「リチャード・グールドがグライダー学校の近くの別荘に招待してくれたの」

「リチャード・グールドが? それで行ったのか?」

「もちろんよ。あなたのお友だちじゃない」

「まあね。で、なにもかも……?」

「彼は優しくて、とってもとっても変わっているわ」彼女は私の血が印された自分の手をじっとみつめた。「毎日午後にはグライダー学校に行ったわ。昨日彼は単独飛行したのよ」

「たいしたものだ」

「リチャードも感動していたわ。昨夜は神についての考えを説明してくれたの。いささかぞっとする考えだけど」

「そうだろうね」

「死、暴力——それがあなたの見る神の姿なの？」

「はっきりとはわからない。彼は正しいのかもしれない。ヴェラ・ブラックバーンもいっしょだったのかい？」

「彼女は毎週末にやってきたわ。彼女のこと、知ってるの？　リチャードは好きだけど、彼女は不気味だわ」

「彼女はぼくらの発煙爆弾をつくった。それが彼女の世界なんだ。ひとつ知りたいんだけど、どうして警察はきみをチェルシー・マリーナに入れてくれたの？」

「私の車を運転していったの。リチャードは白衣を着て付き添いの医師になりすましたわ。美しくて、足の悪い女——彼らはいちころだったわ」

「サリー……」私は彼女の両手をぎゅっと握った。「きみは美しいけど、足は悪くないよ。ここから連れ出して家に帰してあげよう」

「お家に？　そういえば、まだそんなものがあったわね。私、無神経すぎたわ、デーヴィッド。だれに対しても無神経だったけど、とりわけあなたに対してね。あのリスボンでの事故で——この世の規則がすべて破られたような気がして、なんでもできるんだと思ってしまったの。それから、リチャードに出会って、あなたたちが本気で規則を破るとなにが起こるのか目の当たりにしたわ。まずゼロを発明しなければならない。それがリチャードのやること。彼はゼロを発明する。すると世界が恐くなくなる。彼はとても恐れているのよ」彼女はどうにか寒々しい微笑を浮かべ、そして私のスーツに気づいた。「すっかりドレスアップしているじゃない、デーヴィッド。むかしのままね。役人の一団といっしょにちがいないわ」

「内務大臣の一行？　視察のことは知っているんだ」

「だから私たちここにいるのよ。ヴェラ・ブラックバーンはなんでも知っているわ。内務省の専門家たち――彼らはみなリチャードに会うべきだわ。彼は連中を永遠に黙らせてしまったけど」私の手から一滴の血が彼女のひざに落ちた。彼女はそれをぺろっとなめて、風味をじっくりと味わった。「しょっぱいわ、デーヴィッド――あなた、魚になりかけているのね」

　浴室で、私は手のひらを洗い、手洗器に流れ込んでいく血をみつめた。すぐ横に眼科の消耗品が詰め込まれたガラス戸棚があって、その大量の医薬品の一部だけで、チェルシー・マリーナは西ロンドンの中心的ドラッグ取引所になりそうだった。この町の中産階級の住人たちは、麻薬のスターリングラードを防衛して専門知識と資金を市街にプールすることもできたのだ。そうする代わりに、彼らは敗北を認めてコッツウォールド丘陵やケアンゴーム山地の別荘（ダーチャ）へと去ったのである。

　しかし、少なくともいま私はサリーをとりもどした。彼女がなんともあっけなくリチャードの呪縛から逃れたのはさすがだと思ったが、彼から必要とするものだけをもらって去ることにしたのかもしれない。グールドは彼女にリスボンの事故は無意味で理不尽だったと納得させた――彼女の負傷と苦しみは、まさにその理由のためだけに意味があったのだ。ついに自分の妄想から解放されて、彼女ははじめて夫のことを考えた。彼女が私を救い出すためにチェルシー・マリーナに来てくれたことに、私は感動した。

「それじゃあ、行くとしようか。リチャードに別れを告げるんだ。サリー？」

私はサリーが立ち上がるのを待ったが、彼女は枕にもたれてベッドカバーをなでさすり、モアレ縞をじっとみつめた。

「むりだと思うわ」彼女はドアを指さした。力強い手がノブを回し、施錠されていることを確認していた。「閉じ込められたのよ。気をつけなければいけないわ、デーヴィッド」

私は時計に目を走らせ、とても長い時間がすぎたことに驚いた。チェルシー・マリーナの入り口では警察がバリケードを動かしていた。「サリー、もうすぐ内務大臣がここに着く。警察も大挙して押し寄せるだろう。リチャードとヴェラ・ブラックバーンがぐずぐずしているはずがないよ」

「ところがそうでもないのよ。ほんとうに、なにが起ころうとしているかわからないのね」鈍感な夫が話の要点を理解するまで待っている妻の思いやりをこめて、彼女は私をみつめた。

「リチャードは危険なのよ」

「もう危険じゃないよ。その段階はすぎたんだ。なにもかも空想で……」

「まだすぎてないわ。それに空想なんかじゃないわ。リチャードははじめたばかりなの。彼がヒースロー空港に爆弾を仕掛けたことは知っているんでしょう？」

「そのことを話したのか？　さぞかしぞっとしただろう」私は彼女の手をとろうとしたが、彼女はベッドカバーの上で手を遠ざけてしまった。「たわごとだよ。ハマースミスのテレビパーソナリティとおなじくらいね。彼は彼女を殺したと主張している。よく聞いてくれ、ぼくはすぐ隣の通りに車を停めていた。彼をみつけたのは五分後だった。彼が撃ったのなら血まみれになっていたはずだ」

「いいえ」サリーはドアをみつめていた。「彼はたしかに彼女を撃ったのよ」

「それはなかったことさ。彼は暴力について考える必要があって、無意味であればあるほどいいんだ。ぼくは彼を助けようとしてきたんだよ」

「それはそうなんだけど。彼はもっとたくさんの人を殺すつもりよ。昨日私たちはハンガーフォード近くの射撃練習場に行ったの。私はヴェラと車にすわっていた。彼は射撃がうまいと彼女はいっていたわ」

「それは彼女を誇らしくさせたにちがいない。でも、信じがたいね」私はサリーを残してドアに歩み寄り、それから木のパネルに耳を押しあてた。リビングにはだれもいないらしく、静寂を破るのはマントルピースの時計の音だけだった。「サリー……さっきハンガーフォードといったね？」

「M4を降りてすぐよ。リチャードは別荘を借りたの。かわいらしいところよ。彼はそこで人生を終えたいんですって」

ドアをみつめていると、キングズ・ロードで警察のサイレンが鳴り響いた。それは眠っているものだけでなく、死んでいるものまで目覚めさせそうな警鐘だった。私はハンガーフォードで一生を終えたもうひとりの人間のことを思い出した。

「デーヴィッド？　なにかしら？」

屋上を歩く人の気配がしたのだ。ほとんど私たちの真上だ。マットに腰を落ち着けて日光浴している人間か、さもなければ照準器を調整している狙撃手だろう。ハンガーフォード事件？　マイケル・ライアンという若い社会不適応者が母親を射殺し、それから村をぶらついて通行人を手当たり次第に撃ったのだ。でたらめに十六人射殺してから、彼は自宅に火を放ってその後銃で自殺した。この殺人事件には動機がなかった。そして国中にいいしれぬ不安の戦慄を送り込んで「隣人」ということばを再定義させた。もはやだれも、家族ですら、信頼できなかった。無から湧くようにして、新しい種類の暴力が生まれたのだ。ハンガーフォードの最後の銃声のあと、マイケル・ライアンを生み出した虚無は彼を囲い込み、永遠に呑みこんでしまったのだ。

「サリー……」二台の警察のオートバイがボーフォート・アヴェニューを走っていた。彼らが環状交差点のそばで停まると、無線のがりがりという音がした。制服を着た警察官が歩道を歩いて無人の家々を調べていた。「あの青いキャンバスの袋だけど――なにが入っていた？」

「リチャードはグライダーキットを入れていたわ」サリーは立ち上がってベッドのまわりを歩

きながら、カーペットに残された私の足跡をみつめた。「あなたの考えでは――?」

「武器ということは? ショットガンかそれとも……?」

サリーはなにもいわず、頭上の屋根から聞こえてくる物音に耳を傾けていた。私はドアの背後のフロアスタンドから笠をはずした。クロームのシャフトをつかんで、壁のコンセントからプラグを引っこ抜いた。

「だめ……」シャフトをドアに叩きつける前に、サリーが私の腕をつかんだ。「デーヴィッド、発砲は目の前に迫っているのよ」

「きみのいうとおりだ。無意味な標的ならだれでもいい、リベラルな内務大臣とか……」

「さもなければあなたよ!」サリーは私の手からランプのシャフトをもぎとろうとした。「リチャードはあなたが来ることを知っていたわ」

「彼がぼくを殺したりするはずがない。ぼくは彼が好きなんだ。ぼくを殺してなんになる?」

その問いは宙ぶらりんになった。一列になった役人の車がチェルシー・マリーナに入ってこようとしていたのだ。政府のカープール専用の黒いサルーンだ。車列は人が歩くぐらいの速さでボーフォート・アヴェニューを進んできた。乗客は静かな窓や破れた垂れ幕をじっとみつめていた。一分としないうちに一行はカドガン・サークルに到着するだろう。そうしていま私がみつめている窓の真下で左折するだろう。

「サリー……」私は彼女を窓から押しやろうとした。「ここにいるところをみつかったら――」

「監禁されていると思うでしょう。だから安全よ、デーヴィッド」

「ちがう」私はドアレバーをぐいっとひねった。「これはリチャードのおかげなんだ」

サリーはランプのシャフトを手放して一歩下がり、私がそれをドアパネルに突き刺すと、うんざりしたように私をみつめた。彼女はシャツの胸ポケットに手を伸ばした。手を開くと、そこにはドアの鍵がのっていた。

「サリー?」私は鍵を奪いとった。「ドアに鍵をかけたのは?」

「私よ」私をだましたことを恥じる様子もなく、彼女は私の顔をみつめた。「あなたを守りたかったの。だからリチャードといっしょにハンガーフォードにも行ったの。私はあなたの妻なんだもの、デーヴィッド」

「わかっているよ」私は鍵を鍵穴に差し込んだ。「リチャードに警告しなければ。ライフルを手にしているところを護衛部隊にみつかったら、射殺されてしまうだろう。これだってもうひとつの幻想かもしれない。彼の頭の中のハンガーフォード妄想かも……」

お手上げというように、サリーは擦りむいたこぶしをなでて窓のほうを向いた。「デーヴィッド、見て……」

車列はボーフォート・アヴェニューで停まっていた。内務大臣とふたりの政府高官がリムジンから降りてきた。ほかの車から降りた専門家たちも合流して、一行は歩道にたたずみ、まるで黒焦げになった破風が暴動の内なる真実を明かすとでもいうかのように、全焼した一軒の家をのぞきこんだ。彼らはまじめくさったことばを交わし、思慮深そうに頭をうなずかせた。テレビ局の連中はこの機会をのがすまいと映像におさめ、インタビュアーがマイクを手にして大臣に質問しようと待ち構えていた。

「デーヴィッド？ どうなっているの？」サリーが私の腕をつかんだ。その唇には当惑の色が浮かんでいた。「彼らはなにをしているの？」

「想像もできない出来事に取り組んでいるのさ。三か月前にここに来るべきだったんだよ」

「うしろから入ってくる車だけど――なんだか変よ……」

静止した車列のうしろでヘッドライトが点滅した。ボーフォート・アヴェニューをパトロールしていた白バイは道路の中央で停止し、ルーフラックにくくりつけられた荷物の重みで苦しそうな埃まみれのボルボの接近を制止した。女性の運転者はそれでも車をすすめ、大臣のリムジンの横にむりやり停止させられた。ボルボのうしろにはさらに三台の車がつづいていた。どれもおなじようにくたびれていて、入り口のゲートをくぐってくるところだった。そして私はチェックのスポーツジャケットを着た赤毛の男が、車を制止させようとした警官に立ち去るように命令しているのに気づいた。タラク少佐は、いつものように、絶好のチャンスをとらえたのだ。

「デーヴィッド、いったいだれなの？ あのおんぼろな車に乗った人々は？」

「知っている連中だと思う……」

「不法占拠者？ ヒッピーみたいだけど」

「不法占拠者じゃないよ。それにヒッピーでもない」

内務大臣もあとから来た連中に気づいていた。政府高官と専門家たちは全焼した家に背中を向けた。きびきびした警部補がボルボの女性運転者からのメッセージを伝えた。すると内務大臣は目に見えて明るい表情になり、少しのあいだつま先立ちした。テレビカメラにちらっと目を向けてから、彼はオートバイをわきに手招きした。腕を上げると、まるで交通巡査のように、手を振ってボルボに前進するように合図した。

「デーヴィッド？　あの人たちはだれなの？　住む家のない家族？」

「ある意味ではね。彼らは住人だよ」

「どこの？」

「この住宅街の。彼らはここに住んでいたんだ。チェルシー・マリーナの住人が帰ってきたんだよ」

　私はボルボがボーフォート・アヴェニューを進んでいくのを見守った。帰還した車の列がぞくぞくとつづいた。砂埃がこびりつき、犬や子どもたちを乗せて、壊れたウィングミラーはフロントピラーにテープで固定され、車体には何マイルにも及ぶハイランドのドライブで無数のへこみができていた。スコットランドか西部地方を旅行した連中がキャンプファイヤを囲んで秘密会議（コンクラーヴェ）を開き、帰郷しようと決めたのだろう。ひょっとすると、内務大臣の訪問を合図に解体作業ブルドーザーが到着するのではないかと疑ったのかもしれない。

　陽気に微笑みながら、内務大臣はリムジンの後部座席に乗り込んだ。彼がもどってきた住人たちに手を振ると、それに応えて住人たちもクラクションを鳴らした。開かれたテールゲートからはグレートデーンが吠えた。

　そのこだまがカドガン・サークルに反響したために、危うく頭上の屋上から発射されたライフルの銃声を聞き逃すところだった。内務大臣の車が急停車すると、そのフロントガラスには着弾点を中心に真っ白いひびが走っていた。一瞬の静寂があたりを支配し、それから警官と専門家たちは車の陰に散らばって、無人の家の壁際にしゃがみこんだ。

　一機のヘリコプターがテムズ川上空に姿を現し、サーチライトがチェルシー・マリーナの屋根の上で躍った。私は二射目を待ち受けたが、もどってくる家族が狙撃者を混乱させ、ほとんどまちがいなく内務大臣を救った。身を呈してかばいながら、ボディガードたちは内務大臣をリムジンからひっぱりだし、歩道をわたって近くの家の正面ドアに運んでいった。

「サリー……」彼女を抱きしめると、その心臓が激しく動悸しているのが感じられたが、今回に限って私の動悸とぴったり一致していた。屋根の上を走る足音がして、ヘリコプターからラウドスピーカーのがなり声も響いたが、その警告はサイレンやオートバイのエンジン音にかき消されてしまった。

「デーヴィッド、待って！」ゆっくりと正気をとりもどしつつある愚かな夫の妻のように、サリーが私の腕をつかんだ。「あとは警察にまかせましょう」

「きみのいうとおり。気をつけるよ。でもどうしても……」

　彼女は私が寝室のドアの鍵を開けるのをじっとみつめた。リビングにはだれもいなかった。私のラップトップがソファに置かれていたが、青いキャンバスの袋はリチャード・グールドとともに消えていた。サリーを安心させようと両手をかかげ、玄関を出てホールを横切った。階段を駆け下りて、無人の踊り場や開かれたドアの前を通り過ぎ、エントランスロビーにたどり着いたとき、ヘリコプターがカドガン・サークル上空でホバリングした。

旋風のような騒音を貫いて、地下のガレージから二発の乾いた銃声が聞こえてきた。

第三十四章　果たされた使命

気の狂ったアートギャラリーの動く壁画のように、地下室の壁面をいくつもの影が走った。私は防火扉を押し開けてセメントの床面に足を踏み入れた。ヘリコプターがマンションの建物の背後のサービスエリアに着陸しようとしており、傾斜通路の開かれたドアの向こうに、そのテールローターが見えた。ガレージにはたった一台の車しかなかった。サリーの改造サーブで、ダストシュート近くの車輪のついたごみ容器の列の陰に隠れていた。

ヘリコプターのブレードの影がさっと通過し、遠ざかってはまたもどってきて背後から追いつくなか、私はガレージを歩いていった。振動しているコンクリートのせいでほとんど耳が聞こえなくなりながら、サーブに近づいていったが、それは採光窓の向こうで輝いているヘリコプターのライトに照らされていた。

白くまぶしい光の中に、ひとりの男がサーブのハンドルを抱えるようにしてうずくまっているのが見えた。その左腕と肩はブレーキレバーとギヤレバーに支えられていた。右腕は窓の外に垂れ下がり、まるで急な右折を合図しているかのようだった。男の背後では、ひとりの女が後部座席に横たわり、骨っぽいひたいが肘掛けにのせられていた。

グールドとヴェラ・ブラックバーンのふたりは車の中で死んでいた。ヴェラは手足を投げ出して格子縞の敷物にうつぶせになり、タイトスカートから女学生のような細い脚があらわになっていた。彼女は背中を撃たれ、流れ出した血がエナメル革のジャケットの折り目にたまって、フロアカーペットにぽたぽた垂れていた。最期の瞬間、敷物を素手で引き裂いたのか、指から爪が剝がれていた。

　リチャード・グールドは前部座席にすわり、たったひとつの銃創が白いシャツにぽつんとついていた。その濡れた穿刺孔（せんしこう）は、着陸しようとしているヘリコプターのまぶしい光を浴びてほとんど色がなく、一張羅（いっちょうら）を着ている勇敢だが貧しい市民の胸にピン留めされた薔薇飾りのようだった。私はいっぱいに伸ばされた腕に手を触れて皮膚に指をすべらせた。生きていたときよりいまのほうが温かかった。擦り切れた襟を自分で繕った粗雑な縫い目が、首にこすれてほころびていた。

　最後にもういちど彼の手を握りしめてから、その手を車内に入れてあげた。その顔からは血の気がすっかり失せて、私が知っていた悩める内科医より何歳も若く見えた。しかし欠けた歯は露見した信用詐欺のように、この上なく露骨なしかめ顔の中で、安っぽい歯科治療をさらしていた。最後まで、リチャード・グールドはさまざまな思考を隠しつつ、外傷だけはみせびらかしていたのである。

　彼はサーブの改造された操縦装置にすわり、発射された銃弾をよけようとしたのか、細い腰がよじれていた。左手はブレーキレバーにかかり、ひざはハンドルの真下の金属連結器につかまっていた。死んでいくとき、心を正確に映し出す絶望的な形状をとろうとしたかのように、そのからだはおのずからよじれ、彼の本当の仲間である身体障害児とダウン症の青少年を模した姿になっていた。

彼と目を合わせようとして、白墨のように白い顔をじっとみつめた。いまや自閉症児のように無表情で世界に触れたことのない顔だった。その目が回転速度計の震える針先をじっとみつめていたので、サーブのエンジンがかかっていることに気づいた。排気音がヘリコプターの音でかき消されていたのだ。まるで集中治療室のレスピレーターのスイッチを切るように、私はグールドの手をイグニッションから外してキーを回した。

ヘリコプターの回転翼の耳をつんざく轟音がガレージを満たした。その音のせいで気づかなかったが、顔をあげてみると、レザーのライダージャケットを着た背の高い男が、サーブとごみ箱のあいだに立っていた。顔はヘルメットのバイザーに隠され、窓には回転する影が横切っていたが、すでにヘリコプターは着陸していたので、その動きはさっきよりゆるやかになっていた。男は牧師服の詰襟をつけていたので、私はほとんど無意識のうちに、死んだ男女の葬儀をとりおこなうためにハーレーで到着したのだろうと思った。

男は磨かれた黒い石から削り出した重そうな十字架を手にしており、ある種の死の説明として、それを私に差し出した。そのときヘリコプターのライトが二階の窓を捜索するためにガレージを離れたので、その十字架が自動拳銃であることに気づいた。

「デクスター！」私はグールドからあとずさって車を迂回した。「銃をみつけたのか？　彼らは銃で自殺したんだと思う。さもなければ……」

デクスターの顔が混乱した光の中から現れた。苦痛のように青ざめて、表情がまったく欠落していたので、この数か月間、すべての感情を捨て去り、目の前にあるたったひとつの使命に心を向けてすごしてきたにちがいないと私は思った。彼は穏やかに私をみつめてから、グールドとヴェラ・ブラックバーンには目もくれず、採光窓から見えるヘリコプターに視線を向けた。私にピストルを向けたまま、グールドがビショップス・パークで高い枝のすきまからのぞく太陽を追っていたときとおなじように、彼はライトをみつめた。

「スティーヴン」私はピストルを避けようとした。「ここから逃げろ。警察は武装しているぞ……」

　牧師は立ちどまり、つま先に金属のついたブーツでセメントの床を試してみてから、しだいに小さくなっていくヘリコプターのエンジン音と警備員の叫び声に耳をすました。ピストルを握ったまま、バイザーを上げると、彼は車を迂回して近づいてきた。彼がつねづね私のことをリチャード・グールドの主要な協力者とみなしているのは知っていた。彼が私を撃とうとしていることに気づいて、私はサーブのほうにじりじりとあとずさり、助手席のドアを開けて運転席に横たわるグールドに合流しようとした。

　しかしデクスターはピストルを私の手に押し込んだ。そのとき彼の服がきついにおいを放っていることに気づいた。ナショナル・フィルム・シアター（NFT）の放火のあと自分の皮膚にかぎつけたのとおなじ恐怖のにおいだった。私はピストルを握りしめ、心臓のごとく鼓動しているような金属のぬくもりに驚いた。目を上げると、デクスターはすでにごみ箱の背後の陰に引っ込んでいた。彼はボイラー室と管理人の居室に通じるスチールのサービスドアを開けた。射撃練習場で初心者を励ましているターゲットマスターのように私を指さし、後ろ手にドアを閉めて音もなく立ち去り、もうひとつの時空へと消えていった。何か月も前にヒースロー空港でみずからに課した使命はついに果たされたのである。

ピストルを手にして、車のそばで待ちながら、私はグールドの顔が空白になっていき、かつて不可解な世界をすさまじい目でみつめていた若い医者のすべての記憶が流れ出していくのをじっとみつめた。しかし心の中では、バイザーを上げたときのわずかな時間のスティーヴン・デクスターのことを考えていた。彼をみつめたとき、そこに彼がはじめて聖職者になったときに抱いていた情熱と信念が見えたのだ。それはテロリストの鞭のもとで失われ、西ロンドンの高級住宅街で探求され、独自の懲罰的な考えをもつ資格を剝奪されたコンサルタントによって励まされた情熱と信念だった。

最初の警察官がガレージに入ってこようとしていた。警部補がふたりの武装警官に合図して、彼らは私の胸に銃を向けた。彼は私に向かってなにやら叫んだが、その声はわが家にもどるのを待ち切れない住民たちが鳴らすホーンの音にかき消されてしまった。

そのとき警察のジャケット姿のがっしりした男が進み出て、サーブにずかずかと歩み寄ってきた。その赤い髪はヘリコプターの下降気流によって逆立っていた。

「ミスター・マーカム？　それを預かりましょう……」タラク少佐は煙草の染み付いた手で私

の腕をつかみ、私のからだを車に押しつけた。「思ったより射撃が上手ですな……」

私は彼にピストルを渡してから、墜落した飛行士のように操縦装置にぐったりと横たわっているリチャード・グールドを指さした。「あの男はぼくの妻を殺そうとしていました。それに内務大臣も」

「承知しています」タラク少佐は相変わらず無感動で超然とした目つきで、私を上から下まで眺めた。それからサーブに身を乗り出して死体を調べ、ほかに武器はないかと身体検査してから、気のないそぶりで脈を調べた。

いまでは地下室は警察官であふれ、科学捜査班がすでに器材やカメラ、立入禁止テープや白衣を並べていた。サリーは防火扉のそばで待っていた。顔は張りつめ、髪は渦巻いていたが、自分の脚で立とうと決心していた。ヘンリー・ケンドールがそばを離れず、寡黙な巡査部長にうなずきかけていた。その巡査部長は武装した警官に囲まれてくらくらしているようだった。彼はサリーの腕をとり、自分自身を落ち着かせようとしたが、彼女はその手を振り払って私に歩み寄ってきた。騒音の中、果敢な努力でどうにか私に微笑みかけると、彼女はフラットから抱えてきた濡れたラップトップを身振りで示した。誇らしい思いで彼女をみつめながら、私はなにもかもうまくいくと確信した。

タラク少佐が無線機に簡潔に報告し、身分証明は終わった。私を警部補の手にゆだねながら、彼はいった。「マーカムさん、あなたはあまりに多くの危険を冒してきました。今回限りで、静かな生活を心がけてください……」

外に出ると、ヘリコプターよりもやかましい音を立てて、騒がしいカーニバルが大気を満たしていた。それはチェルシー・マリーナにもどってくる中産階級たちの耳障りなクラクションだった。

第三十五章　影のない太陽

すべての時計が一時停止して、時が追いつくのを待っているかのようだった。カレンダーが反転して夏前の穏やかな日々にもどった。サリーと私はセント・ジョンズ・ウッドでの結婚生活を再開し、チェルシー・マリーナの住人たちは住宅街への帰還をつづけた。一週間もしないうちに、住人の三分の一がわが家にもどり、二か月もしないうちにほとんどすべての住人がもとどおりの生活にもどった。ケンジントンとチェルシーの評議会は、社会革命が財産価値に及ぼしたかもしれない影響が気になって、大勢の作業員をチェルシー・マリーナに送り込んだ。彼らは全焼した車を撤去し、通りをアスファルト舗装し、壊れた家屋を修理した。わずかな観光客や社会史家たちは、なにも変わっていないことに気づいた。

金は、いつでもアスファルトより堅固な舗装であるが、通りを補修するのに役立った。管理会社との友好的な交渉は、評議会からの財政的援助の約束で妥結した。見返りに、会社は暴動のきっかけとなった管理費の値上げを延期した。給与の安い労働者たちがロンドンの不動産市場から締め出されつつあることへの社会的関心は、多数の高級マンション建設計画をすべて棚上げにした。看護師やバスの運転士や駐車違反監視員のように、チェルシー・マリーナの中産階級の専門職たちは、いまや低賃金だが都市の生活にとって欠くことのできない貢献者とみなされるようになった。このことばは、安堵した内務大臣によって多くのテレビインタビューでくりかえされ、われわれは新たなプロレタリアであるという住人たちの最初の信念を裏付けた。大臣は、発狂した小児科医による暗殺の試みを生き延びたので、放火や襲撃や公共物への損害について、住人にいかなる告発も行わないようにという寛大な要請を行った。ナショナル・フィルム・シアター、テート・モダン、ピーター・パン像、そして無数の旅行代理店とビデオショップに対する襲撃は、なかったことにされた。ヒースロー空港爆弾事件は、無名のアルカイダ系過激派の仕業にされた。

ケイ・チャーチルは短期拘置を宣告されたただひとりの住人だった。ケイが自宅を全焼させるのを制止しようとしたアンジェラ婦警に噛みついた罪に問われたのである。元映画学講師はホロウェイ女子刑務所に六十日間服役し、それから勝ち誇ってもどってきた。彼女の代理人は彼女の革命本のために多額の印税前払金（アドバンス）をとりつけ、ケイは成功したコラムニスト兼テレビ評論家の道を着々と歩みはじめた。

スティーヴン・デクスターはひそかに国外に逃亡し、アイルランドでひっそりと暮らしてからタスマニアに移住した。彼は信仰をとりもどし、ホバートから五十マイル離れた小さな町の教区司祭になった。彼がよこした葉書には、教区司祭館の裏手の小屋でタイガーモスを復元している、ハンサムで哀愁を秘めた彼の姿が写っていた。すでに滑走路の建設をはじめており、石だらけの低木地帯を五十ヤードも整地したという。

私はアドラー心理学協会にもどって、もとのポストに復帰し、怒って銃弾を発射したことのあるただひとりのスタッフとなった。これまでにも同僚の多くが患者を傷つけてきたが、私は殺してしまったのだ。ヘンリーは私が協会の次期会長になるだろうといってくれている。

私がドクター・グールドとヴェラ・ブラックバーンを射殺したと、タラク少佐や内務大臣やスコットランドヤードが本気で信じているかどうか、じつは非常に疑わしいと思う。彼らはあまり深く追及しすぎないように気をつけて、硝煙反応を調べようともしなかった。しかしメディアの臆測（スペキュレイション）こそが、一般に認められた現代の真実のるつぼであり、暗殺者の二発目の銃弾から内務大臣を救った男として、私はすっかり有名になってしまった。

サリーも私に救われたと証言してくれた。審問ではリチャード・グールドに誘拐され、そして彼は、われわれふたりを殺すつもりで、私をチェルシー・マリーナにおびき寄せたのだと証言した。それはほんとうかもしれないが、私がグールドのあとを追って屋上まで行かないように寝室に鍵をかけたのだから、むしろサリーのほうが私を救ってくれたのだと思いたい。

結婚はささやかな神話によって育（はぐく）まれる。そしてこの神話が私たちを結びつけ、私たちの関係のはじめのころに私たちを苦しめた患者と保護者という役割を逆転させてくれた。サリーはステッキを投げ捨てて新しい車を買い、献身的で意志の強い妻になった。私たちがヘンリー・ケンドールとその最新の婚約者とブリッジをするときも、自分がかつてこの男の恋人になろうと決心したなんて想像もつかないわとでもいうように、困惑した目で彼をみつめるのだった。

警察は、検察医による検視の二か月後にサーブを返してくれた。科学捜査班はすでに作業を終えていたが、彼らが車を清掃しようともしなかったことには驚いた。前部座席と後部座席にはいまだに血痕がこびりつき、グールドの指紋が車内のいたるところに残されていたが、その幽霊じみた渦巻きは、彼が世界を奇妙に把握していた証しだった。

サーブはハイ・バーネットの母の家のガレージに保管されている。母の死後、顧問弁護士は売却するように勧めてくれたが、母の利己的な性質と、私に対してさらに大きな影響を及ぼしたはるかに強くて破壊的な心を祭る神殿として、残しておくことにしたのである。

サリーはバーネットの家には幽霊がいるといいはり、忘れ去られたナイトクラブや反核集会の額入り写真が並ぶ埃まみれの部屋には近づこうともしない。しかし私は月にいちどは立ち寄って、天井や屋根を点検する。立ち去る前に、ガレージに立ち寄ってサーブの前にたたずみ、脳に損傷を負った子どもたちと同様、グールドがあれほど必死に入り込もうとした並行世界のために設計されたような操縦装置をみつめるのである。

いまではグールドが、ヒースロー空港で爆弾を破裂させてローラの命を奪ったことを認めている。彼がその名前すら覚えられなかったテレビ司会者を射殺したのもほぼまちがいない。彼女を選んだのも、有名であると同時にまったく非実在なので、その死がほんとうに無意味になるからだった。ハンガーフォードを夢見ながら、彼はさらに重大な犯罪を重ねていただろう。

彼なりの絶望的でサイコパス的な形ではあるが、リチャード・グールドの動機は尊敬すべきものだった。もっとも意味のない時代に意味を見出そうとしたのだ。彼は存在の専横と時空の暴虐に頭を下げることを拒絶した最初の新しい絶望者であり、もっとも無意味な行為こそが、その独自のゲームで宇宙に異議申立てできると信じていた。グールドはそのゲームに破れ、世界を再聖別する試みとして残虐な犯罪を遂行した、学校の校庭や図書館の建物の無差別殺人者たちという、新たなはみだし者たちと交代しなければならなかった。

　しかしチェルシー・マリーナですら、グールドの主張を証明するのに役立った。彼がすぐに気づいたように、革命ははじめから失敗する運命だった。自然の品種改良によって、中産階級は従順で道徳的で公共心をもつようになった。自我の抑制は彼らのＤＮＡにコードされていた。にもかかわらず、住人たちはその鎖から脱して革命を開始したのである。もっともいまでは、ケンジントン・ガーデンのピーター・パン像の破壊によって記憶されているだけだが。

　ひとつ謎が残っている。住人たちは、それだけのことを成し遂げながら、どうしてまたチェルシー・マリーナにもどってきたのか？　だれにも彼らの不可解な行動を説明することはできない。だれよりも住人たち自身が説明できないのである。ソーシャルワーカー、内務省の心理学者、そして経験豊富なジャーナリストたちは、何か月も住宅街をうろついて、住人たちが亡命をとりやめたわけをつきとめようとした。私がチェルシー・マリーナで話しかける人はだれひとりとして、もどってきたわけを説明できず、この話題になると、その顔には不思議な曖昧さが浮かぶのである。

　彼らははじめから、チェルシー・マリーナの抗議が失敗を運命づけられていること、その無意味さこそが最大の正当化であることに気づいていたのだろうか？　彼らはさまざまな形の暴動が、ナショナル・フィルム・シアター（NFT）の放火のように、無意味なテロ行為であることを知っていた。亡命を早めに切り上げてチェルシー・マリーナにもどってくることによってのみ、彼らの革命が事実上無意味であること、犠牲はばからしく利得はごくわずかであることを明らかにできたのだ。英雄的な失敗はみずからを成功と再定義した。チェルシー・マリーナは、未来の社会的抗議の、無意味な武装蜂起と失敗を運命づけられた革命の、そして動機のない暴力と無意味なデモの青写真だった。かつてリチャード・グールドがいったように、暴力はつねにいわれなきものであるべきであり、いかなる真剣な革命もその目的を達成すべきではないのである。

昨日の夜、サリーと私はチェルシー・マリーナからさほど遠くないキングズ・ロードのレストランで、友人たちと会食した。その後、私たちはぶらぶら歩いていくつかのゲートをくぐり、以前は管理人事務所だったが、いまでは住人の相談所となっている建物の前にさしかかった。会計課と経理課、そして住人のガス、水道、電気の消費を記録する計器の列は、視界の外の奥まった付属の建物にあった。ウインドウには修整された航空写真が飾られて、犯罪のない通りと上昇しつづける資産価値を謳い、チェルシー・マリーナをあたかも千年紀(ミレニアム)の護符のように表現していた。

またいっしょになれた喜びをかみしめながら、サリーと私はボーフォート・アヴェニューを歩いていった。そこではいくつものディナーパーティがたけなわで、豊かな第二成長期によって活気づけられた会話が交わされていた。午後の乗馬の授業のあとも乗馬ズボンをはいたままの思春期の少女たちは、家族のジープやランドローバーのまわりにたむろして、最近人気の十代の黒人アイドルのまねをしている育ちの良い少年たちをからかっていた。

「なかなかいいところね」サリーが私の肩に気持ちよさそうにもたれかかった。「こんなところに住んだらきっと楽しいわ」

「そうだね。スポーツクラブができて、マリーナも拡張されたんだよ。きみがほしいものはほとんどなんでもそろっているね」

「それはわかるけど。彼らはいったいなにに反抗していたのかしら?」

「じつはね……それについて本を書こうと思っているんだ」

しかし私はもうひとつの時間のことを考えていた。短い期間ではあったが、チェルシー・マリーナがまことの約束の国だったとき、若い小児科医が住人たちにユニークな共和国をつくりだすように説得したときのことだ。それは道路標識のない都市であり、処罰のない法律であり、意味のない出来事であり、影のない太陽であった。

解説

渡邊利道

本書は、イギリスの作家ジェイムズ・グレアム・バラードが二〇〇三年に発表した長編小説*Millennium People* の全訳で、一一年に『千年紀の民』のタイトルで東京創元社より刊行された単行本の文庫化である。

物語は、精神分析医デーヴィッド・マーカムが、自宅のテレビでヒースロー空港の爆弾テロ事件を伝えるニュースに、離婚した前妻ローラの負傷した姿を目撃したことからはじまる。現在の妻サリーに促され病院に駆けつけるが、すでにローラは息絶えていた。事件にはいかなる組織からも犯行声明はなかったが、無差別暴力を弄(もてあそ)ぶ新しい種類のテロリストグループが存在するという情報を得て、ローラの死の真相を探るため、デーヴィッドはある革命グループへの潜入を試みる。そして高級住宅地チェルシー・マリーナの中産階級の人々が熱狂する「革命」に巻き込まれていく……

本作の構想にあたって作者バラードに決定的な影響を与えたのが、二〇〇一年九月十一日にアメリカで起こった同時多発テロ事件である。アラブ系のグループによって四機の航空旅客機がハイジャックされ、そのうち三機が乗客もろとも国防総省本部庁舎(ペンタゴン)とワールドトレードセンタービルの北棟と南棟に突入するという史上最大規模のテロ事件で、死者は三千人以上、負傷者は六千人を超える大惨事となった。全世界に大きな衝撃を与えた自爆テロについて、バラードはテロの実行犯たちが絶対的な貧困のなかで宗教に救いを求めたというステレオタイプな「狂信者」ではなく、中流家庭出身で高等教育を受けた若者たちであったことに強く惹きつけられたのだという。

それまでもバラードは殺人、ことにメディアを通じてセンセーショナルなイメージが拡大して流通する著名な殺人事件に大きな関心を持ち、その作品で何度も重要なモチーフとして描いている。「下り坂カーレースにみたてたジョン・フィッツジェラルド・ケネディ暗殺事件」などはタイトルそのままだし、本作に先立って文庫化された『ハロー、アメリカ』では、廃墟となったアメリカで大統領を僭称する男がみずからを、「チャールズ・マンソン」と名乗る。マンソンは一九六九年にカルト集団「ファミリー」を率いて、当時妊娠八ヶ月だった女優シャロン・テートをナイフで滅多刺しにするなど五人の無差別殺人を指揮した人物である。また、一九八七年にハンガーフォードというロンドンの西にある小さな田舎町で起こった、二十七歳のガンマニアの青年が、突然自分の母親や駆けつけた警官を含む十六人を無差別に殺害し、母校に立てこもって自殺するという銃乱射事件に触発され、中編『殺す』(創元SF文庫)を執筆する。バラードが惹きつけられたのは、ハンガーフォード事件の殺人者が、何故そのような大量殺戮に走ったのか、という動機がまったく不明だったからである。もちろん事件の後にはさまざまな憶測が流れたが、どれも確定的なものではなく、むしろバラードはそこに世界の無意味性の表現を見たのだ。

『殺す』では、ハイテクによって完全な防犯対策を施された高級住宅地で、大人の住人が皆殺しになり、子供たちが行方不明になるという謎の事件が起こり、実はそのような完全に清潔で安全な空間を作ったが故に必然的に生まれた惨劇であるという真相が語られる。この、論理的必然としての殺人という認識は、バラードの後期作品に通奏低音のように流れるものとなる。本作では、それがテロリズムと結びつけられる。

バラードにとって、重要なのは現代社会の病理的象徴としての殺人である。ことにバラードが描くのは中産階級のそれだ。未曾有の大惨事をもたらしたテロ事件の実行犯が、恵まれた家庭に育った人物だったと知ったとき、それはバラードが描くべき事象となった。もっともバラードのリアリティは必ずしも現実をそのまま写しとったものではない。それはもっと徹底的に思弁的で、ある意味では幻想的ですらあるものだ。そしてそれゆえに人間の深奥にある確かな真実に触れているのである。かのアラブ系のテロリストたちはべつだんバラードが思い描くような中産階級的な倦怠と閉塞から無意味な殺戮に向かったわけではなかっただろう。六〇年代から七〇年代にかけて先進国を席巻した「革命」の担い手となった学生たちも、中産階級特有のきわめて観念的な社会変革の意志しか持っておらず、戦後世界の経済成長が福祉社会を完成していく中で次第に孤立しテロリストになっていくのだが、そこにある病理はやはりバラード的なそれとは違うものである。しかしまるでバラードの予言が的中したかのように、同時多発テロ事件の報復として行われた「対テロ戦争」から続く、一連の中東地域の紛争によって生み出されたイスラーム過激派武装組織による「国家」ＩＳ（イスラミック・ステート）に、西欧先進国の若者が倦怠と閉塞から逃れて「兵士」を志願して結集するという事態が出来してしまったのには、バラードの洞察の先見性を改めて感じさせられる。

　また小説の中で、本作の主な舞台としたチェルシー・マリーナは、実はチェルシーではなくフラムだと語られる場面がある。チェルシーは日本でも有名なロンドン西部の高級住宅地だが、フラムはそのすぐ隣に位置する小さな町だ。あるとき地元サッカー・チームのフラムＦＣのために新たなスタジアムを建設したところ、あまりに予算がかかりすぎて折り合うことができず、結局チェルシーのホームグラウンド（現在のスタンフォード・ブリッジ）になってしまったというエピソードがあるくらいで、住民たちに複雑な感情があることは容易に想像できる。そのことからもわかるように、バラードは、「革命」を起こす人々を、本当の意味で豊かな階層の存在としては描いていない。専門的知識を持つインテリたちだが、実際にはほとんどが雇われ人であり、せいぜいが中間管理職で企業の都合でリストラの危機におびえ、税金やローンの支払いに汲々（きゅうきゅう）としている。リベラルな価値観にがんじがらめになりながら、ほんのちょっとした悪趣味なジョークを身内だけで囁（ささや）きあって毒抜きしても、それ自体が巨大な支配構造の一部に過ぎない。だから悪趣味を暴走させること、中産階級の義務と債務を無効だと宣言するのだと、「革命」の主導者の一人で映画学講師のケイ・チャーチルは熱く語る。これは近年、グローバル化の影響で各国の中間層が貧困化し、先進国でこれまでのリベラルな価値観を唾棄するような差別的言辞が横行する風潮が目立ち、ついにはドナルド・トランプがアメリカの大統領に就任するに至った経緯を少なからず彷彿させる。余談だが、レーガンにあれだけ執着したバラードがもし健在であったならば、トランプ大統領誕生をどれほどか驚喜したかと想像するだけでニヤニヤ笑いが止まらない。

それはともかく、チェルシー・マリーナでデーヴィッドが遭遇する奇妙な「革命」は、そのような中産階級の倦怠と閉塞からの「脱出口」としての、社会学的な意味合いがあるだけではない。まるで能天気なケイの語る「革命」の夢を浸食するように無差別殺人が次々に穴を穿ち、その向こうにデーヴィッドが垣間みる世界の深淵こそに本作の真の核がある。バラードの作品には、主人公が無意識的に求めている欲望を具現化し提示するシャーマン的人物が多く登場するが、本作においてデーヴィッドを翻弄しつつ啓示に導くのが小児科医リチャード・グールドである。グールドは脳に損傷を負った子どもたちを通して世界の無意味性を直感した人物だ。「絶対的な無の概念を把握できるのはサイコパスだけではない。無意味な宇宙にも意味がある。それを受け入れれば、あらゆるものが新たな意味を帯びるのだ」と彼は言う。それを知らしめるために、この狂騒的な「革命」のあらゆる犯罪があるのだった。しかし、実際にそこで行われるすべてはちゃちで空疎で醜悪ですらあり、グールドが閉鎖された障害児のための施設について語る場面に湛えられた悲しみと優しさにくらべてあまりにもアンバランスで、むしろこの齟齬にこそ本作のもっとも大きな謎と魅力があるように思える。

そして、ここでタイトルにもなっている「ミレニアム（千年紀）」についても触れておきたい。これはキリスト教の伝統的な概念で、西暦の元年（一年）から一千年単位で時代を区切ったもので、ヨハネの黙示録などに基づき、キリストの再臨が近づき悪魔との最終戦争が待っていると説く「千年王国」と呼ばれる終末思想に由来する。古代から十八世紀まで、諸世紀を通じて千年王国論はキリスト教世界を刷新する希望となり続けた。イギリスの歴史学者ノーマン・コーンは、共産主義やナチズムにも千年王国論は深い影響を与えていると述べている（『千年王国の探求』江河徹訳・紀伊国屋書店一九七八年刊）が、新しい「革命」を描くにあたってバラードがタイトルにこの言葉を冠したのは意図的なものだろう。

アルジェリア出身のフランスの民族学者で歴史家のジャン・セルヴィエは、『ユートピアの歴史』という著作（朝倉剛、篠田浩一郎訳・筑摩叢書一九七二年刊）で、ユートピアと千年王国を対立概念であるとする独特の精神史的な構図を描いている。大雑把（おおざっぱ）にまとめれば、ユートピア思想が人間世界の外部に理想の王国を打ち立てようと夢想する退行的思想であるのに対し、千年王国論はいまここにただちに不当な歴史を清算する理想の王国を作り上げようとする変革の思想だというものである。十六世紀から十八世紀にかけて、想像力の世界ではトマス・モアの『ユートピア』、カンパネルラの『太陽の都』、ベーコンの『新アトランティス』、そして裏返しのユートピアを描いたスウィフトの『ガリヴァー旅行記』など、ユートピア文学の代表作が次々に書かれていたが、それは現実世界の歴史ではちょうど大航海時代にあたっていた。航海者が新大陸を発見し征服してゆくのと、海の向こうに理想郷を求める心性とはパラレルな関係にあったと捉えることができる。一方、古代から続く千年王国論への憧憬もまた、十六世紀に至ってその熱狂が頂点に達しようとしていたのである。スペインのピサロがインカ帝国の新首都リマを創設した一五三五年、神聖ローマ帝国で再洗礼派によるミュンスターでの宗教改革がすでに公認され、福音主義体制が確立していた。この再洗礼派による運動は、古今東西の千年王国運動の急進派の中でもっとも典型的に開化したものであったと言われる。つまりセルヴィエによれば、現実に起こっていた新大陸への過酷な侵略を想像的に理想の王国と置き換えたのがユートピア思想（文学）であり、それに対してヨーロッパの〈今ここ〉の現実に「理想の王国」を打ち立てようとしたのがミュンスター再洗礼派の千年王国運動であったというわけである。そしてセルヴィエは、現代（二十世紀）におけるユートピア文学こそが、科学技術の進歩によって達成される理想の未来社会を描くサイエンス・フィクションであると喝破する。ここで二十世紀中葉の宇宙開発とベトナム戦争に代表される泥沼化した大国間の代理戦争を想起するのは容易だろう。そのような見方からも、SFの内在的批判者として華々しく登場したバラードが、千年王国論的革命の夢を主題とした作品を書く必然性を感じることができる。

バラードの既存のSFに対する批判は、一九五七年のソビエト連邦（現在のロシア）による世界初の人工衛星スプートニクの打ち上げが成功した際に、これからのSFが描くべきは外宇宙ではなく内宇宙への旅であると宣言したことにはじまる。ここで言う内宇宙とは、人間の精神や意識といったものとほぼ同義だが、これは物理学や工学などの自然科学に根拠をおくテクノロジーの発展にそれまでの多くのSFが題材をとってきたように、これからは心理学や社会学などの人文科学的思考を取り入れていかなければならない、あるいは物語の舞台を移さねばならないという単純な話ではない。それだったらすでに著名なアメリカのSF作家であるアイザック・アシモフが提唱した「社会派SF」とさしたる違いはないからだ。バラード的な内宇宙への旅とは、新しい知識や技術が生み出す人間を取り巻く環境（外宇宙）が人間の精神に引き起こす変容を、いかにして作品としてそれにもっとも相応しい形態を与えるのかという芸術表現の問題を孕んだ一種の象徴的宇宙の探求なのである。バラードの文章がつねに一貫して詩的な凝縮力をもった端正さに充ちており、またその作品世界を構築するにあたって、二十世紀の芸術であるシュルレアリスムやポップ・アートなどの方法を強く意識して貪欲に吸収していったのも、そのような表現上の方法意識の賜物であろう（本作でもふんだんに言及・引用されるフィルム・ノワールやニューロティック・スリラーといった映画のスタイルがパロディ的に意識されている）。

バラード以後、優れたSF作品はつねにそのような表現上の方法意識においての実践が問われることとなる。それは同時に、SFが、小説のみならず、詩、批評、さらには絵画（イラストレーション）や映画、音楽などといったメディウムに限定されない「SF」というジャンル意識を確立させることになったのである。作品は別として、バラードがSF界にもたらした最大の功績はそのような意識の変化だったのではないだろうか。

二〇〇九年に亡くなったバラードの作家的冒険はすでに終わっているが、作品はいまもそこにあり、読者がそれを読む冒険はいつまでも終わらない。新たな読者にも、すでにバラードは読んだと思っている読者にも、本書を含むすべてのバラードの作品は、新たな旅のはじまりにふさわしい作品であり、何度でも手にとって欲しい。

なお、バラードの経歴については、本文庫所収の『ハイ・ライズ』の解説で詳述しているので、興味のある方はそちらを読まれたい。

訳者紹介　1949年宮城県生まれ。早稲田大学文学部中退。主な訳書にバラード『夢幻会社』『楽園への疾走』、マコーマック『パラダイス・モーテル』『隠し部屋を査察して』『ミステリウム』、共訳書に『クトゥルフ神話への招待』『J・G・バラード短編全集（全五巻）』などがある。

検印
廃止

ミレニアム・ピープル

2018年6月22日　初版

著者　J・G・バラード
訳者　増田（ますだ）まもる

発行所（株）東京創元社
代表者　長谷川晋一

162-0814／東京都新宿区新小川町1-5
電話　03・3268・8231-営業部
03・3268・8204-編集部
URL　http://www.tsogen.co.jp
萩原印刷・本間製本

ISBN978-4-488-62917-5　C0197